KB260272

DONGSUH MYSTERY BOOKS 124

THE DEFECTION OF A.J. LEWINTER

르윈터의 망명

로버트 리텔/신상웅 옮김

동서문화사

옮긴이 신상웅 (申相雄)

중앙대 영문학과 졸업. 동 대학원 문학박사. 〈세대〉지 《히포크라테스 흉상》 당선. 한국펜클럽 사무국장, 중앙대 문창과 교수, 예술대학원장 역임. 지은 책 《분노의 일기》《쓰지 않은 이야기》《심야의 정담》《배회》 옮긴 책 반 다인 《딱정벌레 살인사건》 크리스티 《펼쳐진 트럼프》 등이 있다.

DONGSUH MYSTERY BOOKS 124

르윈터의 망명

로버트 리텔 지음/신상웅 옮김
초판 발행/1977년 12월 1일
중판 발행/2003년 10월 1일
발행인 고정일/발행처 동서문화사
창업 1956. 12. 12. 등록 16-345 (윤)
서울강남구신사동 540-22 ☎ 546-0331~6 (FAX) 545-0331
www.epascal.co.kr

*

편찬·필름·제작 일체 「동판」 자본으로 이루어짐에 따라
출판권 소유권자 「동판」에서 제조출판판매 세무일체를 전담합니다.
사업자등록번호 211-90-02201
ISBN 89-497-0220-7 04840
ISBN 89-497-0081-6 (세트)

르윈터의 망명
차례

나의 부모님께

등장인물

A.J. 르윈터   MIT 부교수. 소련으로 망명한 사나이

수전 비드굿   르윈터의 전 부인

모린 싱클레어   르윈터의 연인

리어 다이아몬드   미국 보안정책 담당 부차관보

세러   다이아몬드의 연인

로버트 빌링스   미국 기밀보전 기획부장. 정보 전문가

제롬 S. 캐플랜   미국 정신의학자. 고문

토머스 A. 오즈본   미국 금융회사 보스턴 지점장

해리 듀크스   CIA 상임위원

사이먼 캐스트너   탄도탄 노즈 콘 연구개발 과장. 박사

예브게니 미하일로비치 포고딘   소련 KGB 일본 주재 책임자

스토얀 알렉산드로비치 자이체프   소련 체스 본부장. 작가

카트리나   자이체프의 연인. '암소'

알렉산더 티모셴코   소련 〈노비 밀〉 잡지 편집위원

안드레이 안토노프 오브셴코   소련 생화학자

보리스 아브크센티예프   포고딘의 동지

초반전

1

　연극이 끝나고 이윽고 박수 소리가 나기 직전 그 짧은 순간, 막을 내린 듯한 정적이 회장을 휩쌌다. 그 정적에 마음을 빼앗긴 체이핀은 통로 끝 좌석에 앉은, 머리가 벗겨져가는 미국인을 주시하는 것을 어느 틈에 잊어버리고 있었다.

　오늘 처음으로 저지른 부주의였다.

　체이핀은 뚱뚱한 남자라서, 불구자가 여느 사람의 날렵한 움직임을 부러워하듯 그들의 우아한 몸놀림을 늘 부럽게 여겼다.

　그는 체구가 작은 일본인 사이에서 특히 눈길을 끄는 커다란 몸집을 딱딱한 나무의자에 의지하고 어깨를 흔들듯 크게 숨을 내쉬며, 간제이치 좌(觀世一座)의 가면 쓴 배우들이 미끄러지듯 소리 없이 무대 뒤 통로로 사라지는 것을 열광적인 눈빛으로 지켜보았다.

　그 정묘함을 모두 이해하지는 못했지만 체이핀은 일본 고유의 가면 음악극인 '노(能)'에 마음이 끌리고 있었다. 그는 그것이 특히 자기와 같은 일을 하는 사람의 경우에는 기묘한 취미처럼 여겨져 그렇다는 것을, 다른 사람에게는 한 번도 털어놓은 적이 없다.

체이핀은 ‘저 미국인은 무엇에 끌려 이 노(能) 공연장에 왔을까?’ 하고 멍하니 생각했다.

‘저 미국인!’

흘낏 보니 통로 끝 그 좌석은 어느새 텅 비어 있고 미국인은 카펫을 밟고 문 쪽으로 달려가고 있었다. 체이핀은 아직 ‘노’의 여운이 남아 자신을 둘러싸고 있는 상상의 세계로부터 바로 빠져나올 기분이 아니었다. 힘겹게 커다란 몸집을 밀어내듯 네 명의 일본 사람 앞을 빠져서 붐비는 통로를 지나 곧장 로비로 향했다. 그는 몸집과 나이에 비해 움직임이 재빨랐다. 그러나 정문으로 내려가는 층계에 이르렀을 때 그 미국인은 이미 도쿄 번화가의 인파 속으로 사라진 뒤였다.

체이핀은 층계로 내려가는 입구에 서서 엷어진 머리카락 속으로 손가락을 집어넣었다. 요 몇 년 동안 처음으로 한 실수였다. 전문가로서의 자존심이 상했다. 지령실에서 크게 화낼 것이 틀림없었다. 전화를 찾느라고 주위를 둘러보는데 뭔가가 눈에 띄었다. 낯익은 사나이의 옆얼굴이, 막 보도를 벗어나는 택시의 창문 안으로 보였다.

체이핀은 뒤에 있는 택시에 몸을 실어 넣으며 말했다.

“저 자동차를 쫓아 주시오!”

일본어의 경우는 영어로 말할 때만큼 바보스럽게 들리지 않는다고 생각했다.

100미터쯤 떨어진 두 대의 택시는 도라노몬(虎ノ門)에서 미국 대사관의 검은 철문 앞을 지나고, 가파른 언덕길을 올라 소란스럽게 록폰기(六本木)로 향하는 혼잡한 승용차며 버스며 트럭의 물결 속으로 들어갔다.

열린 창문으로 흘러드는 저녁 산들바람이 체이핀의 얼굴을 쓰다듬었다. 그 바람과 함께 지하철 공사로 파헤쳐진 큰길의 불그스름한 흙

먼지가 날아 들었다.

체이핀은 운전기사가 내심 추적을 즐기고 있음을 깨달았다. 운전기사는 핸들에 이마를 갖다댄 듯 몸을 앞으로 내밀어 덤프트럭 앞으로 파고들더니 언덕 꼭대기 가까운 곳, 울퉁불퉁한 돌전차길에 자동차를 올려놓았다. 기사는 흰 장갑을 낀 왼손만으로 핸들을 크게 왼쪽으로 틀어 록폰기 교차점으로 들어섰다. 이미 앞 택시의 바로 뒤에 따라붙고 있었다.

체이핀은 몸을 내밀어 운전기사 어깨를 가볍게 두드렸다.

"당신은 베테랑이요, 훌륭한 솜씨군요."

교차점 맞은편에서 두툼한 노란 천으로 만든 가슴막이를 하고 머리띠를 맨 노무자들이, 움직이지 않는 덤프트럭을 젖먹은 힘까지 다해 밀고 있었다. 더이상 앞으로 나아갈 수 없게 된 자동차들이 경적을 울려댔다. 앞 택시의 손님이 초조해하며 자동차에서 내려 운전기사에게 요금을 치르고 두 대의 택시 사이를 빠져 보도로 향했다. 그 얼굴이 똑똑히 보였을 때 체이핀은 자기가 엉뚱한 미국인의 뒤를 밟고 있음을 알게 되었다.

체이핀은 운전기사에게 돈을 치르고 종종걸음으로 기노쿠니야(紀伊國屋) 슈퍼마켓 앞 공중전화로 달려갔다. 다이얼을 돌리기 전, 포장지를 벗겨 무설탕 껌을 입 속에 집어넣은 뒤 이야기가 끝날 때까지 손끝으로 동그랗게 은종이를 말았다.

드디어 기다리던 전화가 왔다. 벨이 두번 울린 후 체이핀은 수화기를 들었다. 일본어로 말하는 남자 목소리가 들렸다.

"4, 9, 9, 6, 5, 2, 9."

체이핀은 자기 쪽 전화번호를 영어로 말하고 수화기를 놓았다. 15초 뒤에 전화벨이 울렸다.

"아, 조지, 나일세." 체이핀이 가쁘게 숨을 몰아쉬며 말했다.

"자네도, 허니배킷도 모두 어디에 있었나?" 조지가 물었다.

"마루노우치(丸の内)에." 체이핀은 아무렇지도 않은 말투로 꾸며 덧붙였다. "모두 이상 없네. 내 친구가 다섯 시간 반이나 노 연극 구경을 시켜 주었지. 우리는 지금 록폰기에 있네. 허니배킷은 큰길 맞은편 골동품 가게에 있어. 저녁 식사 후 호텔로 돌아가 잘 때까지 확인하겠네."

2

르윈터는 이 순간을 수없이 상상해 왔지만, 수위에게 영어가 통하지 않을 가능성은 꿈에도 예상치 못했었다. 유리를 씌운 테이블 앞에 앉은 고집스러운 슬라브계 얼굴을 보고 있자니 초조함과 두려움이 치솟았다. 그러나 그는 애써 참으며 이번에는 좀더 참을성 있게 경의를 담은 목소리로 말했다.

"잘 들으시오. 어떻게 해서든지 대사를 꼭 만나야 하오." 되풀이하면 수위가 이해하리라 믿고 대사라는 말을 세 번이나 거듭 강조했다. "나는 아메리칸스키요."

대사관 로비의 대리석 바닥을 닦던 두 일본인 청소부가 이상하다는 표정으로 바라보았다. 새로 부임한 수위는 아직 일에 자신이 없어 보였다. 망설이다가 그는 어깨를 한 번 으쓱하고 수화기를 들어 당직 책임자를 불렀다.

수위가 다이얼을 돌리자 르윈터는 긴장이 풀렸다. 이제 겨우 사태가 진전되려나 보다.

르윈터는 처음으로 주위를 둘러보았다. 일본인 청소부들은 지금 일에만 열중하고 있다. 제복 입은 수위는 러시아 어 신문을 들여다보고 있었다. 벽에는 레닌의 작은 사진이 끼워진 금테 액자가 걸려 있다. 대리석 바닥은 금이 가 있다. 뿌옇게 먼지 낀 샹들리에의 검은 전선은 칠이 벗겨진 천장으로 뻗어 있었다. 상상했던 것과는 너무 동떨어진 광경이다.

당직 책임자는, 눈썹이 짙고 깊은 생각에 잠긴 듯한 작은 체구의 아르메니아 사람이다. 그는 아직 젖어 있는 대리석 바닥을 발끝으로 걸어나오더니 르윈터 앞에 멈춰 섰다.

아르메니아 사람은 미소를 지으며 자기의 손목시계를 가리켰다.

"저, 이곳은 15분 전에 일이 끝났습니다."

르윈터는 상대가 얼마나 영어를 알아들을 수 있을까 생각하며 말했다.

"대사를 꼭 만나야 합니다. 나는 소련에 가고 싶습니다."

"운이 나쁘군요. 여권 증명 관련창구는 5시에 닫습니다. 내일 아침 9시 지나서 다시 한 번 와 주십시오."

"내 말을 이해하지 못하는 것 같군요. 나는 미국인입니다. 소련에 가서 영주하고 싶습니다, 살고 싶습니다."

"영주?"

아르메니아 인 당직은 되물으며 그 말뜻을 생각해 내려 했다. 그리고는 곧 이해한 것 같았다. 이스탄불에 근무할 때 서류를 사들일 기회를 놓친 친구의 일이 떠올랐다.

그는 지금 트빌리시에서 무료 배달 우편물에 고무도장을 찍고 있다. 아르메니아 인은 따라오라는 고개짓을 하고 앞서서 복도를 걸어나갔다.

값싼 가구가 가득 들어찬 곰팡내 나는 홀로 들어갔다. 혼자가 되자 르윈터는 용수철이 망가진 안락의자에 앉아 기다렸다. 이 짧은 30분 동안에 인생에서의 결정적인 한 걸음을 내디뎠지만, 그러나 여전히 모든 것이 우스꽝스럽게 여겨져 견딜 수 없었다.

르윈터는 언제나처럼 세밀한 부분까지 주의를 기울여 몇 달 동안 망명 계획을 세워 왔다. 일본 여행, 알약, 샴푸, 뢴트겐 사진, 그리고 결행하기 직전 우체통에 넣은 모린에게 쓴 편지에서부터, 모스크바행 비행기에서 읽을 책에 이르기까지. 그러나 결국 히치콕의 영화 세트 같은 초라한 대사관, 낡아빠진 방, 자기 말을 알아듣지 못하는 사람들 속에 묻히고 말았다.

그 세트 속에서 얼빠진 표정으로 불안스럽게 의자에 앉아 자주 다리를 바꾸어 포개며 천장을 쳐다보고 있다. 누군가에게 감시받고 있는 게 아닐까.

르윈터는 문득 제정신으로 돌아왔다. 그리고 조금 전부터 몇몇 사나이의 목소리가 들려오는 것을 깨달았다. 문이 열렸다.

들어온 사람은 미국의 어느 대학 구내에서 훌쩍 나온 듯한 느낌을 주는 사나이였다. 파이프를 입에 물지 않은 점을 빼고는 모든 것이 갖추어져 있었다. 움츠린 여윈 어깨, 나비넥타이, 베이지색 단추가 달린 셔츠, 팔꿈치에 양가죽을 댄 트위드 윗옷 앞을 풀어헤치고, 구김살투성이 바지에 아무렇게나 구두를 신은 차림이었다. 길고 굽슬굽슬한 머리카락은 양옆으로 더부룩하다. 그리고 이마가 벗어져 올라간 점에서 인텔리인 듯한 느낌을 준다. 카키색 눈에 사나이의 짓궂은 성격을 말해 주는 무엇인가가 담겨 있다.

사나이는 제법 친밀한 웃음을 지었다. 르윈터 옆에 있는 의자를 끌어당기며 완벽한 영어발음으로 물었다. “어느 하이스쿨을 나왔습니까?”

“그게 무슨 뜻입니까?” 르윈터가 의자를 뒤로 밀며 물었다. 그는 대뜸 친숙하게 말을 걸어오는 사람을 반사적으로 의심하는 성격이다. “30분이나 기다리게 하더니 이번에는 들어오자마자 다짜고짜 그런 질문을 하는 겁니까? 어째서 내가 여기에 있는지 아십니까?”

“진정하시오.” 러시아 인이 말했다. “20분 기다리게 했을 뿐입니

다. '녀석들은 나를 대사관으로 불러들일 필요가 있었던 모양이다.'
그건 그렇고, 하이스쿨에 대해 물은 건 까닭이 있습니다. 어느 하이
스쿨을 다녔는가에 따라 미국인에 대한 여러 가지를 알 수 있지요.
이를테면 나 같은 경우는 홀레스 맨 하이스쿨을 다녔어요. 그곳 사람
들은 모두 중류 이상의 부르주아들이었어요. 업무가 끝난 뒤 소련 대
사관에 와서 망명 허가를 요구하는 인간들은 절대 아니란 말이에요.
알겠습니까? 나는 당신이 어째서 여기 왔는지 알고 있습니다." 그는
이마를 탁 치며 웃었다. "나는 언제나 두뇌 활동을 계속하고 있지요.
그래서 늘 주의하는 겁니다!"

르윈터는 이 러시아 사람에게 친밀감을 느끼지 않을 수 없었다.
"어떻게 홀레스 맨 같은 곳엘 갔었지요?"

"우수한 공산당원이었던 아버지가 소련 외무성에서 차츰 출세해
리버딜에 살 수 있는 지위에까지 이르렀지요." 러시아 인이 말했다.
"6년 동안 국제연합 사무국에 근무했었습니다. 어느 하이스쿨에 다녔
지요?"

"브롱크스 하이스쿨 오브 사이언스입니다." 르윈터는 자신이 어느
새 대답할 기분이 되어 있음을 알고 놀랐다.

"아하!" 러시아 사람은 르윈터의 무릎을 '탁' 치고 장난스럽게 손
가락을 내밀었다.

"소시민, 두뇌 명석, 적어도 지능 지수 135, 스포츠는 못하고 대학
에 갈 때까지 여자를 알지 못했습니다. 대학에서도 몰랐겠는데요.
유대인이라고 하고 싶지만 생김새가 다릅니다. 어떻습니까, 이 정
도면?"

"여자 부분을 빼면 맞습니다." 르윈터는 거짓말을 했다. 그리고 진
지한 표정으로 덧붙였다. "하룻밤 내내 브롱크스 사이언스와 홀레스
맨의 우열을 토론해 봐야 결말이 나지 않을 겁니다. 나는 그럴 시간

이 없습니다. 나는 내 자신의 성공에 대한 가능성을 신중히 검토했지요. 난 당신들의 8시발 비행기로 일본을 떠나지 못하면 다시는 기회를 얻을 수 없습니다.” 그는 회중시계를 꺼내 ‘찰칵’ 뚜껑을 열었다. “2시간 15분 남았습니다. 무슨 일이 있더라도 대사를 만나고 싶습니다.”

“내 생각엔 당신이 누구보다도 가장 피해야 할 사람이 대사입니다.” 러시아 사람은 싱긋 웃었다. “그는 개막식에서 테이프 끊는 일은 아주 잘하지만 그 후 어려운 문제는 모두 나에게 돌리지요. 중대한 문제를 안고 있다면,” 그는 두 손바닥을 탁 가슴에 갖다댔다. “당신이 만나야 할 사람은 바로 나입니다.”

르윈터는 상대의 말을 믿었다.

러시아 사람이 윗주머니에서 수첩을 꺼내고 펠트펜 뚜껑을 벗겼다. “자, 나의 넘치는 매력으로 이제 당신의 경계심을 없앴으니 슬슬 참다운 예브게니 미하일로비치 포고딘——바로 내 이름이지요——의 모습을 나타내야겠군요. 당신 앞에 앉은 사람은 4분의 1은 마르크스주의자, 4분의 1은 인도주의자, 2분의 1이 관료인 사나이입니다.” 그는 펜을 잡았다. “당신 이름은?”

르윈터는 조금도 아프지 않게 치료하는 치과의에게 진료를 받는 듯한 기분이 되었다. “A.J. 르윈터. 머리글자 A, 머리글자 J, 대문자 L, 소문자 w…….”

“A는 무엇의 약자입니까?” 포고딘이 물었다.

“오거스터스, J는 제롬. 하지만 나는 머리글자만 씁니다.”

“좋습니다. 머리글자 A, 머리글자 J, 르윈터. 나이는?”

“39살.”

“주소는?”

“메사추세츠 주 케임브리지.”

포고딘이 얼굴을 들었다. "케임브리지에서 무엇을 하고 있었습니까?"

"나는 MIT(메사추세츠 공과대학) 부교수로 전공은 요업학(窯業學)입니다. 지난 4년 동안 MIRV(Multiple Independently targeted Reentry Vehicle, 다핵탄두를 장착한 전략 미사일)의 노즈 콘(미사일, 로켓 등의 원추형 머리 부분)을 연구하고 있었습니다."

러시아 사람은 르윈터의 대답을 수첩에 받아쓴 다음 페이지를 넘기기 전에 다시 한 번 확인했다. 그리고 고개를 수그린 채 물었다.

"무슨 일로 일본에 왔습니까?"

"와세다 대학에서 열린 생태학 심포지엄에 참석하기 위해 왔습니다. 어제 그곳에서 논문을 발표했습니다. 노즈 콘 일을 하지 않을 때는 취미로 환경파괴 방지에 관한 연구를 하고 있지요. 2년쯤 전에는 놀랄만한 고형폐기물 처리 시스템을 발명했습니다. 그 시스템은 놀라운 가능성이 있지요. 각 지역마다 고형폐기물을 모아 재생 처리하여 다시 재활용시키는 시스템입니다.

믿지 않겠지만, 미국은 현재 그 점에서 굉장히 어려운 문제를 안고 있으면서도 워싱턴 사람들은 거들떠보지도 않았지요. 모든 시스템이 35년 동안 완전히 감가상각된다는 것을 내가 종이 위에 계산해 입증했는데도 말입니다."

르윈터가 숨을 내쉰 다음 물었다. "이야기가 좀 빠릅니까?"

그러나 포고딘은 이미 쓰기를 멈추고 있었다.

"어째서 소련에 가고 싶습니까?"

"그 질문에 대한 대답을 어디서부터 해야 좋을지 잘 모르겠습니다. 미국인의 꿈이 안개처럼 사라져 버린 일에 대해 이야기해 볼까요? 환경 오염, 범죄, 정치 부패, 지식인의 고립, 마약, 이의이론(異議異論)의 억압 등등. 그러나 그 밖에도 까닭이 있지요. 나는 저 악명 높은 산군복합체(産軍複合體, 군수품을 통해 형성되는 산업체와 군과의 긴밀한 관계)의 한 사람이었습니다. 그 속에서 살아왔지요. 거기에 대해서는 잘 압니다.

우리 나라는 현재 선제 공격용 핵무장을 갖춰가고 있습니다. 워싱턴의 어느 장군이 머잖아 그것을 써서 선제 공격하자고 제안하리라는 것은 불을 보듯 분명합니다. 나는 그들이 그런 생각을 할 수 없도록 당신들에게 대등한 힘을 주고 싶습니다. 그러니까, 당신들에게 MIRV를 주고 싶은 겁니다."

문득 포고딘은 자기가 미친 사람을 상대하고 있는 게 아닐까 하는 생각이 들었다. 포고딘의 세계에서 첩보 업무란, 몇백 사람이 정보의 단편을 가지고 여러 각도에서 검토를 거듭해 커다란 그림 중 어느 한 구석에 들어맞을, 잘되면 가능성이 있는 그야말로 퍼즐의 한 조각을 맞추기 위해 매우 긴 시간이 소요되는 지루한 게임이다. 지나가다가 훌쩍 들어온 낯선 사람으로부터, 무지개 끝에 묻혀 있던 황금 항아리를 덥석 받는 일은 있을 수 없다. 그러나…….

"지금 내 생각을 이야기하겠습니다." 포고딘은 말했다.

포고딘은 몇백 사람을 심문해 온 경험으로 오래전부터 솔직한 태도가 아주 강력한 무기임을 깨닫고 있었다. 르윈터처럼 그것을 전혀 예상치 못한 사람일 경우에는 특히 효과가 있다.

"당신 이야기가 정말이라면 우리로서는 굉장한 행운입니다. 또 우리가 당신에게 그에 상응하는 보답을 해드릴 것도 확신할 수 있습니다. 하지만 누군가가 그토록 중요한 정보를 들고 불쑥 찾아오리라고는 우선 생각하기 어렵지요. 그러므로 나로서는 그 밖의 가능성에 대해 생각하지 않을 수 없습니다.

당신은 정말로 자신이 중대한 정보를 가지고 있다고 여길지 모릅니다. 그러나 당신이 그렇게 믿는 것은, 누군가가 당신이 그렇게 생각하도록 만들고 싶어하기 때문일지도 모릅니다. 당신은 우리에게 거짓 정보를 흘리기 위해 보내진 사람일지도 모릅니다. 또는 정신이상자일지도 모르지요. 그 밖에도 여러 가지 가능성이 있지만 번거로우니 생략하겠습니다. 그래서 나는 당신에게 묻고 싶습니다. ‘예를 들어 당신이 내 입장이라면 당신은 어떻게 하겠습니까?’”

상대의 어조를 의식하며 르윈터가 대답했다.

“내가 당신 입장이라면, 나는 적어도 스스로 말하고 있는 만큼 중요한, 경우에 따라서는 그보다 훨씬 중요한 인물일 가능성을 배제하지 않겠습니다.”

“당신이라면 그렇게 생각할 수 있겠지요. 당신은 이 세계의 룰을 모르고 있으니까요.”

“어떤 룰이지요?”

“현재의 단계에서 당신은 진지한 답변을 해주셔야 합니다. 망명이란…….” 포고딘은 망명이라는 말을 특히 강조했다. “아주 민감한 문제지요. 당신은 우리를 설득할 수 있는 자료를 제공해야 합니다.”

드디어 미끼가 르윈터의 눈앞에 나타났다. 그는 신분증명서, 대학 신분증명서, 여권 등 이것저것을 생각했다. 그러나 그런 것을 보여주어도 모스크바행 8시 비행기를 탈 수는 없을 것이다.

“이렇게 합시다. MIRV의 유도미사일 탄도에 관한 수식을 가르쳐 주시오. 그것을 모스크바로 전송하겠습니다. 그 가치를 보증할 수 있는 사람이 누군가 틀림없이 있을 것입니다.”

포고딘은 조금도 표정을 바꾸지 않으며 르윈터에게 수첩을 내밀었다.

“펜을 드릴까요?” 포고딘이 물었다.

“아니, 괜찮습니다. 내 것이 있으니까요.”

르윈터는 꼼꼼한 필적으로 쓰기 시작했다.

　"잠깐 기다리게. 여기부터가 중요한 부분일세." 다이아몬드가 이렇게 말했을 때 소련 대사관의 둔중한 나무문이 열렸다. "뒤에 있는 자가 KGB (국가안보위원회) 일본 주재 책임자 미키 포고딘이오. 오른쪽 사나이는 그의 부하로 아르메니아 사람이지요. 왼쪽의 땅딸보는 르윈터요. 여기요! 로손 씨, 거기서 멈춰 주시오!"

　약간 과다 노출된, 입자가 거친 A.J. 르윈터의 얼굴이 방 맞은편 끄트머리에 있는 조그만 화면에 가득 비추어지고 있다. 다양한 인상을 풍기는 묘한 얼굴이었다. 가늘게 뜬 눈으로 불안스럽게 흘깃 옆을 보는 장면도 포착되었는데, 반쯤 벌린 입가에 자신만만한 웃음이 떠올라 있었다.

　"좋소, 로손 씨. 끝까지 비춰 주시오." 다이아몬드가 말했다.

　카메라 줌 렌즈가 쓱 앞으로 나와 화면이 흐려지더니 곧 초점을 맞추었다. 그런데 지나가던 버스가 한순간 화면을 가로막았다. 르윈터는 밖에서 대기하는 리무진에 올라타려다가 갑자기 포고딘 쪽을 향하면서 대사관을 가리켰다.

　"흠, 생각을 돌렸나보군." 누군가가 말했다.

　그러나 다이아몬드는 그 말을 무시했다. 화면속 사람이 말없이 계속 움직이고 있었다. 포고딘이 아르메니아 사람에게 뭐라고 말하자 아르메니아 사람은 대사관으로 다시 달려가 작은 비닐 항공가방을 들고 화면 밖으로 사라져갔다. 화면이 새하얘지고 필름 끝이 파드득거리며 흐려졌다. 불이 켜지고 테이블에 둘러앉은 네 명의 사나이가 눈부신 듯한 표정을 지었다.

　"저 가방 속에 무엇이 들어 있는지 아시오?" 스티브 페리가 물었다.

　"전혀 모르오." 다이아몬드가 말했다.

"어째서 도쿄의 감독관은……."

다이아몬드가 손을 저어 페리의 말을 가로막았다. "로손 씨, 미안하지만 필름 감는 일은 나중에 해주시오. 수고했소."

영사 기사가 나가고 문이 '찰칵' 닫혔다.

블라인드를 등지고 윗자리에 앉은 다이아몬드가 다른 사람들을 천천히 둘러보았다. 모두 낯익은 얼굴들이다. 어쨌든 오랫동안 함께 일해 온 사람들이다. 그러나 다이아몬드가 그들과의 회의에서 의장 역할을 하는 것은 이번이 처음이었다. 더욱이 처음 보는 각도에서——다이아몬드는 부차관보 자리에 앉아 있었다——테이블을 둘러보는 느낌이 이제까지와는 전혀 달랐다.

그 점은 밥 빌링스와 스티브 페리의 얼굴을 흘낏 보는 것만으로도 확실히 알 수 있었다. 두 사람 모두 파악하기 어려운 표정으로 다이아몬드와 마주하고 있다. 두 사람의 얼굴에는 여느 때보다 엄격하고 거리감을 둔, 아무렇지도 않은 듯 가식적인 표정이 역력히 떠올라 있었다. 낯익은 느낌을 주는 사람은, 부드러운 얼굴 생김새에 천진한 어린아이 같은 웃음을 떠올린 고든 로저스뿐이었다.

다이아몬드는 로저스만은 마음대로 다룰 수 있었다. 그러나 엄한 옆얼굴을 보이고 있는 빌링스와 눈초리가 날카로운 페리, 이 두 사람은 좀 달랐다.

다이아몬드는 이제부터 다루려 하는 문제에 대해서 성격상 취급 방법에 대한 기본 원칙이 없음을 스스로 인정해야 했다.

다이아몬드는 모호하게 말을 꺼냈다.

"아무튼 여러분, 이번 일은 큰 문제요."

스티브 페리가 창문 쪽으로 걸어가 블라인드를 열었다. 햇빛이 카펫 위로 길게 내리비쳤다. 스티브 페리가 물었다.

"그렇게 결정해 버리는 것은 시기상조가 아니겠소?"

페리는 12년 동안 육군 장교로 근무하면서 억양이 약한 남부 사투리를 터득했다. 이야기할 때에는 얇은 입술도, 턱도 거의 움직이지 않는다. 이를 악물고 말하는 느낌으로, 그 때문에 말투가 사뭇 권위적으로 들렸다.

"만일 이 자리에 대장이 계셨다면 이번 일에 대해 매우 신중한 판단을 내리셨을 것이오."

"당신만큼 부차관보의 생각을 짐작할 수 있는 사람은 없을 거요." 다이아몬드가 말했다. "그러나 지금은 그가 심내막염으로 육군병원에 입원해서 내가 그 대리인으로 임명되었소." 다이아몬드는 페리의 눈을 피했다. "알겠소? 지금 여기에 있는 사람 중 어려운 처지에 놓이지 않은 이는 아무도 없단 말이오. 우리 모두가 MIRV 계획의 기밀 보전을 담당하며 엄청난 실수를 저지른 거요."

다이아몬드는 익숙하지 않은 의자에 몸을 가라앉히며 다리를 쭉 폈다. 그는 태연하면서도 점잖은 사람이었다. 40대 중반쯤으로, 몸을 느긋하게 앞으로 구부리고 셔츠 소매를 팔꿈치까지 걷어 올렸으며 숱많은 갈색 머리카락이 이마에 늘어져 있다. 어떤 일이든 충분히 대처할 수 있는 사나이처럼 보였다. 그러나 그 또한 자신이 없었다. 여러 가지 일들이 한꺼번에 일어난 듯한 기분이었다.

우선 열흘 전에 그의 사무실에서 부차관보가 카펫 위에 쓰러져 입을 뻐끔거리는, 도무지 믿기 어려운 일이 일어났다. 그 뒤 1주일도 채 안 되어 그는 부차관보 대리를 명령받았다. 그리고 이번에는 망명 사건이다. 더욱이 피할 수 있었음에도 불구하고 그가 피하지 않기로 한 결정에 문제가 있었다.

그러나 중앙정보국에 근무한 뒤로 지금처럼 의기양양한——달리 표현할 말이 없다——기분이 되었던 일은 없다. 어찌된 까닭인지 해결방안을 찾기 힘든 어려운 문제일수록 영양분이 되어 그의 자부심을 키우고 야심에 활력을 주었다. 그는 지금까지 자신의 인생을 형성하고 있던 낡은 방정식에 흥미를 잃고 새롭게 직면한 이 사건에 매력을 느꼈다.

망명 사건을 아무 탈 없이 처리하면 국방성 방첩담당 부차관보 자리가 자기 것이 되리라고 확신하고 있었다. 세러 쪽은 전혀 다른 일, 다시 말해서 연애 사건에 지나지 않으며 결혼한 뒤 연애를 경험하는 것은 이번이 처음이었다.

페리가 지원해 줄지의 여부를 보기 위해 빌링스 쪽으로 눈길을 돌리며 말했다.

"아무래도 아직 당신이 너무 과장되게 여기고 있는 듯하오."

그러나 빌링스는 잠자코 있었다. 다이아몬드와 한바탕 싸워야 한다면 그 시기는 페리가 아닌 바로 자기가 결정하리라.

"너무 과장되게 여기고 있다고요?"

다이아몬드는 말투를 거칠게 하지 않도록 주의하며 말했다.

"이번 사건은 처음부터 실패의 연속이오."

다이아몬드는 마닐라 서류철을 펴놓고 얇은 종이의 사본철을 넘기기 시작했다.

"여기 인사 조사부에서 온 보고서가 있소. 당신 관할이오, 스티브. 르윈터가 일본에서 열린 심포지엄에 참석할 수 있도록 허가를 요청하기 3주일 전에 당신 부하가……."

다이아몬드는 손가락 끝으로 행을 쫓으며 말을 이었다.

"르윈터가 클로르트리메턴, 다시 말해 고초열(枯草熱. 봄부터 여름에 걸쳐 어떤 풀의 꽃가루를 들이마셔 일어나는 코의 염증)용 알약 500알과 비듬 없애는 샴푸 한 세트를 샀음을 보고했소. 이 보고에 따르면, 르윈터가 보스턴의 단골 치과의사 도널드 피슈킨에게 가서 자신의 치료 기록을 찾아갔음도 알고 있었소. 우리의 이 거대한 기밀보전 조직 어딘가에서 경보가 울렸어야만 했었

소, 그런데 실제로는 어떻소? 르윈터가 일본으로 가겠다는 허가를
신청하자 인사조사부장 스테파노 페리라는 인물이 허가 서명을 했
잖소."
다이아몬드는 종이의 구겨진 부분을 손바닥으로 폈다.
"누군가가 고초열용 알약을 대량으로 산 일이 어째서 그토록 이상
하다는 거요?" 페리가 목소리의 울림이 희미하게 달라진, 목에 걸리
는 듯한 어조로 물었다. "게다가 비듬 없애는 샴푸……지나친 생각
이오, 리어. 이를 치료 받은 기록은 그가 되찾아간 이틀 뒤에 우리가
조사하여 이유가 밝혀졌소. 우연히 르윈터가 피슈킨 의사와 말다툼을
하여 의사를 바꾸기로 한 데 지나지 않았소."
"어떤 사람이 알약을 500알이나 샀다는 이야기를 들어 본 적 있
소?" 다이아몬드가 물었다. "더 구할 수 없다는 것을 알지 않는 한
그렇게 많은 양의 알약을 사는 사람은 없소. 내 생각으로는 르윈터의
항공 가방을 열면 그 속에 틀림없이 알약과 샴푸, 피슈킨 의사의 뢴
트겐 사진이 들어 있을 거요."
"어떨까요, 리어. 나는 당신이 너무 깊이 생각하는 듯하오." 고든
로저스가 말했다. "이번 사건으로 생각해 볼 때 도쿄에서 형식적인
감시가 아니라 그를 좀더 주의깊게 주시했어야 했다는 점은 인정하
오. 그러나 많은 분량의 알약을 산 MIRV 관계자를 한 사람도 남김
없이 모두 가둬 버린다면 도무지 어쩔 수 없게 되어 버릴 거요."
입술이 두툼하고 부드러우며 어딘지 모르게 여성스러운 느낌을 주
는 로저스가, 스스로는 이론이 서 있다고 여기는 의견을 말한 데 만
족하며 가볍게 헛기침을 했다.
"국방장관이 당신처럼 너그러운 마음이 되어주기를 빌겠소." 다이
아몬드가 말했다. "그러나 그것을 기대할 수는 없소. 어젯밤 늦게 내
가 그의 사무실을 나올 때 그는 대통령으로부터 걸려온 전화를 기다

리고 있었지요. 알겠소, 에어컨을 한껏 틀어놓았는데도 국방장관의 이마에는 구슬 같은 땀이 솟아 있었소.

우리도 얼마쯤 머리를 움직이면 그와 마찬가지로 땀을 흘리고 있을 것이오. 우리는 단일 통합작전 계획과 국가적 전략목표 리스트를 살펴보고 현존하는, 국가 안전보장상 무엇보다도 중요한 부문을 담당하고 있는 거요."

"나는 확실히 땀을 흘리고 있소." 로저스가 자신의 이니셜이 새겨진 희고 부드러운 손수건을 주머니에서 꺼내 이마를 닦았다. "대체 우리는 언제쯤이나 좀더 작은 회의실이나 좀더 큰 에어컨을 받게 되오? 앞으로 전략기획팀 사람들은 이런 일을 당하지는 않을 거요."

"사무실 재배치는 어떻게 되었다던가요?" 페리가 맞장구쳤다. "대장이 입원한 동안 배치가 시작되면 우리는 찬밥신세가 될 거요. 끊임없이 요구해야 하오. 기름칠을 해주는 것은 요란스레 덜컹거리는 차바퀴요. 그렇군, 내가 대장에게 제출하려고 써둔 메모의 사본을 당신에게 주어도 무방하겠지요. 내 방의 청소 도구 넣는 벽장에 서류 캐비닛이 들어 있으며, 부하 가운데 셋은 워터쿨러를 넣어두게 되어 있는 사방으로 270센티미터 남짓 되는 넓이의 굴 속에서 포개 앉아 일하고 있소."

다이아몬드는 세찬 바람 속에서 요트의 침로를 유지하기 위해 필사적으로 키를 잡고 있는 듯한 느낌이었다.

"나는 누구 못잖게 정당한 사무실 배치를 바라오. 그러나 그 일은 지금 잠시 뒤로 돌릴 수 없겠소?"

다이아몬드는 대답을 기다리지 않고 문 옆 캐비닛 쪽으로 걸어가 테이프리코더 스위치를 넣었다. "이것을 들어 주시오."

"아, 조지, 나일세." 터널 끝에서 들려오는 듯한 목소리가 말했다. "자네와 허니배킷, 모두 어디 있었나?"

"마루노우치에. 모두 이상 없네. 내 친구가 다섯 시간 반이나 노구경을 시켜 주었지. 우리는 지금 록폰기에 있네. 허니배킷은 큰길 맞은편 골동품 가게에 있어. 저녁 식사를 하고 호텔로 돌아가 잘 때까지 확인하겠네."

다이아몬드가 스위치를 끊었다.

"무슨 일이람," 로저스가 말했다. "저 체이핀 녀석, 저토록 얼빠진 녀석이 있다니."

"체이핀 뿐이 아니오." 다이아몬드는 말했다. "도쿄 지령실도 마찬가지지요. 그들은 모두 규칙을 위반하고 있소. 체이핀은 르윈터를 놓친 뒤 그가 호텔로 돌아오기를 세 시간 반이나 기다린 끝에 겨우 따돌림 당했음을 보고했소. 나중에 안 일인데, 지령실은 르윈터가 소련 대사관으로 들어갔다가 다시 나오는 것을 영화로 찍었으면서도 그가 국외로 나간 지 48시간 뒤에야 비로소 필름을 현상했소. 당신 자신이 결정한 업무규정에 따르면, 고든, 그 필름은 하루 세 번 담당자가 교체될 때마다 현상하기로 되어 있소. 틀렸으면 틀렸다고 말해 보시오."

로저스가 점잖게 고개를 끄덕였다.

"다음은 아주 단순하고 초보적인 암호 전보에 대한 교신이오." 다이아몬드가 말을 이었다. "르윈터가 대사관으로 들어간 지 45분쯤 지났을 때 갑자기 모스크바와 비정상적인 임시교신을 많이 주고받았소. 무슨 일이 있었던 것이 명백하오. 그때 지령실 녀석들은 어디에 있었소?"

"소련 녀석들은 지난달에도 12번이나 비정기적인 교신을 했소." 로저스가 말했다.

다이아몬드는 그 밖에도 뭔가 말하기를 기다렸으나 더이상 입을 열지 않았다.

"좋소, 체이핀 일이며 필름 일이며 교신에 대한 일은 잠시 잊기로 합시다." 다이아몬드가 다른 보고서를 집어 들었다. "르윈터가 대사관으로 들어간 지 1시간 45분 뒤, 즉 르윈터와 포고딘을 태운 비행기가 모스크바를 향해 떠나기 한 시간 전에 지령실은 그곳 첩보원으로부터 보고를 받았소. 소련 대사관에서 일하는 일본인 잡역부지요. 대사관이 문 닫은 뒤 한 미국인이 들어와 당직 책임자가 서둘러 그 사나이를 한 방으로 안내하고 곧이어 주 교환대에서 흥분된 목소리로 여기저기 전화를 걸었다고 그녀가 보고했소.

그 잡역부는 러시아 어밖에 모르고 영어는 전혀 못하오. 그녀는——이 점을 잘 들어야 하오——포고딘과 스턴체프 대사가 주고받은 토론의 일부를 몰래 엿들었다고 직접 지령실에 보고했소. 대사가 토론에 진 듯 화내며 나가고, 곧바로 일본인 고용인들을 여느 때보다 일찍 돌려보냈다고 하오. 이렇게 되면 이미 퍼즐 그림의 조각이 아이들의 오려낸 그림처럼 분명해지오."

로저스는 반론할 방법이 없어 잠자코 있었다. 두 손으로 머리를 받치고 테이블을 지켜보았다.

여윈 귀족적인 모습의 관료로, 필요 이상 명확한 일처리를 자랑으로 삼는 로버트 빌링스의 얼굴은 태연했다. 그는 리어 다이아몬드에게 대항하는 동료를 대표하여 때마침 동료들의 신념을 변호하듯 단호한 목소리로 말했다.

"아무래도 당신은 우리의 실수가 특히 강조되도록 굳이 퍼즐조각을 꿰어 맞추는 듯 보이오. 나도 그 보고서를 읽었소. 그런 종류의 보고서는 모두 내 손을 거쳐 가지요.

그 잡역부는 미국인을 보았다고 하지 않았소. 미국인으로 여겨지는 사나이를 보았다고 말했을 뿐이오. 또한 포고딘과 스턴체프가 토론하는 것을 들었다고 말하지도 않았소. 복도에서 토론을 벌이는 목소리가 들리고 그 뒤에 대사가 서둘러 나갔다고 말하고 있소. 분명히 화내며 나간 것은 아니오."

중앙정보국 기밀보전 기획부장인 로버트 빌링스는 서열로는 다이아몬드 다음 자리며, 최고참자로서 기술적 전문 지식으로는 그와 견줄 만한 사람이 없음을 모두 인정하고 있다. 두뇌가 굉장히 명석하고 일에 헌신적이며, 대학교수를 연상케 하는 이론가 같은 성격만 아니었다면 벌써 오래전에 국장이 되었을 것이다.

로버트 빌링스는 한 마디 한 마디에 무게를 주기 위해 아주 조용하게 말을 이었다.

"절대로 빈틈없는 보안 조직이라면 망명 전에 그의 의도를 탐지했으리라는 것은 나도 인정하지만, 그러한 조직은 우리 나라에 존재할 수 없소. 그보다도 당신은 중요한 점을 놓치고 있소. 그렇소, 나는 당신이 문제의 핵심을 놓치고 있다고 확신하오.

지금 가장 중요한 점은 그의 망명에 얽힌 실수가 아니라 그가 무엇을 가져갔는가 하는 점이오. 물론 그 알약과 샴푸 외에 다른 것이 있다는 뜻이지요. 다시 말해 그가 상대 진영을 어느 정도로 유리하게 할 수 있으며, 우리에게 얼마만큼의 타격을 줄까 하는 점이오. 그 점에 대해 지금 알고 있는 모든 사실을 바탕으로 대답하라면 아주 미미한 정도밖에 대답할 수 없을 거요."

다이아몬드는 노란색 노트에 연필로 여러 가지 크기의 S를 장난삼아 쓰고 있었다. 그는 노트에 눈길을 떨어뜨린 채 물었다.

"그래, 당신이 말하는 '알고 있는 모든 사실'이라는 게 뭐요, 밥?"

빌링스가 '핵심을 놓치고 있다'고 한 말이 두 사람 사이의 허공에 떠 있었다.

빌링스는 여전히 태연하게 대답했다.

"내가 알고 있는 일은 모두 알고 있는 사실일 뿐이오. 대체 A.J. 르윈터는 어떤 사람이오? 그의 신상 조서에 따르면……."

빌링스는 증거물을 제출하듯 둥글게 감아놓은 컴퓨터의 출력물을 테이블 위에 '탕' 올려놓았다.

"그리 특징 없는 인물이오. 나이 39살. 지능지수 145. 아무도 들어본 적 없는 앨프리드 대학 요업학부를 우등으로 졸업. 요업학 분야에서는 굉장히 우수한 전문가. 결혼. 아이 둘. 이혼. 도자기제 노즈 콘 설계자로서 4년 전부터 MIRV 계획에 참가. 연봉 1만 7500달러. 기밀취급 자격 인정을 위한 신상 조사를 했을 때의 자료요.

빚 없음. 이성애. 도착 증상 없음. 정치적으로는 '중도'라기보다 좀 '좌경'인데, MIT에서 그렇지 않은 사람이 있다면 만나보고 싶소. 아무튼 활동가는 아니오. 그의 자료 가운데 가장 특이한 점은 환경보전에 굉장히 열심이라는 거요. 주의를 요하는 사항은 도저히 말로 하기 힘드오. 일곱 달 전에 이혼한 아내와 똑같은 타입의 연구교수와 교제를 시작했소. 그녀도 신상 조사에 합격했지요. 빚 없음. 도착 증상 없음. 정치적으로 조금 좌경."

테이블 둘레에 앉은 사람으로 다이아몬드 외에 나라 안에서 가장 높은 지위에 오를 가능성이 있는, 오직 한 사나이 빌링스가 지금의 회의 진행을 주도하는 느낌이었다.

"미키 포고딘은 우리의 르윈터로부터 정보청취를 시작하면 실망하게 될지도 모르오." 빌링스는 더없이 자신에 찬 목소리로 말을 이었다. "우리는 무엇을 걱정하는 거지요? 도제(陶製) 노즈 콘 전문가가 망명하여 어쩔 줄 몰라하는 거요? 도제 노즈 콘 분야에서 소련은 우리 못잖게, 아마 우리보다 더 앞서 있을 거요. 오히려 르윈터가 배워야 할 점이 몇 가지 더 있을지도 모르오. 그런 무용지물의 인간을 어째서 소련의 우리 친구들이 받아들였는지 이해하기 어렵소."

다이아몬드는 특히 굵게 쓴 S를 꺼멓게 다 칠한 뒤 굳게 입을 다물고 얼굴을 들었다. 고든 로저스는 루스리프 노트 (페이지를 마음대로 뺐다 끼웠다할 수 있는 노트) 에 낙서를 하고 있었다. 스티브 페리와 로버트 빌링스는 다이아몬드를 가만히 지켜보고 있었다. 방 안에서 들리는 것은 에어컨의 울림뿐이었다.

다이아몬드가 침묵을 깨고 도전을 받아들였다.

"나는 핵심을 놓치지 않았소. 밥, 놓치고 있는 건 당신이오. 오직 하나인 가장 중요한 증거는 그런 신상조사 내용이 아니오. 그런 것으로는 르윈터에 대해 아무것도 알 수 없소. 현실에 살아서 숨쉬고 있는 피가 통하는 르윈터에 대해서, 무엇보다도 중요한 오직 하나의 증거는, 그리고 현시점에서 우리가 주의해야 할 유일한 사실은, 소련이 그의 망명을 인정했다는 점이오.

그들은 그의 망명을 받아들였소. 일본에서 외교상의 문제를 불러일으킬 소지가 있음에도 불구하고 그들은 가짜 망명자, 그릇된 정보라는 귀찮은 문제에 맞닥뜨리는 위험조차 무시해버렸소. 그리고 그를 받아들였소. 진상은 그곳에서부터 시작되는 거요, 그를 받아들였다는 사실로부터. 그들은 결코 얼빠진 사람들이 아니오. 르윈터는 모스크바로 보내지기 전에 자신이 망명을 인정할 가치가 있는 사람임을 입증해야 했을 거요."

다이아몬드는 또 S자를 쓰기 시작하다가 멈추었다.

"대사관과 모스크바 사이의 그 긴급 교신을 어떻게 생각하오? 우리의 무해무득하다는 르윈터 씨에 대해 걱정해야 할 까닭은 분명히 존재하오. '왜냐하면 그들이 그 사나이를 받아들였기 때문이오.'"

4

"나는 물질주의자가 아니에요." 세러가 말했다. "여러 가지 물건을 다만 좋아할 뿐이지요."

“그러리라 상상하고 있었소.” 다이아몬드는 말했다. 그는 방 안을 둘러보았다.

평평한 방의 거의 대부분을 세러의 ‘여러 가지 물건’이 가득 채우고 있었다. 조가비, 색칠한 달걀 껍질, 돌, 상아 빗, 프랑스의 빈 과자 깡통, 일본 목각인형 문진, 골동품 회중시계, 단추.

“나는 이런 곳에서는 결코 살 수 없을 거요. 아이러니하게도 이런 곳에 사는 사람을 존경하기는 하지만. 나는 정신이 산만해지면 안 되오. 너무나도…… 부야베스로군.”

세러는 소년처럼 골격미를 지닌 성숙한 몸에 실오라기 하나 걸치지 않고 침대 위에 다리를 꼬고 앉아 있었다. 마치 튼튼한 줄기에 달린 꽃 같았다. 그녀는 짙은 빛깔의 베개를 포개놓고 기대앉아 있었다. 그리고 오른쪽 엄지발가락을 시트 속에서 살짝 밖으로 내놓은 리어를 지그시 바라보았다.

세러는 여느 사람과 마찬가지로 남자를 사귀고 있었지만 자기 집에 데려오는 일은 드물었다. 이따금 데려오는 남자들은 그녀 나름의 방법으로 테스트했다. 자신의 컬렉션에 대해 나타내는 반응으로 남자들을 재보았다. 리어를 좋아하므로 컬렉션이 그의 마음에 들기를 바라고 있었다. 그러나 그의 마음에 좋음과 싫음이 함께 있는 데 대해 흥이 깨지고 말았다. 긴 갈색 머리를 그의 가슴 위에 늘어뜨리고 침대 너머로 팔을 뻗어 침대 옆 작은 탁자 위에서 조그만 마호가니 상자를 집어 들었다.

“이거 어떻게 생각해요?” 세러가 물었다. “얼마 전 일 때문에 파리에 갔을 때 벼룩시장에서 찾아냈어요.”

“그게 뭐지?” 다이아몬드가 물었다. 그가 뚜껑을 열었다. 닳아빠진 붉은 펠트에 놋쇠로 만들어진 알뿌리 모양의 것 6개와 강철제 온도계가 박혀 있었다.

"뭔지 짐작도 할 수 없어요?" 세러가 자신의 농담을 웃으며 물었다. "뭔지도 모르면서 뭔가를 좋아할 수 있겠어요?"

"나는 당신이 좋아졌소."

다이아몬드가 또 실없는 말을 했다. 그는 그런 자신에게 화가 났다.

다이아몬드는 세러에게만은 경계심을 풀 수 있다고 여기고 있었다. 어른이 된 뒤 진심으로 남을 믿어본 적이 한 번도 없으며, 이제 와서 남을 믿기도 힘들었다. 그래도 그런 관계를 시작해 보고 싶었다. 그 놋쇠로 만들어진 알뿌리 모양의 물건을 한 개 집어 들어 손가락 끝으로 빙글빙글 돌리며 에칭(^{etching 부}
식 동판술)된 한 글자를 읽으려고 뚫어지게 보았다.

"굉장히 아름답구려, 참으로. 한데 이게 뭐요? 이것을 살 때 자신이 무엇을 사려 하는지는 알았을 테지."

"그런데 그 점이 아주 중요해요, 리어. 그것이 내 '뭔지 알 수 없는' 컬렉션의 중요한 점이에요. 좀더, 좀더 있어요."

세러는 침대에서 미끄러져 내려와 낮은 선반께를 휘저어 그의 무릎 위에 상자며 여러 가지 모양의 물건을 수북이 쌓아올렸다.

"특히 이 컬렉션에 넣는 것은 파는 사람조차 뭔지 알지 못하는 것밖에 사지 않아요."

"우리 국에 이런 물건의 출처를 더듬는 일을 전문적으로 하는 사람이 있소. 그것의 정체뿐만 아니라 누가 언제 만들었는지까지 가르쳐 주오."

"고마워요. 하지만 괜찮아요. 그러면 모든 일이 다 깨지고 말아요. 무엇인지 알면 그 후로 나는 마음이 시들해져서 잘 간수해 두지도 않거든요."

다이아몬드는 지금과 같은 산뜻한 기분이 드는 접촉을 진심으로 즐기고 있었다. 그에게는 지금이 언제나 특별하고 중요한 때였다. 사랑의 행위를 끝낸 뒤 잠깐 동안의 순간이. 이제까지의 인생에서 아내까지 포함한 그리 많지 않은 연애 관계가, 거북스러운 결과로 끝난 것은 성행위에 신선한 맛이 없어졌을 때가 아니라 행위 뒤에 계속될 차분한 감정의 지속성이 없어졌을 때였다.

세러가 그와 마주보며 침대 위에 앉았다. 골동품 반지를 나란히 낀 손가락으로 머리카락을 쓸어 올리며, 처음 만났을 때 그의 눈을 사로잡았던 수줍은 미소를 다시금 입가에 떠올렸다.

"어땠어요?" 부끄러운 듯 물었다.

"당신이 그 질문을 해서는 안 되오. 내가 해야 하오. 아주 좋았소. 당신은 아주 훌륭했소."

다이아몬드는 그리 힘이 담기지 않은 목소리로 말했다.

"점점 좋아져요." 세러가 말했다. "언제나 그래요. 내 말은 서로 좀더 깊이 알면 다른 것도 하게 되고……." 다음 말이 끊어졌다.

한참 동안 두 사람은 잠자코 있었다.

"우리, 물건 이야기를 했었지요?" 이윽고 그녀가 물었다.

"물건?"

"네, 물건이오. 물질주의에 대한 것. 잊었어요?"

"물론 기억하오. 당신은 물질주의자가 아니지만 여러 가지 물건을 좋아하오. 그런 섬세한 취미를 즐길 수 있는 것은 오직 여자뿐이오. 당신은 물건을 모으는 게 아니오, 세러. 컬렉션을 하는 거요. 모든 먼지를 털어내는 데 시간은 얼마나 걸리오?"

"당신이 그런 질문을 해서는 안 돼요." 그녀가 장난스럽게 말했다. "먼지를 털어내는 일 따위에 대해서는 아무것도 모르잖아요. 흑인 여자가 1주일에 한 번씩 와요. 그녀가 내 물건을 하나하나 집어 들고 먼지를 털어 주지요. 깨지거나 망가지기 쉬운 것, 예를 들면 거기 있는 밀가루 반죽으로 만들어진 작은 체코 인형 같은 것은 결코 만지지 않아요. 입으로 혹 불어 먼지를 털어내지요."

"세러, 당신은 인형의 집에서 살고 있는 소녀같소."

다이아몬드가 점점 다가오며 말했다.

세러가 얼굴을 끌어당겼다. "어린아이 취급은 하지 말아요, 리어. 나는 단순한 대학생이 아니에요. 당신은 아무것도 모르는군요. 나는 물질주의자가 아니에요. 거기에는 뚜렷한 차이가 있지요. 물질주의란 경제학이며 자본주의며 마르크스와 관련되어 있는 일들이에요. 그런데 내 여러 가지 '일'은 뿌리예요. 나무가 뿌리를 뻗어가는 것과 같아요. 누군가의 아파트에 들어가면 온갖 뿌리가 보이지요. 그 방이 가깝고 친밀하게 느껴지도록 하는 것이……. 그 사람 혼자만의 방으로 여겨지게 하는 여러 가지 것들이."

"어떤 아파트라도 한 번 이상 가면 유독 친밀감을 느끼게 하는 것이 있소." 다이아몬드가 말했다.

"그런 게 아니에요." 세러가 말했다. "내 말은 특별한 것, 특별한 뿌리예요. 누구나 그런 것을 가지고 있어요. 어떤 물건에도 집착하는 마음을 느끼지 않고, 생각나면 모든 것을 내버려두고 어딘가로 갈 수 있는 사람이 있다니, 그런 말은 들어본 적이 없어요."

다이아몬드는 '뭔지 알 수 없는' 상자 하나를 집어 들어 살펴보기 시작했다. "나는 들어본 적이 있소." 그가 말했다. "모든 것을 내버려두고 간 어떤 사람을 알고 있소——고초열용 알약 한 병과 비듬 없애는 샴푸 한 세트 말고는 모든 것을 내버려두고 갔소."

다이아몬드는 화제가 바뀐 일과 직업상의 신분을 세러에게 은근히 과시할 수 있는 기회를 얻게 된 것이 기뻤다. 그는 아주 조심스럽게 설명하기 시작했다.

"망명자 때문에 골치를 앓고 있소. 아직 언론에 공개하지 않은 터라 자세한 것은 말할 수 없소. 아무튼 며칠 전 그 남자, 어떤 과학자가 소련으로 달아났소. 그가 아주 중대한 비밀을 가지고 갔으리라는 불길한 예감이 들어 견딜 수가 없소."
세러는 마음속으로부터 호기심이 자극되어 더욱 흥미있어 했다.
"망명자…… 과학자…… 진짜 러시아 사람……. 나는 비밀스러운 일을 아주 좋아해요, 리어. 당신 어떻게 할 생각이지요?"
"이런 경우 맨 먼저 해야 할 일은 그가 무엇을 가지고 갔는가를 정확히 조사해 내는 것이오. 태어난 날부터 모스크바행 비행기를 탄 날까지 그의 인생을 분석하는 거요. 하나하나 조각을 이어 맞춰가야 하오. 어째서 망명했는가, 기밀정보 취급 자격의 정도, 상대편에게 어느 정도의 정보를 줄 수 있는가?"
"어떻게요?"
다이아몬드가 침대에서 미끄러져 내려와 방 안을 돌아다니기 시작했다. 자신이 벌거벗은 알몸임을 깨달았지만 이야기하다 보면 잊어버리겠지 생각했다. 그러나 그렇지가 않았다.
"우리가 쓰는 방법 가운데 C.P.P.라는 것이 있소. 포괄적 성격 분석이라는 뜻이오. 대체로 8만 달러의 비용과 열흘의 시일이 걸리오. 보통은 2단계로 나누어 하오."
지금 세러는 그의 이야기보다도 그의 말하는 방법에 흥미가 끌리고 있었다. 그것은 이제까지 본 적이 없는 리어 다이아몬드였다. 사람에게 관계없는 일이기라도 한 듯 냉연(冷然)한 태도와 목소리로 말하고 있었다.
"대여섯 번밖에 쓴 일이 없소. 실제로 아주 정공법적인 방법이오. 몇 사람을 곳곳에 파견해 그들로 하여금 그 사람의 생활에 관한 모든 정보를 진공청소기처럼 주워 모으도록 하는 거요. 다음에 뉴욕에서 전문가 팀을 편성하오. 심리학자, 자연과학자, 현직 경찰관,

경우에 따라서는 그 밖에 한두 사람 더. 그들이 자료 수집반이 모은 자료를 받아……. ”

전화벨이 울렸다. 다이아몬드와 세러가 얼굴을 마주보았다. 그리고 서로의 얼굴에 떠오른 놀란 표정을 보고 웃었다. 그녀가 수화기를 들었다.

“여보세요. 아니에요. 미안하지만 여기에는 그런 이름의 사람이 없어요. 아니, 괜찮아요. ”

세러는 수화기를 놓았다.

“누군가가 마담 데파르주와 이야기하고 싶다는군요. 나를 놀린 게 틀림없어요. 그런 이름으로 평생을 지내다니, 생각만 해도 소름끼쳐요. ”

또 전화벨이 울렸다.

“내가 받겠소. ”

다이아몬드의 얼굴에서 미소가 사라져 있었다. 왼손으로 송화기를 누른 채 그는 아무 말 없이 듣고 있었다. 이윽고 냉랭한 목소리로 말했다.

“당신은 짐승만도 못한 사람이오, 해리. 형편없는 사나이군. 나는 이런 걸 농담이라고 여기지 않소……. 아니, 아무것도 아니오……. 우리가 아는 한 그는 아무것도 가지고 있지 않소……. 그건 일상적인 수속에 지나지 않소……. 부정, 거절, 당신네 사람을 그 그룹에 넣을 수는 없소……. 부디 편한 대로 차관보에게 가시오. 하지만 나는 결코 용서하지 않겠소……. 서로 마찬가지요. 당신 같은 사람은 지옥에나 떨어져버려. ”

다이아몬드는 사정없이 수화기를 내려놓았다. 그리고 높은 소리로 웃었다. 그의 기분에 이끌려 세러가 침대 위로 뛰어올라 그와 함께 웃기 시작했다.

"자, 이야기해 주겠어요? 안 할 거예요?"

"알았소. 이런 일은 자주 일어나는 게 아니오. 적어도 앞으로는 일어나지 않기를 바랄 뿐이오. 전화 건 사람은 정보부에 있는 오랜 친구라오. 그 특유의 장난 전화였지. 내가 있는 곳이 어딘지 알았음을 알리기 위해 등에 칼을 꽂고 한 번 비틀어 주는 것과도 같은 방법이오. 보란 듯이 뭔가를 알리는 그 특유의 방법 말이오."

"하지만 당신은 그 망명자 일로 거짓말을 했어요."

"그렇기도 하고 그렇지 않기도 하오. 사정이 확실해지기까지는 사건을 기밀에 부쳐야 하오. 게다가 정보국이 내 편이 아닌 게 확실해졌으므로."

"나에게 비밀을 이야기해서는 안 되겠지요?" 세러가 말했다. "결국 나는 어떤 사람이라도 될 수 있으니까요."

"될 수 있다고? 아니오. 당신은 이미 혐의가 없다고 판정되었소."

"혐의가 없다고 판정?"

다이아몬드는 직감적으로 잘못 지껄였음을 알았다. 그러나 개의치 않고 말을 계속했다. "그때 함께 버지니아 비치로 수영하러 간 뒤 국방성 지원자 이름 속에 당신 이름을 살짝 넣어 두었소. 신상 조사 결과가 지난 주일에 나왔다오."

"너무해요." 세러가 말했다. "보여주시겠어요?"

다이아몬드가 웃었다. "벌써 찢어 버렸지만 기억나는 것을 말해 주겠소. 당신이 이제까지 사귀던 어떤 남자보다도 나는 당신을 잘 알고 있소. 부모의 이혼, 대학 성적——당신은 프랑스 어를 전공했소. 오빠가 콜게이트에서 저지른 큰 실패. 낙태. 지난해 텔레비전 추가 출연료로 다툰 일. 처음의 진짜 연인은 대학 시절에 사귀던 에드워드 뭐라는 아주 다정한 남자였다는 사실……."

"에디 허먼. 놀랐어요. 그에 대해서는 몇 해나 생각해 본 적이 없어요."

"그는 지금 무슨 일을 하리라고 생각하오?"

"그런 것까지 알고 있나요?"

"월가에서 증권회사 외근 사원으로 일하고 있소."

"어머나, 놀라워요. 에디 허먼이 월가에서! 그의 단편소설을 아직 몇 편 가지고 있어요."

"내 기억이 맞다면 당신은 허먼과 헤어진 뒤 대체로 1년에 두세 명의 남자를 만났소. 그 가운데 진지하게 사귄 것은 두 사람뿐이오. 케니스 소렌센과 지난 해의 남자."

"피터."

"소렌센은 아주 잘됐소. 공산주의자다운 독점 게임을 고안해 냈지. 돈을 잃을 것을 목적으로 한 게임이오. 처음에 파산한 사람이 나중에 이기게 되오. 그 방법으로 큰돈을 벌어 남프랑스에서 살고 있소. 피터는……."

"저도 모두 알고 있었어요." 세러가 불쾌한 목소리로 말했다.

두 사람 모두 한참 동안 말이 없었다.

이윽고 세러가 말했다.

"내 예감이 옳은지 확인해 보겠어요. 당신은 보안부 사람들에게 내 신상 조사를 시켰어요. 말하자면 나를 침대로 끌어들이는 데 꽤 치밀한 계획을 세운 게 틀림없어요."

그녀는 둘에 둘을 더하면 넷이라는 대답을 얻기라도 한 듯 고개를 한쪽으로 기울였다.

"그러므로 이것의 자연발생적 요소가 꽤 엷어지는군요. 그렇지요?" 세러는 구겨진 시트와 바닥에 어질러진 옷가지를 몸짓으로 가리키며 말했다.

"그렇지 않소." 다이아몬드가 말했다. "알겠소? 그것이 워싱턴

생활 현실의 한 부분이오. 대통령 이하 관청에서 근무하는 몇천 명의 인간이 정사를 하고 있소. 상대 여자의 신원을 알고 있지 못하면 난처하오. 그것은 당연한 경계 조치요."

"여자와 자기 전에 남자가 경계 조치를 강구한다는 말은 들었지만, 지금의 그 이야기는 그야말로 우습군요." 세러가 말했다.

"아마 그 선으로부터 해리는 내가 있는 곳을 알았을 거요." 다이아몬드는 자신의 생각을 더듬으며 혼잣말하듯 중얼거렸다.

"어째서 그는 당신을 마담 데파르주라고 했지요?"

"전쟁중의 내 암호명이오." 다이아몬드가 말했다. "지금은 바보스럽게 들리지만, 런던이 나에게 지령을 내릴 때는 언제나 BBC 방송을 통해 마담 데파르주에게로 통신을 흘려보냈소. 우스운 것은 내가 그런 일에 말려들어간 일이 아주 단순한 잘못 때문이었다는 점이오. 그들은 몇백만 명의 인원을 동원하고 있었소. 내 차례가 되었을 때 누군가가 내 출생지란에 UK가 아니라 UKR이라고 써 버렸던 거요."

"잘 모르겠어요."

"UKR은 우크라이나의 약자요. UK는 영국, 내가 태어났을 때 부모는 런던에 살고 있었소. 아무튼 육군정보부가 그 UKR을 한 번 보고 아주 기뻐하며 나를 러시아에 공중낙하할 잠입요원으로 삼았소. 한데 프랑스 어를 조금 할 수 있음을 알고 그들은 나를 말리팀알프스에 낙하시켰던 것이오. 격추된 파일럿의 탈출 루트를 설치하기 위해. 나는 그곳에서 겨우 14주밖에 견디지 못했소. 겁쟁이 파일럿에게 배신을 당한 거요. 어쩌면 그는 독일 스파이였는지도 모르오. 아직까지도 모르고 있소. 그건 그렇고, 나는 그 루트를 이용해 탈출해야만 했으며 아슬아슬하게 도망쳤소. 우리가 영국 파일럿 두 사람과 함께 피레네 산맥을 넘어 막 스페인으로 들어가려 할 때 비시 정부 (1940년 6월 프랑스가 독일에 항복한 후 프랑스 중부 비시에 세운 친독 정권)의 국경 경비 대원에게 발각되었소.

　경비대의 개가 우리 발자취가 있는 가축우리까지 더듬어 왔소. 나는 모두에게 창문 밖으로 소변을 갈기도록 했소. 그러자 개들도 오줌을 누어 발자국 냄새를 더듬을 수 없게 되었소. 우리는 가축우리 뒷문으로 달아났고, 개들은 각기 어디론가 가 버렸소. 이런 경우는 흔해빠진 일에 지나지 않소.”

　“믿어지지 않는 이야기예요.” 세러는 큰 소리로 웃었다. 웃음이 점점 사라져갔다. “당신, 사람을 죽인 일이 있어요? 어리석은 질문이라는 건 알지만, 어때요, 죽인 일 있어요?”

　“전쟁 중에는 없었소.” 다이아몬드는 달라진 어조로 말했다. “전쟁이 끝난 후 대학을 나와 정보국에 들어가서 동유럽 첩보망을 담당했소. 다시는 생각하고 싶지 않은 일이오. 1956년 헝가리의거(1956년 10월 23일부터 13일 동안에 걸쳐 헝가리 부다페스트에서 일어난, 민족자립과 자유화를 위한 반소련 의거) 와중에 어떤 사람, 정확히 말해서 조금 전에 전화를 걸어왔던 그 사람이 그 계략을 생각해 냈소…… 제기랄…….”

　다이아몬드는 악몽을 떨쳐 버리려는 듯 격렬하게 고개를 가로저었다.

　“이야기하지 않아도 괜찮아요.”

　“아니, 이야기하고 싶소. 그때는 아주 좋은 계략이라고 여겼었소. 그것이 성공했다면 나는 아직 정보국에 있었을 거요. 아무튼 그 사람이 그 무렵 헝가리에서 추진했었던 것과 같은 일을 체코에서도 추진할 가능성이 있다고 여긴 거요. 하지만 그전에 소련 사람들을 안심시켜 방심하게 할 필요가 있었소. 우리는 일부러 세르뉘 첩보 조직을 소련 측에 알렸다오. 스물일곱 명이나 되는 이쪽 공작원들을 배신했던 거요.

　소련의 입장에서 생각한 우리는, 그렇게 하면 그들이, 이제 프라

하에서 큰 소동이 일어나지 않으리라고 여길 게 틀림없다고 판단했
소. 그러나 소련 측은 그런 계략에 속지 않았소. 그들은 한 사람도
남김없이 처형해 버렸소. 남자 스물여섯 명과 여자 한 명을. 더군
다나 그 일로 해서 아무런 결과도 생기지 않았지 뭐요! 그 작전
실시에 대해 구두 허가를 받았다는 것을 입증하지 못한 채 내가 정
보국에서 소리없이 쫓겨난 일 말고는."
한참 뒤 세러가 말했다.
"뭔가 먹을 것을 좀 갖다드릴까요? 냉장고에 차가운 스튜가 있어
요."
"아니, 별로 배고프지 않소."
"몇 시까지 돌아가면 되지요?"
"자정 무렵까지."
"부인이 어떤 사람인지 알고 싶어요."
"아니, 그런 이야기는 하고 싶지 않소."
"어째서 아직까지 아이가 없지요?"
"글쎄, 둘 다 갖고 싶다고 생각한 적이 없었기 때문이겠지. 서로
상대에게 '아기를 갖자'고 말한 적이 없었소. 아이에 대해 한 번도
이야기해 본 일이 없소. 아이가 없는 것이 자연스럽게 여겨졌을 뿐
이오."
"지금은 후회하세요?"
"아니, 뭐 그다지. 아이는 귀찮을 뿐이오."
"리어, 한 가지 묻고 싶은 일이 있어요. 보안부 사람들이 내 신상
조사를 한 후 위험 인물이라고 말했다면 어떻게 할 생각이었지
요?"
"당신을 침대로 끌어들였을 거요. 그러나 아무 이야기도 하지 않았
소. 알겠소?"

“잘 알았어요.”

세러는 웃음을 참으려 했으나 참을 수 없었다.

5

“아, 유쾌했어.” 요란한 엔진 소리 속에서 듀크스가 말했다.

옆에 앉은 젊은이가 페달을 가리키며 입만 움직였다.

‘안 들립니다. 페달을 밟아주십시오.’

듀크스는 힘차게 고개를 끄덕이고 페달을 밟았다. 귀에 거슬리는 쇳소리가 들려왔다. “유쾌했어.”

프레드 반 에이버리가 그렇다는 듯이 벙긋 웃었다. “연접(連接) 전화로 방청하고 싶었습니다. 그런데 해리, 그가 있는 곳을 어떻게 알았는지 물었습니까?”

“그 점은 인정해 주겠어.” 해리 듀크스가 말했다. “묻지 않을 만큼의 프로 의식은 아직 남았더군. 굉장히 화냈다네.”

버지니아의 시골 하늘 위에서 헬리콥터가 난기류 속으로 들어가자 파일럿 뒤에 앉은 두 사람은 무릎 사이로 손을 밀어 넣어 좌석을 꼭 붙잡았다. 인터컴^(연락용
통화 장치)을 통해 파일럿의 목소리가 들려왔다.

“지금 것은 나무랄 데 없네. 아직 거기에 있나? 오른쪽에 보이기 시작하는 것이 앤드루스 비행장일세.”

“방콕에서 얼마쯤 걸리겠습니까, 해리?”

반 에이버리가 물었다.

“어떻게든 대충 마무리하고 2주일 안으로 돌아올 수 있을 걸세. 잘 하면 이번도 조용히 넘어갈 수 있을 테니까.”

이제까지의 경험으로 그것이 근거 없는 추측이 아님을 반 에이버리는 알고 있었다. 듀크스는 항상 옷차림에 무관심해 겉모습은 단정치 못한 편이다. 사무실에서는 두 팔을 축 늘어뜨리고 친구와의 약속장

소나 혹은 잃어버린 라이터를 찾아다니는 사람처럼 어슬렁거리곤 한다. 그러나 느리고 사람 좋아 보이는 겉모습과 달리 그 이면에는 모든 조건을 치밀하게 계산하는 사나이가 숨겨져 있다. 더욱이 그는 그 조건을 언제나 정확히 파악하고 있었다. 2주일 안으로 돌아온다고 하면 듀크스는 무슨 일이 있더라도 반드시 2주일 안에 돌아왔다.

헬리콥터가 앤드루스 공군기지의 중앙정보국 구역에 내렸다. 그 동그라미 가장자리에서 중사가 공군의 검은 리무진 문을 열고 기다리고 있었다.

듀크스가 말했다.

"알겠나? 중국 방문단에 끼워줄 학자를 찾아내게. 그리고 가능하면 포괄적 성격분석에 참가하고 있는 학자 가운데 누군가로부터 이야기를 들을 수 있겠는지 한번 알아봐 주게. 다이아몬드는 뭔가를 쥐고 있음에 틀림없네. 그렇지 않으면 포괄적 분석을 요구하지 않을 걸세. 그러나 너무 깊이 들어가지는 말게. 세르뉘 사건을 알고 있나? 그는 지나치게 서두르다가 실패한 전력이 있지."

"당신도 세르뉘 사건에 관계가 있었습니까?"

반 에이버리가 물었다.

"그렇네. 있었다고 해도 되겠지. 다이아몬드가 첩보망을 소련에 알림으로써 그들을 속일 수 있다는 얼빠진 생각을 들고 나왔네. 그 계획이 실패하자 모든 게 내 착상이었다고 주장하려 했지."

듀크스는 씁쓰레한 목소리로 말을 이었다.

"오래된 수법이지. 성공하면 자기 실적으로 하고 실패하면 가공의 구두 명령이라는 구실의 그늘로 숨어버리네. 대규모 조사가 이루어져 그가 서류에 의한 명령이나 허가를 전혀 받지 않았다는 사실을 알게 되었지만, 서류에 의한 보증 없이 위험한 다리를 건너는 일은 어지간히 어리석은 사람이 아니면 하지 않는 법이지.

그 즈음 그가 연인에게 필요 이상의 말을 지껄였다는 혐의가 있었지만 그쪽은 다그치지 않았지. 그는 정보국에서 쫓겨났네. 연인에게 지껄인 기밀보전 규칙위반 때문도 아니고 작전실패 책임을 물은 것도 아니었지. 다만 실패한 책임을 나에게 씌우려 했기 때문이었네."

지금 듀크스는 그 이야기에 몰두해 마치 반 에이버리에게 말한다기보다도 자기 자신에게 들려주는 느낌이었다. "그가 빅터에게 한 일은 결코 용서할 수 없네."

"빅터가 누구지요?"

반 에이버리는 세르뉘 사건의 상세한 점을 기억에 새겨두고 있었다. 정보국 젊은이들이 잠자리에 들기 전 한잔하려고 모였을 때 더없이 좋은 화제가 된다.

"모두 잊어버린 이름일세, 빅터 레이널트. 체코와 프랑스 혼혈이지. 1944년 프랑스에서 우리를 위해 일했고, 그 뒤 그와 다이아몬드와 내가 한동안 유럽을 돌아다녔네. 그와 다이아몬드는 아주 사이가 좋았어. 우리는 모두 그랬네. 다이아몬드가 동유럽 첩보조직을 담당하고 있을 때 빅터를 채용했지. 빅터는 다이아몬드가 소련에 넘겨준 첩보 조직 지도자였네."

"그럼 빅터 뭐라는 사람은 어떻게 되었습니까?"

"그는 달아나려 했지만 결국 붙잡혀 벽 앞에 세워져서 벌집처럼 구멍이 뚫렸다네. 만에 하나라도 일 때문에 다이아몬드와 접촉하는 일이 있으면 아주 조심해야 하네, 프레드. 그에게는 친구란 없지. 모든 사람을 이용하는 사나이일세. 그는 빅터를 이용했네. 그리고 나를 이용하려 했지. 세르뉘 사건에 대해 그가 한 말이 진실이었다고 여기는 사람들이 아직 있고, 그 때문에 나는 굉장한 손해를 보고 있네. 그는 사람 다루는 일에 능숙한 인형 조작꾼일세."

파일럿이 돌아보며 듀크스가 비행기에서 내리기를 조용히 기다리고 있었다.

듀크스는 활발한 목소리로 물었다.

"그 밖에 묻고 싶은 일은 없나, 프레드?"

"없습니다. 르윈터 일은 지금으로서는 소련이 아무 말도 하지 않고 있지만 만일 그일이 세상에 알려질 경우, 누가 그 사건을 담당하게 됩니까?"

"그 일은 이미 수배가 끝났네. 국제형사 경찰기구가 그에 대해 틀에 박힌 행방불명자 수색 수배를 하고 있으며, 보스턴 경찰이 배경 자료를 날조해 내고 있지. 미성년자에 대한 외설죄거나 남색 강요인데, 이번에는 어느 쪽이 될지 아직 못 들었네.

소련 측이 망명 사건을 세상에 공표하면 모른 척하고 매스컴이 직접 취재하도록 두면 되네. 우리가 모른 척하고 있으면 세상은 A. J. 르윈터를 성도착자로 단정해 버리고는 귀찮은 존재를 쫓아 버렸다고 기뻐할 걸세."

닳아빠진 캔버스 가방을 쥐고 듀크스가 헬리콥터에서 내려갔다. 그는 입구에서 큰 소리로 외쳤다.

"그래, 프레드, 포괄 분석의 누군가와 연락이 되면 알겠나, 예산에 대한 것을 잊어서는 안 되네. 이번에는 2,500달러가 넘지 않도록 해주게."

6

나무 그늘에서도 숨이 막힐 듯한 더위였다. 예브게니 미하일로비치 포고딘은 나비넥타이 끝을 잡아당겨 풀고 셔츠 칼라를 헤쳤다.

큰 길 너머 멀리, 옆으로 줄을 서서 밭을 걸어가는 여자들의 모습이 보였다. 몸을 굽혔다가 펴곤 하며 삼베자루에 뭔가를 집어넣고 있다. 도시에서 자란 포고딘은 그것이 무엇인지 상상할 수 없었다. 아래쪽 큰 길가에서 수리공이 고장난 KGB 전용차 옆에 웅크리고 앉아 엔진에서 떼어낸 부속품을, 커피 통에 담은 벤진 속에서 닦고 있다.

"수리공, 고장 난 곳을 알았나?" 포고딘은 위에서 말을 걸었다.

"연료 펌프인 듯합니다." 수리공은 얼굴을 수그린 채 말했다.

"앞으로 얼마쯤 걸리지?"

수리공이 부속품을 통 속에 집어넣고 돌아서며 포고딘 쪽을 올려다보았다. "너무 서두르지 마십시오. 나를 여기에 보내준 것만으로도 당신들은 운이 좋았던 겁니다."

"터무니없는 이야기로군." 포고딘이 영어로 말하고 옆 사나이 쪽을 향해 같은 말을 러시아 어로 했다. "적어도 KGB쯤이면 자동차를 정비해 둘 수 있을 법도 한데. 아무튼 자이체프, 이제 곧 고쳐지겠지. 이야기를 계속해 주게."

스토얀 알렉산드로비치 자이체프는 호감 가는 용모와는 거리가 먼 사나이였다. 옆얼굴은 '조각과도 같다'는 표현과 정반대였다. 보는 각도에 따라서 조각이 부식되어 가는 듯 보이기도 한다. 그러나 보고 있으면 불쾌감이 솟는 얼굴은 아니다. 오히려 여기저기 섬세한 부분의 조화가 자연스럽지 못하다고 해야 옳을 것이다. 작은 눈은 핏발이 서고, 거대한 콧구멍에서는 털이 비죽이 내다보이며, 조금 변색된 누런 치아가 입 속을 메우고 있었다.

그는 지금 이야기한 장면이 떠올라 크게 웃었다.

"이런 광경을 상상해 주게——플루체바가 스커트를 들어올리고 볼쇼이 무대에 올라가 높은 괴성을 질렀지." 자이체프가 코를 쥐고 찢어질듯한 쇳소리를 흉내냈다. "거기서 온통 젖꼭지가 내다보이잖아요! 나는 문화대신이에요. 이런 것은 퇴폐적이에요. 의상을 다시 만들도록 해요. 그렇지 않으면 첫 공연을 중지시키겠어요."

자이체프는 무릎을 꿇고 윗몸을 세워 두 팔을 벌렸다. "발레 단장은 훌륭했지. 교조적으로 굳어져 버린 플루체바의 눈을 똑바로 보며 호통쳤네. '의상은 이 발레 정신에 없어서는 안 되는 부분입니다. 의상이 나쁘다면 나는 손떼겠습니다.'"

"어느 쪽이 이겼나? 플루체바인가?"

"그렇게 생각하겠지." 자이체프는 다시 나무줄기에 기대며 기쁜 듯이 말했다. "첫 공연날 밤에 가보니 무대 위에서 우리의 새로운 자유주의가 마구 뛰어다니더군. 유방의 큰 홍수로, 어디를 보나 젖꼭지였네. 그리하여 우리의 사회주의는 살아남았지."

두 사람은 정말로 우스운 듯이 크게 웃었다.

"내 친구 자이체프여, 자네는 여전히 혈기왕성하군." 포고딘이 말했다. "모든 일이 순조로운 듯하네. 그렇지?"

"내가 불평할 일은 없네. 즐거운 생활을 하고 있지. 지금 나는 본부장으로, 안락하게 생활할 수 있을 만한 봉급을 받네. 아침 10시에 일어나 천천히 차를 마시고 그런 다음 네 시간 동안 일하지. 일이라고 할 수 있을지 어쩔지 모르지만. 수준 높은 제자를 몇 사람 지도하고 있네. 그 가운데 아주 유망한 사람이 하나 있네. 나머지는 1년에 서너 번 토너먼트에 나가지, 그리고 언제나 우승하네.

지난해에 또 책을 썼네. 이번 것은 《공격 자세》라는 제목일세. 사실 그 책에는 굉장히 훌륭한 부분이 몇 군데 있지. 내 저서가 프랑스에서 번역되어 인세를 받도록 허락받았네. 게다가 그 번역작업에도 참여하기 때문에 수입은 더 늘어나지. 그 수입으로 나는 필요한 것을 뭐든지 구하네. 나를 데리러 왔을 때 그 아파트 방을 보았겠지. 독일제 스테레오, 이태리제 옷, 프랑스 신간 서적. 게다가 이런 얼굴로도 원한다면 얼마든지 여자를 얻을 수 있다네."

자이체프는 함께 온 여자 쪽으로 고개를 돌렸다. 옷감의 구김살 같은 주름이 살갗 군데군데 보이는 건장한 몸의 금발이었다. 여자는 가까운 시냇물에 다리를 담그고 앉아 수놓인 손수건으로 코를 풀고 있었다.

포고딘이 말했다.

"자네가 돈 쥬앙처럼 되어 버렸다는 이야기는 들었지. 나비처럼 한 여자로부터 다음 여자에게로 옮겨가는 것이 만족스럽나?"

자이체프가 소리쳐 답했다.

"나의 순진하고 케케묵은 완고 덩어리 예브게니 미하일로비치! 자네가 마음속으로 부르주아임을 나는 전부터 알고 있었지. 만족하고 있느냐고? 배설을 즐기느냐고 묻는 편이 낫겠네. 폴란드의 고급 보드카 한 병으로 즐거움을 얻을 수 있느냐고 물어야겠지. 내 말뜻을 알겠나?"

"그래, 자네의 그 굉장히 훌륭한 생활 저변의 정치적 분위기는 어떤가?"

"아하! 그렇게 나오리라 여기고 있었네. 언제나 그렇지. 이따금 우울해지네."

돌아보고 여자에게 말이 들리지 않음을 확인한 다음 자이체프가 낮은 목소리로 말을 이었다.

"때로는 여자들을 집으로 돌려보내고 나서 나치의 스테레오를 끄고 러시아제 보드카로 바꾼 다음 소논문을 쓰네. 이거 참, 자네가 읽을 수 있도록 해주고 싶군."

"그건 어디에 있지, 푸슈킨?"

"소련 국내에서 씌어진 훌륭한 문장이 모두 있는 곳일세. 내 책상 서랍 속이지. 물론 사람들은 그 원고를 알고 있네. 그러나 서랍 속에 들어 있는 한……."

두 사람은 엄숙한 표정으로 잠자코 얼굴을 마주보았다.

뒤편 시냇가 쪽에서 그 모습과는 상상도 할 수 없을 정도로 판이한 여자의 감미로운 목소리가 들렸다.

"자이체프, 달링. 내가 없어서 쓸쓸하지 않아요?"

그녀는 말을 마치자 손수건으로 입가를 누르며 재채기를 했다.

자이체프는 낮은 목소리로 "암소 녀석"이라고 중얼거리고 벙긋 미소 지으며 키스를 던졌다. 그리고 포고딘 쪽으로 돌아섰다. "여자가 옆에 있으면 제대로 이야기할 수가 없네, 특히 꽃가루 알레르기병에 걸린 여자가 있으면. 자네, 자네는 어떤가? 어째서 돌아왔지?"

"모스크바와 오브닌스크 중간의 배나무 그늘에 앉아서 자네 이야기를 듣기 위해서지."

"좀 더 솔직하게."

"솔직하게 말해서 자네에게 알릴 수는 없네."

"뭐, 내게 말할 수 없다고!" 자이체프가 외쳤다. "언제부터 그렇게 됐지? 사람을 속이는 솔직함이 자네의 무기일세. 자네는 그 무기를 써서 남의 경계심을 풀게 하고 상대를 정복하지. 그러니 내 경계심을 풀어 주게."

자이체프는 두 팔을 번쩍 들어 항복하는 몸짓을 해보였다.

포고딘이 말했다.

"지금 내가 무슨 생각을 하고 있는지 알겠나?"

그러나 자이체프가 가로막았다. "또 시작이군. 그 솔직함의 정도는 충분히 인민위원이 될 자격이 있네."

포고딘은 마음이 상한 듯한 표정을 지었다. "자이체프, 자네와 이야기할 때는 그렇지 않지. 내 솔직함은 무기가 아니라 우리 둘 사이 우정의 증명일세."

그리고 그 말을 실제로 증명하기 위해 포고딘은 최근 2주일 동안 한시도 머리에서 떠나지 않은 그 사나이, A.J. 르윈터에 대해 이야기하기 시작했다.

"…… 나는 과학자가 아니라서 그 정보의 중요도에 대해 전혀 확신이 없네. 그러나 이것만은 말할 수 있지. 나는 그 미국인과 비행기 안에서 14시간을 함께 지냈는데, 그가 거짓말을 하고 있다면 완벽하게 연습을 쌓은 보기 드문 망명 연기라는 걸세."

자이체프가 무슨 일인지 생각하며 고개를 끄덕였다.

"이 일이 잘되면 자네의 출세에 크게 도움이 될 것일세, 그렇겠지?"

"맞았어. 그럴 가능성은 있네."

"그 일이 자네의 판단을 흐리게 하고 있나?"

"그런 것 같네."

둘은 큰 소리로 웃었다.

"책상 서랍에 넣어 두는 수상록에 그 일을 써넣는다면 뭐라고 쓰겠나?"

"서랍용 원고로 기록하기에는 지나치게 복잡한 일일세. 오브닌스크에서 르윈터로부터 정보를 듣는 전문가들은 사실이라고 여기고 있네. 그는 암기한 수식을 차례차례 알려 주고 있지. 그 수식이 탄도(彈道)를 나타내는 것임은 의심할 나위가 없네. 더욱이 그 탄도가 핵탄두와 유인(誘引) 탄두라는 사실도 분명하네. 그러나 미국이 실제로 미사일을 쏘아오지 않는 한 그것이 MIRV가 실제로 더듬어 오는 탄도인지 어떤지는 확인할 방법이 없네."

"그러므로 그 정보가 진짜인지 어떤지 아는 것은 불가능하다는 거로군?"

"그렇지." 포고딘이 말했다. "그 정보를 증명할 수 없네. 우리가 할 수 있는 것은 그 인물을 확인하는 일뿐이지. 그런데 모스크바 사람들은 그를 믿고 있지 않네. 모든 일이 지나칠 만큼 간단하네. 너무 잘되어 있다고 여기고 있지. 돈을 치르고 입수한 정보라면 또 이야기가 다르네. 그러나 그는 공짜로 찾아왔거든."

"그래, 자네는 어떤가. 그의 이야기를 진짜라고 여기나?"

포고딘은 한참 동안 생각했다. "그는 자신의 정보가 진짜라고 여기고 있어……. 그 점을 믿네."

"나의 솔직한 친구여, 언제나처럼 자네는 내 물음에 대답하고 있지 않네. 뭐, 좋네. 용서해 주지. 다만 그 미국인이 어떤 사람인지 가르쳐 주게."

"그는 자네가 함께 술을 마시고 싶어할 만한 사나이는 아니지만 아주 흥미로운 사람임은 확실하네. 모순투성이의 감정이 뒤섞여 있지. 아주 오만한 태도를 보이는가 하면 금세 제정신이 아닌 듯한 태도가 되네. 손톱을 줄로 다듬고 있는가 하면 다음 순간에는 그 손톱을 질겅질겅 깨물고 있지. 모스크바에 닿을 때까지 시간의 절반 동안 나에게 생태학 강의를 해주었네."

"무슨 강의?"

"이콜로지 말일세. 나에게 환경보전 강의를 했지. 강의하지 않을 때는 우리 쪽 사람이 그를 영웅으로 보겠느냐, 아니면 배신자로 보겠느냐고 몇 번이나 묻더군. 자기 나라에 대해 이야기할 때는 슬로건을 인용했네. 특정한 정치적 논점에 대해 깊은 생각이 있다고는 여겨지지 않네.

난봉꾼처럼 스튜어디스가 지나갈 때마다 장난을 치더군. 모스크바에 닿은 뒤 내가 수배해 우리 쪽 여자를 한 사람 보내주었는데 나중에 그녀가 그는 아무런 짓도 하지 않았다고 내게 말하더군. 그보다도 좀더 기묘한 일이 있네. 그는 갈아입을 옷을 가져오지도 않았으며 돈도 갖고 있지 않았네. 칫솔조차 없었지. 그런데도 반년분의 항히스타민제와 비듬 없애는 샴푸를 가방에 가득 담아 가져왔네. 그래, 그것과 이 뢴트겐 사진 몇 장. 우스꽝스럽게도 그가 비행기에 올라탄 순간 내가 그것들을 모두 그로부터 빼앗았다네. 그런 것에 무엇이 숨겨져 있는지 알 수 없으니까.”

자이체프가 일어나 팔다리를 폈다. “재미있군, 아주 흥미 있네. 언제 한번 만나보고 싶군. 어떤가, 그는 무엇인가로부터 도망쳐 나왔나, 아니면 뭔가를 찾아 도망쳐 왔나?”

“확실한 것은 모르지만, 자신의 인생에서 일어난 모든 일을 후회하는 사람인 듯한 인상을 받았네.”

“자네의 일이 그토록 정신적인 것인 줄은 몰랐네.”

자이체프의 목소리에는 언제나처럼 빈정거리는 울림이 깃들었으나 포고딘은 자기를 칭찬한 것으로 여기고 있었다.

“겨우 알 듯싶군.” 포고딘이 말했다. 그는 몸을 일으켰다. “자네와 나는 실제로도 대체로 비슷한 일을 하고 있네. 내 직업은 스파이가 아닐세. 교묘한 기량을 서로 겨루는 일이지. 나는 자네가 말하는 공격 자세일세. 나는 미국인들이 무엇을 하고 있는지 알아보려 하네. 그들은 우리가 무엇을 하려 하는지를 알아보려 하지. 그래서 나는 그들이, 우리가 무엇을 하려 한다고 여기는지 알아보려 하네. 그러면 그들은 우리가 무엇을 하려 한다고 여기는지에 대해 내가 어떻게 생각하는가를 알아보려 할걸세. 그것이 끝없이 계속되는 거지.”

“그러고 보니 얼마쯤 체스놀이와 비슷하기도 하군. 자네가 게임을 끝내는 방법이 보통 내 경우보다 복잡하다는 점을 빼놓으면.” 자이체프가 말했다.

아래쪽 도로에서 수리공이 기름투성이 누더기로 손을 닦았다.

“고스포딘,” 수리공이 위쪽을 향해 말을 걸었다. 그는 일반적으로 통하기 좋은 ‘동지’라는 말 대신 혁명 전의 ‘시민’이라고 부르는 말을 썼다. “운전석에 앉아 엑셀레이터를 밟아 주십시오. 이제 시동을 걸어도 괜찮을 듯합니다."

포고딘과 자이체프가 비탈을 미끄러져 내려와 먼지를 털었다. 곧 엔진이 가벼운 소리를 내며 시동이 걸리고 자이체프가 경적을 울려 여자를 불렀다.

"별장에서 우리를 내려주고 잠깐 들러 차라도 마시고 가지 않겠나?" 자이체프가 물었다.

"아니, 그만두겠네." 포고딘이 말했다. "나는 3시까지 오브닌스크에 가기로 되어 있네. 벌써 늦었어."

"그럼, 모스크바로 돌아가는 길에 들르게. 언제나 친구들이 많이 와서 보드카는 다 마실 수 없을 만큼 있고, 여자를 자유로이 고를 수 있어 자네 같은 독신자에게는 안성맞춤일세. 누군가가 대마초를 갖다 주겠다고도 했지."

"형편이 되면 들르지." 포고딘이 말했다. "적어도 앞으로 열흘은 걸릴 걸세. 이번 일에 대해 모스크바와 오브닌스크 사이에 격렬한 토론이 일어날 것 같네. 나는 이전에도 그런 걸 보았지. 대개의 경우 오래 끌었다네."

"자네를 빼놓고, 길게 하도록 내버려두고 되도록 빨리 오게."

"그럴 여유가 없네. 내 장래를 좌우하는 중대한 사건이니까."

여자가 살집 풍만한 허벅지를 가터 벨트께까지 드러내며 둑을 미끄러져 내려왔다. 자이체프와 포고딘은 아주 즐거운 듯 그 모습을 바라보았다.

응수

7

극 비

· 포괄적 성격분석 327호

대상 A.J. 르윈터
총괄 로버트 빌링스
고문 제롬 S. 캐플랜 박사
　　　프레드릭 F. 펀즈워스
　　　에릭 T. 신들러 교수

첨부자료 8월 12일, 13일 실시 면접 내용

극 비

N. 윌슨 부원과 하버드대학 중국연구부 연구조수 모린 싱클레어의 대화 요지. 8월 12일. 피면접자는 미혼 여성, 33살, 여덟 달쯤 전 르윈터를 알게 되어 그가 일본에서 생태학회에 참석하기 위해 출발하기까지 두 달쯤 동거.

윌슨 : 갑작스레 말씀드렸는데도 만나 주셔서 고맙습니다.

싱클레어 : 고마워할 건 없어요. 어디에든 좀 앉으세요. 그건 테이프 리코더인가요? 자, 이 언저리를 좀 치우겠어요. 이런 상태를 보고 몹시 놀랐겠지요. 여느때는 이렇게 어지르지 않아요. 정말이에요. 지금 늘 청소해 주는 부인이 아파서 쉬고 있어요. 풍진이라더군요. 또 아기를 가진 게 아니면 좋겠어요.

윌슨 : 부디 마음 쓰지 마십시오. 내 방에 비하면 아주 깨끗합니다.

싱클레어 : 어머나, 당신은 아주 점잖은 분 같군요. 중국 사람이 뭐라고 하는지 아세요? '예의는 허용 가능한 유일한 위선이다'래요. 원문은, 당신 중국어를 아세요? 그래요, 모를 테지요. 원문이 특히 매력적인 것은 위선이라는 말이 다른 뜻으로도……….

윌슨 : 성급하다고 여기시면 난처하지만, 싱클레어 양, 어떻습니까?

싱클레어 : 당신들은 이번 일로 목 떨어진 닭처럼 뛰어다니는군요. 다른 한 분에게도 말했듯 그는 이 기회를 이용해 일본 구경을 하고 있는 데 지나지 않아요.

윌슨 : 다른 한 사람? 누구 말입니까?

싱클레어 : 그런 이야기를 어디서인지 읽은 적 있는 것만은 확신해

요. 오른손이 하는 일을 왼손이 전혀 모른다는 그런 일을. 하지만 실제로 경험해 보면…….

윌슨 : 그건 어떤 남자였습니까. 아주 중요한 일입니다.

싱클레어 : 잠깐만, 생각해 보겠어요. 그저께였어요, 그저께 여기 왔었지요. 키가 작고 50살이 좀 안 된 인상 좋은 사람. 그리 썩 좋지는 않았어요. 여러 가지 질문을 하며 오거스터스가 일본에서 탈주한 것이냐고 물었지요. 오거스터스의 서류를 가지고 돌아갔어요.

윌슨 : 서류를 가지고 돌아갔다고요?

싱클레어 : 네, 그래요. 보드 상자에 하나 가득. 맥스웰 하우스 커피의 빈 상자였어요. 도움이 될지 어떨지 모르지만, 왜 그러세요? 그는 당신과 같은 곳에서 왔겠지요? 그렇지 않은가요?

윌슨 : 그러리라 확신하고 있습니다, 싱클레어 양. 일이 겹친 것이겠지요. 그뿐입니다. 그는 명함이나 뭔가를 놓고 갔습니까?

싱클레어 : 아뇨, 아무것도. 그러고 보니 한 번도 자기 이름을 똑똑히 말하지 않았어요. 당신들은 어째서 오거스터스의 일을 걱정하지요? 당신 동료에게도 말했듯 오거스터스는 관광 여행을 하고 있는 데 지나지 않아요. 지금 이 순간 그가 이 방에 들어선다 하더라도 나는 놀라지 않아요.

윌슨 : 어떻게 그가 관광 여행을 하는 거라고 잘라 말할 수 있습니까? 생태학회는 1주일 전에 끝났습니다.

싱클레어 : 오거스터스가 짧은 메모를 주었어요. 보고 싶으면……. 아직도 가지고 있어요. 당신은 아마 그 메모를 가져가고 싶겠지요?

〈윌슨 주(註) —그 메모 쪽지는 8월 3일 날짜로 되어 있다. 한쪽이

도쿄의 공중 사진. 필적은 르윈터의 것임에 틀림없음을 G. 무어러 부원이 확인. 글귀는 다음과 같음〉

　사랑하는 모린, 논문은 회의에서 굉장한 관심을 모았소. 이제까지는 구경하고 다닐 겨를이 없었지만, 오늘 오후는 노〔能〕를 감상하고 그리 손해 보지 않고 항공권을 바꿀 수 있으면 며칠 머무르며 관광할 생각이오. 근무처의 누군가가 내 일을 묻거든 소련으로 달아났다고 대답해 두면 돼요. 언제나 당신을 생각하고 있소.

〈주—나머지 부분은 시인 듯 여겨짐〉

　사람 속에 들어가 박히는 능력으로
　　자신을 평가해 주기 바란다.
　그러나 주의하라…….
　혀는 굉장한 허풍선이여서
　　두더지굴을 산이라 부르고
　　　충치 구멍을 동굴로 만들어 버린다.
　무엇을 하든
　치과의사의 송곳에 안심해서는 안 된다
　깎아내면서 기름을 친다는 것은
　사람들의 입으로 전해지는 과정인 것이다.

〈메모 쪽지에는 A.J.라고 머리글자로 서명되어 있음. 주 끝〉

싱클레어 : 그는 우스갯소리를 하고 있는 데 지나지 않아요. 내가
　　말하는 건 그의 망명이에요. 설마 진정으로 받아들이는 것은

아니겠지요? 어머나, 놀라워라. 진정으로 받아들이는군요.

윌슨 : 이 시에 대해 좀 가르쳐 주시겠습니까, 싱클레어 양?

싱클레어 : 이를테면 어떤 것을요?

윌슨 : 우선 어째서 이 짧은 메모에 씌어 있는가? 어쩐지 기묘하다
  고 할지 갑작스러운 느낌이 듭니다. 그렇게 끼워 넣었다는 것
  이 아무래도.

싱클레어 : 솔직히 말해서 나도 놀랐어요. 그가 그 시를 기억하다니
  꿈에도 생각지 못했지요. 실은 오거스터스와 나는 여덟 달 전
  대학 도서관 열람실에서 처음 만났어요. 하지만 그건 이미 알
  고 있겠지요.

  그때 나는 〈케니온 리뷰〉 묶은 호를 읽고 있었어요. 문학잡
  지예요. 그 호에 중국 근대시가 몇 편 실려 있었지요. 모(毛)
  주석에 관한 불쾌한 가십도. 번역은 형편없었어요. 하지만 그
  점은 별개의 문제지요?

  아무튼 별안간 오거스터스가 그 잡지를 들여다보았어요. 그
  와 친해지면 알겠지만 아주 그답지 않은 태도였지요. 그가 몸
  을 앞으로 내밀며 무엇을 읽느냐고 물었어요. 나는 옛 시를 다
  읽고 그 근대시, 즉 이 짧은 메모에 씌어진 시를 읽고 있었어
  요. 작자의 이름은 잊어버렸어요. 오거스터스가 그 잡지를 집
  어 들고 딱 한 번 이 시를 읽더군요. 그가 웃었어요. 그가 웃
  은 걸 기억해요. 아무튼 그뿐이에요. 그가 그 시를 기억하리라
  고는 꿈에도 생각지 못했어요. 하지만 그렇게 메모에 쓰다니
  정말로 상냥한 분이에요.

윌슨 : 그는 그날 밤 도서관에서 베껴 썼는지도 모르겠군요? 또는
  나중에?

싱클레어 : 만일 그렇다면 이제까지 그것을 비밀로 하기는 도저히

불가능한 일이에요, 그렇지 않아요, 그는 별안간 그 시가 생각
났거나――A.J.는 여느 사람보다 뛰어난 기억력을 지녔거든요
――또는 도쿄에서 우연히 그 시가 실린 묵은 잡지를 보고 꽃
을 보내듯 그 메모에 쓴 거예요.

월슨 : 그렇군요, 그런데 싱클레어 양, 일본으로 떠나기 전 그는 고
　　　민하거나 슬퍼하거나 뭔가로 화난 듯한 모습을 보이지 않았습
　　　니까? 깊이 파고든 질문을 하여 죄송하지만 중요한 일입니다.

싱클레어 : 그런 일은 전혀 없었어요, 오거스터스는 이곳 생활을 아
　　　주 즐기고 있었지요, 우리가 뭐라고 할까, 이 아파트에서 함께
　　　살고 있는 것은 이미 공공연한 비밀이었어요, 오거스터스에게
　　　는 모든 일이 순조롭게 되어 가고 있었지요, 우리는 9월에 결
　　　혼하기로 되어 있어요, 오늘로부터 딱 3주일 뒤에.

월슨 : 그러면 그의 일은?

싱클레어 : 잘 되어 가고 있으리라고 생각해요, 솔직히 말해서 나는
　　　상세한 일은 몰라요, 오거스터스는 일에 대한 이야기는 결코
　　　하지 않지요, 하지만 고민하거나 비관하지 않았다는 것만은 분
　　　명히 말할 수 있어요, 그는 고형폐기물 처리장치 일로 아주 기
　　　분 좋았어요, 그 장치에 대해 알고 있어요? 정말 혁명적인 장
　　　치지요,

　　　그는 얼마 전 하원의원인지 상원의원을 만나고 기뻐하며 돌
　　　아왔어요, 그 의원이 오거스터스의 제안을 바탕으로 고형폐기
　　　물 처리공단을 연방정보부에 설치케 하는 법안을 제출해 주기
　　　로 했다더군요, 그렇게 되면 오거스터스로서는 굉장한 업적이
　　　돼요, 그런 법안에 대해 뭔가 듣지 못했나요?

월슨 : 미안합니다만 그런 일에는 그리 주의를 기울이지 않았습니
　　　다, 싱클레어 양, 그럼, 르윈터 씨에게는 아무런 고민거리가

없었다는 말이군요?

싱클레어 : 우리 모두가 힘들어하는 것, 다시 말해서 돈에 대한 것 말고는 없어요. 오거스터스의 이혼수당 지불이 늦어지고 있었어요. 아주 심하게 늦어지는 것은 아니지만 그가 골치 앓을 만큼 늦어지고 있지요. 그의 아내, 다시 말해서 전 부인은 이렇게 말하기는 뭣하지만 지독한 사람이에요.

오거스터스는 일요일마다 아이들을 만나러 가곤 했는데, 아이들이 그에게 반항하도록 어머니가 만들고 있지요. 그녀가 아이들에게, 어떤 꾸며낸 이야기며 거짓말을 들려주는지 상상할 수 있어요. 그건 그렇고, 오거스터스는 그녀, 다시 말해서 전 아내가 이혼수당 일로 소란피우지 않을까 걱정하고 있었어요. 그런 수당이 필요한 사람은 아니지만. 그녀는 아버지로부터 다달이 많은 생활비를 받고 있거든요.

윌슨 : 그럼 어째서 수당 지불이 늦어지고 있습니까? 급료를 넉넉히 받는 데다 지출이 많다고 여겨지지도 않습니다만.

싱클레어 : 그것이 바로 돈이지요, 윌슨 씨. 오거스터스와 돈. 그의 주머니에는 구멍이 뚫렸는지도 몰라요. 이유는 아무도 모르지요. 어찌된 일인지 그는 충분히 돈을 가지고 있은 적이 한 번도 없어요. 하기야 우리 모두가 그렇지만요.

나로서는 그의 돈 관리가 서투르다고 생각해요. 아직 여러 가지 빚을 갚고 있지요. 자동차며 케이프에 있는 작은 별장의 빚을. 이혼수당으로 봉급에서 꽤 많은 부분을 빼앗기고 있어요. 솔직히 말해서 일본으로 떠나기 1주일쯤 전 오거스터스는 부끄러움을 무릅쓰고 어떤 금융회사에 갔었어요. 빚을 하나로 모아 정리해 주는 회사에. 아시지요? 보스턴에 있는 뭐라던가 하는 금융……

윌슨 : 부채정리 금융회사 말입니까?

싱클레어 : 그래요, 그거예요. 중국 사람이 돈에 대해 뭐라고 하는
지 아세요, 윌슨 씨? 돈은 어디에라도 날라다주는 날개를 사
람에게 준다. 그러나 천국에만은 갈 수 없다. 그런데 중국어의
천국이란…….

D. 매슈즈 부원과 루퍼트 브룩 르윈터의 대화 요지. 8월 12일. 피
면접자는 45살, 노튼 제약회사 연구원으로 르윈터의 오직 하나뿐인
형이다.

루퍼트 : 대단히 죄송하지만 이름을 잊었습니다.

매슈즈 : 매슈즈입니다.

루퍼트 : 그렇지, 매슈즈였지요. 전화로 당신이 신분을 말했을 때
아무도 없는 곳이 좋겠다고 생각했습니다. 여기를 찾는데 애
먹지 않았습니까?

매슈즈 : 당신이 아주 정확하게 가르쳐 주었더군요.

루퍼트 : 내 아우 제리 일이지요? 그렇습니까? 그 MIT 사람들 덕
분에 이렇게 될 줄 알았지요. 아우에게 입이 닳도록 말했습니
다. 그 반미(反美)를 일삼는 사람들과 사귀지 말라고. 제리가
무슨 일을 하는지 모르지만, 어떤 사람들과 사귀는지 알면 당
신들로부터 미움 받게 되리라는 것을 짐작했습니다. 내 생각이
맞지요, 그렇지요? 제리가 곤경에 빠져 있는 거지요?

매슈즈 : 르윈터 씨, 괜찮다면 차례대로 이야기를 진행시킵시다. 계
씨의 생활에 대해 뭔가 이야기해 주시겠습니까? 이를테면 어
린 시절에 행복했었는지 또는 어떤 일이든지.

루퍼트 : 솔직히 말해서 매슈즈 씨, 제리는…….

매슈즈 : 말을 가로막아 실례지만, 르윈터 씨. 다른 사람들은 모두 그를 머리글자로 부르는 듯합니다. 어째서 당신은 그를 제리라고 부릅니까?

루퍼트 : 제리는 가족들이 부르는 이름입니다. 하이스쿨에서는 오거스터스라고 불렀지요. 대학에 들어가서는 A. 제롬이었는데 상급생일 때 머리글자로 바꾸었습니다. 그러나 우리는 언제나 제리라고 불렀습니다. 그냥 단순히 제리라고. 그는 그리 마음에 들지 않는 듯했지만 어릴 적 습관을 바꾸기는 쉽지 않지요, 그렇잖습니까?

매슈즈 : 그렇지요. 당신은 그의 어릴 적 일을 뭔가 말하려 했습니다만.

루퍼트 : 그렇지요, 어릴 적 이야기입니다. 솔직히 말해서 매슈즈 씨, 제리는 아주 응석받이로 자랐는데, 나는 그것이 그에게 도움이 되었다고 생각지 않습니다. 그는 뭐든지 곧 바라는 대로 이루어지는 그런 상태로 자랐지요. 그가 장난감 보트나 비행기나 기차에 눈길을 돌리면 벌써 이튿날에는 그걸 가지고 놀 정도였습니다. 그래서 한 번도 욕구 불만을 느껴본 일이 없다는 뜻에서는 행복했다고 생각되지만, 보다 넓은 뜻으로 행복했는지 어떤지는 나로서 뭐라고 말할 수 없습니다. 결국 모든 바람이 너무나도 쉽게 이루어져서 그로서는 어떤 일이든 그리 고맙게 여기지 않게 되었지요. 내 말뜻을 알겠습니까?

매슈즈 : 네, 압니다. 부디 계속하십시오.

루퍼트 : 재미있게도 우리 부모——아버지는 일종의 발명가였는데 ——는 내 경우에는 그런 잘못을 저지르지 않았습니다. 제리와 내 경우는 아이를 키우는 면에서 비교되는 전형적인 예가 되지 않을까 여겨집니다. 물론 내가 위입니다. 내가 태어났을

때 부모는 생활이 아주 어려웠습니다. 그 결과 나는 어린 시절부터 생활에서의 욕구 불만을 당연히 견디는 걸로 알게 되었지요.

제리가 태어나기 직전 아버지는 대수롭지는 않으나 운좋게도 얼마쯤 돈을 갖게 되었습니다. 가정용 폐기물 분쇄기를 발명한 것이지요. 페달을 밟아 빈 깡통 이외의 폐기물을 분쇄하는 장치입니다. 들어본 적 없습니까? 르윈터 폐기물 처리기이지요. 시어스 로벅의 카탈로그에 실려 통신판매되었습니다. 지금도 농가 같은 데서 이따금 볼 수 있지요.

아무튼 부모님께서는 제리에게는 조금도 부자유스럽지 않게 해주겠다고 마음먹었습니다. 이것이 부모님께서 쓰던 말입니다. '조금도 부자유스럽지 않게 해 주겠다'. 그러나 내가 보기에 부모님은 여러 가지 면에서 오히려 부자유스럽게 해준 것 같습니다. 늘그막의 곤경이며 욕구 불만에 대한 마음가짐을 몸에 익히도록 하지 않았다는 뜻에서요.

매슈즈 : 아주 흥미로운 이야기입니다. 그럼, 당신은 그가 안고 있는 여러 가지 문제의 원인이 어린 시절에 있다고 여기는 겁니까?

루퍼트 : 오해하지는 마십시오. 제리는 아주 착실하고 영리한 아이였습니다. 놀라운 기억력을 지니고 있었지요. 아직 꽤 어릴 무렵 굉장한 기억력을 지녔는지 어떤지 확인하기 위해 부모가 의사의 진찰을 부탁했을 정도였습니다.

언젠가 아버지가 지갑을 잃었을 때 제리가 그 지갑 속에 들어 있던 사람들의 명함에 적힌 전화번호를 하나도 빠짐없이 외었던 일을 기억하고 있습니다. 또 어떤 때는 책을 받아든 이튿날 그 4학년 책의 문장을 한 마디도 빼놓지 않고 왼 일도 있었지요, 놀라운 재주였습니다.

매슈즈 : 어땠습니까?

루퍼트 : 뭐가 말입니까, 매슈즈 씨?

매슈즈 : 굉장한 기억력을 지니고 있다고 의사가 인정했습니까?

루퍼트 : 지니고 있었으면——지니고 있지 않았습니다. 묘하게 들리리라는 것은 압니다. 어찌된 일인지, 그는, 의사와 만나고 있는 동안에는, 기억력의, 뭐라고 할지, 스위치를 끊어 버리고, 집안의 누군가를 놀라게 하고 싶을 때에는, 다시 스위치를 넣는 것이었습니다. 나 자신은 지니고 있었다고 믿습니다. 저 불운한 사건이 일어나기까지는요.

매슈즈 : 불운한 사건?

루퍼트 : 그렇습니다. 아우가 여덟살쯤이었을 겁니다. 여덟인지 아홉이었습니다. 차고 지붕에서 떨어져 땅바닥에 머리를 부딪혔지요. 이틀 가까이 의식을 잃었습니다. 생사의 갈림길을 헤매는 상태였지요. 물론 회복되었습니다.

　　그러나 그 뒤 그 기억력놀이를 두 번 다시 하지 않았습니다. 그때 머리를 부딪혀 여느 사람보다 뛰어난 기억력을 잃어버렸다고 나는 생각합니다. 절대로 그렇다고 믿고 있지요. 기억력을 그대로 지니고 있었다면 어떤 사람이 되었을지 상상도 할 수 없습니다. 그렇게 생각하지 않습니까? 원래 아주 머리 좋은 아이였습니다. 거기에 특히 뛰어난 기억력이 더해졌다면……

매슈즈 : 그의 부인, 헤어진 부인에 대해 말씀해 주시겠습니까?

루퍼트 : 훌륭한 어머니며 훌륭한 아내로 개성적인 아름다움을 갖추고 있었으며 제리의 출세에 대해 굉장히 야심적이었습니다. 그녀는 제리에게 여러 가지 일을 요구했지요. 우리 부모가 한

번도 하지 않았던 일입니다. 그가 조금이나마 세상에서 인정받
는 사람이 되어 있다면 그것은 수잔이 그의 엉덩이를 채찍질한
덕분이지요.

매슈즈 : 아무래도 그의 견해는 당신과 달랐던 것 같군요. 그는 어
째서 이혼했습니까?

루퍼트 : 나로서도 모르겠습니다. 훌륭한 아내임을 몰랐던 거겠지
요.

매슈즈 : 그는 재혼하려는 것 같더군요. 그 여성을 아십니까?

루퍼트 : 그건 처음 듣습니다. 펙 친하게 지내는 여성이 있다는 것
은 들었지만 결혼에 대해서는 한 마디도 들은 바 없습니다. 과
연 제리는 재혼하려는 걸까요? 재미있군요.

　한 번도 만난 적이 없어 그녀에 대해서는 이야기할 게 없습
니다. 그렇군요, 꼭 한 가지 알고 있는 일이 있습니다. 그가
고안한 고형 폐기물 처리장치를 어떤 의원에게로 가져가도록
그녀가 권한 것 같습니다. 규모가 큰 르윈터 폐기물 처리기에
지나지 않는다고 나는 늘 말했습니다.

매슈즈 : 조금 전에 이야기했던 MIT의 그 그룹에 대해서는?

루퍼트 : 그리 이야기할 것이 없습니다. 나는 한두 사람과 만난 일
이 있지요. 떠들썩한 사람들로, 무슨 일이든 최악의 상태에 있
는 듯 말하는 게 전문이지요. 내 말뜻을 아시리라 생각합니다
만, 나는 아우에게 말했습니다. 그와 같은 일을 하는 사람은…
…. 아시겠습니까, 나는 그의 일에 대해 큰 비밀이라는 것밖에
아무것도 모릅니다. 아무튼 그와 같은 일을 하는 사람은 그런
사람들과 사귀어서는 안 된다고.

매슈즈 : 그는 그 충고를 받아들이지 않았겠지요, 내 생각입니다만.

루퍼트 : 제리는 전부터 내 말에는 귀 기울이려 하지 않았지요.

매슈즈 : 그는 소련을 어떻게 보고 있었습니까?

루퍼트 : 점점 걱정스러워지는군요. 어째서 그런 일을 묻습니까?

매슈즈 : 결코 다른 뜻이 담긴 질문은 아닙니다, 르윈터 씨. 질문 리스트에 씌어 있어서 묻는 것뿐입니다.

루퍼트 : 제리는 그 나름대로 아주 이상주의적인 생각을 지니고 있었으며, 내 생각으로는 러시아 사람도 마찬가지라고 여기는 듯했습니다. 오해하지는 마십시오. 제리는 동조자는 아닙니다. 전혀 다릅니다. 그가 소련에 대해 생각한다면, 아마 자신의 폐기물 처리계획에 관심을 보일지도 모른다는 아주 엉뚱한 생각을 품고 있는 데 지나지 않을 것입니다.

　제리는 그 계획에 대해 꽤 초조해하고 있었지요. 아무리 설명하며 돌아다녀도 아무도 그 일에 관심을 보여주지 않았던 것 같습니다. 그 폐기물 처리계획을 사람들이 인정해 주는 게 그에게는 아주 중대한 일이었던 거지요.

　R. 글로턴 부원과 수전 비드굿 르윈터의 대화 내용 전문. 8월 13일. 피면접자는 37살, 르윈터와 이혼한 주부.

수전 : 나는 보드킨 씨라는 분이 오리라고 생각했어요. 당신이 온다는 말은 듣지 못했지요.

글로턴 : 보드킨 씨 부인이 어젯밤 아기를 낳았지요. 제가 그를 대신하도록 명령받았습니다.

수전 : 아들, 딸? 남자 아기였나요, 아니면 여자 아기였나요?

글로턴 : 모르겠습니다, 아무 말도 듣지 못했습니다.

수전 : 요즘 세상에는 남자 아기가 훨씬 다루기 쉬워요. 그렇게 여기지 않으세요, 글로턴 씨? 아기가 있나요?

글로턴 : 네, 있습니다.

수전 : 남자 아기인가요? 여자 아기인가요?

글로턴 : 네, 하나씩입니다. 그런데 르윈터 부인…….

수전 : 이야기를 가로막아 미안하지만, 글로턴 씨, 나는 미스로 통
　　하고 있어요. 이혼한 뒤로는 미스 르윈터로.

글로턴 : 아, 물론 그렇겠지요. 그런데 미스 르윈터, 괜찮다면 전남
　　편에 대해 두세 가지 묻고 싶은 일이 있습니다.

수전 : 이건 이혼 수당과 관계 있는 일인가요? 지난 주일 재판소에
　　소송했답니다. 오거스터스는 부양비 지불을 석 달이나 늦추고
　　있어요. 그래서 재판소가 담당자를 집으로 보내겠다고 했지요.

글로턴 : 실은 나는…….

수전 : 그리 다급한 건 아니에요, 돈 말이에요. 다행히 나는 급할
　　때 쓸 수 있는 나 자신의 수입이 조금 있어요. 하지만 문제는
　　도의예요. 조정서에는 그가 1주일에 125달러를 지불한다고 똑
　　똑히 씌어 있지요.
　　　결코 터무니없는 금액은 아니지만 어때요? 요즘 세상에 집
　　한 채를 가지고 두 아이를 키우는 경우 1주일에 125달러로는
　　웬만한 생활을 할 수 없지요, 그렇잖아요?

글로턴 : 우리는 재판소 사람이 아닙니다, 미스 르윈터. 보드킨이
　　당신을 만나려고 수배할 때 우리 편에서 그 점을 잘 설명했으
　　리라 여겼지요. 이것은 기밀취급 자격에 관한 정기적 신상조사
　　입니다.

수전 : 하지만 그는 이미 조사가 끝났어요. 오거스터스가 처음 이곳
　　에 왔을 때 그들이 조사했지요.

글로턴 : 그건 압니다, 미스 르윈터. 그러나 시일이 지났으므로 새
　　로이 하는 겁니다. 안심하십시오. 아주 일상 수속과 같은 일입

니다. 그러니 두세 가지 질문을 해도 좋겠습니까?

수전 : 그렇다면 당신은 이혼수당과는 전혀 관계가 없군요?

글로턴 : 그렇습니다, 전혀 없습니다.

수전 : 알겠어요.

글로턴 : 하지만 그의 부양비 지불이 늦어지고 있다는 사실에는 관심이 있습니다. 당신은 조금 전 석 달이나 늦어져 있다고 말했습니다. 어째서 지금까지 재판소에 호소하지를 않았습니까, 미스 르윈터?

수전 : 오거스터스의 지불이 늦어질 때마다 재판소에 가면 나는 바보 취급을 받을 거예요. 당신은 오거스터스를 몰라요. 그는 아주 건망증이 심한 사람이지요. 언제나 생일이며, 기념일이며, 저녁 식사 약속이며, 청구서에 대한 일들을 잊어버려요, 부양비 지불도. 그런 자질구레한 일에 머리가 잘 돌지 않는 거지요.

글로턴 : 당신은 그의 주의를 환기시켰습니까, 다시 말해서 부양비 지불에 대해?

수전 : 그거야 기억할 수 없을 만큼 몇 번이나 했지요. 몇 번이고 등기우편이며 전보 등으로요. 실제로 찾아가는 일 말고는 온갖 수단을 다 썼어요. 그 여자가 그곳에 살고 있어서 아무래도 찾아갈 마음은 들지 않아요. 아시겠어요? 나는 조금도 화내지는 않아요. 오거스터스는 자기 나름의 생활을 할 권리가 있으니까요. 하지만 그 여자는 좀……. 그런 여자의 어떤 점이 좋은지 이해할 수 없어요.

글로턴 : 그럼, 만나본 적이 있군요?

수전 : 꼭 한 번, 이혼하기 전 파티에서. 당신이 생각하는 걸 알겠어요. 그래요, 그녀에 대해 잘 알지는 못해요. 하지만 그녀를

만난 적 있는 사람은 모두 똑같은 말을 하더군요. 말 많은 여
자라고요.

글로턴 : 저, 미스 르윈터. 언짢은 일을 꺼내고 싶지는 않지만, 무
슨 원인으로 이혼하게 되었습니까? 뭔가 잘 되지 않았습니
까?

수전 : 사정이 아주 복잡해요. 당신 시간은 있겠지요, 어때요? 있
군요. 그렇다면 긴 이야기를 간추려 들려줄 수 있을지 어떨지,
아무튼 해보겠어요.

파국의 원인이 된 것은 오거스터스가 여느때 자기가 대단히
중요한 사람이라고 생각하고 있었던 점이라고 나는 생각해요.
그가 거짓말을 했다는 건 아니에요. 그 점은 오해하지 마세요.
다만 그는 가공의 사실을 바탕으로 자기에 관한 환상을 만들어
내곤 했어요. 좋은 예가 그 폐기물 처리 장치이지요.

착실한 계획임은 확실하다고 여겨요. 그러나 그의 이야기를
듣노라면 마치 자기를 온 세계에 증기엔진을 만들어주는 레오
나르도 다빈치쯤으로 여기고 있는 듯한 느낌이에요. 다빈치가
증기엔진을 발명했는지 어떤지 나는 잘 모르지만요.

오거스터스는 중요한 존재가 되기를 열망하고 있었어요. 언
제나 자기를 중요한 인물로 만들어 주는 일을 찾아다녔지요.
그 가운데에는 절반쯤의 진실과 여러 가지 과장이 포함되어 있
었어요. 그가 꾸미는 것 가운데 단 하나에라도 구멍을 뚫어 공
기를 빼버리면 그는 실망하고 낙담해 버렸지요. 지켜보고 있느
라면 아주 서글퍼져요.

글로턴 : 그가 정치 문제에 관계한 일은 없었습니까?

수전 : 한 번도 없었어요. 오거스터스가 정치 문제에? 그런 일은
꿈에도 생각지 않았어요. 그는 현실적인 일밖에는 관심이 없었

지요. 일, 자기가 생각해 낸 일에요. 정치적인 일은 거들떠보지도 않았어요.

글로턴 : 그는 일에 만족하고 있었습니까 ?

수전 : 내가 보기에는 그랬어요, 만족했어요. MIT에서의 그의 윗사람이 누구였는지 나는 모르지만 그 자신은 그 윗사람에게 좋은 인상을 주고 있다고 믿는 것 같았어요. 자기의 새로운 제안을 언제나 호의적으로 들어준다고 여기는 것 같았으니까요.

글로턴 : 그는 소련에 대해 무언가 말한 일이 있었습니까 ?

수전 : 소련 ? 천만에요. 어디에 있는 나라인지조차 모르지 않았을까요 ?

T. 블루멘털 부원과 도널드 피슈킨 의사의 대화 요지. 8월 13일. 피면접자는 르윈터가 치료받던 치과의.

피슈킨 : 르윈터라고요 ! 그 거짓말 잘하는 수다쟁이. 어째서 르윈터의 일을 묻습니까 ? 사기 횡령이라도 하려다가 붙잡혔습니까 ? 정말이지 그 미치광이를 내 손으로 잡아주고 싶습니다. 맞습니다, 미치광이입니다. 돌아 버렸지요. 머리의 나사가 헐거워진 미치광이, 돈 사람, 사람도 아닙니다. 그에게 필요한 것은 특별히 만들어진 광인구속복(狂人拘束服)입니다. 알겠습니까 ? 나쁜 말은 하지 않습니다. 그 미치광이에게는 가까이 가지 말아야 합니다.

　　나는 4년 동안 그를 치료해 주었지요, 4년 동안이나. 그렇지요, 그 4년 동안 여기에 와서 좋은 의사를 만날 수 있어 아주 행복했다고 말했지요. 그렇습니다. 그런데 어느 날 유유히 들어오더니 느닷없이 나에게 욕을 퍼부은 뒤 자기의 뢴트겐 사

진을 가지고 돌아갔습니다. 그렇습니다, 그것도 많은 환자들이
보고 있는 앞에서.

블루멘털 : 그는 뭔가…….

피슈킨 : 빌어먹을, 그는 들판에 내버려진 미치광이지요. 거짓말이
아닙니다. 자신의 뢴트겐을 들고 뒤도 돌아보지 않고 가 버렸
습니다. 빌어먹을, 밀린 125달러도 지불하지 않고, 4년 동안,
그렇습니다, 4년이라는 오랜 동안 말입니다. 분명히 말해 두겠
습니다. 그는 미쳤습니다. 거짓말이 아닙니다. 완전히 미쳐 버
렸습니다.

8

"편집병 같은 느낌이군요."

캐플랜이 늘어지게 하품을 하고 나서 말했다.

"르윈터 말이오?"

빌링스가 메마른 얇은 입술 끝을 살짝 일그러뜨리며 물었다.

"그 뭐라던가 하는 치과의 말입니다."

"우리는 그 뭐라던가 하는 치과의사 성격 분석을 하기 위해 모여
있는 게 아니오."

빌링스가 떨떠름한 얼굴을 더욱 찌푸리며 싸늘하게 말했다.

빌링스는 두 손으로 자라 등딱지 테 안경을 벗었다. 일찍이 누군가
가 그렇게 벗는 편이 테가 오래 간다고 그에게 가르쳐 주었다. 그는
안경을 면접보고서 위에 놓고 말을 이었다.

"그렇다면 이번 포괄적 성격 분석 대상자가 정신이상자일 가능성은
생각할 필요가 없다고 여겨도 좋은 거지요?"

캐플랜은 모두 침착함을 잃기 시작할 때까지 침묵을 지키다가 가까
스로 대답했다. 의사로서의 경험으로 몸에 익힌 테크닉이었다. 절대

로 섣불리 속단해서는 안 되며, 신중하게 말을 고르고 꾸며 자기 의견에 절반쯤 찬동하는 곳까지 상대의 기분을 끌어들인다.

캐플랜이 침묵을 깨뜨리며 단정적인 목소리로 말했다.

"정신의학에서는 정신이상이라는 현상이 존재하지 않습니다. 정신이상이란 본디 법률 용어로서 선과 악을 구별하는 능력이 없음을 모호하게 표현하고 있지요. 지금은 법률상의 문제를 검토하는 게 아니고 선이나 악에는 관심이 없는 것이므로 얼마쯤 정신의학에 관련된 용어를 쓰는 편이 좋다고 생각합니다."

두 사람은 처음부터 잘 맞지 않았다. 빌링스는 자신의 업무 분야는 물론 모든 분야에서 규율과 복종이 사물을 달성하는 기본이며 서열과 서류가 절대적인 권위라고 믿는 세심하고 꼼꼼한 정보 업무 전문가다. 캐플랜은 규율은 범용한 것과 연결된다고 여겨 직관의 번뜩임을 존중하는 아주 우수한 젊은 정신의학자다.

빌링스는 이번의 포괄적 성격 분석에 참석하는 사람들의 리스트를 부하에게서 받아들고 불평했다.

"이게 뭔가, 유대인이 아닌 정신의학자는 없단 말인가? 그들은 모두 하나같이 형편없네."

빌링스는 '형편없다'는 말을 정신적인 의미로 썼는데, 캐플랜을 한번 보자 같은 말이 겉모습에도 해당된다고 확신했다. 캐플랜은 코가 크고 말을 하면 툭 튀어나온 목의 결후가 수면에 떠오른 낚시찌처럼 오르내리며, 긴 머리가 바람에 흩날리기라도 한 듯 헝클어져 있었다. 400달러나 하는 고급 양복의 조끼 단추가 모두 끌러져 캐플랜이 타이시티에서 산 89센트짜리 물방울무늬 넥타이가 그대로 다 드러나보였다.

빌링스가 말을 이었다.

"좋소, '정신이상'이라는 말은 쓰지 않기로 합시다. 당연하지만 자료가 다 갖추어져 있지 않다는 건 아오. 주요한 면접 기록이 아직 도착하지 않았지요. 그러나 아무튼 착수해야 하오. 어떻겠소? 예비적 평가를 시도해 보기로 하면…….”

“좀 뭐랄까, 항문기적 충동 같은 느낌이 드는군요.”

포괄 분석에 참석하고 있는 물리학자 에릭 신들러가 말했다.

그는 니코틴으로 검어진 이가 앞으로 튀어나온 듯한 다람쥐 같은 느낌의 작은 사나이로, 끼지도 않았고 필요치도 않은 안경 너머로 보는 듯한 태도로 목을 수그리고 말하는 버릇이 있다.

‘항문기적 충동’이라는 발언을 하기까지 그가 입을 연 것은 ‘그 본질이 이해인 마음과 그 본질이 움직임인 몸의 데카르트 학파적 견해에 의한 특질’에 대해 별안간 한 번 말했을 뿐이었다. 끼지도 않은 안경 너머로 내다보며 그가 다시 입을 열었다.

“알겠습니까? 나는 남의 발끝을 밟을 생각은 조금도 없습니다. 당신은 몸의 특정 부분에 대해 말하는 데 신경쓰는 성격은 아닐 테지요? 아무튼 나는 오래전에 누군가를 항문기적 충동 성향이라고 하면 빗나가지 않는다, 적어도 그리 빗나가지 않는다는 것을 배웠습니다. 그렇게 생각하지 않습니까?”

“그 말이 맞습니다.” 캐플랜이 동의했다.

캐플랜은, 어쨌든 생각이 옆길로 빗나가 전문가적인 태도를 강조하는 경향이 있음에도 신들러가 좋았다. 캐플랜은 신들러처럼 이름 높은 학자가 이런 작업에 참여했음을 알았을 때 몹시 놀랐지만, 자기 자신의 경험으로 학자들 사이에서 말하는 사례금의 액수에 매력을 느껴 거절하지 못했으리라 추측했다.

“항문기적 충동은 정신의학에 있어서의 돼지풀입니다.” 캐플랜이 말을 계속했다. “어디에나 있지요. 긴장에 의한 신경질적인 상태를 점잖게 표현한 말에 지나지 않으며, 요즘 그런 상태에 있지 않은 사람은 아무도 없습니다. 알겠습니까?"

캐플랜은 분명하게 빌링스 쪽을 보고 나서 산더미같이 쌓인 면접보고서 쪽으로 손을 흔들었다. "아직 이릅니다. 더없이 공허한 일반론적 검토를 하는 거라면 이야기가 다르지만요."

"아무튼 어떻게든지 시작해 봐 주었으면 하오." 빌링스가 말했다.

침묵이 이어졌다. 그 침묵이 고통스러워지기 시작한 순간 캐플랜이 입을 열었다.

"그 때문에 당신들은 나에게 돈을 지불하는 겁니다. 좋겠지요, 기본적인 일부터 시작합시다. 사람들이 이쪽에서 저쪽으로 달리는 데 대체로 이유가 세 가지 있습니다. 첫째로……."

캐플랜이 몸을 앞으로 내밀고 열심히 이야기하자 결후가 부지런히 오르내리며 말이 8분음표처럼 튀어나왔다.

"그들은 빚, 이혼 소동, 여자 문제, 사업상 문제, 들키기 직전의 나쁜 짓, 견디기 어려운 압력, 가혹한 운명, 다시 말해서 인생의 일반적인 일로부터 달아나기 위해 망명하지요. 자신이 갈 곳에 대해서는 뚜렷한 생각이 없으며 그런 일은 아무래도 좋습니다. 아무튼 달아나는 도리밖에 길이 없지요. 거기서 르원터를 이 그룹에 넣어도 좋다고 여기게 하는 사실이 몇 가지 있습니다.

그 폐기물처리 계획에 그만한 시간과 노력을 쏟아 넣은 것을 보면, 사람들이 말하는 만큼 현재의 일에 만족하고 있지 않았는지도 모릅니다. 더욱이 빚 문제가 있습니다. 게다가 이제까지 행해진 면접의 내용으로 판단하면 그는 여러 가지 뜻으로 헤어진 아내의 분신과도 같은 여자와 결혼하지 않을 수 없는 어려운 입장에 놓여 있습니다. 또는 그것을 깨닫고 늦기 전에 달아났는지도 모르지요."

"그럼, 귀찮은 일로부터 달아난 사나이의 전형적인 예라는 말이오?"

빌링스가 요약했다. 그 개인으로서는 썩 좋은 결론이었다.

"그렇게 말하지는 않았습니다. 그가 그런 부류에 속할지도 모른다고 여기게 하는 사실이 몇 가지 있다고 말했지요. 그러나 그가 다른 두 가지 부류에 속한다고 여기게 할 만한 사실도 있습니다."

"그래, 그 두 가지 부류란 무엇입니까?"

신들러가 금방이라도 입술에서 미끄러져 떨어질 듯 늘어뜨리고 있는 담배를 뻐끔거리며 물었다.

"첫 번째 그룹은 도망자입니다. 두 번째 그룹은 정신분열증 환자지요. 전문적인 말로 하면 그 밖에도 여러 가지 있지만, 개인적 환상을 특징으로 하는 정신기능 장애가 때로는 그 환상의 하나로 자기는 세상을 개조하는 상징이라고 스스로 생각하는 형태를 취하는 경우가 있습니다. 예수는 정신분열증이었다고 나는 생각합니다. 아무튼 과격 분자 가운데 그런 사람이 많지요.

그들은 자신을 기계의 톱니바퀴인 듯 여겨 자기를 상징적 존재로 만들어낼 수 있는 하나의 행동, 즉 암살, 자살, 자기 희생, 망명 등을 상상합니다. 그러므로 그의 형이 말하듯 과격 분자와 사귀었다면 그는 망명을 자신의 인생이며 사상을 각광 속에 밀어 올리는 극적이고 상징적인 행위로 여겼는지도 모르지요."

캐플랜은 문득 자신의 열성적인 목소리를 깨달았다. 그 힘을 빼려는 듯 의자 등받이에 기대며 하품을 삼켰다.

"다음이 세 번째 부류로, 적어도 나로서는 가장 흥미로운 그룹입니다. 이 그룹에 속하는 사람에게는 망명이란 이른바 일확천금, 또는 그와 비슷한 정신적 바람을 실현하는, 다시 말해서 대번에 이름 높은 존재가 되기 위한 수단이지요. 또 르윈터가 이 그룹에 속할 수 있음을 꽤 뚜렷이 보여주는 사실이 있습니다.

아직 조금밖에 알지 못하지만 르윈터의 인생에 대해 어제까지 알

수 있었던 일로 판단하면, 르윈터는 유명인으로서의 사회적 지위에
오를 수단을 필사적으로 찾았던 것 같습니다. 몇 해마다 이름 부르
는 방법을 바꾸어 결국은 머리글자를 쓰기로 낙착되었는데, 이름
부르는 방법을 바꾸는 것은 유명인의 장식 가운데 하나지요. 인류
가 폐기물의 축적으로 옴짝달싹 못하게 되는 것으로부터 구하기 위
한 웅대한 구상 실현에 열중한 일. 아내에게서 달아나 다른 여자와
생활한 일도 그런 열망의 분출입니다.

르윈터를 그리 높이 평가하지 않았던 그의 전 아내가 한 말이 그
점을 설명하고 있습니다. 잠깐 기다리십시오. 이것입니다. '오거스
터스는 여느때 자기가 대단히 중요한 사람이라고 생각하고 있었
다.' 또 이렇게도 말했지요. '가공의 사실을 바탕으로 자신에 관한
환상을 만들어내곤 했다.' 물론 사람은 누구나 자신의 중요성을 과
대시합니다. "

캐플랜은 다시 한 번 일부러인 듯 빌링스를 보았다.

"그러나 그 상태가 르윈터의 경우에는 얼마나 심했었는지 확인해야
합니다. 이를테면 꽤 중증이었다 치고——이제까지 알아낸 일은
모두 이 생각을 뒷받침하고 있습니다——이 사회에서의 그의 업적
이 그런 자기 과시에 상반되는 것이라면, 여기서 또 내 나름의 표
현을 쓰겠는데 단숨에 지명도가 높은 사회적 지위를 얻기 위해 그
가 저쪽으로 달아나 망명할 가능성이 있습니다.

그 경우 그는 저쪽에 도착하자마자 받아들이는 쪽 사람에게 중요
한 인물로 여겨지도록 하는 귀중한 무엇인가를 가져갈 겁니다. 그
리하여 르윈터에 대한 그 견해가 맞는지 어떤지, 그 귀중한 무엇인
가가 그 자신의 육체인지 또는 폐기물 처리 계획인지 아니면 도자
기제 노즈 콘에 관한 비밀정보인지는 이제부터 밝혀야 할 일들이지
요. "

"아주 복잡하게 얽혔군요, 그렇잖습니까? 당신의 의견에 의해서."

물리학자 신들러가 피우던 담배로 새 담배에 불을 붙이는 동안 말을 끊었다.

"내가 받은 인상이랄지 선입관이랄지 모든 것, 다시 말해서 면접기록에 대한 것이 전체적으로 《라쇼몬(羅生門. 아쿠타가와 류노스케(芥川龍之介)의 소설. 왕조 끝 무렵 피폐된 도시를 무대로 살기 위해 악을 행하는 인간의 에고이즘을 그렸음)》, 일본의 《라쇼몬》 줄거리를 아시오? 그게 아니면 다렐의 《알렉산드리아 카르테트》를 읽는 듯한 느낌이 점점 강해집니다. 《알렉산드리아 카르테트》는 아주 훌륭한 책이지요.

갖가지 잡다한 한 무리의 사람들이 똑같은 사태, 똑같은 사람을 보고 모두 거기에 이질적인 진실을 발견합니다. 르윈터는 보는 이에 따라, 또는 시각이라고 해야 할지도 모르는데, 저마다 다른 사람이 되어 있습니다. 다시 말해서 피슈킨이 말하는 르윈터는 르윈터의 형이 말하는 사람과 전혀 다르고, 그 형이 보는 방법과 아내가 보는 관점이 또 다릅니다. 대체 어떻게…… 뭐랄까, 수북한 휴지더미 속에서 참다운 르윈터를 찾아내라는 겁니까? 그렇습니다! 휴지더미라는 말은 아주 적절한 표현입니다. 나는 그걸 알고 싶습니다. 어떻게 참다운 르윈터를 찾아냅니까?"

빌링스가 말했다.

"모순이며 연기, 꾸밈, 으스댐, 오만 등을 파헤쳐 르윈터의 본질, 참된 인간에 이르는 거요. 그것이 포괄적 성격 분석이지요. 바깥층을 벗겨가 그가 모국에 해를 끼칠 심정이 될 수 있는 사람이었는지 어떤지, 이를테면 모국에 해를 끼칠 심정이 되었을 경우 그것을 실현하기에 충분한 수단을 가지고 있었는지 어떤지에 대해 학식이나 경험에 바탕을 둔 추측을 하는 것이오."

그룹의 네 번째 사나이가 말했다.

"그건 아주 어려운 주문인데요."

전 휴스턴 시 형사과장으로 포괄 분석의 가장 중요한 역할을 하는 프레드 펀즈워스였다.

빌링스가 시계를 보며 말했다.

"이의가 없다면 조금이라도 검토를 진행시킵시다."

그는 캐플랜 쪽을 보았다.

"그의 어린 시절에 대해 뭔가 전반적으로 느낀 일은 없습니까? 형은 여러 가지 일을 말하고 있는데요."

캐플랜은 그 물음에 대해 잠시 생각했다.

"그 형이 한 말은 거의 모두 무시해도 좋습니다. 그 면접을 통해 아주 명확하게 느낄 수 있는 것은 그가 자신의 동생에 대해 품은 질투심입니다. 형이 얻을 수 없었던 것이 모조리 동생에게 주어져 그는 그 일에 대해 굉장한 반감을 품고 있지요. 아직까지 분하게 여기고 있습니다. 형의 질투심이라는 프리즘을 통해 르윈터를 관찰하는 것은 소극적인 표현이지만 아주 위험합니다."

"그렇다면 작업이 그리 진행되지 않겠군요."

빌링스는 이 원탁회의에 의한 검토 개시를 좀더 자료가 모일 때까지 기다렸다가 해야 했을지도 모른다는 심정이 되어 있었다.

캐플랜은 바야흐로 자기 자신의 목소리 울림을 즐기며 자진해서 말을 이었다.

"부모가 잘못 키웠다는 것만은 분명합니다. 문제는 그 잘못이 어떻게 행해졌는가 하는 점이지요."

전 경관 펀즈워스가 물었다.

"'어떻게'란 무슨 뜻이지요?"

캐플랜은 펀즈워스를 놀리고 있음을 알리려고 신들러에게 한쪽 눈을 찡긋해 보이며 말했다.

"아이의 교육 방법에 대해 나는 독자적인 의견을 가지고 있습니다.

부모가 악의에 찬 본심이나 계획이 없으면서 무의식중에 응석을 받아주었는지, 또는 벼락부자식으로 잘살게 된 중류 이상의 가정에서 흔히 볼 수 있듯이 처음부터 의식적으로 응석받이로 키웠는지 어떤지를 알아볼 필요가 있는 거지요."
펀즈워스가 보기 좋게 낚싯밥에 덤벼들었다.
"어떻게 다르지요?"
"놀랍군요, 당신은 모릅니까? 의식적으로 응석을 받아 주었을 경우에는 그 증후를 알아보기가 아주 간단합니다. 조울병, 병적인 도벽, 성적 도착, 또는 사디스트거나 뭔가 정신과의가 보기 좋게 포장한 꾸러미로 만들어 예쁜 리본까지 달 수 있을 만한 증후를 나타내지요. 하지만 무의식중에 응석을 받아주었을 경우에는 복잡하고 기괴한 양상을 나타냅니다. 다시 말해서 여러 가지 형태의 노이로제와 이상 상태를 보이지요.
  단골 환자의 정신과의가 가까스로 어떤 특정된 레벨을 붙이려 하면 환자는 다른 증후를 보이기 시작하여 정신과의는 교과서를 끌어안고 크게 고함치며 뒤쫓아 필사적으로 그 환자의 정신적 발자취를 더듬으려 합니다. 물론 결코 더듬을 수는 없지요. 부모가 자기도 모르는 사이에 응석을 받아준 사람 가운데에는 천재로 잘못 보여지는 이가 많습니다. 좋은 예가 바로 나입니다. 그러나 그것은 지금의 경우 관계없는 이야기지요. 아, 이걸 보십시오."
캐플랜은 〈더 뉴 리퍼블릭〉 잡지의 광고란을 펴놓고 있었다.
"'아름답고 원기발랄, 교양 있고 마음이 따뜻하며 외롭고 쓸쓸한 두뇌 명석한 흑인 여자 지식인, 공동 생활을 바라는 남성 지식인 그룹과 대화할 기회를 구함. 피붓빛 불문.' 연락해 보면 어떨까요? 일종의 실내 <u>스포츠</u>로서, 알겠습니까? 어떻습니까, 모두?"
빌링스가 굉장히 화를 냈다. 살집이 얄팍한 귀족적 얼굴이 새빨개졌다. 다만 입술은 촉촉함과 핏기가 사라져 보도에 깔린 포석 같은 빛깔이 되었다. 그 순간 캐플랜뿐만 아니라, 선임 순서를 무시하고 경험을 멸시하며 지도적 지위에 있는 이에게 실력의 정도를 입증하기를 거듭 강제하는 국 안팎의 분에 넘치게 출세한 불평 많은 젊은이들을 진심으로 증오했다.

그는 무뚝뚝한 목소리로 말했다.

"캐플랜, 당신이 좌흥을 돋우는 데 뛰어나다는 것은 물론 아오. 그러나 당신의 그 능란한 말솜씨는 작업을 진행하는 데 전혀 도움이 되지 않소."

"하지만 지루한 시간을 메우는 데는 도움이 되고 있습니다!"

신들러와 펀즈워스가 소리내어 웃었다. 캐플랜은 좀 지나치지 않았나 생각했다. 뭐라고 해도 사례는 무시할 수 있을 만큼 적은 금액이 아니다. 우쭐했던 표정이 사라지기 시작했다.

그 말에 마침내 참을 수 없어져 빌링스가 금방이라도 그 건방지고 말 많은 유대인 정신의학자를 쫓아낼 것 같아졌을 때, 언뜻 보기에 아무렇지 않으면서도 우아하고 냉정한 분위기를 풍기며 겉모습 못지 않게 자신에 넘친 기분으로 리어 다이아몬드가 방으로 들어왔다.

"여, 밥."

빌링스에게 인사하고 이어 다른 사람들에게 인사했다.

"모두 잘 있었소?"

빌링스가 말했다.

"여, 리어."

그러나 상대의 이름에 확신이 없는 듯한 한순간을 두었다. 퍽 의미 깊은 하찮은 일 가운데 하나였다. 누가 상대에게 한 걸음 양보할 것인지를 알리는 미묘한 눈짓이다.

가죽 씌운 회전 의자에 점잖게 몸을 묻으며 다이아몬드가 말했다.

"아직 본격적인 검토에는 들어가지 않았으리라 여기오. 어젯밤 면 접기록 사본을 받았지요. 좀더 자료가 갖추어지지 않으면 검토할 재료가 없소."

캐플랜이 의자 등받이에 몸을 기대고 천장을 올려다보았다. 눈 깜 짝할 사이에 사람을 우습게 여기는 듯한 태도를 되찾고 있었다.

빌링스가 두 손으로 서류 위의 안경을 집어 들어 손가락 끝으로 귀 를 쓰다듬듯 하며 썼다.

"한끝을 조금 건드려보고 있었소. 지금 있는 자료로 조금이나마 단 서를 얻을 수 있을까 하고."

빌링스는 다이아몬드의 말에 동의하여 캐플랜을 기쁘게 해줄 생각 은 조금도 없었다.

"당신이 캐플랜이지요, 그렇소?"

다이아몬드가 의자를 돌려 상대편을 보며 물었다.

그는 대답도 기다리지 않고 다음 말을 이었다.

"〈에스콰이어〉에 실렸던 당신의 논문을 읽었소. 어떻게 발음하 오? 키브칭 신드롬? 참으로 훌륭한 논지였소. 단숨에 읽어 버렸 지요."

그 칭찬에 캐플랜의 얼굴이 활짝 밝아졌다.

"발음이 틀립니다. 키비칭 신드롬(kibizing syndrome), 맨 첫 음절 에 악센트를 줘야 합니다. 이디시 어지요."

다이아몬드가 두세 번 발음해 보았다.

"실은 그 논문을 읽은 뒤로 그런 증후를 수없이 보았소, 나 자신에 게서도. 방관자가 자신이 방관하고 있는 일에 어떤 미묘한 모양으 로 섞여들기를 스스로 삼가는 것은 아주 곤란하다는 것이었지요? 어떤 일이 계기가 되어 그런 생각이 떠올랐소?"

"직관이겠지요. 매주 수요일 밤에 온 가족이 브론크스의 어머니 아파트에 모여 1센트 내기 포커를 합니다. 벌써 여러 해 계속하고 있지요. 일종의 관례가 되어 있습니다. 그건 그렇고, 지난해부터 어머니가 게임에 끼지 않게 되었습니다. 나이가 들어 게임 진행을 방해하는 상태가 되었기 때문이지요.

어느 날 밤 나는 어머니가 게임하는 이들 가운데 한 사람으로부터 다음 사람으로 그 등 뒤를 돌며 손에 든 카드를 보고 소곤거리거나 충고하거나 웃으며 이맛살을 찌푸리거나 얼굴을 찡그리기도 하는 것을 깨달았습니다. 이윽고 모두들은 다른 사람의 수를 읽는데 당사자를 보지 않고 어머니의 얼굴을 보고서 판단 내리게 되었지요.

결국 어머니는 스스로 게임을 하기보다도 구경하며, 다시 말해서 키비츠하는 편을 훨씬 즐거워한다는 것을 알았지요. 그 뒤 나는 어디를 보나 똑같은 일이 행해지고 있는 것을 깨달았습니다. 장사, 예술 그 밖에 온갖 세상 사람이 눈에 보이지 않는 포커 테이블 둘레에 모여 열심히 하고 있는 사람에게 지혜를 주며 자신은 아무런 위험도 무릅쓰는 일 없이 크게 즐기고 있는 듯이 여겨졌지요. 그리하여 키비칭 신드롬이 된 셈입니다."

"물론 나는 비전문가의 입장에서 하는 말이지만, 참으로 명쾌한 논지라고 생각했소."

다이아몬드는 이것으로 캐플랜을 자기편의 한 사람으로 생각할 수 있다고 확신했다.

"르윈터는" 다이아몬드는 신중히 바르게 발음하며 덧붙였다. "키비처였을까요?"

"우선 틀림없습니다. 그의 형이 편견에 사로잡힌 생각을 말했던 그와 과격파의 관계는 분명히 게임을 구경하는 키비처적인 입장이지요. 다른 점에도 그 일을……"

캐플랜은 이야기를 계속했는데, 그것은 실질적으로는 그가 빌링스에 대해 거부한 것, 다시 말해서 얼마 안 되는 자료를 들쑤셔 르윈터의 정신 생활에 관한 단서를 자진해서 찾아내는 셈이 되었다. 잠자코 듣고 있던 빌링스는 다이아몬드와 캐플랜 사이의 말없는 연관성을 느끼고 다이아몬드가 완전히 회의를 지배하기 전에 의장으로서의 자기 존재를 명확히 해두어야 한다고 생각했다. 다이아몬드 같은 사람은 지옥에라도 떨어지면 좋겠다고 여겼다.

자신의 직업적인 모든 인생을 그들과 같은 사람을 상대로 지위를 다투는 일에 허비해 온 듯한 기분이었다. 그 자신은 전쟁중의 세월을 책상에서 하는 일로 보내며 기록이니 정보가 완비된 쪽이 이윽고는 승리를 쥐는 것이라는 생각을 길러왔고, 또 그런 생각이 밑바탕이 된 환경 속에서 첩보 활동을 하는 가운데 무미건조하고 감사할 줄 모르는 일상 업무를 담당했다.

그 전쟁이 끝나자 그들을 내보낸 교회로 되돌아오는 순례자와도 같이 현장 첩보원이 잇따라 돌아와서 선임 순서에 따라 그때까지 빌링스들이 해온 책상에서 하는 일에 끼어들어왔다. 공정하지 못한 것은 빌링스도 알고 있었지만, 그들과 승진을 겨루는 수밖에 어쩔 도리가 없었다.

"……게다가 아버지가 게임에 끼어 있는 입장의 사람이었던 듯이 여겨지고 이……."

빌링스가 공격 태세로 옮겼다.

"우리 모두가 〈에스콰이어〉의 당신 논문을 읽은 건 아니오, 캐플랜. 그러니 당신이 말하는 그 증후론이 이번 분석의 대상자가 망명한 까닭이며 나아가서는 그가 중대한 비밀을 가져갔는지 어떤지를 알 단서를 제공해 줄지 어떨지에 초점을 맞춰 이야기해 주었으면 하오. 무엇보다도 그것이 이번 조사의 주목적이니까요."

　　캐플랜은 다이아몬드가 주도권을 쥐고 있는 한 빌링스는 어떻게도 손쓸 수 없음을 알고 있었다.

　　"적당히 해둘 수 없습니까? 당신은 처음부터 간섭만 하여 이야기를 방해하려고 하잖습니까?"

　　그 시점에서 그 주도권 싸움과도 비슷한 게임에 종지부가 찍혔다. 리어 다이아몬드가 그 한 가지 일로 밥 빌링스와 포괄 분석과 국 전체에 대한 지배권을 확립할 방법을 썼기 때문이다. 그는 토론의 여지를 주지 않는 목소리로 캐플랜에게 말했다.

　　"당신의 직업적 명성에는 크게 경의를 나타내오만, 밥 빌링스는 오랜 세월 이 일에 몸담아 오고 있소. 그는 시간이 중요한 요소임을 염두에 두고 있는 거요. 당신이 말하는 그의 간섭으로 아주 많은 사람의 목숨이 구출되고 있소. 우리는 이번에 아주 중대한 문제를 다루고 있소. 러시아 사람들의 품속으로 뛰어든 르윈터라는 곤궁에 빠진 새를 소중하게 다루고 있는데, 우리는 어떻게든지 그 까닭을 알아내야 하오. 그것도 되도록 빨리. 이를테면 밥이 얼마쯤 일을 서두른다 하더라도 그것은 사태의 중요성을 이해하고 있기 때문이오."

　　다이아몬드는 둘레를 둘러보며 빙그레 웃었다. 그리고 목소리를 가다듬어 다음 말을 이었다.

　　"어떻소? 처음 의견이 서로 맞지 않은 것은 열의가 지나쳤던 탓으로 하고 처음부터 다시 하기로 하면? 모두 어떻소?"

　　다이아몬드가 온화한 목소리로 이야기하면서도 빌링스를 나무라고 있음을 캐플랜은 뚜렷이 깨달았다.

　　프랑스식 창문 밖에서 자르고 남은 플라타너스 가지에 앉은 여새가 자기 영역 안에 침입하려는 다른 여새를 향해 요란하게 울어대고 있었다. 그것을 보고 다이아몬드는 전날 세러와 함께 센트럴 파크 동물원에서 본 새가 생각났다. 뒤섞인 새소리가 나무며 드넓은 공간에서 멀리 떨어진 강제수용소의 타일 붙인 방 안에 메아리치고 있었다.

별안간 그의 팔을 잡으며 세러가 말했다.

"나는 동물원 같은 데가 아주 싫어요."

다이아몬드는 고개를 흔들며 생각을 접어야 했다.

"오늘 생각을 정리할 수 있는 일이 두 가지쯤 있소. 첫 번째는 어젯밤 보고서 사본을 읽었을 때 맨 먼저 깨달은 일인데, 싱클레어라는 그 여자의 아파트에서 르윈터의 서류를 가져간 사람은 대체 누구겠소?"

"우리가 아는 한 조사를 진행하고 있는 건 우리들뿐이므로, 우리 쪽 조사원 윌슨의 말대로 부원에 대한 지시가 중복되었다고 볼 수밖에 없겠지요."

빌링스는 여느때의 권위를 목소리에 담으려 애썼다. 그리고 얼마쯤 성공할 듯싶기도 했다.

"하지만 바로 그 점이오, 밥. 르윈터를 조사하는 것이 정말로 우리들뿐일까요? 아무래도 르윈터의 과거에 굉장한 관심을 가진 그룹이 또 하나 있는 듯하오."

침묵을 깨뜨리며 펀즈워스가 끼어들었다.

"러시아 사람들이군요, 그렇지요? 놀랍습니다. 그리 터무니없는 생각은 아닙니다. 2, 3년 전 세균전 전문가가 망명한 사건이 있었습니다. 기억합니까? 매코머라는 사나이였지요. 그때 우리 가운데 러시아 측이 그의 과거를 조사하고 있다고 확신했던 사람들이 몇몇 있었습니다. 이거 참, 놀라운데요."

다이아몬드가 말했다.

"적어도 하나의 가능성인 것만은 확실하오. 그 서류를 가져간 사나이가 우리 쪽 사람인지 어떤지를 조사하는 것이 첫째 문제요. 아니라는 대답이 나오면 대상을 러시아 측으로 좁힐 수 있소. "

펀즈워스는 러시아의 스파이가 큰길에서 훌쩍 들어가 르윈터의 서류를 훔쳤다는 생각에 사로잡혀 있었다.

"빌어먹을. 나는 전국의 시, 주, 연방 기관에 긴급 연락을 하겠습니다. 그 사나이가 우리 쪽 사람이었다면 24시간 안으로 확실한 대답을 얻을 수 있을 겁니다. 이건 미처 생각지 못했는데요. "

"좋겠지요. "

다이아몬드는 다음 문제로 옮겼다.

"당신에게 다른 의견이 없다면 밥, 지금 여기서 효과 있게 대처할 수 있다고 여겨지는 일로 그 기억의 문제가 있소. "

빌링스가 겉보기만은 여느때의 차분한 목소리로 물었다.

"그 기억의 문제란 뭐지요, 리어 ? "

캐플랜이 빌링스를 무시하고 직접 다이아몬드에게 말을 걸었다.

"나도 알아차렸습니다, 그 기억의 문제. "

그러나 빌링스는 그처럼 간단히 무시되지는 않았다.

"그 기억에 대해서는 물론 모두 알아차리고 있소. 보고서에 나타나 있을 만큼 눈에 띄지요. 하지만 당신도 기억하리라 여겨지는데, 르윈터의 형이 동생은 7, 8살 때 지붕에서 떨어져 그 기억력을 잃었다고 말하고 있소.

또 그 말은 굉장한 기억력에 대해서는 한 마디도 언급하지 않은 신상조사 기록의 내용과 들어맞고, 그보다 더 중요한 것은 어떤 표현이었던가…… . 그렇지, 자질구레한 일에 머리가 잘 돌지 않아 언제나 약속 날짜며 시간이며 나중에는 이혼수당 지불에 대한 일을 잊었다고 불평한, 헤어진 아내의 증언과도 들어맞고 있소.

여러분, 르윈터는 건망증이 심한 사나이요. 그의 기억력이, 그 굉장한 기억력을 계속 지니고 있었음이 입증되면 중요한 요소가 되

리라는 것은 나도 인정하지만, 여느 사람 이상의 것이 아니었음은
아주 분명하오."
"우선……." 캐플랜이 말했다.
"첫째로……." 다이아몬드가 말했다.
두 사람은 공모자처럼 소리내어 웃었다. 또다시 빌링스의 입술에서
핏기가 가시기 시작했다.
다이아몬드는 캐플랜 쪽으로 손을 저었다.
"이야기하구려. 무슨 말을 하려는 거요?"
"우선 첫째로 정보나 경험을 기억에 정지시켜 두는 능력과 기억한
일을 생각해 내는 능력을 똑똑히 구별하여 생각하는 일이 중요하다
고 여깁니다. 일반적으로 말해서 사람의 두뇌는 거의 모든 것을 기
억하지요. 적어도 흔히 자극에 의해 생각해 내는 것보다 훨씬 많은
것을 기억합니다.
　정신의학적 처치며 최면술을 거는 것으로, 대부분의 경우 우리는
기억되기는 하지만 묻혀 있는 일들을 파내도록, 즉 생각해 내도록
할 수 있습니다. 그러므로 지금 여기서 우리가 가장 관심을 가져야
할 일은 르윈터의 기억 능력이 아니라 생각해 내는 능력이지요. 그
에 관련하여 주의를 돌려야 할 일이 두세 가지 있습니다."
그는 기억력에 관하여 그 반대되는 일도 똑같은 설득력을 가지고
말할 수 있었으나 지금은 빌링스의 논지를 허물어뜨리려는 일밖에 머
릿속에 없었다.
"하나는 언제인지는 모르지만 차고 지붕에서 떨어질 때까지는 그가
분명히 굉장한 기억력을 지녔었다는 점입니다. 둘째는 내가 알건대
그 능력을 잃었으나 나중에 다시 영속적이거나 단기간 또는 장기간
의 한정된 기간 동안 회복했음을 보여주는 놀라운 증거가 있다는
점입니다."

"만일 이 시에 대해 말하는 것이라면……."

빌링스가 말을 꺼냈다.

그러나 캐플랜은 말을 멈추기가 쉽지 않은 듯했다. "물론 그 시입니다. 그의 여자 친구 말에 따르면 그는 그 시를 한 번밖에 읽지 않았다고 합니다. 이해하기 어려운 시를 우연히 읽은 다음 여덟 달이나 지나 결혼을 약속한 여자를 바야흐로 버리려 할 때 애정의 표시 또는 죄의식의 표시를 보내기로 생각했지요. 그리하여 〈케니온 리뷰〉 같은 건 어디에도 없었을 일본에서……."

"그 점은 아직 뭐라고 말할 수 없소." 빌링스의 말은 캐플랜의 상대를 아랑곳하지 않는 목소리에 억눌려 버렸다.

"그는 그 시를 생각해 냈습니다. 놀라운 재주라고 하지 않을 수 없지요."

"자잘한 일에 머리가 잘 돌지 않는다고 한 헤어진 아내의 말은 어떻습니까?" 펀즈워스가 물었다. "또 굉장한 기억력을 지니고 있었다면 어째서 그 일이 신상조서에 씌어 있지 않지요?"

"펀즈워스 씨, 그런 능력을 지닌 사람은 자기가 생각해 내고 싶다고 여기는 일은 뭐든지 생각해 내지요. 그러나 일반 사람과 마찬가지로 그런 사람은…… 뭐라면 좋을까?…… 기억을 완전히 눌러 넣을 수 있습니다. 번거롭다든가 하찮다든가 시간 낭비로 여겨질 만한 일은 생각해 낼 수 없지요. 다시 말해서 기억 밑바닥에 눌러 넣을 수 있습니다. 이를테면 결혼 기념일이라든가 생일……."

캐플랜은 토론의 결말을 내리는 결정적인 방법이라도 있는 듯 힘주어 다음 말을 이었다.

"또는 이혼수당 지불이라든가, 기밀취급 자격에 관한 신상조서에서 그가 의사에게 끌려갔을 때 굉장한 기억력을 교묘하게 감추었다고 말한 형의 증언을 생각해 주었으면 합니다. 까닭은 아주 단순합니다. 그는 이상아(異常兒)로 취급되고 싶지 않았던 거지요. 굉장한 기억력을 지닌 사람의 대부분은 그런 반응을 보입니다.”

다이아몬드가 말했다.

“그 점을 더욱 조사할 가치가 있음은 의심할 여지가 없소. 만일 굉장한 기억 능력을 가지고 있다면 그는 망명의 선물로 가져가는 데 있어 뭔가를 사진으로 찍거나 글을 옮겨 베끼거나 훔치거나 암기하거나 경우에 따라서는 이해하는 일조차 필요하지 않았을 거요.”

패자의 마지막 도피처인 빈정거림을 담아 빌링스가 말했다.

“그렇겠지요. 흘끗 보는 것만으로 일이 끝난 셈이오.”

캐플랜은 빈정거림을 곧이곧대로 태연히 받아넘겼다.

“그렇습니다.”

다이아몬드가 말했다.

“좋소. 이제야 겨우 의견이 일치되었다고 생각해도 될 것 같군요.”

빌링스는 잠시 잠자코 있었다.

“그 시에 초점을 맞춥시다. 나는 그의 여자 친구 생각을 인정하오. 즉 예를 들어 그 시를 암기한 것이라면 일본으로 떠날 때까지 비밀로 해두는 일은 도저히 불가능했을 것이라는 점이지요. 그러나 그가 일본에 있는 동안 우연히 〈케니온 리뷰〉의 그 호를 볼 기회가 있었는지 어떤지? 그리고 기억력을 잃거나 회복하는 점에 대해 전문의의 의견을 듣고 확인하면 어떻겠소? 이것이 중요한 실마리가 될지도 모른다는 기분이 드오.”

9

극 비

포괄적 성격 분석 327호

대상   A.J. 르윈터
총괄   로버트 빌링스
고문   제롬 S. 캐플랜 박사
       프레드릭 F. 펀즈워스
       에릭 T. 신들러 교수

첨부 자료   8월 15~17일 실시 면접 내용

극   비

A. 보드킨 부원과 오하이오 주 갬비어 소재 케니언 대학 문학부장 휘트먼 핀치 교수의 전화 내용 전문. 8월 15일. 피면접자와 르윈터는 이제까지의 조사로는 아무런 연고도 없이 만나본 일도 없음.

핀치 : 솔직히 말해서 그리 좋은 시는 아니오. 이런 것은 아주 주관적이라는 점을 이해해 주기 바라오. 내 말은 누군가가 이런 시를 그대로 읽고 현실에 좋은 시라고 여기더라도 전혀 이상할 게 없다는 뜻이오. 다시 말해서 시가 뭔가를 말할지도 모르오. 우리 학생들은 그렇게 표현할 것이오. 시가 뭔가를 이야기해 오는 것이지요.

    그러나 굳이 말하면, 의견이 공정하고 경험 풍부한 대부분의 비평가는 아주 평범한 시라는 견해에 찬성할 것이오. 형태가 매우 파생적이오. 독창성을 거의 볼 수 없소. 주제가 그로테스크하리만큼 혼란되어 있소.

    작자는 처음에 인간과 성교의 영적인 관련에 대해 이야기하고 있소. 그러다가 사이버네틱스를 다루는 방법에 혼미되어 갈

피를 못 잡는 듯하오. 한편의 '형태'와 다른 한편의 '내용' 사이
에 분명한 엇갈림이 있어 조잡한 느낌을 주는, 즉 비예술적인
것이오. 운율에 얼마쯤 희망을 걸 수 있는 점이 보이오. 하지
만 전체적으로 말해서 유감스럽게도 그렇소, 아주 범용한 시라
고 하지 않을 수 없소.

보드킨 : 말씀에 전혀 무관심하다고 여겨지면 난처합니다만, 교수
님, 내가 알고 싶은 일은 그 시가 〈케니온 리뷰〉의 그 특정호
이외의 간행물에 실렸던 적이 있는가 어떤가 하는 점입니다.

펀치 : 천만에요. 그런 일을 생각하는 사람이 있을 리 없잖소?

도쿄의 미국 대사관 문화 담당관 리처드 매슈즈 허딩으로부터의 극
비암호 전보 전문. 8월 15일 아침 수신, 해독 당사자와 르윈터는 서
로 아무 연고도 없는 존재일 것이다.

EX 허딩 121352Z

이것은 우리가 이제까지 받은 가운데 가장 기묘한 조사 의뢰라고
하지 않을 수 없다.

도쿄 주변 1백 마일 범위 안의 도서관을 조사하여 오직 한 군데,
교토 대학이 〈케니온 리뷰〉의 옛 호를 갖추고 있음이 밝혀짐. 교
토로부터의 보고에 따르면 1964년 9월호가 분실되었는데 언제 없
어졌는지는 불명, 되풀이함, 불명.

사서의 말로는 부주의한 열람자가 가져가는 영문 잡지의 백넘버
는 몇백 권에 이른다고 함. 당연하지만 개인적 장서를 조사하기는
불가능하나 광범위하게 문의했던바 〈케니온 리뷰〉의 백넘버를 가
지고 있는 사람은 끝내 발견할 수 없었음. 이로써 도움되기를 바
람.

R. 글로턴 부원과 클리밍거 정신병원 원장 루이스 클리밍거 박사와의 면접 내용 요지. 8월 16일. 피면접자와 르윈터는 아무런 연고도 없으며 만난 일도 없음.

클리밍거 : (기침) 당신은 담배를 피우시오? 해로운 것은 알지만 아무래도 끊을 수가 없소. (기침) 자, 어디까지 이야기했었지요? 그렇지, 당신의 질문에 대한 대답은 아주 간단하오. 퍽 드문 일이오. 하지만 있을 수 있다는 것은 확실하오.

　　(기침) 1934년에 유명한 예가 있었지요. 에버즈인가 에번스라는 여자가 잃었던 굉장한 기억력을 회복했소. 실증 재료도 충분히 갖추어져 있었다고 기억하오. 그런 환자가 있다면 무료로 진단해 주겠소. 아주 흥미로운 논문을 쓸 수 있을 거요.

F. 루프트월 부원과 벨리뷰 병원 정신과장 겸 워싱턴 프로이트 문고 관장 거허드 글루네버그 박사의 면접 요지. 8월 16일. 피면접자는 르윈터와 연고 없고 만난 일도 없음.

글루네버그 : 가능성은 언제나 존재한다고 할 수 있겠지요. 존재하지 않는다면 사람은 바보라고 여길 것이오. 그러나 일단 잃었던 굉장한 기억력을 회복했다는 예는 아직 한 건도 듣지 못했소.

루프트월 : 저, 1934년 증례(症例)가…….

글루네버그 : 그렇소, 모든 사람들이 인용하는 유일한 증례지요. 에벅이라는 여자요. 완전한 속임수요. 그녀는 서커스에서 초인적

인 기억력을 실제로 해보이고 있었소, 그 초능력을 잃었는데 다시 회복했다고 하고 있소, 선전하기 위해서 언제나 그렇게 말했던 것이오, 1934년에 어느 가엾은 의사가 그녀의 말을 진짜로 받아들여⋯⋯.

S. 에커트 부원과 하원의원 프레드 워터스의 면접 요지. 의원의 뉴욕 사무실에서. 8월 16일. 피면접자는 연방 정부의 고형폐기물 처리공사 설립 제안에 대해 르윈터의 방문을 받았다고 한다.

워터스 : 나는 가능한 한 당신들에게 협력하기로 하고 있소, 나도 전쟁중 육군 정보부에 있었지요, 그런데 솔직히 말해서 그런 이름은 기억하지 못하오, 몇 달 전에 누군가가 귀찮은 이야기를 하던 것을 희미하게 기억하고 있소, 하하하, 귀찮다는 건 우스갯말이오, 뭔가 유리며 무쇠 폐기물을 파이프를 통해 펌프로 지역처리 센터로 보내 재생한다는 엉뚱한 이야기였지요, 그러나 단순한 꿈 같은 이야기에 지나지 않았소, 어떻소, 중요한 일이라면 우리 사람들에게 파일을 조사하도록 해도 좋소,

〈주(註)―파일을 조사한 결과 등사판 인쇄한 르윈터의 이름으로 되어 있는 고형폐기물 처리공사 설립 제안서가 발견되었다. 그 제안서는 첨부자료 17C로, 표지 및 14페이지의 각 페이지 오른쪽 윗부분에 내 머리글자가 씌어 있음.〉

A. 보드킨 부원과 부채정리 금융회사 보스턴 지점장 토머스 A. 오즈본의 면접 요지. 8월 17일. 피면접자는 르윈터의 융자 신청에 대해 본인과 면담했다.

오즈본 : 알겠소, 우리는 원칙적으로 고객에 관한 정보를 제공하지
　　　　 않기로 하고 있소. 사람들이 성직자에 대해서와 마찬가지로 마
　　　　 음놓고 우리에게 털어놓을 수 있는 심정이 되어주기를 바라는
　　　　 것이오.

보드킨 : 그 점은 잘 알며, 그 원칙을 우리 때문에 유보해 주신 것
　　　　 을 고마워하고 있습니다. 우리 모두들은 고마워하고 있습니다.
　　　　 정부도 고마워하고 있습니다.

오즈본 : 아무튼 이것이 그의 신청서요. 당신으로부터 전화가 걸려
　　　　 왔을 때 꺼내놓았지요. 이것이 이름이오. 이것으로 되었소?
　　　　 머리글자 A, 머리글자 J, 대문자 L과 소문자 w로 르윈터.

보드킨 : 그것입니다.

오즈본 : 이건 많은 급료를 받는 사람의 전형적인 예요. 질문 제12
　　　　 항, 이거요, 연봉 1만 7천 5백 달러……. 그렇소, 많은 금액의
　　　　 급료를 받으면서도 지출에 계획성이 없소. 다시 말해서 돈 다
　　　　 루는 방법을 모르는 것이오.

　　　　 우리에게는 이런 손님이 많아 그들의 부채를 하나로 정리하
　　　　 기 위해 융자를 해주고 있지요. 이야기가 다를지도 모르지만,
　　　　 보드킨 씨, 사람들을 재정적 궁지로부터 구출해 내는 데 우리
　　　　 는 굉장한 만족감을 느끼고 있소. 알겠소? 우리는 세상 일반
　　　　 의 무자비한 고리대금업자와 전혀 다르오. 진심이 담긴 장사를
　　　　 하고 있는 것이오.

보드킨 : 르윈터에게는 얼마를 대부했습니까?

오즈본 : 그 일은, 최종적으로는 융자하지 않기로 했소.

보드킨 : 대부하지 않았습니까?

오즈본 : 그렇소, 대부하지 않았소. 이 신청서에는 이유가 씌어 있

지 않소. 그러나 그 사나이에게는 뭔가가 있었소. 그로부터 뭔가를 느끼고 머릿속에서 경보가 울렸던 것을 기억하오. 이런 직업에서는 육감에 따르는 바가 크지요, 보드킨 씨. 그 육감이 나에게 말했소. 주의하라, 이 사나이는 성격이 불안정하다고. 어째서 그에 대한 조사를 하는지 가르쳐 줄 수 없겠소? 빚을 갚지 않았소? 모든 재산을 걸어도 좋소, 틀림없이 채무를 이행하지 않았을 것이오.

A. 보드킨 부원과 PEACE(지구 개선을 바라는 교수 모임) 창립 위원, 보스턴 대학 화학 준교수 제임스 조지 스타이런의 면접 내용 전문. 8월 17일. 피면접자는 PEACE에 관계되어 있던 무렵의 르윈터와 만난 적 있음.

스타이런 : 비드킨 씨인지 보드킨 씨인지, 드디어 나를 잡았군요.
보드킨 : 보드킨입니다. 저를 만나고 싶지 않았던 것 같군요.
스타이런 : 물론 마음 내키지 않았소. 그러나 언젠가 이렇게 되리라
　　　생각했소. 내가 녹음을 하겠소. 대체 이 카세트는 어떻게 시작
　　　되는 거지요 ?
보드킨 : 반대로 합니다. 그렇습니다.
스타이런 : 당신이 온 까닭을 추측해 봅시다. 당신은 우리의
　　　PEACE가 보스턴 지역을 제압하여 젊은이를 나라에 대한 반역
　　　자로 만들고 수돗물에 환각제를 투입하기 위한 공산주의자의
　　　음모라고 생각합니다. 어떻소, 맞았소 ? 당신 윗사람들은 체제
　　　속에 있으면서 체제의 변혁을 하려는 나 같은 과격 분자를 이
　　　해하지 못하오.
보드킨 : 스타이런 씨……

스타이런 : 실례지만 교수라고 불러 주오. 우리 그룹의 이름을 오해
　　하지 말았으면 하오. PEACE라는 이름이 바보스럽다는 것은
　　인정하오. 나 자신은 좀더 수수하고 차분한 이름을 바랐소.
　　　당신이 끝내 나를 붙잡은 건 오히려 잘됐는지도 모르오. 어
　　쩌면 당신이 우리의 인본주의적인 사고방식과 인본주의자를
　　활동가로 바꾸는 정신 작용을 얼마쯤이라도 이해하고 돌아갈
　　지 모르기 때문이오. 당신은 인본주의적 전통에 대해 조금이나
　　마 지식이 있소, 비드킨 씨?

보드킨 : 보드킨입니다, 스타이런 교수. 브라보의 B, 오스카의 O,
　　다이아몬드의 D, 킹의 K, 인디아의 I, 노멤버의 N. 보드킨.

스타이런 : 당신은 자신의 이름에 꽤 신경질적이군요.

보드킨 : 교수님, 당신 비서가 뭐라고 말했는지 모르지만, 나는
　　PEACE 이야기를 하러 온 게 아닙니다, 적어도 그 일 자체에
　　대해서는. 당신 그룹의 전 회원이었던 MIT의 르윈터 교수에
　　대해 묻고 싶습니다.

스타이런 : 르윈터?

보드킨 : 머리글자 A, 머리글자 J, 르윈터. 그에 대해 잘 아십니
　　까?

스타이런 : 르윈터에 대해 묻기 위해 이런 데까지 일부러 찾아오다
　　니, 그거 참, 놀랍군요. 그를 아오? 그를 아는 사람은 아무도
　　없소. 그는 정식으로 그룹의 일원이 되었던 것은 아니었소. 우
　　리 모임에 네댓 번 참석했지만, 우리는 MIT의 동료 과학자를
　　환영한다는 뜻으로 그를 기꺼이 맞아들였을 뿐이오.

보드킨 : 그는 뭔가 달랐던 점이 있었습니까? 솔직하게 발언했습
　　니까?

스타이런 : 그 점이 아주 기묘하오. 그는 마지막으로 참석했을 때까

지 한 마디도 발언하지 않았지요. 우리는 과학자들 사이에 연쇄 편지를 시작하기로 토론했었소.

　그리 부끄러워할 일이 아니므로 똑똑히 말했으며, 언제나처럼 내가 적극론자였지요. 하찮은 일반 시민이 아니라 과학계의 엘리트가 서명한 편지가 10만 또는 50만 통이나 백악관에 몰려든다면 대통령이라 하더라도 주목하지 않을 수 없게 되오. 아무튼 그 이야기를 듣고 르윈터가 몹시 흥분해 버렸소.

보드킨 : 어떻게 말입니까?

스타이런 : 느닷없이 팔을 휘두르며 우리를 향해 엘리트주의자라고 욕설을 퍼붓기 시작했소. 나중에 그는 우리가 토론하던 일보다 더 과격한 일을 생각했던 듯한 인상이 내 머리에 남았소. 그날 밤 이후로 다시는 모임에 나타나지 않았는데, 솔직히 말해서 나는 그리 유감스럽게 여기고 있지 않소. 그와 같은 사람에게 시달리지 않더라도 구체적으로 운동을 진행시키기는 쉽지 않지요.

보드킨 : 그 뒤 그에 대해 뭔가 들은 일이 있습니까?

스타이런 : 물론 단순한 소문에 지나지 않겠지만, 그는 하버드의 MDL(전투적 민주연맹) 사람들 속에 섞여 들어갔다고 누군가가 말하더군요. 당신들이 주목해야 할 사람들은 바로 그 사람들이오, 우리가 아니라.

　G. 블랜트 부원과 5만 달러의 보석금을 마련하지 못해 폭발물 불법 소지죄로 찰스 거리 유치장에서 공판을 기다리는 낸시 미트갱의 면접 내용 요지. 8월 17일. 피면접자는 르윈터가 관계되어 있다고 보고 된 기간에 MDL 일원이었다.

미트갱 : 꺼져 버려! 뭐라고 해도 내가 말할 수 있는 것은 지금 한
　　　 이야기뿐이오. 나로부터 다른 사람에게 이야기한 것 이상으로
　　　 행크에 대해 뭔가 알아낼 수 있다고 여긴다면 큰 잘못이오. 그
　　　 러니 내게 성가시게 달라붙지 말고 돌아가오.
블랜트 : 나는 결코 당신이나 행크나 MDL에 대한 일을 물으러 온
　　　 게 아니오.
미트갱 : 그럼, 뭘 물으러 왔소? 윌리엄 블레이크의 《신학론》? 형
　　　 이상학적 시인의 성적 심상에 대해서? 뭐요?
블랜트 : 르윈터. A. J. 르윈터. 그를 기억하오?
미트갱 : (소리내어 웃는다) 루윈…… (웃음) 설마 맑은 정신이…
　　　 … (계속 웃는다)
블랜트 : 뭐가 우스운지 가르쳐 주겠소?
미트갱 : 르윈터. 당신 같은 부랑자가 그 기분 나쁜 사나이에 대해
　　　 묻는 것이 어쩐지 어울리지 않소. 대체 그가 뭘 했지요? 8센
　　　 트 편지에 6센트짜리 우표라도 붙였소? (다시 소리내어 웃는
　　　 다)
블랜트 : 생각한 거요…….
미트갱 : (계속 웃는다)
블랜트 : 나는…….
미트갱 : 뭘 생각했소? 내 주위에 달라붙어 있으면 뭔가 정보를 잡
　　　 을 수 있으리라 생각했소? 안됐지만 정보 같은 건 아무것도
　　　 없소. 이야기할 것이 없단 말이오. 르윈터는 그 운동에 정식으
　　　 로 가담했던 건 아니오. 얼마 동안 그 주변을 서성거렸을 뿐이
　　　 지요. 그뿐이오.
　　　 　당신은 여기에 잘못 찾아온 거요. 그 고지식한 사람, 긴 의
　　　 자에 눕기만 해도 정신과 의사가 기절할 만한 사람이지요. 바

닷가에서 집단 감수성 훈련을 하는데 누군가가 그를 데려와, 모두가 발가벗고 헤엄치기 시작하자 그는 금방이라도 졸도할 것 같아졌지요.

그 뒤에 한 여자아이가 그와 자기로 했는데, 그녀가 불을 끌 때까지 옷을 벗지 않았다고 하오. 하지만 재미있게도 막상 시작하니 굉장히 좋았다고 그 여자아이가 말했지요. 알 수가 없소, 그렇지 않소? 당신도 불을 끄는 편이겠지요, 틀림없을 거요!

블랜트 : 그 바닷가에서의 회합이 있은 뒤로 그를 보았소?

미트갱 : 얼마 동안은 얼굴을 보였던 것 같소. 하지만 어떤 일에도 깊이 들어가지는 않았소.

블랜트 : 어째서지요?

미트갱 : 뭐가요?

블랜트 : 어째서 그는 얼마 동안 얼굴을 보였소? 그가 그토록 고지 식한 사람이라면 당신들은 어째서 한 무리에 넣어주었지요?

미트갱 : 행크의 생각이었을 거요. 그는 르윈터를 장래에 굉장히 쓸 모 있는 사람이라고 여겼지요. 때로는 사람을 잘못 보는 수도 있소, 그렇지 않소?

10

해리 듀크스는 무릎을 구부려 몸을 숙이고 손가락을 촉각처럼 뻗친 왼손을 쑥 내밀어 권총 손잡이 같은 칼자루를 움켜쥔 오른손을 바싹 당긴 채 헐떡이듯 어깨로 숨쉬고 있었다. 그동안 줄곧 본능과 손가락 이 원을 그리는 칼끝처럼 상대를 죽일 틈을 노리고 있었다.

그러나 듀크스의 경우는 내용이 없는 외형에 지나지 않았다. 움직 이는 데 탄력과 날카로움을 잃은 쓸모없는 용수철과도 같았다. 상대에게 틈이 생기자 듀크스는 볼썽사납게 덤벼들었다. 젊은 사나이는 손목이 눈에 보이지도 않는 재빠른 움직임으로 그 칼끝을 뿌리치고 원을 그리듯 파고들어 듀크스의 옆구리 밑을 칼로 찔렀다.

"빌어먹을!"

고무 칼날이 자기의 피부 위에서 구부러지는 것을 느끼고 듀크스는 신음했다. 그는 거친 호흡 사이를 누비듯 말했다.

"다시 한 번."

문제는 몸의 움직임이라기보다 머리 회전이라고 자신을 위로했다. 반 에이버리의 표정이 풍부하고 윤곽이 뚜렷한 얼굴을 상대하느라면 거기에 진짜 위험이 숨어 있다고는 도저히 생각할 수 없다. 이번에는 자기 자신의 기억 속에서 어떤 위험한 상황을 떠올리려고 듀크스는 생각했다. 남자는 이따금 한 여자의 몸을 안으면서 다른 여자를 생각하는 일이 있는데, 그와 마찬가지로 반 에이버리를 누군가와 바꾸어 놓는 것이다.

다시 몸을 굽히고 자신에게 살해되기 직전의 어떤 사나이 얼굴을 생각해 내려 했다. 콧수염 말고는 얼굴 모습이 떠오르지 않아 기분 나쁜 위험을 떠올렸을 뿐이었다. 그때의 위기감을 생각해 내려 했으나 그 순간의 단편적인 광경이 흘끗 떠오를 뿐 그때의 기분을 재현할 수는 없었다. 이제까지 몇 번이나 열심히 해보았지만 듀크스는 과거의 인생에서 몇 번인지 목숨을 걸고 싸웠을 때의 두려움과 쾌감이 뒤섞인 야릇한 기분을 불러일으킬 수 없었다.

반 에이버리가 신음 소리를 내고 발길질하는 듯이 보이면서 왼손으로 듀크스의 눈을 노려 공격해 왔다. 듀크스의 칼을 움켜쥔 오른팔이 상대의 일격을 방어하기 위해 홱 올라갔으나 허공을 갈랐다. 당황해서 그 팔을 내리려 했을 때 반 에이버리가 고무 칼날로 내려쳐 굵고 푸른 힘줄이 솟은 듀크스의 손목이 옆으로 길게 뻘겋게 부어올랐다.

듀크스가 말했다.

"처음 10분 동안이야."

지붕 밑 방 한구석을 차지한 레슬링 매트 위에 반 에이버리와 나란히 누운 지금은 숨결이 퍽 차분해져 있었다.

"만일 실제로 해야 한다면 처음의 10분 동안에 상대를 쓰러뜨려야만 하네. 10분이 지나면 급속히 피로가 심해져."

전문적인 의견 교환으로, 반 에이버리가 전문적인 반대 의견을 말했다.

"나는 그렇게 생각지 않습니다, 해리. 상대가 프로였다면 당신은 10분쯤밖에 지탱하지 못한다고 판단하여 피로가 심해지기를 기다리니까요. 훈련받은 사람이라면 누구나 그렇게 하지요. 나라면 어떻게 할지 아십니까?"

"자네라면 어떻게 하겠나?"

듀크스는 젊음이란 움직임은 빠르지만 머리 회전은 둔하다고 빈정거리는 기분으로 생각했다. 물론 그만큼 움직임이 빠르다면 머리 회전은 필요하지 않다.

"상대가 이쪽의 정체를 알지 못하리라 여기고 얼렁뚱땅하는 것이 가장 좋습니다. 조심성 없이 우뚝 버티고 선 채 서투른 사람처럼 두 주먹을 쳐들고 '자, 오너라' 하고 태세를 갖추는 거지요. 그리고 틈을 엿봐서 썩둑."

반 에이버리가 손가락 끝으로 자신의 목을 잘라 보였다.

"이쪽이 프로라는 사실을 눈치채이기 전에."

해리 듀크스는 배의 근육에 힘을 주고 자신의 몸을 발끝까지 건너다보았는데, 그래도 배 언저리가 불룩해져 있었다.

"나쁜 점이 두세 가지 있군. 내가 누구인지 모른다면 그자는 어째서 나를 죽이려 하겠나? 나를 죽이려는 이상 상대는 내 이름이며 계급, 번호, 게다가 나이를 알고 있다고 생각해야 해. 나는 역시 처음 10분 동안에 온 힘을 집중하네."

"만일 그래서 안 된다면 ?"

"그래서 안 된다면 단념하겠지."

듀크스는 자기 집 지붕 밑 방에서 반 에이버리를 상대로 한 연습과 단념한다는 그 말에 온몸의 힘이 빠져 버리는 듯한 기분이었다.

"사람은 저도 모르는 사이에 나이를 먹더군. 어떤 때는 체육관에서 커리를 상대로 격투 훈련을 두 시간이나 두 시간 반, 경우에 따라서는 세 시간이나 하네. 그런데 어느새 채 30분도 하기 전에 폐가 터질 듯한 상태가 되어 있네.".

그는 윗몸을 일으켜 땀받이 셔츠를 벗고 벽에 기댔다.

"어떤가, 프레드? 그 진 앤드 토닉을 다 마셔 버리세. 다 마신 다음에는 샤워를 하고 숯불을 피우는 걸세. 오늘은 한집안 식구가 모두 함께 와주어서 기쁘군. 보기만 해도 군침이 돌 듯한 바비큐를 준비해 놓았네."

바깥 어디에서인지 잔디 위에서 레슬링을 하고 있는 아이들의 높은 외침이 들려왔다. 열린 지붕의 채광창을 향해 듀크스가 소리쳤다.

"누군가 다치기 전에 거친 짓은 그만둬."

외침이 조용해졌다. 듀크스는 반 에이버리를 보았다.

"아이들이란 언제까지나 아이로군."

그러나 듀크스는 아직 젊은 시절의 추억에 잠겨 있었다. 손가락을 편 오른손을 들어올려 물끄러미 보고 있었다. 살이 두툼해진 큼직한 손이었다.

"나는 이 손으로 세 사람을 죽였네." 듀크스는 낮은 목소리로 이야기하기 시작했다. "둘은 칼로, 하나는 거품이 멎을 때까지 물 속에 처박고 있었지. 어느 상대든 나에게 똑같은 짓을 했을 게 틀림없네. 이렇게 지붕 밑 방에 앉아 이제부터 일요일 바비큐 준비를 하려는 때에 생각나다니 기묘하군. 정말 기묘하네.”

“저는 제 손으로 사람을 죽인 일이 없습니다——이 길에 너무 늦게 들어왔지요.” 반 에이버리의 목소리에는 분한 듯한 느낌이 희미하게 깃들어 있었다.

“자네는 할 수 있네. 냉정하고 움직임이 재빠르며 신경이 굵어 필요해지면 할 수 있으리라고 나는 믿네.”

“고맙습니다, 해리. 하지만 실제로 할 때까지는 뭐라고 말할 수 없지요.”

“아무튼 그런 시대는 영원히 끝났네. 이제는 벌써 끝까지 싸우는 사람은 아무도 없어. 우리는 서로 친숙한 세계에 살고 있네.”

“해리!” 치밀어 오르는 화를 장난스러운 목소리로 감춘 듀크스의 아내 목소리가 마루청을 통해 들려왔다.

“벌써 5시 30분이에요. 숯불을 피우려면 30분은 걸려요. 해리, 들려요?”

듀크스는 두 손을 입으로 가져가 소리쳤다. “곧 가겠소, 클래러.”

그러나 움직일 기색은 없었다.

반 에이버리가 일어나 사이공 근무 시절에 타이완 공작원으로부터 배운 태극권을 시작했다. 당수형(唐手型)과도 같은 우아한 움직임으로 보는 사람이 괴로워질 만큼 느릿한 동작이 계속된다.

“방콕……쪽의……일은……어……떠했습……니까……, 해리?” 그는 동작 사이사이에 말을 이었다.

“간단했네.” 듀크스가 대답했다. “지난번에 말했듯 아무에게도 알려지지 않는 실패의 하나로 끝나길 바랄 뿐이네. 방콕 지령실이 친구가 한두 사람 많았던 그 지역 공작원에 대한 ‘완전 말살’ 지령을 내렸지.”

“그 사나이의……친구들도……말살……했습니까?”

“한 사람은 매수하고 한 사람은 말살했네.” 듀크스는 반 에이버리가 발꿈치를 중심으로 천천히 돌아서서 슬로모션의 피스톤처럼 어깨에서 주먹을 쑥 내미는 것을 지켜보았다. “중국 방문단에 넣을 교수를 찾아냈나, 프레드?”

반 에이버리가 다시 매트에 앉았다. “서류철을 A에서부터 Z까지 찾아보고 생각해 보겠다고 한 버클리의 미술사 교수가 겨우 한 사람 발견되었을 뿐입니다. 믿어지세요? 누군가 찾아내겠지만 예상보다 비용이 많이 들지도 모르지요.”

“무슨 일이람.” 듀크스가 말했다. “그들이 그런 일을 간절히 바랐던 무렵의 일이 생각나는군. 그 즈음 우리는 인정받았었지. 뭔가를 부탁하기도 쉬웠네. 그들의 책이며 논문 출판 준비도 해줄 수 있었으며 필요하다면 대학에 일자리를 찾아 줄 수도 있었지. 정말 세상이 무섭게 달라지는군. 더욱이 학자들뿐이 아닐세. 우리가 마지막으로 제1급 부원을 새로 채용한 것이 언제였지? 우수한 젊은이들은 이미 정보 관계 일을 바라지 않네. 어디에 가나 많은 급료를 받을 수 있기 때문이지.”

“돈은 그리 문제가 아닌 것 같습니다, 해리. 요즘 대학이 내보내는 개인주의자들에게는 우리 일이 집단적 색채가 너무 강하지요. 그들은 팀웍이라는 걸 모릅니다.”

“내가 알고 있는 건 윗사람들이 이류 인재를 써서 큰일을 해내기를 내게 기대한다는 것뿐일세. 현재의 동료는 다르지만 말일세, 프레드. 어이없는 이야기지. 내가 날마다 소련 신문의 요약을 읽어서는 안 되네. 좀더 중요한 일이 얼마든지 있어. 요컨대 이미 우수한 인재를 얻을 수 없다는 이야기지. 자네가 처음으로 임무 지시를 받으러 왔을 때의 일을 기억하네. 일을 하고 싶어 글자 그대로 문을 밀어 쓰러뜨릴 듯한 기세로 들어왔지. 며칠 밤이나 늦도록 일하고 휴가를 얻지 못했을 때도 자네는 불평 한 마디 하지 않았네."

듀크스는 고개를 가로저었다. "내가 가장 화가 치밀어 견딜 수 없었던 것은 학자 타입의 녀석들일세. 그들은 어느 쪽에서 불어오든 그 때의 바람이 향하는 대로 배를 달리게 하지. 다이아몬드의 포괄 분석에 끼어 있는 학자 누구에게도 교섭이 되지 않았던 게 틀림없네, 그렇지?"

반 에이버리가 바닥에 책상다리로 앉아 등을 꼿꼿이 펴고 마주잡은 두 손에 힘을 주면서 근육 운동을 시작했다.

"교섭은 되었지요. 하지만 금액은 묻지 마십시오."

"2천 5백 달러 넘는가?"

"정확하게 3천입니다."

듀크스가 날카롭게 휘파람 소리를 냈다. "그만큼만 있으면 큰 저택의 구석에서 구석까지 도청 장치를 할 수 있네. 상대는 누구인가?"

"물리학자 신들러입니다. 4년 전 베오그라드에서 열린 그 형식뿐인 심포지움에 한몫 톡톡히 해준 것을 기억하십니까?"

"그것을 이용하여 그냥 협력하도록 할 수는 없었나? 신문에 알리겠다든가 하며 겁주어서……."

"처음에는 그럴 생각이었지만 어쨌든 빈틈없는 녀석입니다. 뭔가가 신문에 새어나가면 아마도 자기는 공격의 목표가 되겠지만, 그렇게 되면 너희들에게 협력하는 학자는 한 사람도 없어질 거라고 하더군요. 우리로서도 학자를 상대로 소란 일으키는 일은 절대로 피하고 싶으니 하는 수 없이 달라는 대로 지불했지요."

"그래서?"

"그래서라니요?" 반 에이버리가 말했다.

"포괄 분석에서 뭘 하는 거지?"

“아, 그것 말입니까? 그게 아주 묘한 형편이랍니다, 해리.”

“어떻게 묘하다는 거지? 청소부들이 아무것도 포착하지 못하고 있나?”

“정보는 많이 긁어 모았지요. 그러나 그것을 어떻게 해석해야 좋을지 아무도 짐작할 수가 없습니다. 르윈터는 빚으로 꼼짝할 수 없었던 듯합니다. 재판소에서 이혼수당 지불을 독촉하고 있지요.”

“그럼, 그는 빚 때문에 망명했다는 말인가?”

“그것만이 아닙니다. 그는 보스턴 지역의 과격 분자에게 접근했지요——우선 PEACE 녀석들…….”

“그들에 관한 서류가 있을 테지?” 듀크스는 반 에이버리처럼 두 손을 마주잡고 힘껏 당기기 시작했다.

“지역 FBI가 그들의 집행위원회에 부원을 잠입시키고 있습니다. 그렇게 힘껏 잡아당기면 안 됩니다, 해리. 묵직하게 계속해 압력을 주는 겁니다. 그렇지요, 그렇게 하면 됩니다. 르윈터는 MDL에도 관계했는데 얼마나 깊이 들어가 있었는지는 뚜렷이 알 수 없습니다. 더욱이 쓰레기에 관한 미친 사람 같은 이야기도 있습니다.”

“쓰레기?”

“아무래도 르윈터는 몇십억 달러나 들 만한 국가적 고형폐기물 처리 계획을 추진하려 한 듯합니다. 어떤 의원에게까지 그 문제를 제안하러 갔었지요. 그 계획은 르윈터에게 아주 중요한 일이었던 듯하며, 이것이 재미있는 점입니다만 꽤 분별 있는 그의 형이 소련이라면 그 계획을 들어 줄지도 모른다고 동생이 생각했었다는 말을 했지요.”

“이건 일찍이 들어보지 못한 웃음거리군……. 쓰레기 처리 계획을 가져가기 위해 소련으로 망명했다니!”

“그것만이 아닙니다. 더욱이 이것이 가장 이해하기 어려운 부분입니다. 아무래도 르윈터는 8살쯤 무렵에 잃었다고 생각되는 초인적 기억력을 지니고 있는 듯합니다. 그리고 망명한 날 소련 대사관으로 가기 전 시를 인용한 짧은 글을 여자 친구에게 보냈지요."
"그는 인텔리인 척하고 있는 걸세. 그리 신기한 일은 아니잖나?"
"그는 그 시를 꼭 한 번 그것도 여덟 달 전에 보았을 뿐입니다. 그것을 완전하게 기억하고 있었습니다."
"그런 일로써 그 초인적 기억력으로 이야기가 되돌아가겠나? 어쩌면 일본에서 같은 시를 보았는지도 모르지. 그곳에는 도서관이 있네."
"그렇지 않습니다. 포괄 분석반이 조사했습니다. 도쿄의 문화 담당관이 도쿄 언저리에는 그 시가 실린 잡지가 한 부도 없다고 말해 왔지요. 게다가 분석반이 전문의로부터 초인적 기억력에 관한 의견을 청취하여 더욱 이야기가 얽혀져 시끄러워지고 말았습니다. 한 사람은 그런 초능력을 회복하는 일이 있다고 하고, 또 한 사람은 회복하는 일이 있을 수 없다고 말했거든요."
"그래, 분석반 사람들은 그런 일들을 어떻게 생각하고 있나?"
"그러니 그 점이 문제입니다. 분석반 총괄자인 빌링스는 분명히 가장 안전한 대답을 끌어낼 생각인 듯합니다. 다시 말해 르윈터는 빛을 피하기 위해서거나 뭔가로 망명한 것이며 중요 정보는 가져가지 않았다고. 빌링스의 그 생각은 쉽게 이해할 수 있습니다. 그는 어디까지나 자기 부서가 소중하여 오점을 찍을 만한 일은 모두 피하고 싶은 거지요. 더욱이 르윈터가 MIRV에 관한 중요 정보를 가져갔다면 MIRV의 기밀 유지에 관한 직무가 우리 쪽 또는 다른 정부 기관으로 옮겨질지도 모르니 그런 위험은 결코 무릅쓰고 싶지 않을 겁니다.

저도 거기까지는 알 수 있습니다. 그런데 거기에 다이아몬드가 나타났습니다. 그는 분석반 모임에는 거의 빠지지 않고 참석하여, 그 3천 달러 정보원의 이야기에 따르면 그가 작업 진행을 맡아보는 것과 같은 상태인 듯합니다. 게다가 그는 최악의 사태임을 입증하기에 전념하고 있는 것 같습니다.

이를테면 그 초인적 기억력에 관한 조사를 진행시키거나 르윈터와 과격 분자의 관계를 훑어보도록 명령한 것은 다이아몬드입니다. 더욱이 그룹의 한 사람인 정신의학자는 철두철미하게 다이아몬드를 지지하고 있습니다. 그것도 우리 쪽 정보원인 물리학자의 말에 따르면, 얼굴을 보기도 싫어할 만큼 빌링스를 혐오한다는 것 말고는 이렇다 할 까닭이 없는 듯합니다. ”

“구더기 모임이란 말인가 ? ” 듀크스가 말했다.

반 에이버리는 마음 밑바닥으로부터 이해하려 애쓰고 있었다. “빌링스가 가장 안전한 답을 내려 하는 것은 알지만, 다이아몬드는 어째서 최악의 사태임을 입증하고 싶어하는 것일까요 ? 그를 잘 알고 있겠지요, 해리 ? 당신이라면 뭔가 짚이는 바가 있을지도 모릅니다. ”

듀크스는 지붕 밑 방 벽에 머리를 기대고 한참 생각했다. 별안간 벌떡 일어나 반 에이버리에게 따라오라고 손짓을 했다.

“자네에게 보여주고 싶은 것이 있네. ”

지붕 밑 방 층계 가까운 한구석이 듀크스의 작업장이었다. 작은 나무 책상과 국무성의 정기 간행물이 가득 찬 책장과 전기 스탠드, 그리고 소형 금고가 놓여 있었다.

듀크스가 숫자 판을 돌려 금고를 열고 오려낸 글이며 사진이 붙은 스크랩북을 꺼냈다. 그것을 책상 위에 놓고 페이지를 넘기기 시작했다.

“이걸 보게. 다이아몬드와 내가 영국에서 낙하산 강화 훈련을 받았을 때의 사진이지. 이쪽은 프랑스의 피점령지역에 있는 다이아몬드와 빅터의 사진일세. 빅터를 기억하겠지, 체코슬로바키아에서 죽은 사나이네. 이것은 칸의 크로와제트에 셋이 있는 장면일세."

"뒤에 보이는 건 독일병입니까?"

"맞았네. 나는 얼마 동안 런던에 있으면서 다이아몬드를 조종했는데, 그 뒤 말리팀 알프스에서 그와 함께하게 되었지. 그 사진은 독일 측에 우리 첩보망이 탐지되기 직전에 찍은 걸세. 이것은 전쟁이 끝난 직후의 사진이네. 또다시 빅터와 다이아몬드와 나, 세 사람이지. 지금은 장소의 이름조차 기억하지 못하네. 그 무렵 셋이서 놀러 다녔었지."

듀크스는 지금은 너덜너덜해진 그 사진을 노여움과 향수 깃든 눈길로 보았다. "이것으로 알았겠지, 프레드."

"저는 둔한지도 모르겠지만, 해리, 좀더 자세히 설명해 주지 않으면 모릅니다."

"다이아몬드가 최악의 사태로 만들어내려 하는 것은 그가 나와 같은 종류의 사람이기 때문일세. 우리는 둘 다 48시간 동안 한잠도 못 자고도 졸음을 느끼지 않았던 무렵, 공포가 만들어내는 에너지와 흥분제만으로 1주일 계속 일했던 무렵, 자기들이 동란 한가운데에 있었던 무렵, 위험한 계획을 생각해 내고는 기력과 용기만으로 그것을 실행했던 무렵인 저 옛날의 좋았던 시절이 못 견디게 그리운 거네.

나는 정보부에 있어서 아직까지 얼마쯤은 그런 기회를 얻을 수 있지. 그러나 다이아몬드는 저 세르뉘 사건 뒤 한직으로 쫓겨났네. 그것이 이번의 르윈터 사건으로 되살아나려 하고 있네. 알겠나? 프레드, 잘 들어두게. 녀석은 최악의 사태로 만들어내려 하고 있을 뿐만이 아닐세. 그것만으로는 결코 끝나지 않네. 그 녀석은 이 일을 대규모 작전 행동으로까지 확대하려 하고 있는 걸세. 다시 세르뉘 사건 때와 같은 안을 들고 나올 것이 틀림없네."

그로부터 퍽 오랜 시간 뒤 진 앤드 토닉을 마시며 바비큐를 먹은 다음 돌아가려고 가족들을 불러 모으던 반 에이버리가 듀크스의 팔을 움켜잡고 철망을 둘러친 포치로 나갔다.

"당신들은 언제나 일에 대한 이야기군요." 누구의 아내인지가 불평했다. "일의 어디가 그토록 재미있지요?"

"한 가지 잊고 있었습니다." 반 에이버리가 재빨리 말했다. "당신이 나가 있는 동안 우리 쪽 한 사람에게 르윈터의 서류를 가져오게 했었지요. 우리 쪽에서도 좀 조사해 보려는 생각으로요. 그런데 누군가가 서류를 가져가 버린 것을 다이아몬드가 알았는데, 그는 어쩌면 소련 측이 배경을 조사하고 있을지도 모른다고 생각했지요. 그리하여 모든 정부 기관에 긴급조회를 했습니다. 어떻습니까, 해리? 털어놓는 편이 좋다고 생각하십니까?"

듀크스는 잠시 생각하고 있었다. "다이아몬드에게 쓸데없는 참견을 했다고 우리를 나무랄 기회를 주는 건 아무래도 싫네. 얼마 동안 모르는 척하고 어떻게 되어 가는지 상황을 보기로 하세."

11

극 비

포괄적 성격 분석 327호

대상 A. J. 르윈터
총괄 로버트 빌링스
고문 제롬 S. 캐플랜 박사
      프레드릭 F. 펀즈워스

에릭 T. 신들러 교수

첨부 자료　8월 19일 실시 면접 내용

극 비

A. 보드킨 부원과 탄도탄 노즈 콘 연구개발 과장 사이먼 캐스트너 박사의 면접 내용 요지. 8월 19일. 피면접자는 MIT에서의 르윈터의 윗사람.

캐스트너 : 르윈터의 일로 왔겠지요. 그는 행방불명되었소. 그렇지요? 그러리라 여겼소. 뭔가가 일어난 것이 틀림없다고 생각했었지요. 르윈터가 나타나지 않고 편지며 전보, 그 밖의 한 마디 연락도 없소. 망명했소?

보드킨 : 저는 그쪽과는 관계없습니다, 캐스트너 박사. 당신과 마찬가지로 자세한 것은 아무것도 모릅니다.

캐스트너 : 그렇소, 물론 알고 있소. 이런 일에 대해 당신들은 꽤 입이 무거운 사람들이군요. 좋소, 뭘 묻고 싶소?

보드킨 : 먼저 그가 당신 밑에서 어떤 일을 해왔으며 우수한 연구원이었는지 어떤지 말씀해 주십시오.

캐스트너 : 상세히, 아니면 일반적인 이야기로 말이오? 구체적인 이야기라면 꽤 전문적인 것이 되오.

보드킨 : 일반적인 이야기로 좋습니다.

캐스트너 : 아주 분별 있는 사람이군요. 일반적 설명이라면 퍽 어렵소. 뭐, 괜찮겠지요. 르윈터는…… 과거형으로 이야기해야 하오, 아니면 현재형이오? 요업학 전문가로, 당연하지만 아주

우수한 사람이었소. 첫째 그렇지 않았다면 여기서 일하지 못했을 거요. 그의 전문 분야는 탄도탄의 도자기제 노즈 콘으로, 그 연구에는 요업학 지식이 필요하지요. 그는 전파를 반사하지 않고 거꾸로 흡수하는 도자기제 재료개발반의 일원이었소.

우리는 전자투과성이 있는 물질을 찾고 있소. 말할 나위도 없지만, 다른 나라보다 앞서서 그런 물질을 개발한 나라는 아주 유리한 입장을 차지하게 되지요. 결국 그러한 노즈 콘은 레이더에 탐지되지 않소. 레이더의 파동이 튀어 돌아오지 않기 때문이오. 비전문가식으로 말하면 레이더 스크린에 반사파가 나타나지 않소. 소련 측은 그 노즈 콘을 탐지하여 추적할 수 없게 되면 격추시킬 수 없는 셈이오. 여기까지는 이해할 수 있겠소?

보드킨 : 할 수 있다고 생각합니다. 그래서 뭔가 발견되었습니까?

캐스트너 : 그렇다면 좋겠지만, 유감스럽게도 전자를 투과하는 노즈 콘은 그 완성을 열망하고 있다고 할 수밖에 없소. 이제까지 가장 유망한 물질도 재돌입할 때의 높은 열에는 도저히 견뎌내지 못했지요. 우리는 처음의 예산 약 1천 7백만 달러를 거의 다 써 버렸으나 성과라고 할 만한 것은 적이 쏜 노즈 콘의 도플러 효과를 7퍼센트쯤 일그러뜨릴 수 있는 물질로, 그런 것은 아무 가치도 없소. 상대 측이 미사일이 향하는 방향을 서둘러 확인하는 데 이용하는 정도로 도플러 효과에 거의 의존하고 있지 않기 때문이오.

보드킨 : 그럼, 르윈터는 그의 전문 분야에서 상대 측을 이롭게 할 만한 비밀 정보를 전혀 가지고 있지 않다는 말씀이군요.

캐스트너 : 드디어 핵심을 건드리는군요. 그렇소. 우리가 시험을 통해 쓸데없다고 결론내린 수식 이외에 르윈터가 상대 측에게 줄

수 있는 건 아무것도 없소.

보드킨 : 그러나 그것은 얼마쯤 도움되지 않을까요? 그들의 연구 분야를 좁히는 데 이용된다는 뜻으로 말입니다.

캐스트너 : 이론상으로는 당신 말이 맞소. 그러나 실제로는 우리의 연구 방법에 실수가 없었음을 확인하기 위해, 만일 아직 하지 않았다면 그들은 우리가 해온 것과 똑같은 일을 되풀이해야만 하오. 그러므로 보드킨 씨, 비록 르윈터에 상당하는 소련의 연구자가 나에게로 오고 싶어한다 하더라도 나는 말은 고맙지만 사양한다고 하겠소.

보드킨 : 르윈터가 담당했던 것은 그 투과성 있는 노즈 콘의 개발뿐이었습니까?

캐스트너 : 내 밑에 있을 때는 그렇소. 네댓 달 전 천체물리학에 관한 석 달 동안의 코스를 수료한 직후 그가 일련의 MIRV 탄도를 생각해 냈지요. 와탄두가 진짜 같은, 그리고 진짜가 와탄두와 같은 탄도를 더듬는 것이오. 나는 그것을 탄도과로 돌렸소.

보드킨 : 그의 그 안은 어떻게 되었습니까?

캐스트너 : 그들이 물리쳐 버렸소. 너무 전문가답지 않다는 것이었지요. 완전한 아마추어의 생각이었던 거요.

보드킨 : 그 밖에는? 그 밖에 그가 연구하던 것은 없습니까?

캐스트너 : 하하하, 그 폐기물에 관한 취미뿐이오. 당신들은 그걸 알고 있지요?

보드킨 : 고형폐기물 처리계획 말입니까?

캐스트너 : 그렇소. 순수한 과외 활동이오. 게다가 기밀 사항도 아니오.

보드킨 : 그의 기밀정보 취급자격 쪽은 어떻습니까? 그는 자신의 전문 분야 이외의 일도 알 수 있는 입장이었습니까?

캐스트너 : 보드킨 씨, 특히 기밀에 관해서는 내가 있는 곳은 완전
　　한 기밀실과도 같소. 그가 그 자신의 연구실 이외의 자료며 정
　　보를 보기는 절대로 불가능하오. 게다가 조금 전에도 말했듯이
　　그의 연구실 연구 성과는 이제까지로는 제로요.
보드킨 : 만일 그가 극비 자료를 보았다면 어떻게 그 기회를 얻었을
　　까요 ?
캐스트너 : 지금도 말했듯이 불가능하오.
보드킨 : 그러나 가설로서는 ?
캐스트너 : 글쎄요. 가설로서는 지하의 금고실 자료 보관소에 가서
　　열람 허가를 신청해야 하오. 어떤 특정 서류철을 빌리기 위해
　　서는 책임자의 서명이 있는 '열람 자격 증명서'를 가지고 있어
　　야 하지요. 그런데 그가 가지고 있었던 것은 제7분류 자료, 즉
　　도자기제 노즈 콘 자료의 열람 자격뿐이었소.
보드킨 : 만일 그가 기밀 자료를 보관소에서 빌리는 데 성공했을 경
　　우, 그 다음에 할 일은 ? 사진을 찍거나 복사하는 일은 가능합
　　니까 ?
캐스트너 : 그 또한 절대로 불가능하오. 조금 전에도 말했듯이 여기
　　는 완전한 기밀실과 같은 상태로 되어 있소. 그는 보관소에서
　　빌려낸 서류철을 가지고 열람실로 가야 하며 그곳은 열람실 경
　　비원이 엄중히 감시하고 있지요. 그가 뭔가를 베껴 썼다면 그
　　것이 일지에 기입되어 경비과에 보고되고, 어째서 그가 뭔가를
　　베껴 썼는지 경비과가 나에게 문의하도록 되어 있소.
보드킨 : 알겠습니다. 그런데 내가 직접 자료 보관소와 열람실 상황
　　을 보고 와도 괜찮겠습니까 ?
캐스트너 : 괜찮소, 보드킨 씨. 그러나 시간 낭비에 지나지 않소.
　　여기는 기밀실과 마찬가지로 운영되오. 게다가 일을 끝까지 생

각해 본다면 르윈터가 다른 사람에게 제공할 수 있는 것은 그
자신이 생각해 낸 아마추어다운 탄도와 공상 같은 폐기물 처리
계획밖에 없소. 그것만으로는 국경을 넘는 수단으로 삼기에 도
저히 모자라오, 그렇잖소?

A. 보드킨 부원과 MIT 탄도탄 연구개발과 자료 보관소 사서 P. J.
노블의 면접 요지. 8월 19일. 피면접자는 르윈터와 연관성 없음.

보드킨 : 잘 모르겠군요. 당신이 자료 보관소 사서라고 생각했었습
　　　니다.
노블 : 하지만 맞습니다. 그 사고 뒤 사서보에서 사서로 승격했지
　　　요.
보드킨 : 그 사고라니요?
노블 : 함께 있던 맘즈베리 씨입니다. 그는 굉장한 근시였지요. 인
　　　생의 인연이라고나 할까요? 그와 나는 휴가에 대해 이야기를
　　　주고받았습니다. 맘즈베리 씨는 딱하게도 홀아비로 그 독신자
　　　들만이 가는 유람 항해를 떠나기로 되어 있었지요. 카리브 해
　　　로. 그런데 나와 헤어진 지 채 10분도 안 되어 트럭에 치어 죽
　　　었답니다. 거짓말 같지만 정말로 채 10분도 안 되어.
보드킨 : 그건 언제 일입니까?
노블 : 글쎄요, 오늘이 19일이지요? 19, 18, 17, 16, 15, 14, 13,
　　　12, 11, 10, 9, 8, 7, 6. 6일이었습니다. 내일로 꼭 2주일이 됩
　　　니다.
보드킨 : 그럼, 당신이 사서가 된 지 2주일밖에 안 된 셈이군요.
노블 : 정식으로는 자료 보관소 사서입니다. 그렇습니다. 물론 나는
　　　이제까지 14년 동안 사서보로 일해 와서 일에 대해서는 모두

다 압니다. 흔히 말하는 신출내기가 아니지요.

보드킨 : 그런데 노블 씨, 이곳 연구원 가운데 한 사람이었던 르윈
터라는 사나이를 기억합니까? 머리글자가 A.J.입니다.

노블 : 유감스럽게도 2주일 전까지는 연구원과의 접촉이 거의 없었
습니다. 결국 내가 그때까지 일하던 사서보직은 처음부터 끝까
지 보관실 안에서 일하는 것이어서 두뇌 명석한 사람들 얼굴을
보는 일이 거의 없습니다. 더욱이 요 2주일 안에 여기 왔던 연
구원으로 르윈터라는 이름은 기억이 없습니다.

보드킨 : 그렇겠군요. 다른 각도에서 묻겠습니다. 당신의 전임자인
맘즈베리 씨는 신중한 사람이었습니까?

노블 : 미스터 세심이라는 편이 어울리는 사람이었지요. 나는 그 점
을 진심으로 존경했었습니다. 무엇보다도 사서의 본보기와도
같은 사람이었지요. 그의 묘비명에 어울리는 호칭입니다. 여기
사서 중의 사서 영원히 잠들다.

보드킨 : 사서 중의 사서.

노블 : 절대로 그렇습니다. 내가 그를 알게 된 뒤 오랜 세월 동안
그는 한 번밖에 실수한 적이 없습니다. 굉장히 엄밀한 정확성
이 요구되는 일에서 14년 동안 아주 조그만 잘못을 꼭 한 번
저질렀다는 사람을 그 말고도 아십니까, 보드킨 씨?

보드킨 : 아니, 모릅니다. 참으로 훌륭한 기록이군요. 그런데 그 실
수란 어떤 것이었습니까?

노블 : 아, 그것 말입니까? 결국 우리는 모두 사람에 지나지 않음
을 생각하게 할 만한 하찮은 실패였습니다. 한두 달 전 한 연
구원이 탄도의 수식이 가득 씌어진 종이를 가지고 내려와 비교
할 점이 있어 탄도의 서류철을 빌리고 싶다고 말했지요. 그 사
람이 수식을 쓴 종이를 가지고 있지 않았다면 맘즈베리 씨는

결코 서류철을 빌려주지 않았을 게 틀림없다고 나는 믿습니다.
그런데 그걸 보고 그만 방심했던 겁니다. 내 말은 '그 사람이
자기가 쓴 수식을 손에 들고 있는 것을 보고'라는 뜻입니다.
게다가 그 잘못도 겨우 몇 분 동안의 일이었습니다.

보드킨 : 몇 분 동안?

노블 : 그렇습니다. 몇 분도 안 되어 맘즈베리 씨가 그 연구원은 열
람 자격이 없다고 판단한 것입니다. 그 사람은 열람실로 갔어
도 서류철을 펼 시간조차 없었을 겁니다. 그 뻔뻔스러움에는
어이가 없습니다. 제8 분류 자료의 열람 자격밖에 없는 사람이
여기 와서 탄도 관계 자료를 요구하다니 !

보드킨 : 정말로 뻔뻔스럽군요. 그래, 맘즈베리 씨는 그 사건을 보
고했습니까?

노블 : 물론 그는 일지에 기입했지요. 그런 점에서 아주 꼼꼼한 사
람이었습니다. 그러나 그가 읽을 틈도 없이 서류철을 되찾아
정식으로 징계 수속을 취하지는 않았을 겁니다. 하하하, 아주
좋은 문구입니다. 그렇게 생각지 않습니까? 정식 징계 수속이
란.

보드킨 : 그렇군요, 아주 좋은 문구입니다, 노블 씨.

A. 보드킨 부원과 보스턴 시경찰 마틴 프랭크 경감의 전화 대화 내
용 요지. 8월 19일. 피면접자는 르윈터와 관련 없음.

프랭크 : 맘즈베리, 아서, 머리글자 R, 백인 남자. 62살, 키 5피트
7.5인치, 몸무게 155파운드, 갈색 눈, 흰 머리, 이거요?

보드킨 : 그렇습니다, 경감님.

프랭크 : 알았소. 확실히 뺑소니차 사건이었소.

보드킨 : 범인은 잡았습니까?

프랭크 : 아니, 잡히지 않았소. 나는 이 사건을 잘 기억하고 있소. 묘한 사건이었으니까요. 피해자는 선명한 노란 페인트로 양쪽에 회사 이름이 씌어진 소형 밴 트럭에 치었소. 대여섯의 통행인이 그 회사 이름을 기억하고 있었지요. 회사 이름이 너무도 똑똑히 보여서 아무도 번호를 보려 하지 않았소. '페어팩스 유업'이라고 씌어 있었소. '페어팩스 유업'이라고.

보드킨 : 그 사건의 어디가 기묘합니까?

프랭크 : '페어팩스 유업'이라는 회사는 없소. 보스턴에도, 매사추세츠 주에도, 우리가 조사한 바로는 동해안 어디에도 없었소.

A. 보드킨 부원과 열람실 경비원 루이스 멘덜리니의 면접 내용 요지. 8월 19일. 피면접자는 여러 가지 기회에 열람실에서 르윈터를 감시하고 있었다.

보드킨 : 언제 물러났지요?

멘덜리니 : 1년 전 9월입니다. 30년 동안의 경관 생활이지요. 지금처럼 장발족이며 성도착자며 마약 상습자가 활개치고 다니던 시절이오. 물러났어도 유감스러운 심정은 조금도 없습니다. 연한이 꼭 차도록 근무하기도 했고요.

보드킨 : 지금은 마치 영역이 다른 나날을 보내고 있는 것과 같은 셈이군요.

멘덜리니 : 하루가 긴 것만은 확실합니다. 그러나 적어도 이곳 사람들은 모두 신사지요. 물론 지루하고 심심해서 견딜 수 없을 때도 있습니다. 그러나 연금을 오래 타내기에는 아주 좋은 근무지요. 내 말뜻을 아시리라고 생각합니다만.

보드킨 : 나도 언젠가는 같은 처지에 놓이겠지요. 그건 그렇고, 이
　　곳 일 순서를 간단히 설명해 주겠습니까 ?

멘덜리니 : 하고말고요, 아주 간단합니다. 누군가가 보관실에서 자
　　료를 빌려내면 이 열람실로 오도록 되어 있습니다. 그 입구에
　　있는 경비원 책이 그 남자의 배지와 신분증명서와 서류철의 표
　　제를 조사하여 여기에 있는 인터컴으로 나에게 알리지요. 나는
　　그가 말하는 것을 이 일지에 적습니다. 여기에 씌어 있듯 들어
　　온 시각과 나간 시각을 함께 적지요.

　　　그리고 나는 여기에 그대로 앉아 이 창문을 통해 그들이 하
　　는 일을 감시합니다. 이것은 저쪽이 거울로 되어 있는 흔히 말
　　하는 일방통행 창문입니다. 전에는 여느 창문이 끼워져 있었는
　　데, 모두 신경질적인 인텔리여서 누군가가 감시하면 침착해지
　　지 못해서 창문을 바꿨지요. 재미있게도 모두 여기에 감시창이
　　있음을 알고 있습니다. 오래된 사람들 가운데에는 들어오면 이
　　쪽을 향해 손을 흔드는 이도 있지요. 그러나 우선은 여러 가지
　　행동을 합니다.

보드킨 : 이를테면 어떤 행동을 ?

멘덜리니 : 콧구멍을 후비기도 하고 볼기를 긁적거리기도 하지요.
　　그러다가 누군가가 자위를 시작하지 않을까 생각할 정도입니
　　다. 그러면 나는 일지에 쓰지요. 몇 시 몇 분 들어옴. 사정(射
　　精), 몇 시 몇 분 나감. 하하하 !

보드킨 : 그런데 르윈터라는 사나이를 기억합니까 ? 39살, 보통 키
　　에 머리가 벗겨져가고 배가 나오기 시작한 사나이입니다만.

멘덜리니 : 솔직히 말해서 나는 그들의 이름을 기억하지 못합니다.
　　이름을 기억하는 것이 일은 아니니까요. 그러나 일지에 씌어
　　있을 겁니다. 르윈터라고 했습니까 ?

보드킨 : 머리글자 A. J. 대문자 L과 소문자 w로 르윈터.

멘덜리니 : 나는 이렇게 알파벳 순서로 표시를 해놓았지요. 이름 옆
에 그 사람에 관한 일지의 페이지가 나란히 씌어 있습니다. 이
방법은 내가 고안해 낸 것이지요.

보드킨 : 그가 마지막으로 왔을 때의 기록을 보여주겠습니까?

멘덜리니 : 마지막으로 왔을 때라고요, 곧 알 수 있습니다. 246페
이지입니다. 이것이 44, 이것이 45. 아, 이겁니다. 르윈터. 15
시 35분에 '실전 탄두탄도'라는 서류철을 가지고 왔었지요. 어
떤 뜻의 말인지 모르지만요.

보드킨 : '통'이란 뭡니까?

멘덜리니 : 내가 쓰는 '통독'의 약어지요. 다시 말해서 죽 훑어보았
다는 뜻으로, 이에 반대되는 것이 '숙'입니다. '숙독'의 약어로,
내용에 몰두했다는 뜻이지요. 여기에 이렇게 씌어 있습니다.
'15시 42분에 맘즈베리가 열람실로 들어와 서류철을 와락 낚아
채듯 찾아갔다.'

보드킨 : 뭐라고요, 맘즈베리가 들어와 서류철을 와락 낚아채듯 찾
아갔다고요! 그때의 일을 기억합니까?

멘덜리니 : 농담 마십시오. 맘즈베리는 곧잘 뛰어들어와 서류철을
찾아가곤 합니다. 굉장한 근시였거든요. 그의 얼굴 앞에서
PTA 카드를 펄럭거리기만 해도 원자폭탄 제조법 서류철을 빌
려낼 수 있다는 말이 있었을 정도입니다. 물론 나와는 관계없
는 일입니다. 여기서 감시하는 것이 내 일이니까요. 하지만 기
밀자료 보관 방법으로서는 아주 얼빠진 방법입니다. 그렇게 여
겨지지 않습니까?

보드킨 : 그런 것 같군요.

12

리어 다이아몬드는 전혀 새로운 인생을 개시하고 있는 것은 아니었다——기관차가 옆의 선로에서 화물 열차와 연결되듯 중단되었던 낡은 인생을 다시 시작하는 데 지나지 않았다. 그리고 일하는 습관이며 입에 맞도록 하기 위해 자신의 지각력을 감싸고 있는 설탕옷 같은 무관심, 게다가 무엇보다도 끊임없이 머릿속에서 시간을 새기고 있어 이따금 어깨 너머로 뒤돌아볼 때마다 인생의 중간점에서는 낡은 옆의 선로를 찾는 것도 이미 늦었음을 떠오르게 하는 저 시계 등을 떨쳐버리는 것이 맨 먼저 해야 할 일인 듯 여겨졌다.

포괄적 성격 분석이 개시되기 이틀 전 다이아몬드와 세러가 뉴욕행 비행기를 탔을 때에는 그 시계는 이미 움직이지 않았다. 썰렁한 워싱턴 저녁 어둠 속에서 빙빙 돌며 비행기에서 멀어져가는 거리를 보고 있노라니 중단된 채로 있던 일을 다시 시작하는 것이 더없이 이치에 맞는 일처럼 생각되었다.

“……억압된 소수 그룹의 일원으로 있는 심정은…….” 세러가 말했다.

금연 표시가 꺼졌다. 세러는 자질구레한 물건이 가득 든 카키색 낚시용 백을 휘저어 담배를 꺼내 불을 붙였다.

“그래, 당신은 어느 억압된 소수 그룹의 일원이었소?”

다이아몬드가 놀리는 듯한 목소리로 물었다.

“물론 왼손잡이 소수 그룹이에요.” 세러가 말했다. “당신들 보안부 사람은 내가 왼손잡이라는 것은 보고서에 쓰지 않았겠지요, 그렇지요? 온 세계에서 가장 차별적인 취급을 받는 그룹이 우리 왼손잡이예요. 모든 것이 오른손잡이 사람들용으로 만들어져 있지요. 기타, 깡통따개, 자동차 기어 시프트, 라이플 볼트, 카메라 등 모두 다.

우리는 사회에서 내버려진 존재예요, 리어. 왼손으로 한 맹세는 지킬 필요가 없다는 걸 아세요? 프랑스 사람이 저놈은 '고슈'(왼손잡이)라고 말하면 재주 없는 녀석이라는 뜻이에요. 이탈리아 사람이 누군가를 '만치노'(왼쪽의)라고 말하면 거짓말쟁이, 사기꾼이라는 뜻이지요. 러시아 사람들까지도 우리를 차별하고 있어요. 그들이 뭔가를 '나 레보로'한다는 것은 몰래 한다는 뜻이에요."

그녀의 참으로 다정하고도 의기양양한 듯한 웃음소리가 누에고치처럼 두 사람을 감싸 다이아몬드는 선택된 오직 한 사람이라는 훈훈한 기분에 잠겨 있었다.

통로 건너편 자리에서 계산자를 쓰고 있던 중년의 기술과 직원이 자기가 들어갈 수 없는 그 누에고치의 존재를 알아차리고 두 사람 쪽을 부러운 듯이 흘끗 곁눈질했다.

뉴욕에서도 마찬가지였다. 세러는 이스트사이드의 어느 아파트를 자유로이 쓸 수 있게 되어 있었다. 에게 해에서 여름을 보내는 친구인 모델로부터 열쇠를 받은 것이다. 그리하여 그녀와 다이아몬드는 두 사람만의 세계를 즐길 수 있었다.

그러나 연인 관계가 시작된 뒤 처음으로 두 사람은 다른 사람과의 교제를 찾았다. 그로 말미암아 두 사람은 어둠 속에서 자라온 식물이 햇빛 속에 끌려나온 듯한 심정을 맛보았다. 그러한 환경의 변화로 다이아몬드와 세러의 관계는 더욱 더 깊어졌다. 그 접착제 역할을 더해준 것은 두 사람 대 세상이라는 근거가 희박한 엘리트 의식이었다.

"그녀의 수다를 들었어요?" 미국의 기성복 쇼 모델로 소련에 가게 되어 있는 세러까지 포함한 그룹을 위한 보도 관계자 초대 파티가 수행 사진가의 스튜디오에서 열렸는데, 그 파티 뒤에 그녀가 말했다. "그녀는 자기 잡지사에서는 절대적인 독재자예요. '섬세한 한 개의 진주보다 더 아름다운 것이 있을까?'라는 메모를 스태프들에게 돌려놓고 '절대로 없어요!'라는 메모를 뒤쫓듯 돌리지요. 뭐든지 그런 식이에요. 질문을 해놓고 마지막에 자기가 대답하는 거예요.”

세러는 그녀의 말투를 훌륭하게 흉내내어 말을 이었다.

“‘당신은 나이 먹는 일을 어떻게 생각하지요? 그저, 그저 무섭잖아요, 그렇잖아요? 내 말은 ‘나이 먹는다는 것’이라는 뜻이에요. 너무나도, 글쎄, 뭐라고 하면 좋을까, 불가피한 일이니 그렇게 여겨지지 않아요? 나는 그렇게 생각해요. 불가피한 일이라고 스스로에게 말하며 마음을 위로하고 있어요. 당신은 당신 독자적인 인생철학을 가지고 있나요? 나는 그게 내 철학이에요. 불가피한 일은 어떻게 하더라도 피할 수 없겠지요, 그렇잖아요?’”

그리고 다시금 리어는 자신이 세러의 웃음 누에고치 속에 태평스럽게 들어앉아 있음을 느꼈다.

“그 러시아 이야기,” 리어가 물었다. “꼭 가야만 하오?”

물론 그 여행에 대해서는 전부터 알고 있었지만, 어찌된 일인지 이제야 비로소 세러가 1주일 동안 없는 것이 신경 쓰이기 시작했다.

그가 그 이야기를 꺼낸 것은 파티가 끝난 뒤였다. 세러와 다이아몬드는 혼잡하고 떠들썩한 이스트사이드의 작은 술집 겸 레스토랑에서 존과 조운이라는 이름의 쿨즈먼 부부와 함께 작은 테이블을 둘러싸고 있었다.

그 술집 주인은 믿어지지 않을 만큼 뚱뚱한 여자로, 객석이 붐벼 들어설 자리가 없어지자 입구에 문처럼 가로막고 서 있었다. 옆 테이블에서 소동이 일어나고 있었다. 곤드레가 된 호모가 부르지도 않았는데 남의 테이블에 끼어들어, 달라붙어 있던 상대 남자의 남자 친구에게 출구 쪽으로 쫓겨나고 있었다.

아내는 패션 에디터고 남편은 광고회사 카피라이터인 쿨즈먼 부부도 스튜디오에서 초대한 파티 손님으로, 심심풀이 삼아 파티를 헐뜯고 있었다. 두 사람의 이야기는 지리멸렬했으며 상대편 이야기에 아랑곳없이 멋대로 떠들어대어 한쪽이 끼어들려는 것을 남자 쪽은 목소리를 높여 가로막고 여자 쪽은 말의 간격을 좁혀 끼어들 틈을 주지 않았다. 숨을 돌리거나 생각을 정리하기 위해 사이를 두는 것이 자연스러울 때라도 숨도 쉬지 않고 무섭게 지껄여댔다. 그동안 두 사람은 줄곧 순찰중인 경관과도 같은 눈의 움직임으로 끊임없이 레스토랑 안을 둘러보고 있었다.

"……저 중국인 같은 팔자수염을 기른 사나이요. 못 보고 지나쳐서는 안 되오." 존 쿨즈먼이 말했다. "애머건셋에서 만났었소, 릴의 가축 오두막에서. 기억하오?"

"……당신이 말하는 릴의 가축 오두막이란……."

존이 목소리를 높여 조운이 끼어들지 못하게 가로막았다. "누가 뭐라고 해도 지저분한 가축 오두막이오……."

"……그렇지 않아요……. 모양을 바꾸어……."

"……아무튼…… 그런 말을 하는 게 아니오. 저 팔자수염이 브래지어도 하지 않은 어느 철없는 소녀에게 '나는 피츠제럴드의 충고를 따르고 있소'라고 이야기했단 말이오. F. 스콧이오, 쓰기를 마친 날 목을 잘릴 각오로 소설을 쓴다고 하오……."

"그 소녀는 비어트리스 조이너예요……. 그녀의 레이아웃은 최고로……."

"……그래서 나는 단편의 줄거리가……."

"……당신, 그녀의 전남편을 만났어요……."

존이 한층 더 옥타브를 올려 계속 지껄였다. "사형수 독방에서 책을 쓰고 있는 남자요. 결국……."

"……노 브라는 어쩌고요……. 보디 스타킹……."

"……그 남자가 다 쓸 때까지 사형 집행을 연기하도록 지사가 인정했소……. 알겠소? 그러므로 그는 쓰기를 마친 날 목을 잘릴 각오로 쓰는 거요 ! 그러니 언제가 지나도 다 쓰지 못하는 거요."

존 쿨즈먼이 멍청하게도 자신의 우스갯소리에 웃음을 터뜨려 그 틈을 노려 아내가 재잘거리기 시작했다.

"……당신들 남자는 모두 똑같군요. 단춧구멍이나 겨드랑이 밑 틈새로 엿볼 수 있을 때는 거기에 정신을 빼앗겨 그 여자 자체를 볼 수 없으니 말이에요. 보디 스타킹이란 위대한 발명이에요……."

숨도 쉬지 않고 떠들어대어 그동안 남편은 끼어들 틈이 나기를 기다리고 있었다.

허공에 뜬 대화를 습기처럼 벽이 빨아들이고 있는 그 누에고치 속에서 다이아몬드가 다시 물었다.

"그 러시아 이야기, 꼭 가야만 하오 ? "

세러의 손가락 끝이 그의 손등에 살그머니 놓여 있었다. 그 조심스러운 접촉이 두 극 사이를 달리는 전류와도 같은 격렬한 애정을 불러일으켰다.

"당신이 가지 않았으면 좋겠다고 한다면, 리어, 나는 안 가겠어요."

"가지 말았으면 좋겠소."

"그럼, 안 가겠어요."

다이아몬드가 그날 밤 침대 속에서 다시 그 이야기를 꺼냈다.

"정말 괜찮소 ? "

"뭐가 정말 괜찮아요, 리어 ? "

"러시아에 가는 것 말이오." 다이아몬드가 말했다. "그 여행을 그만둬도 당신은 정말로 괜찮으냔 말이오 ? "

아까와 똑같이 그가 가지 말았으면 좋겠다고 생각한다면 안 가겠다고 그녀가 말했다.

답답하고 괴로우리만큼 깊고 강함에도 불구하고 언제나 조심성 있게 표현되는 애정이 지금 두 사람 사이에 생겨나 있었다. 그것은 동물원에서 자신은 동물원이 아주 싫다는 말을 하려고 그녀가 몸을 바싹 다가붙였을 때 그가 팔에 느낀 그녀 가슴의 압력에 나타나 있었다. 또한 대화가 끊어지자 이미 말의 표현력에는 의지할 수 없는 말을 하고 싶은 듯 희미하게 얼굴에 떠올리는 조용한 웃음으로 나타나고 있었다.

천천히 스스로 애써 구하지 않아도 다이아몬드는 이미 알고 있는 그녀 인생의 주된 사건들을 잇는 자질구레한 일들을 차츰 알게 되었다. 이를테면 그녀는 여배우가 되고 싶어 케이프 코드에서 열렸던 하계 자주공연(自主公演)에 참가하여 숨 막힐 듯한 무더위 속에서 두 달이나 지낸 일까지 있었다.

"여배우로서의 내 경력의 클라이맥스는" 그녀는 명랑하게 말했다. "〈티 앤드 심퍼시〉의 주역을 했을 때였어요."

다이아몬드가 먹이에 달려들었다. "주역이라니 굉장하구려."

세러가 재빨리 갈고리를 걸었다. "나는 티〔茶〕의 역할을 했어요. 극단 안에서 끓기 시작한 주전자 소리를 휘파람으로 흉내낼 수 있는 사람은 나밖에 없었지요. 그래서 밤마다 무대 옆에 섰다가 신호가 있으면 티 역할을 하는 거예요."

낮은 소리로부터 차츰 높은 소리로 휘파람을 불어 폐가 비어 버리고 눈알이 튀어나올 듯해질 때까지 계속했다. 그리고 크게 웃음을 터뜨리고 눈물을 흘리며 침대 위에 쓰러졌다. 훨씬 나중에야 다이아몬드는 이때의 눈물을 생각해 내고 그것이 옛날의 괴로움에 찬 실망을 나타내는 눈물이었음을 깨달을 수 있었다.

또 어느 때 세러는 미디 블라우스에 감색 주름치마 차림으로 기숙학교에 보내져, 틈만 있으면 집으로 돌아가게 해달라고 애원하는 편지를 아버지에게 써 보냈던 무렵의 일을 이야기했다. 여덟 달 뒤에야 가까스로 아버지가 꺾였다. 그러나 그 사이에 오랜 녹처럼 몸에 배어 버린 쓸쓸함이 아무래도 씻어낼 수 없는 냄새처럼 아직까지 그녀에게 달라붙어 있었다.

"기숙학교에서는 뭘 했소?"

"쓸쓸함을 호소하는 길고 긴 편지를 쓰지 않을 때에는 여드름투성이인 아가씨들이 가득 찬 방에서 침대 위에 앉아 섹스와 여드름에 대해 이야기했지요."

"여자 아이들이 섹스에 대한 이야기를 할 때에는 어떤 것이 화제가 되오?"

"여러 기회에, 결국 온갖 일에 대해…… 처녀성, 입으로 하는 섹스, 정액에는 칼로리가 얼마나 있는가, 행위 때 자기가 이끌어 주느냐, 아니면 상대가 하는 대로 맡겨 두느냐 등등이지요. 자기가 이끌어 주느냐 어떠냐 하는 것이 특히 이야기되었던 일이 기억나요."

"그래, 당신의 결론은 어땠소?"

세러가 순진한 웃음을 띠었다. "아직 모르겠어요?"

점점 애정이 깊어져 상대에 대한 이해가 더해감에 따라 다이아몬드는 이제까지와는 전혀 다른 눈으로 세러를 보게 되었다. 그가 아이다운 순진함이라고 여겼던 것이——이제 와서 생각하니 그것은 순진함을 가장한 그 자신의 1차원적 허구와 동일시되어 있었는데——실은 아이다움, 순진함이 아니라 강한 의지에 대해 이를 악물고 꾸미는 솔직함이었다. 자기를 끌어당긴 것은 바로 그 점이라고 다이아몬드는 이제야 겨우 똑똑히 알 수 있었다. 다시 말해서 새로운 경험을 놓치기 두려워하여 자신을 지키기를 거부하는 태도다.

"나는 벽을 깨뜨리지 않고 다른 사람의 마음에 접할 수 있었던 일은 이제까지 한 번도 없었소."

부드러운 기분에 잠겨 있던 어느 때 그가 말했다.

두 사람은 동물원에서 아파트로 돌아가는 길로 지하철 공사의 먼지
와 쓰레기더미, 무뚝뚝하게 벽에 기대서서 지나가는 여자 아이들을
바라보는 작업자들 옆을 걸어 60번 거리를 동쪽으로 갔다. 사람 물결
이 세러와 다이아몬드의 둘레를 지나치기도 하고 교통 신호에 따라
기분이 바뀌기를 기다리며 소용돌이치고 있었다. "마치……."

"마치 어때요?" 세러가 독촉했다.

"마치 벽을 상대로 이제까지의 인생을 살아왔으며, 피가 통하는 사
람을 만난 건 당신이 처음인 느낌이오."

아파트에 닿기 전 다이아몬드가 다시 솔직하게 생각을 말했다. "아
내와 사랑을 나눌 때마다……."

그는 아내라는 말을 입에 올릴 때 얼굴을 찌푸리지 않도록 마음 썼
다. "그녀로부터 은혜 받고 있는 듯이 여겨졌소. 당신의 경우는 당신
이 자기 자신을 즐겁게 해주는 듯한 느낌이 드오."

세러는 잠시 생각했다.

"그건 결국 나는 자기 일밖에 생각지 않는 여자라는 말이군요."

"그렇지 않소, 전혀 다르오. 사람은 누구나 이기적이어서 자기 일
로 머릿속이 가득 차 있지. 하지만 당신은 경험에 대해 탐욕스럽
소."

다이아몬드는 잠시 말을 끊었다가 덧붙였다.

"이따금 나는 당신에게 있어 단순한 경험에 지나지 않는 게 아닐까
생각하는 일이 있소."

그는 그렇지 않다. 그보다 훨씬 의미 깊은 존재라는 말을 듣고 싶
었다. 그러나 그녀는 그의 말과 은밀한 바람을 흡수한 채 잠자코 있
었다.

세러에게는 특히 다른 면이 있다. 근무처에서 전화를 받은 뒤 다이

아몬드가 포괄 분석의 면접기록 제2회분이 지금 막 도착해서 아파트로 돌아가기 전에 한 번 훑어봐 두어야겠다고 말했을 때 그는 그녀의 그 새로운 면을 알았다.

"내일 하면 안 되나요, 리어? 나, 몹시 우울한 기분에 사로잡혀 있어요." 그 말투는 어두워 강조하는 느낌이 없었음에도 단순한 소망의 영역을 넘어 애원에 가까웠다.

"지금 읽어야겠소." 벌써 첫 페이지를 읽으며 다이아몬드가 재빨리 말했다. "수북이 쌓아두고 싶지 않으니까."

"잘못했어요, 리어." 설명을 빼버린 사과를 하고 "내가 한 말 잊도록 하세요." 별안간 전화를 끊어버렸다.

"대체 어찌된 거요?" 아파트로 돌아와 다이아몬드가 물었다.

"나는 이따금 그렇게 되곤 해요." 그녀가 말했다.

이번에는 사과 말을 빼버린 설명이었다.

"별안간 모든 것이 온통 잿빛으로 보여요. 하늘, 거리, 미래, 과거, 현재, 나의 인생, 당신과 나, 모든 것이. 얼마 동안 나를 받쳐 줄 상대가 있었으면 했어요, 당신이. 하지만 이제 지났어요. 잊으세요."

그러나 다이아몬드는 잊을 수 없었다. 그러던 가운데 세러의 마음속에 자기가 잘 알고 있는 어떤 소리가 메아리치는 것을 깨달았다, 자포자기와도 가까운 절망의 소리가. 돈키호테가 자기 속에 있는 풍차를 향해 창을 겨누는 것과 마찬가지로 그녀는 굉장히 설득력 강한 절망과 필사적으로 싸우고 있었다.

그녀의 예사롭지 않은 이상함에 가까운 솔직함이 실은 무관심에 대한 마지막 방위선임을 다이아몬드는 가까스로 깨달았다. 무관심은 자포자기의 선봉인 것이다. 그녀가 말하는 갖가지 뿌리라는 그녀의 잡다한 컬렉션마저 그 싸움에 한몫하여, 그녀가 거기에서 출격할 수 있으며 또 전황이 불리해지면 도망쳐 들어갈 수 있는 정든 근거지를 만들어내고 있었다.

다이아몬드는 마치 다른 사람을 보는 듯한 냉혹한 눈으로 자신을 볼 수 있는데, 이따금 그러한 기분이 들 때면 자기는 연인이 아니라 그녀가 배를 매어놓는 계선주(繫船柱)일 뿐이라고 여겨졌다. 하루 또는 1주일, 또는 한 달 동안 마침내 그녀가 절망에 여지없이 져서 하는 수 없이 여행을 다시 시작하기까지 몸담고 있는 곳에 지나지 않는 것 같았다.

"아까 일 사과하겠어요, 리어." 이번에는 완전한 사죄였다. "그런 식으로 전화를 끊어서 말예요." 별안간 세러의 기분이 바뀌었다. 손바닥을 앞으로 내밀고 두 팔을 벌려——블루진 바지를 입고 허리부터 위는 알몸이었다——요염하게 미소지으며 물었다.

"화나지 않았지요? 그렇지요?"

"화나지 않았소." 그녀의 기분에 맞추어 그가 인정했다.

"아직도 밖으로 식사하러 가고 싶어요?"

"아니, 당신이 나가고 싶지 않다면 괜찮소."

"나는 나가고 싶지 않아요." 그녀가 말했다. "냉장고에 달걀이 몇 개 있어요——저녁 식사로 오믈렛이 어때요?"

"오믈렛 좋소——전쟁중 프랑스에서 자주 피느젤브를 먹었소. 플라스카세라는 도시의 교외에 있는 농장에 있었지. 닭이 많아서 달걀은 얼마든지 있었소. 다른 식료품이 부족하면 오믈렛을 먹었다오."

"전쟁중의 당신 모습을 아무래도 상상할 수가 없어요."

세러는 방긋 웃으며 그에게 키스를 하고 나서 식사 준비를 하러 갔다.

식사가 끝난 뒤 어째서 오믈렛에 케첩을 칠 마음이 생겼냐고 그녀가 물었다. "맛을 죽이고 말아요."

"그게 목적인걸." 다이아몬드가 정색을 하고 대답했다. "프랑스에서의 일 이후로 달걀은 보기도 싫소."

"어째서 그런 말을 해주지 않았어요?"

"했소, 에둘러서. 자주 달걀을 먹었다고."

"하지만 싫다고는 하지 않았어요."

"설마 그렇게 둔한 건 아니겠지?"

그로부터 퍽 오랜 시간이 지났을 때 세러는 다이아몬드가 강 하류인 맨해튼 끄트머리 쪽을 멍하니 지켜보고 있음을 깨달았다. 해가 월가의 높은 건물 너머로 기울어 가고 섬과 브루클린을 잇는 다리 윤곽이 뚜렷하게 떠올라 이스트 리버는 수은과 그림자가 레이스 무늬처럼 수놓아져 있었다.

"맞혀 볼까요?" 그가 머뭇거리자 세러는 덧붙였다. "당신이 무슨 생각을 하는지?"

"르윈터를 생각하고 있었소. 기억하겠지, 그 소련으로 망명한 사나이."

"C.C.P.는 순조롭게 진행되나요?"

"C.P.P.요. 포괄적 성격분석. 재수없게도 내가 예상했던 대로의 방향으로 진행되고 있소."

"극비 정보를 가져갔다는 것인가요?"

"아무래도 그런 듯하오. 물론 진짜 내용은 영원히 알 수 없겠지만, 여러 가지 상황으로 판단하여 이 나라가 시작된 이래 가장 중대한 망명 사건이 될지도 모르오."

다이아몬드는 이야기를 계속하여 자신의 생각을 뒷받침할 만한 사실을 집어냈다.

"르윈터는 그 자신의 연구 분야에 대해서는 중요한 정보가 아무것도 없었던 듯한데, 다른 분야의 아주 중요한 자료를 슬쩍 보았소."

"하지만 리어, 슬쩍 보는 것만으로 얼마나 도움이 되지요? 베껴 쓰거나 사진을 찍거나 암기하지 않으면 아무것도 할 수 없을 거예요, 그렇지 않아요?"

세러는 비전문가 입장에서 여느 사람이 사기꾼에게 자료를 주듯 전문가인 다이아몬드에게 질문을 던졌다.

"여느 경우라면 그렇소. 비록 보았다 하더라도 그것을 몸에 익혀 가는 방법이 없다면 아무 의미도 없소. 하지만 우리의 친구 르윈터가 초인적인 기억력을 지녔을 가능성이 아주 크다는 게 밝혀졌소. 그러므로 그는 슬쩍 훑어보는 것만으로 일이 끝나는 거요. 모든 수식을 완전히 암기할 수 있을 게 틀림없소."

다이아몬드는 그 시에 대한 것, 여느 사람보다 뛰어난 기억력을 한 번 잃었더라도 뒷날 회복될 가능성이 있다고 한 전문의사의 말을 그녀에게 들려주었다.

"그것만이 아니겠지요, 리어? 그 밖에 좀더 뭔가가 없었다면 당신이 그토록 확신을 갖지 못할 거예요."

다이아몬드는 그림자가 강 수면의 번쩍거림을 차츰 지워가는 것을 바라보고 있었다.

"그 밖에도 여러 가지가 있소. 여러 가지 단편적 사실들이 어느 방향을 향해 너무나도 정확하게 들어맞아서 다른 식으로 생각하기가 퍽 난처하오. 첫째로 르윈터가 망명한 바로 뒤 누군가가 그의 아파트에 가서 그의 개인적인 서류를 모조리 가져가 버렸소. 이쪽의 어느 누구일까 하고 조사해 보았지만, 그렇지 않았소. 그건 다시 말하면 저쪽 사람이었다는 거요. 그들이 자기들 손 안에 뛰어든 것이 어떤 사람인지 조사하는 데 아주 극단적인 수단도 마다하지 않았던 게 분명하오. 다시 말해서 꽤 중요한 인물로 그들이 생각한다는 것을 보여주고 있소.

　다음에 맘즈베리라는 사서의 일이 있소. 망명 사흘 뒤——그 무렵에는 저쪽에서 예비적인 정보 청취가 끝났었을 거요——르윈터에게 극비 서류철을 빌려주었던 사서가 페어팩스 유업의 트럭에 치어 죽어 버렸소."

"우연의 일치에 지나지 않아요."

세러가 확신 없는 목소리로 말했다.

"경찰이 조사했소——동해안에는 페어팩스 유업이라는 회사가 존재하지 않소."

"하지만 어째서 그 사서를 죽여야 했지요?"

"최고 기밀 정보를 보는 일이 르윈터에게 가능했다는 사실을 감추기 위해서요. 그가 그것이 가능했음을 우리가 모르고 있으면 이쪽은 그의 망명을 그리 마음 쓰지 않소. 그러므로 그가 훔쳐낸 수식을 바꾸지 않소."

"당신은 그들이 정말로 그 사서를 죽였다고 생각해요?"

세러의 낮은 목소리는 겁에 질려 있었다. 별안간 모든 것이 굉장히 두려운 일인 것 같았다.

"세러, 내 직업으로는 우연의 일치란 있을 수 없소."

"르윈터의 일을 어떻게 할 생각이지요?"

다이아몬드가 웃었는데, 그 목소리는 씁쓰레한 마음을 꽤 뚜렷이 나타내주었다.

"아무것도 하지 않을 가능성이 강하오. 내가 끝까지 담당해야 한다는 것을 보여주는 뚜렷한 까닭이 발견되지 않는 한 정보부가 다루게 될 거요."

"당신은 당신 손으로 하고 싶지요, 그렇지요?"

"그렇소, 내 손으로 하고 싶소. 이런 것은 굉장히 의욕을 갖게 하

는 일이오. 이를테면 승부와도 같소. 나 자신이 어떤 방법을 생각
하오. 그러고는 상대가 이쪽 말의 움직임을 어떻게 해석하고 어떤
반응을 보일지 생각하오. 그리고 이쪽이 상대의 다음 수를 어떻게
읽고 있다고 상대가 생각하는지 잡으려 하오. 이쪽은 또 새로운 수
를 생각하오. 일종의 체스놀이와도 같소, 세러. 아주 명료하고 합
리적인 말의 움직임이 있어, 때로는 그와 같이 말을 움직이는 일도
있지.

그러나 한편에서는 몇백 번에 한 번밖에 떠오르지 않을 듯한 훌
륭한 새로운 수를, 번뜩이는 육감을 늘 찾고 있소. 언젠가 세르뉘
사건에 대한 이야기를 한 기억이 있을 거요. 그 작전이 그랬었소,
성공 가능성을 감춘 훌륭한 수였다오…… 성공했었을지도 모르오
…… ”

다이아몬드의 생각이 무념(無念)의 추억 속에서 사라져갔다. 곧
기분을 가다듬어 말을 이었다.

“당신은 체스놀이를 하오 ? ”

그녀는 안 한다고 고개를 저었다.

“그렇소, 체스놀이를 하는 여자는 좀처럼 없소. 그건 남자들의 게
임이오. 체스란 정말 아주 엄한 승부요. 잔인하리만큼 엄하고 교활
한 꾀가 필요하오. 싸움과 침략, 기량과 용기가 하나로 뭉쳐진 게
임이오. 믿지 않을지도 모르지만 나는 살아 있는 사람을 써서 체스
놀이를 하는 꿈을 곧잘 꾸오. 판에서 벗어난 사람은 여지없이 살해
되고 말지요…… ”

“당신은 할 수 있어요 ? ” 세러가 낮은 목소리로 물었다. “정말로
할 수 있어요 ? ”

“확신이 있소. 희생시킬 수도 있소…… 어떤 위치를 차지하거나
훨씬 더 나은 자리에 서기 위해서는 다른 한 사람쯤 희생시킬 수

있소. 나에게 그만한 용기가 있음을 알고 있소."

세러가 그 말을 음미하고 있는 동안 대화가 끊어졌다.

그녀가 말했다. "당신이 사건을 다루게 된다면 르윈터를 어떻게 하실 거예요? 나라면 어떻게 할 것인지 알아요."

사람을 쓴 체스놀이에 마음을 빼앗기고 있던 다이아몬드는 희미하게 흥미를 느꼈을 뿐이었다. "당신이라면 어떻게 하겠소?"

"간단해요. 그가 훔친 수식을 바꾸는 거예요. 그렇게 하면 그가 상대편에게 제공한 정보가 쓸모없게 되고 말아요."

"돈이 너무 많이 드오——6, 7백억 달러쯤. 다른 방법을 생각해야 하오."

그것이 두 사람 사이의 일종의 게임이 되어 세러는 아마추어로서의 명예를 끝까지 지킬 생각이었다.

"좋아요. 똑같은 정보 내용을 바꾼 것을 가지고 있는 두 번째 망명자를 보내 소련 사람들을 혼란시켜 주겠어요. 그렇게 하면 어떤 문제가 있나요?"

"그건 시간이 너무 많이 걸리오. 망명자처럼 보이게 하여 잠입시킬 사람을 만들어내려면 몇 년이라는 세월이 걸리오. 게다가 그 사람이 단 한 번이라도 실패한다면, 예를 들어 하이스쿨 이름을 틀리게 말하거나 한다면 첫 망명자가 굉장히 귀중한 정보를 가진 중요 인물임을 상대편에게 확신시키고 마오. 그러나 아직 실망하기는 이르오. 큐피 인형을 상품으로 받을 생각으로 한 번 더 궁리해 봐야지. 당신이 이겼을 때의 큰 경품을 생각하면 되오. 미인 모델, MIRV를 구하다."

"MIRV란 뭐지요?"

"못 들은 것으로 하고 생각해 보오."

"MIRV란 그가 훔쳐낸 정보와 관계가 있군요. 그렇지요? 그럼,

좋아요, 이건 어때요?" 세러는 천장으로 얼굴을 돌리고 복잡한 암산이라도 하는 듯 눈을 감으며 말했다. "이번에는 절대로 염려 없어요. 솔직히 말해서 아주 초보적인 방법이에요. 목적은 르윈터에게 의혹을 던져 상대가 믿지 않도록 하는 것이겠지요, 그렇지요? 상대편이 그의 말을 믿지 않는 한 비록 그가 상대편 손 안에 있더라도 이쪽은 아무렇지 않아요. 그러므로 그가 진짜 망명자인 듯이 소련 측이 믿게 하기 위해 당신이 애쓰고 있는 줄 상대 측에게 생각하게 하면 돼요. 그를 진짜로 생각하게 하도록 당신이 애쓴다는 것을 안다면 당연히 상대는 그를 가짜라고 단정할 거예요. 이 방법도 어떤 문제가 있나요?"

그녀는 그가 자기 생각의 빈틈을 지적해 주리라 생각하고 있었다.

"지금의 생각을 다시 한 번 말해 주겠소?"

그녀는 되풀이 말하고 나서 끝맺었다.

"이것도 어떤 문제가 있나요?"

다이아몬드는 다시 강물 쪽으로 눈을 돌렸는데, 이제는 물이 새카맣게 변해 있었다. "우선 지금으로서는 별다른 문제점이 발견되지 않소. 잠시 생각 좀 해봐야겠소."

이튿날은 두 사람이 뉴욕에서 지내는 마지막 날이라서 하루를 충분히 즐기기 위해 여느때보다 일찍 잠자리에 들었다.

세러가 잠든 뒤 오랫동안 다이아몬드는 눈을 크게 뜨고 머릿속의 어둠을 지켜보며 누워 있었다. 새벽 2시에 부엌으로 가서 커피를 끓였지만 한참 동안 마시는 것을 잊고 있었다. 문득 커피에 생각이 미쳤을 때는 이미 싸늘하게 식어 있었다.

5시 45분이 되어 창틀 위쪽으로부터 차츰 회색빛이 퍼져왔을 때 세러를 흔들어 깨웠다.

그녀가 졸린 목소리로 물었다.

“뭐예요?”

다이아몬드는 뭔가 비밀스러운 농담을 즐기듯 미소를 떠올리며 그녀를 내려다보고 있었다.

그리고 물었다.

“어떻소, 체스놀이를 배워 보지 않겠소?”

중반전

13

　오후에는 줄곧 비가 내려, 눈물 모양의 빗방울이 실로 이어진 듯 줄기차게 떨어져 나뭇잎을 세게 때리며 빛바랜 구리통에 모였다가는 소리 높여 땅바닥으로 흘러넘치고 있었다.

　포고딘과 르윈터가 거기에 도착했을 무렵 주위는 완전히 어두워지고 비가 멎어 있었는데, 막다른 골목의 포장되지 않은 부분에서부터 별장까지의 약 1백 야드가 온통 흙탕길이었다.

　"나무 널빤지라도 깔 생각인데, 어찌된 일인지 생각과 행동 사이의 빈틈이 아무리 지나도 메워지지 않네."

　두 사람을 맞아들이며 자이체프가 웃었다.

　"이 세상에서는 흔한 부덕(不德)이지……. 용서해 주겠네."

　포고딘이 무게 있는 목소리로 말하고 엄지손가락 손톱으로 자이체프의 이마에 열십자를 그었다.

　"아무튼 잘 외주었소, 포고딘 법왕."

　자이체프는 큰 소리로 말하며 애정이 듬뿍 담긴 태도로 포고딘의 어깨를 안았다.

"가르쳐 주게, '환영'을 영어로 뭐라고 하나?"

포고딘이 가르쳐 주자 자이체프가 정색한 태도로 르윈터 쪽으로 돌아서서 손을 내밀며 말했다.

"벨큼."

자이체프의 숨결에서 술 냄새가 풍겨 르윈터는 저도 모르게 질려 버렸다. 자이체프가 다시 포고딘 쪽을 보았다.

"자네 손님은 영양과다의 요정 같은 얼굴을 하고 있는데, 그런 건 아무래도 좋네. 그 나약한 성격에는 눈을 감고 환영한다고 전해 주게. 내 오두막으로, 러시아로, 잇세트러(etc), 잇세트러."

안으로 들어가자 별장은 젖은 나무, 젖은 양모, 그리고 맨발 냄새가 떠돌고 있었다. 자이체프의 손님들이 말리려고 벗어던진 구두가 입구에 흩어져 있었다. 방 전체는 18세기 러시아 장원 영주의 저택처럼 안쪽 깊이가 폭의 곱절쯤 되었다. 장식 조각을 한 덧문이 축축한 밤공기를 향해 활짝 열려 있었다. 자이체프가 이 별장을 여름 동안밖에 쓰지 않아서 창문에 유리가 끼워져 있지 않았다. 따뜻한 계절이 끝나면 그는 중앙난방 장치가 된 살기 좋은 모스크바의 아파트에서 떠나는 일이 좀처럼 없었다.

방 건너편 끄트머리에서는 아직 젖은 석류나무 가지가 창문 안으로 들어와 있었다. 너무도 가늘어 빛줄기처럼 보이는 거미줄이 양쪽의 두 나뭇잎을 잇고 있었다. 8월 한지붕 밑에 모을 수 있는 한의 러시아 지식 계급의 본보기와도 같은 갖가지 잡다한 사람들이 열 명 남짓 앉기도 하고 서기도 하고 벽에 기대 있기도 했다.

그랜피디치 스카치며 레미 마르탠 코냑, 또는 마개가 없어 뚜껑을 열면 다 마셔야만 하는 폴란드산 보드카 빈 병과 절반쯤 빈 병이 테이블 위에 늘어 놓여 있었다. 담배 꽁초와 재, 재투성이인 사과 속,

버찌 씨 등이 접시에서 넘쳐흐르고 있다.

문짝을 술병용 선반으로 개조해 붙인 구식 난로 옆에는, 아주 아름답고 몹시 취해 버린 발레리나가 바닥에 주저앉아 목 놓아 울고 있다. 누군가가 위로하려 하자 더욱 심하게 운다. 그녀가 딸꾹질을 해가며 설명하는 바에 따르면, 그녀가 프리마 발레리나가 되지 못하는 유일한 원인은 그 또한 댄서인 그녀 남편이 남색자이기 때문이라는 것이었다. 러시아 발레계에서는 남색자를 제쳐 놓는다.

자이체프가 모두의 주의를 끌려고 칼로 보드카 병을 두드리며 고함쳤다.

"소개하겠네!"

자이체프는 눈에 핏발이 서고 눈 가장자리가 뻘겋게 짓물렀으며 술과 더위로 얼굴이 시뻘게져 있다. 다시 말해서 최고의 상태에 있었다.

자이체프가 포고딘에게 명령했다.

"통역을 해주게, 예브게니. 사람들 이름은 아무래도 좋네, 어차피 자네의 그 미국인은 기억할 수 없을 테니까. 그러나 내가 덧붙이는 말은 신중히 통역해 주게. 언제나 그렇듯 아주 귀중한 평가니까."

다들 또다시 자이체프의 독백을 들을 수 있으리라 기대하며, 실내에 가득했던 맥 빠진 잡담 소리가 그쳤다. 파티가 생기를 되찾았다. 자이체프가 바닥에 앉은 발레리나를 손가락질하며 입을 열었다.

"저 울음소리는 발렌티나 벨레지코바일세. 울지 않을 때는 오데트와 같은 얼굴, 오딜과 같은 마음을 지닌 사람이지."

모두 웃었고, 당사자인 발레리나조차 울면서 웃고 있었다. 듣는 사람들의 기분이 들뜨기 시작했다.

"이쪽은 알렉산더 티모셴코일세. 평범한 번역가, 무기력한 편집자로 〈노비 밀〉의 편집위원 가운데 흐릿해져가는 자유의 빛, 작가동

맹에서 가장 늦게 쏘기 명수라네."

실제로 티모센코는 온 나라 안에서 가장 영향력 있는 리버럴파 작가 가운데 한 사람으로 자이체프가 아주 존경하고 있는 인물이었다.

"알렉스, 이 사람은 예브게니 미하일로비치 포고딘. 양가성(兩價性) 지식인, 양가성 인본주의자, 양가성 마르크스주의자, 양가성 관료일세. 표면적으로는 순전한 공산주의자지. 한 꺼풀만 벗기면 거기서 발견되는 것은 레닌도 아니고 마르크스도 아니며 타라스 부리바지. 그 점에서 그는 러시아와 공통되는 점이 많네. 양면가치 병존은 우리 마음을 아는 열쇠인 걸세, 알렉스.

영국 작가 토머스 칼라일은 그 점을 파악하고 있었지. 그렇잖나, 그가 창조한 인물 디오게네스 트이펠스드릭의 사상이 그것일세. '신의 아들'을 뜻하는 디오게네스, '악마의 똥'을 뜻하는 트이펠스드릭. 양면가치 병존의 전형일세. 그런데 레닌 도서관에서 칼라일의 번역서를 빌리는 데 문화성의 허가서가 필요한 것을 알고 있나? 참으로 유감스러운 일일세. 그는 물질과 정신의 관계를 진정으로 이해하고 있었네. 이 이야기는 이쯤 해두지. 그럼, 알렉스, 우리 어머니인 러시아에 입국하기 위해 굉장한 노력을 한 세계에서 몇 안 되는 사람 가운데 하나인 미국의 망명자 르윈터를 소개하겠네."

자이체프는 '망명자'라는 말을 직종이기라도 한 듯한 투로 사용했다. 르윈터의 어깨 위로 몸을 숙이고 있던 포고딘은 그 독백을 부분적으로 통역했을 뿐이었다. 사람들의 웃음소리를 이해할 수는 있지만 모욕은 느끼지 않게 할 정도로, 완전한 대머리에 튼튼한 몸집의 티모센코가 따뜻한 웃음을 떠올리며 두 사람과 악수했다.

선생이 출석 사항을 점검하는 듯한 느낌으로 자이체프가 손님을 한 사람 한 사람 소개해 갔다. 가운데 솔로몬 카가노비치가 있었다. 이름난 유대인 작가로, 시베리아 유형지에서 14년을 지냈으며 지금은 모스크바의 중심적인 패션 스튜디오 돔 모델리의 잡용계 일을 하고 있었다. 낮에 그 카가노비치가 별장에 하나밖에 없는 토일렛을 넘치게 하고 말았으므로 자이체프가 그를 '배관공 두목'이라고 소개하여 모두 크게 웃었다. 그것은 간행되지 않은 채로 있는 스탈린에 관한 카가노비치의 유명한 저서 제목이었다.

세르게이 예브도키모프는 동요 작곡가인데, 한편으로 앙그라 극에 쓰일 외설스러운 노래를 차례로 작곡하고 있다. 자이체프는 그를 '러시아 최고의 화장실 낙서쟁이'라고 소개했다.

자이체프의 전 부인은 금니가 몹시 눈에 띄며 보기에도 지쳐빠진 느낌을 주는 가엾으리만큼 가슴이 납작한 여자로, 이름나지 않은 저널리스트인 지금 남편 브브노프와 함께 와 있었다. 소개할 때 자이체프가 일부러 그의 이름을 잘못 말했는데, 브브노프는 본디 그 자리에 있기가 너무도 부끄러워서 자이체프에게 이름을 바로잡아줄 여유조차 없었다.

다음에 소개된 사람은 그의 현재 연인으로 그가 남모르게 '암소'라고 부르는 여자였다.

자이체프는 그녀의 오른쪽 가슴을 손바닥으로 덮으며 말했다.

"이 사람이 재채기를 아리아로 바꾼 고초열의 여왕. 나의 카트리나일세."

그 말을 신호로 그녀가 재채기를 하자 자이체프가 덧붙였다.

"이거 참, 훌륭하오. 알아 모시겠소."

석류나무 가지가 들어와 있는 창문 옆 한구석 의자에, 가까운 마을에서 온 근육질의 조용한 목수 슐리아프니코프가 완전히 곤드레가 되어 앉아 있었다. 낙서 전문가인 예브도키모프가 찻집에서 만나 얼마나 계급 의식이 없는지 보여주기 위해 데려온 사나이였다. 그러나 그것은 자이체프가 지적했듯 그가 얼마나 계급을 의식하고 있는지 보여주는 데 지나지 않았다.

그 목수 옆에 40살이 좀 못 된 험상궂은 얼굴의 생화학자 안드레이 안토노프 오브센코가 앉아 있었다. 그의 아버지는 1936년 숙청으로 스탈린에게 처형되기까지는 장래가 촉망되던 육군 장성이었다. 태어나서 이제까지 어떤 일에 대해서든 한 번도 항의를 해본 적 없는 안토노프 오브센코는 얼마 전 남의 말에 속아 넘어가, 무한 자유주의자를 위해 특별히 만들어진 어느 정신병원에서 비참한 나날을 보내고 있다고 여겨지는 A. 악셀로드라는 체제에 비판적인 시인의 재심을 정부에 요구하는 성명서에 서명했다. 마침 그날 아침 안토노프 오브센코는 그의 이름이 두드러지게 눈에 띄는 그 성명서가 〈뉴욕 타임스〉 지면에 실린 것을 알았다.

자이체프가 소개했다.

"이 안드레이는 아마추어 아이스 스케이터일세."

힘없는 웃음을 떠올린 안토노프 오브센코가 새로 온 손님에게 손을 흔들었다.

자이체프가 덧붙였다.

"현재 그는 아주 얇은 살얼음 위를 미끄러지고 있네."

방 한구석에서 새된 목소리가 들려왔다.

"신의 은총이 없었다면 당신은 거기에 가 있을 거요."

그 말을 듣고 모두들 웃었다.

포고딘이 통역하자 르윈터가 물었다.

"그게 무슨 뜻이지요?"

포고딘이 이해하기 어려운 듯한 표정으로 말했다.

"나로서도 모르겠습니다."

방 안에는 그 밖에도 네댓 손님이 있었다. 볼쇼이의 음악가 둘, 이제까지 이 방의 누구도 만난 적 없는 사나이——자이체프는 '알려지지 않은 손님'이라고 소개했다——그리고 클레스틴스키라는 라스트 네임으로 방에 들어왔을 때 그 퍼스트 네임을 아무도, 적어도 주인까지도 생각해 내지 못한 하급 외교관이 있었다.

카이로 근무에서 막 돌아온 클레스틴스키가 깡통에 든 대마초를 가져와서 몇몇 손님이 저녁 식사 전에 시험 삼아 피워 보았다. 나머지 사람들도 한 모금 두 모금 피우더니 신경질적인 웃음소리를 내며 알코올 성분이 강한 술을 또 마시기 시작했다.

'암소'가 코에 걸린 역시 음악적인 목소리로 말했다.

"나의 자이체프, 점호가 끝나면 다른 레코드를 걸어 주세요."

자이체프가 말했다.

"이 미국인에게 맞는 걸 한 장 걸기로 하지."

그는 신중한 손놀림으로 다이아몬드 바늘을 레코드에 올려놓았다.

"그를 편히 쉬게 해주기 위해서라고 전해 주게, 예브게니. 무엇보다도 기분이 중요하니까. 이 레코드는 일종의 클래식 판이라는 걸세."

자이체프가 걸어놓은 레코드는 '싱즈 오브 오미션'이라는 미국 그룹에 의해 여덟 달 전 록 히트한 곡이었다. 다음과 같은 가사로 시작되었다.

재로부터 재로, 그렇지
똥으로부터 똥으로
모두가 망상에 사로잡혀 있다
그렇지, 놀랐을 거야
마술의 거울을 보듯이

온 방 안의 자이체프 손님들은 이해할 수 없는 가사를 넋 잃은 듯

듣고 있었다. 르윈터는 처음 듣는 노래로, 그 자신도 그 가사의 의미를 이해하지 못했으나 알고 있는 듯한 얼굴로 고개를 끄덕였다.

파티가 일종의 슬럼프 상태에 이르고 있었다. 어떤 계기로 아주 진지한 또는 아주 유쾌한 분위기의 그 어느 것인가로, 또는 그 양쪽으로 달라질 수 있는 상태에 있었다.

'암소'가 음악에 마음을 빼앗긴 채 발 밑의 커다란 핸드백에 손을 집어넣어 얼마 전 파리에서 돌아온 친구로부터 터무니없는 값으로 사들인 프랑스의 새로운 항생물질 분무기를 꺼냈다. 캡슐을 플라스틱 분무기에 넣고 전체를 입으로 밀어 넣은 다음 레버를 누르며 크게 숨을 들이마셨다. 살충제와도 같은 냄새를 풍기는 안개가 목구멍 깊숙이에 이르고 차츰 코로 올라가 막힌 코를 뚫어 주었다. 카트리나는 휴지로 한쪽씩 코를 풀었다. 그리고 말했다.

"기분이 아주 좋아졌어요. 프랑스의 약은 정말 잘 듣는군요."

"지금 여러분이 본 것이 카트리나의 취미요." 자이체프가 설명했다. "사람들은 그림이며 우표며 금 또는 애인을 수집하는데, 우리 꽃가루병 히포콘드리(심기증) 양은 약을 모으는 것이 취미지요. 그것도 어떤 약이든 좋은 약을 모으는 게 아니라 반드시 서유럽 약이어야 하오. 2층에 있는 옷장 속을 보여주고 싶을 정도요. 그야말로 약국처럼 미국 알약이며 영국 연고며 프랑스 분무기가 가득 차 있지요."

"내 보물은 서독 피임약과 스위스 완하제(緩下劑)예요. 초콜릿 맛이 기가 막혀요." 카트리나가 끼어들었다.

열심히 르윈터에게 통역해 주던 포고딘은 이 미국인이 가지고 있던 꽃가루병 알약이 생각났다.

〈노비 밀〉 편집자 티모셴코가 말했다.

"어리석은 자이체프여, 자네는 약을 수집하는 일 그 자체를 반대하나? 그 어조로 판단하건대 하나를 보고 전체를 판단할 셈이군."

"어떠한 논리적 비약도 자네를 그냥 내버려둘 수는 없는 것 같군, 알렉스."

자이체프가 그 프랑스제 분무기를 카트리나의 손에서 빼앗아 팬터 마임으로 목구멍으로부터 코, 귀, 마지막으로 엉덩이에 뿌리는 흉내를 내보였다. 모두 배를 움켜잡고 크게 웃어댔다.

"당신 친구는 굉장한 어릿광대로군요."

르윈터가 포고딘에게 소곤거렸다.

"나는 어떤 종류의 컬렉션에도 반대일세." 자이체프가 굉장히 많은 말을 늘어놓으려는 듯한 말투로 이야기했다. "컬렉션은 지금 공산주의라고 불리는 혼합물, 마르크스 레닌주의의 교의와 전혀 상반되는 것이기 때문이네."

모두들 저마다 자이체프를 헐뜯었다.

"좀더 정확히 하게, 자이체프." 유대인 작가 카가노비치가 말했다. "자네 말이 옳네. 좀더 정확하지 않으면 안 되네. 좋아, 논지를 명확히 하지. 어떠한 것이더라도 수집한다는 것은 도착적 물질주의이며, 모든 것이 풍부한 이 나라에서 언젠가 뭔가가 부족할 가능성이 있음을 인정하는 일일세."

자이체프는 빈정거리는 듯한 말투로 이야기하고 있어 그것을 모두들 이해했지만 카트리나만은 그렇지 않았다.

"하지만 나의 자이체프," 그녀가 노래하는 듯한 목소리로 끼어들었다. "실제로 부족한 게 있어요. 당신이 마지막으로 1백 와트 전구를 찾아내어 온 것이 언제였지요?"

카가노비치가 물었다.

"농민들이 뭐라고 하는지 아나?" 카가노비치가 물었다. "부족한 것은 모두 농민들 사이에서 배분되고 있네."

"맞아요." 카트리나가 전혀 이치에 맞지 않게 맞장구를 쳤다. "게

다가 예쁜 것이나 예술품을 모으는 사람은 어때요? 그것과 언젠가는 써야 하는 약을 모으는 일은 전혀 의미가 달려요."

"비록 예술품이거나 겨드랑에서 나는 냄새를 없애는 분무기거나 모두 은밀히 감추어 놓은 물건임에는 변함이 없네." 자이체프가 대답했다. "이미 아름다운 물건이 세상에 존재하지 않게 될 날에 대비하여 아름다운 것을 사모아 두는 것과 뭐가 다른가. 감추어 두는 것은 어디까지나 감추어 두는 것으로, 반사회적·반사회주의적 행위일세. 요컨대 그렇다는 것이지."

"그럼, 자이체프, 이를테면 자네 표현대로 자네가 감추어 두는 것으로는 무얼 모으겠나?" 낡은 소파 가장자리에 등을 움츠리고 앉아 벌린 두 무릎 사이에서 손을 마주잡은 티모셴코가 물었다.

자이체프는 손가락 끝으로 콧대를 누르며 1분쯤 생각했다. 석류잎 두 개를 이은 섬세한 실이 눈에 띄었다.

"거미줄일세." 그가 말했다. "거미가 이 세상에서 소멸되었을 때에 대비하여 거미줄을 모으겠네."

"하지만 어째서 거미줄을?" 포고딘이 물었다.

"어째서라니, 나의 친구여. 거미줄은 모든 인공 구조물에 대한 비난의 상징이기 때문일세. 거미줄은 압력과 장력이 완벽하게 계산되어 있네. 그 디자인은 어디까지나 실용적이지. 자재는 굉장히 싼 값으로 언제라도 구할 수 있네. 게다가 지금 모스크바에서 차례로 지어지는, 스탈린 뒤의 근대적인, 추악하기 그지없는 건물과 달리 아무리 바라보아도 싫증이 나지 않네.

쿠츠조프스키 거리의 새로운 오피스 빌딩들의 소문을 들었나? 〈콤소몰 프라우다〉에 실려 있더군. 그들은 창문을 열 수 없는 방식으로 지었는데 붙박이 에어컨이 너무 작았네. 야금 전문가 한 무리가 6월에 들어가 살았지. 그 전문가들이 몇 주일 동안이나 심하게 땀을 흘려 관료들은 그들이 열심히 연구를 진행하는 것으로 여기고 모두에게 보너스를 주었네.

그런데 7월이 되자 그들이 보너스고 뭐고 필요 없다며 출근하기를 거부하여 결국 연구소는 고리키 거리의 낡은 건물로 돌아가지 않을 수 없었지. 창문에 경첩이 달려 있을 만큼 낡은 건물로.”

파티 분위기가 활기를 잃기 시작하면 자이체프가 반드시 보여주는 화려한 연기였다. 그 몇 가지 우스갯소리는 앞으로 몇 주일 동안이나 전해질 것이다. 사람들은 만족스러운 듯이 듣다가 이따금 간단한 질문을 하여 그를 부추겨 주기만 하면 되었다. 전부터 있어 온 일종의 실내 유희였다.

자이체프가 말했다.

“자네 친구는 이야기 내용을 이해하고 있나, 예브게니? 뭐니 뭐니 해도 우리의 파티에 호감을 가져주는 일이 중요하니까.”

다른 손님들은 그 말장난을 알아차리고 있었다.

포고딘으로부터 단편적인 통역으로 이야기를 전해 듣고 있던 르윈터가 포고딘에게 뭐라고 소곤거렸다. 포고딘이 모두에게 통역했다.

“그는 카트리나는 코가 아니라 머리에 문제가 있는 게 아니냐고 말하고 있네. 약을 모으지 않고는 못 견디는 점은 정신분석의에게 진찰받는 편이 좋지 않겠느냐고.”

자이체프를 부추기기에 꼭 알맞은 발언이었다.

자이체프가 연극적인 높은 소리로 웃으며 두 팔을 높이 쳐들고 항복하는 몸짓을 해보이며 대답했다.

“나는 마르크스와 프로이트가 양립될 수 없음을 신에게 감사하네. 그렇지 않았다면 정식의학자라는 미쳐 버린 하이에나들이 우리 나라 여기저기에서 개업을 하는 심한 상태가 되어 있을 게 틀림없네. 나는 질색일세.

동과 서에는 기본적인 차이가 있습니다. 르윈터 씨. 당신 나라의 임금은 자본주의가 아니라 정신의학입니다. 한편 우리는 정신의학이 성직에서 쫓겨난 시골 목사와도 같은 입장에 놓인 세계에 살고 있지요. 당신들이 감기를 앓는 것은 자신의 직업이나 아내나 인생이 싫어서 견딜 수 없기 때문입니다. 우리가 감기를 앓는 것은 병균 때문이라서 이야기는 아주 단순하고 소박해지지요.

당신들 세계에서는 정신의학자가 걱정, 불안, 우울, 지루함, 사랑, 미움 같은 아주 흔해빠진 일상적인 감정의 움직임이 의학적 치료를 필요로 하는 분위기를 만들어내고 있습니다. 여기서는 단순히 술 한 잔만 마셔도 일이 끝나지요. 그 점은 크게 감사해야만 합니다. 굳이 말하면 정신의학자의 근본적인 결점은 정상적인 건 좋은 일이라고 정해놓고 덤비는 점입니다.”

그러자 카트리나가 바로 반문했다.

“하지만 그렇지 않아요, 나의 자이체프. 정상적인 건 좋은 일이에요, 그렇잖아요?”

자이체프가 거드름스러운 목소리로 말했다.

“나의 사랑하는 카트리나, 정상적이란 창조력을 눌러 죽이는 거요. 체스의 명수로 정상적인 사람이 하나라도 있었소? 새로운 경제 계획을 채용한 공장 안에는 공장장을 뽑는데 서방 측과 똑같은 방법을 쓰는 곳이 있다는 이야기를 듣지 못했소? 다시 말해 심리 테스트를 하는 것이오. 기막힌 이야기요. 우수한 공장장이 되기 위해 필요한 조건을 알지 못하고는, 우수한 공장장일 수 있는 인재인지 어떤지를 테스트로 알려고 해도 아무 도움이 되지 않소!”

곤드레로 취한 목수 슐리아프니코프는 그 대화의 대부분을 듣지 못했다. 그러나 ‘심리 테스트’라는 말을 듣고 사고가 자극받은 듯 방 한 구석에서 큰 소리로 자기 생각을 말했다.

"우리 쪽 미친 사람의 대부분은 정신병원에 갇혀 있습니다. 얼마나
고마운 일입니까?"
그는 동조자를 구하며 두리번거렸다.
티모셴코가 싸늘한 목소리로 말했다.
"정신병원에 갇힌 사람 가운데 미치지 않은 사람이 많습니다."
이거 참 잘되었다는 듯이 안토노프 오브셴코가 끼어들었다.
"악셀로드처럼."
자이체프가 안토노프 오브셴코를 노려보며 고함쳤다.
"자네는 어리석은 사람일세. 아주 큰 바보야. 악셀로드는 죽었네.
몇 달 전에 죽었어."
방 안이 완전히 조용해졌다. 악셀로드가 죽었음을 알고 있었던 것
은 그런 일을 다른 누구보다도 빨리 알 수 있는 입장에 있는 티모셴
코뿐이었다.
"지금 그가 뭐라고 했습니까?" 르윈터가 포고딘에게 물었다.
"공통된 어떤 친구에 대해 이야기하는 겁니다."
포고딘이 거짓말을 했다.
"그가 죽은 것을 어떻게 알고 있다는 건가?"
거의 알아들을 수 없는 목소리로 안토노프 오브셴코가 물었다.
티모셴코가 다른 사람을 앞질러 말했다.
"이건 다른 때 다른 곳에서 이야기 나누어야 할 일일세. 부탁이네,
그 이야기는 그만둬 주게."
자이체프가 자기 글라스에 다시 버번을 따라 단숨에 마셔 버렸다.
"다른 때 다른 곳에서." 그리고 되풀이해서 말했다. "책 제목이 될
듯한 문구군."
"묘하군요." 르윈터가 포고딘에게 말했다. "한 마디도 이해할 수
없는데 분위기가 달라진 것이 느껴집니다."

그러나 자이체프가 다른 화제를 끌어내어 이야기하고 있었다.

"모두 알고 있나?" 그가 말했다. "페르시아 왕 크세르크세스가 근시였다는 사실을? 그리하여 그는 살라미스 만을 내려다보는 언덕 위에 앉아 50척의 그리스 선대가 5백 척의 페르시아 선대를 쳐부수는 것을 바라보면서도 작전을 바꾸지 않았지. 눈이 잘 보이지 않았던 걸세."

"부하인 장군들은 그에게 전황을 알리지 않았습니까?"

아무도 알지 못하는 손님이 물었다.

"크세르크세스에게는 위대한 인물에게 공통되는 색다른 병이 있었습니다." 자이체프가 말했다. "자기 주위에 있는 사람들을 믿지 않았던 겁니다."

"큰 인물로 몸에 결함이 있었던 사람이 많네." 포고딘이 말했다. "틀림없이 흥미 있는 연구과제가 될 거야."

"브레주네프는 치질이 있다는 말을 들었지." 자이체프가 말했다. 그의 전 아내와 '암소'가 귀에 거슬리는 웃음 소리를 냈다. "어째서 웃는 거요, 카트리나? 치질 약을 가지고 있소?"

"솔직히 말해서 가지고 있어요." 그녀가 줄곧 웃었다. "이탈리아 제 좌약이에요."

"큰 인물이라면, 자이체프, 위대한 작가 대부분이 고양이를 귀여워하는 것을 아나?" 낙서 전문가 예브도키모프가 말했다. "우리 나라의 투르게네프, 톨스토이, 푸슈킨…… 리스트는 끝없이 계속되네. 자네도 모스크바에서 한 마리 기르고 있잖나?"

"기르고 있네. 고골리의 《죽은 영혼》 속의 나쁜 놈 이름을 따서 치치코프라고 부르지. 죽어가는 주인의 재산을 축내는 배은망덕한 일을 한 농노들의 영혼을 사 모은 사나이일세. 고양이 애호가란 특별한 종류의 사람이네. 개나 고양이에 대한 태도에서 그 사람에 대해 여러 가지 일을 알 수 있지. 나폴레옹과 무솔리니는 고양이를 아주 싫어했네. 히틀러는 개를 좋아했지. 독일 사람에게서 볼 수 있는 권력주의자나 사디스트, 마조히스트나 호모는 개를 사랑하네. 섹시하고 자립심이 강하며 자유를 사랑하는 사람은 고양이를 사랑하네."

"쿠빌라이 칸, 줄리어스 시저, 그리고 사자왕 리처드 1세를 잊지 말게——그들도 개를 좋아했어." 포고딘이 말했다. "그들에게도 공통점이 있네."

"예브게니는 정말로 역사에 밝군요." '암소'가 말했다.

"그런 집안 혈통이오." 자이체프는 별안간 굉장한 피로를 느끼고 지루해졌다. 그는 잔인한 심정이 되어 가시돋친 말투가 되었다. "그는 러시아 역사 일곱 권을 편찬하여 니콜라이 1세의 억지 변호를 한 미하일 페트로비치 포고딘의 손자의 손자요."

포고딘은 어이없어 멍하니 입을 벌리고 있었다. 함께 대학에 다니던 무렵부터 자이체프를 알고 있지만, 가계에 대해 이야기 나눈 일은 한 번도 없었던 것이다.

"만일 미하일 페트로비치를 변호자라고 말하는 것이라면 나는 이의를 제기하겠네." 포고딘이 말했다.

"이의를 제기하는 게 좋겠지, 몇 번이라도. 니콜라이는 폭군이었고 그의 변호를 하려는 사람은 치치코프 못지않은 사기꾼일세. 비록 자네의 고조할아버지일지라도, 즉위한 첫날 그는 12월 당원을 탄압했네. 그 뒤 그는 황제 자리에 앉았던 기간 중 소수 민족을 박해하고 자기를 비판하는 자유주의자를 억압했으며 비밀경찰 조직을 확대해 갔지. 니콜라이는 러시아라는 통치 체제에 붙어 있던 가족주의적 곰팡이일세."

"자네는 장점을 전혀 인정하지 않는가?" 포고딘은 화를 터뜨릴

듯한 태도였다. 자이체프가 심심풀이 삼아 자기를 헐뜯는 듯한 느낌
이었다.

"한 가지만 인정하겠네. 그는 러시아 문학의 황금 시대를 출현시키
는 배경을 제공했네. 니콜라이의 러시아에서 푸슈킨과 레르몬토프
와 고골리가 나타났지."

"어머나, 나의 자이체프, 당신은 어디에서든지 장점을 찾아낼 수
있는 분이군요." '암소'가 말했다.

"그렇소, 당신에게조차 찾아내니까."

사람들이 곤혹을 느끼고 방 안이 조용해졌다. 카트리나의 눈에서
눈물이 넘쳐흘렀다. 자이체프가 명랑한 우스갯소리의 영역을 훨씬 넘
어 버렸던 것이다.

〈노비 밀〉의 편집자 티모셴코가 구원하러 나섰다.

"자네는 어떻게 생각하나, 자이체프? 시릴 자모(字母, 현 러시아 자모의 모체)는 러시
아를 유익하게 했나, 아니면 해롭게 했나?"

"정치적으로, 아니면 문학적인 뜻으로?"

"문학적으로."

"그거라면 물론 러시아를 해롭게 했네. 러시아와 서방 측의 철도궤
도 간 차이가 우리에게 불리함을 가져다준 것과 마찬가지로 국경을
넘어 들어오는 지적 화물의 움직임이 둔해졌네. 그런만큼 우리는
불리한 입장에 놓인 셈일세."

"동감이네." 티모셴코가 말했다. "하지만 러시아보다도 서구 여러
나라가 더 손해보았다고 나는 생각하네. 푸슈킨이며 톨스토이며 도스
토예프스키며 고골리의 진수를 흡수하지 못한 문학의 존재가 상상되
겠나? 생각하는 것만도 바보스럽지."

"잠깐 테스트해 보는 게 어떻겠나?" 카가노비치가 르윈터를 보며
말했다. "당신은 러시아 문호의 작품을 읽은 일이 있습니까?"

포고딘이 이 말을 통역했다.

"대학시절에 도스토예프스키의 《죄와 벌》을 읽은 정도입니다."

르윈터가 대답했다.

그는 그들이 보다 구체적인 토론을 시작하지 않기를 바랐다. 그 책을 읽은 일은 기억하지만 제목 말고는 거의 아무것도 생각해낼 수 없었던 것이다.

"자이체프, 미국에 대해 좀더 깊이 파고든 질문을 해보세요." '암소'가 여느때의 그녀로 되돌아와 한 손에 마시다 만 글라스, 다른 한 손에 담배를 쥔 채 말했다.

"그렇군, 르윈터 씨, 미국인은 흑인을 증오하고 있다는데, 정말입니까?" 낙서 전문가 예브도키모프가 물었다.

"어떻게 그들은 3천만이나 되는 사람을 굶주린 상태대로 내버려둘 수 있지요?" 저널리스트인 브브노프가 잇따라 물었다.

"어째서 케네디가, 두 사람의 케네디가 살해될 만큼 부주의했지요?" 담배를 쑥 내밀며 '암소'가 물었다. "나는 그걸 알고 싶어요. 어떻게 그런 일이 용납되지요?"

"나의 아름답고 단순하며 소박한 카트리나, 그건 전혀 이 르윈터의 개인적 책임이었던 게 아니오. 그렇지요?" 자이체프가 말했다. "그렇다면 당연히 그 역시 이렇게 물어 볼 수 있어요. 어째서 암살자가 레닌의 머리에 흉탄을 쏘는 걸 막을 수 없었는지. 자, 좀더 이치가 통하는 질문을 한 번에 한 가지씩 하게."

티모셴코가 르윈터에게 묻기 시작했다.

"미국에서의 생활이 어떤 것인지 이야기해 주시겠습니까? 근본적으로 다른 사회에 살고 있어 나는 실제적인 상태를 포착하고 있는지 어떤지 자신이 없습니다."

포고딘의 통역을 통하여 르윈터는 미국에서의 생활 상태를 말하기 시작했다. 적절한 낱말을 찾는 듯 띄엄띄엄 천천히 이야기했다. 그러나 실제로는 그런 질문을 예상했기에 대답할 말이 이미 준비되어 있었다.

"너비 3천 마일에 이르며 2억이라는 사람이 사는 나라를 간단히 설명하기는 우선 불가능에 가깝습니다. 그 사회의 밑바탕에 깔려 있는 것을 한 마디로 표현하라면 나는 '비인간성'이라고 하겠습니다."

그 말을 포고딘이 통역하자 한순간 토론이 벌어졌다. 자이체프는 르윈터가 말하는 것은 자료나 그 밖의 모든 것에서부터 이름이 말살된 '앤퍼슨'의 일이 아닌가 생각했다. 그렇다면 본디 그가 소련의 독특한 현상이라고 생각하고 있었던 일이다. 그러나 그 오해는 곧 바로잡아졌다.

르윈터가 이야기를 계속했다.

"몇 해 전 뉴욕의 한 블록에서 한 여자가 폭력범에게 습격받아 살해되었습니다. 그 흉악한 행위는 밤늦게 어느 거리에서 이루어졌지요. 나중에 신문이 조사한 바에 따르면 3, 40명의 사람들이 도움을 청하는 그녀의 부르짖음을 듣거나 침실 창문으로 그 범행을 목격했음이 밝혀졌습니다. 하지만 그녀를 도우러 달려가거나 창문을 열고 도와주려고 소리친 사람은 아무도 없었으며 경찰에 전화건 사람조차 없었지요. 나는 이것이 미국의 참모습이라고 생각합니다. 2억의 공포와 불신으로 둘러친 2억의 고립된 세계. 단적으로 말하면 압도적인 고독 상태입니다."

그것은 아주 흥미로운 대답이었다. 흥미롭다는 것은, 그 방에 있는 러시아 사람들이 언제나 러시아 신문에서 읽고 있으며 자기들의 신문이기 때문에 오히려 의심하던 일을 르윈터의 그 대답이 입증해 주기 때문이었다.

"그래서 당신이 미국에서 찾아보지 못하고 이 나라에서 찾아낼 수 있다고 여기는 것은 뭡니까?" 티모셴코가 물었다.

그 질문을 포고딘이 통역하는 동안 사람들은 흥미 있는 대답을 기대하며 몸을 앞으로 내밀었다.

"다리입니다." 르윈터는 가벼운 말투로 덧붙였다. "그리고 경우에 따라서는 거미줄 하나나 둘."

르윈터는 자기가 사람들에게 아주 좋은 인상을 주었음을 느꼈다.

"나의 미국인 친구여, 실망에 미리 대비해 두어야겠습니다." 자이체프가 말했다. "사람은 저마다 고립된 섬이라고 말한 것은 당신들 앵글로색슨 민족의 어떤 시인입니다. 그러나 다른 어느 나라나 마찬가지로 그 말은 이 나라에서도 진실이지요."

자이체프는 귀를 만지작거리며 잠시 생각하더니 아무렇지도 않은 목소리로 덧붙였다.

"그리고 여기의 거미줄은 공포의 거미줄인 경우가 많습니다."

"그는 자네로부터 들었던 사람과는 전혀 다르더군." 자이체프가 말했다. "자네들이 들어왔을 때 그는 어쩐지 얼빠진 사람 같은 느낌을 주었는데, 마지막에는 나는 그에게 호감을 갖게 되었네."

마지막 손님이 돌아갔다. 그 발레리나는 슬리퍼 한 짝이 보이지 않아 찾아낸 한 짝마저 집어던지고 맨발 끝으로 흙탕 속을 걸어갔다. 지금 자이체프는 긴 의자에 누워 접시 닦는 젖은 행주로 두 눈을 가리고 있었다.

포고딘은 셔츠 소매를 팔꿈치까지 걷어올린 테이블 옆에 앉아 말라빠진 검은 빵과 산양젖 치즈를 먹고 있었다. 르윈터와 '암소'는 이층 방에 잠들어 있었다. 르윈터는 버드나무로 만든 의자에 앉은 채 잠들어서 잠이 깨면 아마도 버드나무를 엮은 무늬가 몸에 박혀 있을 것이다. 카트리나는 언제나 자이체프와 함께 자는 한구석의 커다란 매트리스 위에서 몸을 움츠리고 깊이 잠들어 있었다.

지금은 사후 검토 시간이다.

"솔직히 말해서 자네가 나타나리라고는 꿈에도 생각지 못했네."

자이체프가 말했다.

그는 옆에 놓인 물그릇에 행주를 적셔 짜서 차곡차곡 개켜 다시 눈에 올려놓았다. "자네가 전화 걸어 그와 함께 온다고 말했을 때는 정말로 깜짝 놀랐지. 어떻게 그들이 허가했나? 이건 정보를 청취하는 새로운 방법인가?"

포고딘이 불가리아산 백포도주를 한 모금 마셨다. "오랫동안 틀어박혀 있었네……. 걷잡을 수 없이 초조해지더군……. 성급해지기 시작했네, 좀처럼 잠을 이룰 수 없게 되었지." 포고딘은 입 속의 것을 씹으며 이야기했다. "좋은 치료법일세. 실은 내가 생각해 낸 일이네. 그들을 설득하기가 퍽 힘들었지만, 파티를 여는 것이 자네라고 말하니……."

"나라는 말을 듣더니 뭐라던가?" 자이체프가 독촉했다.

"절대로 안 된다고 하더군." 두 사람이 소리를 맞춰 웃었다. 그 웃음이 두 사람의 유대를 더욱 강하게 했다.

"자네는 오지 않고는 견딜 수 없었지, 그렇잖나?"

"자네 경우에는 초대를 거부하는 일은 절대로 할 수 없지." 포고딘이 말했다. "자네는 일종의 화학반응을 불러일으키거든……. 그런데 좀 호기심이 느껴지네만, 나는 그를 어떻게 묘사했나?"

"누구를?"

"우리의 A.J. 르윈터 씨 말일세."

"아, 아, 르윈터. 자네는 그가 함부로 슬로건을 입에 담으며 지식의 표면을 쓰다듬는 데 지나지 않는 바닥이 얕은 호모 사피엔스의

견본인 듯한 인상을 나에게 갖도록 했지. 그러나 나는 그의 말에 마음이 담겨 있다고 여겼네. 물론 러시아에 대해 알지 못하며 오해가 있는 점은 용서해 주어야 하네. 그도 그 나름으로 선전의 영향을 받고 있는 것이니까.”

두 사람은 얼마 동안 잠자코 있었다. 자이체프는 사람들을 접대하는 마음씀에서 해방되어 느긋하고 편안한 기분으로 눈의 피로를 푸는 일에 전념하고 있었다. 포고딘은 의자 등받이에 기대앉아 온몸의 피로를 풀고 있었다. 밖에서는 또 비가 내리기 시작하여 어느덧 석류나뭇잎을 때리고 있었다.

자이체프가 먼저 입을 열었다.

“나는 망명이라는 것을 아무래도 이해할 수 없네. 그 밑바탕이 되는 소외감은 이해하네. 일생 동안 소외감을 한 번도 느껴본 일이 없는 사람은 없을 테지. 하지만 전혀 새로운 생활을 시작한다……. 여러 가지 자질구레한 일들을 내버린다는 것은 어떨까……. 그는 이 나라에서 전화 거는 법조차 모를 게 틀림없고, 누군가에게 전화 걸어 달라고 부탁한다는 일은 생각조차 못할 걸세. 모스크바에 전화번호부 같은 것이 존재하지 않는다는 사실을 알게 되면 어떻게 생각할까!”

“자이체프, 그 행주를 올려놓은 채 잠들기 전에 악셀로드란 누구인지, 누구였는지라고 말해야 할지도 모르지만, 가르쳐 주지 않겠나?”

자이체프는 한동안 꼼짝하지 않고 누워 있었다.

“내가 그 일에 대해서는 되도록 이야기하고 싶지 않다고 한다면 예브게니, 자네는 믿어 주겠나?”

자이체프는 별안간 벌떡 일어나 행주로 얼굴을 닦았다.

“그런 일에 대해 자네가 아무것도 모르는 편이 마음 편하게 있을 수 있고 행복할지도 모르네."

"그럴지도 모르지. 뭐라고도 할 수 없군." 포고딘의 마음은 혼란스러웠다. 알고 싶어 견딜 수 없으면서도 동시에 알고 싶지 않았다.

그가 그 이야기를 진행시킬 겨를을 주지 않고 자이체프가 화제를 바꾸었다. "파티는 즐거웠나? 티모셴코를 어떻게 생각했나?"

"그가 있는 것을 보고 놀랐네. 자네들 두 사람이 친구인 줄은 몰랐지. 그가 말했는지 어떤지 모르지만, 나는 그가 2년 전 휴가로 일본에 왔을 때 만났었네. 대사가 그를 위해 칵테일 파티를 열었지. 그는 진정한 비동조자겠지?"

"그가 솔제니친을 발견했을 때의 이야기를 들었나?" 자이체프가 물었다. "어느 날 밤, 아파트에서 그가 〈노비 밀〉에 실을 원고를 훑어보다가 우연히 〈이반 데니소비치의 하루〉라는 원고를 집어 들었지. 이건 그 자신으로부터 직접 들은 이야기일세. 그는 10페이지쯤 읽다가 자리에서 일어나 턱시도로 갈아입었네. 촛불을 켜고 샴페인을 한 병 꺼내들고 안락의자에 자리잡고 앉아 날이 샐 때까지 계속 읽어 내려갔다고 하네. 자기가 러시아 천재 작가의 작품을 읽는다는 것을 그때 알고 있었고, 러시아 르네상스를 자신이 목격하는 것을 의식하고 있었다고 그는 말했지. 그는 위험한 줄 알면서도 그 책을 출판했네. 아주 용기 있는 사나이일세."

"그와는 언제쯤부터 서로 알게 되었나?"

"정말로 친해진 건 아직 몇 달밖에 안 됐네. 우리는…… 아무튼 언젠가는 모든 걸 이야기하겠네. 오늘 밤은 이미 늦었어. 하지만 오브닌스크 쪽 형편은 어떻던가? 꼭 듣고 싶네."

"곧 이야기가 그쪽으로 돌려지리라 생각했네. 호기심을 가지고 있겠지, 어떤가? 흥정하세나. 자네가 악셀로드의 일을 이야기해 주면 내가 르윈터와 오브닌스크의 이야기를 해주겠네."

"어찌된 일인가. 러시아에 돌아온 지 아직 3주일도 못 되었는데 벌써 자네는 사물의 핵심에 관심이 끌리고 있군."

자이체프는 웃지 않을 수 없었다. 그러나 그 웃음에는 씁쓰레함이 담겨 있었다. 이제부터 이야기할 일이 굉장히 쓰디쓴 사건이기 때문이었다.

"악셀로드, 그래, 악셀로드, 정말로 알고 싶은가? 조금도 복잡한 이야기는 아닐세. 지난해 이맘때 악셀로드가 당 대회에서 연설을 했지. 그는 검열자가 자신의 최신 저작 출판을 거부했으며 삭제할 것을 요구했다고 말했지. 무지한 시골 사람들이 이런 말은 쓰면 안 된다, 이것은 써도 된다고 악셀로드에게 지시하는 장면을 상상해 보게나.

경찰이 귀찮게 따라붙고 있다고 그는 말했네. 진행중인 원고를 압수하여 되돌려주지 않으며, 외국 여행용 여권을 교부해 주기를 거부당했다고 했네. 그리고 검열 제도를, 검열을 허용하는 정부를, 공산당의 무식한 말단 당원이 이 나라 대작가의 작품에 손대는 것을 인정하는 제도를 공공연히 비난한 걸세.

그런데 여러 가지 뜻으로 검열을 달게 받아들이는 사람들이며 검열에 걸리지 않도록 스스로 원고에 손대는 사람들이 모두 다 고개를 끄덕이며 지지를 나타내는 일조차 하지 않고 그냥 잠자코 앉아 있었다네. 물론 악셀로드는 자기가 어떤 일을 당할 것인지 충분히 알고 있었지. 그들은 그를 레닌그라드 교외의 정신병원에 가둬 버렸네. 레닌그라드의 작가들과 시인들로 초만원이 되어 있는 시설이지.

석 달쯤 전에 나는 지하 정보망을 통해 악셀로드가 목매어 자살한 것을 알았네. 그는 화장실 청소 당번일 때 자루걸레를 발기발기 풀어 끈을 이어서 샤워기의 커튼레일에 걸고 목을 맸다더군. 그의

《일보 후퇴》라는 소설을 읽은 적 있나? 아니, 읽었을 리 없지. 출판되지 않았으니까. 그 작품의 등장 인물 가운데 한 사람——분명히 드미트리라는 이름이었다고 여겨지는데——인 정신박약자가 그와 같은 방법으로 자살했다네.”

이야기가 끊어지자 들리는 것은 창문 밖의 빗소리뿐이었다.

“당국은 그가 암인지 뭔지로 죽었다고 공표할 생각인 듯하더군. 귀찮게 되지 않도록 이번 작가동맹대회가 끝나기를 기다리는 걸세. 소동이 일어날 리도 없지만.”

빗소리가 점점 크게 들려왔다. 자이체프가 다시 입을 열었다.

“내가 아는 한 그는 아마도 정신이 돌았던 것 같네.”

자이체프는 또 버번을 따라 술의 표면에 비춰진 자기 얼굴을 가만히 들여다보았다.

“자, 이번에는 자네 차례일세. 오브닌스크에서의 상황을 이야기해 주게.”

“이건 술자리의 화제가 될 만한 일이 아닐세, 자이체프. 그 점은 이해해 주기 바라네. 자네에게 이야기하다니, 나도 굉장히 어리석군.”

“예브게니, 내가 국가의 기밀을 공표하리라고 생각하나? 나는 그런 바보가 아닐세. 자, 이야기하게!”

“아무튼 정보 청취는 순조롭게 진행되었네. 우리의 친구 르윈터는 모든 점에서 합격했지. 그는 여러 각도에서 몇 번이나 신문받았네. 나는 죽을 만큼 심심하고 지루했지.”

“그래, 그들은 그의 이야기를 믿었나?”

“암, 믿었지. 그렇게 말해도 될 걸세. 다만 문제는 이번 사건 전체가 구름을 잡는 듯한 일이라는 점일세. 그는 등사실에서 탄도의 수식이 씌어진 원본을 발견했다고 주장하고 있네. 등사실 바닥에 떨어져 있는 것을 주웠다는 걸세. 그리하여 그 수식을 암기하고, 다음에는 자료실로 가서 그 수식이 자기가 생각하고 있는 것과 같은지 어떤지 확인하기 위해 원본 서류철을 빌려냈다고 말하고 있네. 그는 자신이 암기한 것이 MIRV의 탄도 수식임을 확인하기에 충분한 시간 동안 그 원본 서류철을 볼 수 있었다더군. 사서가 그에게 열람 자격이 없음을 알아차리고 원본 서류를 빼앗은 걸세.”

“그렇다면 미국 측은 그가 원본 서류철을 본 사실을 알고 있겠군?”

“그렇다고 할 수는 없네. 르윈터는 사서가 그 사건을 완전히 덮어버렸을 가능성이 강하다고 생각하고 있네. 극비 서류를 열람 자격이 없는 사람에게 빌려준 사실이 알려지면 그는 목이 잘릴 걸세.”

“그럼 그의 이야기에는 앞뒤가 맞지 않는 점이 하나도 없잖나?”

“꼭 한 가지 있네. 하지만 그것을 어떻게 판단해야 할지 우리는 결정하지 못하고 있는 걸세. 그가 우리에게 이야기한 열여섯 개의 수식 가운데 하나가 문제네. 다시 말해서 탄도 수식이 아니라는 뜻이지. 르윈터가 잘못 기억을 했는지…….”

“하지만 그는 원본과 대조했잖나?”

“아니, 그는 원본 서류철을 몇 분 동안밖에 들고 있지 못해서 모조리 대조할 수는 없었다고 하네.”

“그렇겠군.”

“그러므로 아주 흔한 기억 착오, 다시 말해서 처음부터 잘못 암기했든가 옳은 것을 암기했으나 그 일부를 잊었든가 그 어느 쪽일 걸세. 또는 거짓말을 하고 있든가. 또는 어쩌면 미국의 MIRV 가운데 곧장 올라간 채 내려오지 않는 핵탄두가 포함되어 있든지……. 그 가능성은 우선 없다고 여겨지지만, 우리 세계에서는 결코 있을 수 없는 일이 아니거든.”

"내 생각으로는" 자이체프가 말했다. "수식의 하나가 어긋난다는 점이 그의 이야기의 진실성을 입증하고 있네. 아무튼 미국인은 옳은 수식 열다섯 개와 어긋난 수식 한 개를 기억해서 가짜를 가져올 만큼 어리석은 일은 하지 않았을 거네."

"자네는 좀더 부정적으로 그를 평가할 줄 알았는데." 포고딘은 웃었다. 첩보 활동이 이른바 그의 자랑거리인 게임이며 그 분야에서 그는 명수였다. "상대편에게 가짜를 믿게 하는 데는 정보 가운데 꼭 한 가지 어이없이 잘못된 정보를 섞어 두는 것이 가장 좋은 방법일세. 아무튼 열여섯 개의 수식 가운데 하나가 어긋난다는 사실로부터는 아무것도 알아낼 수 없네."

"이제부터 어떻게 할 건가?" 자이체프가 물었다. "게임은 점점 재미있어지는군."

"그걸 나로서도 전혀 알 수가 없네." 별안간 포고딘의 자신만만한 겉모습이 허물어졌다. 그는 석류나무 가지가 들어와 있는 창문 쪽으로 달려가 거칠게 나뭇가지를 밖으로 밀어내 그 바람에 거미줄이 찢어져 버렸다. "왔을 때부터 이것이 자꾸만 마음에 걸려 견딜 수 없었네."

말투와 속도가 싹 달라져 자이체프는 얼른 몸을 돌려 친구를 지켜보았다. 그는 포고딘이 우리 안의 사자처럼 방 안을 서성거리는 것을 꼭 한 번 본 일이 있음을 생각해 냈다. 그것은 포고딘의 아내가 아기를 낳다가 죽은 날 밤이었다. 사태가 제어할 수 없게 되어 그 결과를 도무지 짐작할 수 없고 일이 진행되어 가는 과정을 충분히 이해할 수조차 없어서 포고딘은 자칫 자제력을 잃은 듯했었다. 지금 그는 그때와 똑같은 기분에 빠져 있는 것 같았다.

"왜 그러는 건가, 예브게니 미하일로비치?"

자이체프의 목소리에는 놀림, 빈정거림, 술기운이 조금도 깃들지 않았다.

"단순하고 명쾌한 기본적 사실은, 어떻게 해야 좋을지 나로서는 전혀 모르겠다는 걸세. 이런 일이 어떻게 작용하는지는 자네도 잘 알 테지, 자이체프. 단 하나의 잘못, 그것만으로 충분하네. 단 하나의 잘못으로 오랜 동안의 노력이 물거품으로 변해 버렸지. 만일 이번 일로 잘못을 저지른다면……. 나는 마음속으로부터 겁먹고 있네. 나는 내 야심이 무섭네. 그러나 그 야심이 달성될 수 없는 가능성 쪽이 더 무섭네. 나는 이제까지 언제나 자신에 차 있었네. 하지만 지금은 이 생각이 옳다고 잘라 말할 자신이 없어.

저 르윈터라는 사나이는 대체 어떤 사람일까? 내 말은 그의 거짓 없는 정체는 무엇일까 하는 뜻일세. 때로는 저 사나이와 만나지 않았더라면 좋았겠다고 진심으로 생각하는 일이 있네. 나는 이제까지 정략에 말려든 일이 없어……. 어떻게 처신해야 할지 모르겠네."

"이제 머지않아 모든 일이 잘될지도 모르잖나?"

자이체프로서는 그 밖에 달리 할 말이 떠오르지 않았다.

"아닐세, 어느 틈에 사라져 간다는 건 결코 있을 수 없는 일이네. 지금 격렬한 싸움이 바야흐로 시작되려 하고 있네. 온 모스크바의 관료들이 이번 일에 관해 그늘에서 그 모습을 나타내고 있어. 육군, 해군, 미사일 담당자, 신경제계획 관계자, 경우에 따라서는 자네가 이야기하던 야금 전문가들도.

만일 우리가 르윈터의 정보를 진실이라고 인정하여 대응책을 강구한다면 미사일 요격 시스템을 새로 만들어야 하네. 그렇게 되면 모든 사람의 계획에 크나큰 영향을 주게 되지. 그러나 우리가 미국의 다탄두 각개목표 재돌입 미사일에 관한 비밀을 쥐고 있다면 그 정보를 이용하지 않는 건 어리석기 그지없는 일일세."

"알겠나, 나는 한낱 아마추어에 지나지 않지만, 자네와 같은 일을 하는 사람들은 언제나 같은 잘못을 되풀이하고 있다고 생각하고 있네. 그들은 입수한 비밀 정보를 이용하는 것이 가장 좋은 길이라고 생각하네. 그렇지 않으면 어째서 고생하며 입수하겠느냐고 말하지. 하지만 그것이 무엇보다도 합리적인 생각이라고 할 수만은 없네. 정보를 입수하라, 그리고 그 정보를 잊어버려라 하는 것이 최선책일 경우가 있을 수 있다고 생각하네."
"아브크센티예프는 그런 생각을 취하고 있지."
"아브크센티예프가 개입하고 있다니 놀라운걸."
"그렇네. 동지 아브크센티예프는 그의 자랑인 경제 개혁이 그렇지 않아도 예정보다 늦어져 있는데 여기서 긴급 군사계획이 시작되면 경제 개혁이 완전히 가로막혀 버리고 만다고 두려워하는 걸세. 중앙위원회 정치국 안에서 르윈터 공격의 선봉 역할을 하는 것이 아브크센티예프일세. 실은 나는 내일 아침 그를 만나기로 되어 있네."
포고딘은 한순간 망설이더니 말을 이었다.
"아무래도 나 스스로는 어떻게도 할 수 없는 깊은 구렁에 빠져 버린 것 같네."
"그런 일을 언제까지나 생각할 필요 없네." 자이체프가 날카로운 목소리로 말했다. "자네가 지금 있는 곳에서는 그 모든 가능성들이 놓여 있는 상태일세."

14

4차선 고속도로란 소련에서는 비교적 새로운 현상이다. 더욱이 대부분의 경우 근대적인 시설이 갖춰져 있고, 그 한 가지가 도로표지이다. 모든 굴곡, 커브, 교차점 반 마일 전에 표지가 있어 앞에 무엇이 있는지 경고해 준다. 그 지점에 이르면 '여기다'라고 하듯 X표와 비슷한 두 번째 표지가 서 있다.

그러나 그 포장이 완비된 2차선 도로가 모스크바~스몰렌스크 고속도로와 교차된 곳에는 표지가 하나도 없었다. 다시 말해서 그 옆길로 자동차를 몰고 들어갈 수 있는 사람은 앞길을 충분히 알고 있어야 하며, 그렇지 않은 한 들어가서는 안 된다는 걸 명확히 말해 주는 것이다.

오전 10시 조금 전 흙받이가 움푹 들어가고 크롬에 녹이 슨 검정질 (1967년에 제작된 소련의 최고급 승용차)이 고속도로에서 그 옆길로 들어갔다.

운전기사가 뒷좌석의 사나이에게 말했다.

"요 앞에서 신분증명서를 조사할 겁니다, 동지. "

포고딘은 지갑에서 신분증명서를 꺼내 거기에 붙은 사진을 보았다. KGB 중령의 정장을 한 그의 모습이 찍혀 있다. 그는 사진 속 인물의 눈을 가만히 보며 그 사진을 찍었을 때 무엇을 생각했었는지 알아내려 했으나 공식 사진의 특징인 무표정한 눈 속을 들여다볼 수는 없었다.

포고딘은 신분증명서를 만지작거리며 창밖을 지켜보았다. 지금은 자이체프의 별장에서 하룻밤 지낸 일을 후회하고 있었다. 그 파티도, 파티 뒤에 주고받은 이야기도 아브크센티예프와의 면회에 대비하는 일에 도움이 되지는 못했다. 충분히 수면을 취해 두는 편히 현명한 일이었다.

게다가 포고딘은 지쳐 있었다. 그 점은 의심할 나위가 없었다. 그가 기막힌 포획물이라고 생각한 것과 함께 소련으로 돌아온 뒤의 19일 동안은 굉장한 마음의 피로와 긴장의 연속이었다. 그 도중의 어느 시점에서 포고딘의 장래와 르윈터의 운명이 어떻게도 할 도리가 없는 상태로 얽혀 버리고 말았다. 포고딘이 르윈터를 발견하여 소련으로 데려왔다. 단순한 우연에 의한 것이라는 점은 문제되지 않는다. 그러므로 모든 것은 그의 책임이다.

그 책임이 오브닌스크에서 정보 청취 기간 중 포고딘의 어깨를 무겁게 짓누르고 있었다. 그는 밤마다 행해지는 평가 회의에서 전문가들이 르윈터의 정보를 아주 세밀한 곳까지 검토하는 것을 온 신경을 집중하여 들었다. 모든 일이 순조롭게 진행되고 있었는데, 그것도 모스크바에서 차례로 조회가 날아 들어오기 시작할 때까지의 이야기였다. 그러다가 갑자기 르윈터는 첩보 관계자가 콧대높이 자랑하는 전리품이 아닌 상태가 되어 버렸다. 그는 정치적 존재가 되었다. 그 단계에서 처음으로 아브크센티예프가 개입해 왔다.

더욱이 그 아브크센티예프는 아주 중요한 인물이다. 포고딘은 아브크센티예프를 알고 있다. 적어도 이전에는 알고 있었다. 몇 해 전 프라하에서 근무했던 무렵 아브크센티예프는 그의 과장이었다. 그로부터 사람들이 예상했던 대로 출세하여 요직을 역임했다.

아브크센티예프는 프라하 시절과 달라졌을까 하고 포고딘은 생각했다. 그 무렵의 그는 아주 세심한 계획 입안자로 충분히 밑조사를 한 다음 다리를 건너듯, 다시 말해서 한 가지씩 문제에 대처했다. 특히 기밀을 요하는 일을 다루는 데 뛰어난 수완을 발휘했다. 이야기에 은유법을 많이 썼고 다른 사람의 마음을 상하게 하는 일이 결코 없으며, 대부분의 경우 자기 주장을 끝까지 내세웠다. 그 은유법에 조심해야 한다고 포고딘은 생각했다.

옆길로 들어가 첫 커브를 돌고, 고속도로에서는 전혀 보이지 않는 곳에서 자동차가 차단기 앞에서 멈췄다. 작은 오두막 앞 의자에 노부인이 앉아 있었다. 입구 위에 레닌의 사진 액자가 걸려 있었다. 노부인은 미처 알아차리지 못하고 또는 호기심에 끌려 옆길로 들어온 사람을 쫓아 보내기 위해 거기에 있다. 거기에 들어온 사람은 없다, 한 번도.

두 개의 군 검문소 가운데 하나가 그 4분의 1마일 앞에 있었다. 길을 4마일 더 나아간 곳, 눈에 바라보이는 한 넓게 펼쳐진 평평하고 기름진 높은 지대 가장자리에 아브크센티예프의 저택이 있었다. 본채는 스스로 연극계의 후원자로 여기던 러시아 백작이 17세기에 지은 장식 없는 네모난 잿빛 석조 저택이다. 가운데 홀은 실제로는 백작의 농노들이 연극을 했던 소형 무대였다. 그 몇몇 희곡은 스스로 천재로 여겼던 백작 자신이 쓴 것이었다.

작은 언덕 뒤에 있어서 사람 눈에 띄지 않는 좁고 긴 마구간은 언제나 저택에 배속되어 있는 육군 소부대의 병영으로 개조되어 있다. 본채 바로 뒤에 작은 예배당의 잔해가 있어 벽 일부에 아직 프레스코 그림의 단편이 남아 있다. 예배당은 볼셰비키 혁명에 잇따른 반종교열의 폭풍에 선동되어 그 고장 농민들이 폭파했던 것이다.

19세기 중간 무렵에 우연히 베르사유 궁전의 그림을 본 백작의 자손이 저택 안에 정원을 만들었다. 그 정원 한복판에 있는 두께 4피트의 지붕이 달린 강철과 콘크리트로 된 방공호는 러시아 사람이 말하는 대조국 전쟁의 유물이다. 그 방공호에는 전해져 내려오는 이야기가 있다.

1941년 모스크바로 향해 진격하던 독일군이 이 저택에 사단사령부를 설치했다. 작전이 순조롭게 진행될 무렵 독일군 참모부는 히틀러가 전선을 시찰하는 경우에 대비하여 거대한 방공호를 만들도록 각 사단장에게 명령했다. 그의 시찰은 실현되지 않았다. 뒷날 냉전이 한창 치열했던 무렵 소련 관리들도 스탈린이 저택을 방문할 때에 대비하여 근대적인 공조(空調) 설비와 통신 시설이 방공호 안에 설비되었다. 그 스탈린의 방문도 실현되지 않았다. 아브크센티예프는 얼마 전 그 방공호를 술과 감자 저장고로 개조했다.

포고딘의 자동차가 그 방공호 옆을 지나 자갈 깔린 자동차길을 나아가서 정면 현관 앞에 멈춰 섰다. 하인이었을 거라고 포고딘이 생각한 아주 나이 많은 사나이가 돌층계 위쪽에 서 있었다. 사나이는 키가 6피트는 넘어 보이고 학처럼 여위었다. 헐렁헐렁한 바지를 입고 올이 굵은 천으로 지은 칼라 없는 농부용 셔츠의 단추를 턱 밑까지 빈틈없이 꼭 채우고 있었다. 안경알이 확대경처럼 두툼했다. 등을 활처럼 구부리고 조금 다리를 잡아끌 듯하며 노인이 집 안으로 안내해 들어갔다. 타일 위의 눈에 보이지 않는 길을 더듬듯——포고딘으로서는 그렇게 생각되었다——바닥을 지켜보며 걸어갔다.

그 길은 금테 두른 액자의 유화와 대리석 조상으로 둘러싸인 무대 겸용의 홀 한 가운데를 빠져나가고 있었다. 그 방에는 언뜻 보아 적갈색 얼룩이 있는 굵은 돌기둥이 여섯 개 있었는데, 실제로는 각종 연극에 따라 쉽게 위치를 바꿀 수 있도록 발사 나무로 만들어진 기둥이었다. 방 한구석에는 백작의 연극을 위해 바람이며 천둥소리를 내던 커다란 목조 장치 옆에서 두 소녀가 바닥에 앉아 집짓기놀이를 하고 있었다. 두 소녀는 포고딘을 올려다보고 방긋 웃은 다음 다시 놀이를 계속했다.

노인이 작은 문을 열고 지나가라고 포고딘에게 몸짓으로 알렸다. 포고딘이 몸을 수그리지 않으면 지나갈 수 없을 만큼 작은 문이었다. 등 뒤에서 문이 닫히고 포고딘은 자기의 발 밑에서 강철제 사다리가 나선 모양을 그리며 어둠 속으로 내려가 있는 것을 깨달았다. 희미한 유황 냄새가 공중에 떠돌고 있었다.

사다리를 다 내려가자 포고딘은 영화관 안으로 들어간 사람처럼 잠시 그 자리에 멈춰 서서 눈이 어둠에 익숙해지기를 기다렸다. 주위의 벽 위쪽 옆에 난 기다란 창문으로 조금 비쳐드는 햇빛 외에 불빛이라고는 없었다. 그러는 동안 검정과 잿빛을 차츰 구별할 수 있게 되기 시작하여 포고딘은 둘레의 상황을 알 수 있었다.

방은 무대 겸용 홀 바로 밑에 있으며 넓이도 거의 같았다. 한쪽 끝의 커튼 밑으로부터 다른 방의 전기 조명 불빛이 노란 구슬의 연결처럼 새어나오고 있었다. 여러 가지 연극 도구들——모조 나무, 안장이 내던져져 있는 조각배, 갑옷이 가득 든 큰 광주리, 가짜 우물 등 막다른 벽 창문 밑에 즐비하게 놓여 있었다. 종이, 지푸라기, 색칠한 양털로 만들어진 오려낸 그림이 길고 짧은 갖가지 길이의 실로 천장에서 늘어뜨려져 있었다. 날고 있는 새처럼 보이는 것, 집이며 성처럼 보이는 것, 꽃 모양인 것, 그 가운데는 포고딘이 이제까지 본 적 없는 것도 있었다.

"그것은 파야키라고 불리오. 폴란드 농민이 집안 장식으로 쓰지요. 바닥을 보았소?" 굉장히 딱딱하고 듣기 거북하며 고전적이라고도 할 만한 러시아 말이 밑으로부터 불빛이 새어나오는 커튼 저쪽에서 들려왔다. 틀림없이 아브크센티예프의 목소리였다.

"어두워서 보이지 않습니다, 각하."

"아, 그렇겠구려. 구두로 바닥을 비벼 보오."

포고딘이 앞뒤로 구두를 움직여 바닥을 문지르자 모래 소리가 들렸다. 바닥에 얼굴을 바싹대듯 몸을 구부리고 신중히 보았다. 바닥이 모래 그림으로 덮이고, 원이며 정사각형이며 삼각형이 뒤섞인 정밀한 기하학적 무늬가 방 한가운데에서부터 파문처럼 퍼지고 있었다.

또 아브크센티예프의 목소리가 들렸다.

"'굉장히 신기한 것이다'라는 거요. 아직까지 그런 일을 할 수 있는 사람은 열 명도 안 되지요. 자, 이리로 오오. 예브게니 미하일로비치."

포고딘이 움직이려 하지 않으므로 아브크센티예프가 더욱 재촉했다.

"바닥의 무늬를 흩뜨릴까봐 마음 쓰지 않아도 되오. 이리 오오. 첫
발만 내디디면 그 다음은 간단하오."

손님을 그 자리에 못박아놓는 심리를 재미있어하며 아브크센티예
프가 유쾌하게 웃었다.

"대화가의 그림 위를 걷는 듯한 기분입니다, 각하."

포고딘은 발꿈치를 들고 구두 끝이 무늬 안쪽에 닿도록 열심히 애
쓰며 발끝으로 걸어 커튼 쪽으로 방을 가로질러 갔다.

커튼을 밀어젖히자 갓을 씌우지 않은 전구의 강한 불빛으로 포고딘
은 한순간 눈이 보이지 않았다. 유황 냄새가 심하게 코를 찔렀다. 그
는 시력이 되돌아오기를 기다려 눈을 껌벅거리며 차분하지 못한 기분
으로 방문 앞에 서 있었다.

"당신은 조금도 달라지지 않았구려, 예브게니." 아브크센티예프가
말했다. "너무도 미국 사람 같아 보여 이야기하기가 불안해질 정도
요. 마지막으로 만났던 것이 어디서였지요?"

"체코슬로바키아였습니다."

"그래, 맞소. 체코슬로바키아였소."

가까스로 아브크센티예프의 모습이 보이게 되었다. 벌거벗은 몸으
로 긴 나무의자에 앉은 그의 머리에서 발끝까지 마른 진흙이 엷은 막
처럼 덮여 있었다.

"당신도 하지 않겠소, 예브게니? 특별히 흑해에서 비행기로 날라
오도록 하고 있지요. 그곳 진흙은 유황분이 아주 많소. 관절염에
아주 잘 듣지요. 물론 당신은 아직 관절염 같은 병은 지니고 있지
않을 테지요. 아무튼 해보오. 뭔가 당신에게도 유익한 성분이 진흙
에 섞여 있을 게 틀림없소."

"고맙습니다, 각하. 하지만 저로서는 진흙은 칠하는 게 아니라 씻
어내는 것으로밖에 생각되지 않습니다."

"당신은 여전히 정통파적인 방법으로 생각하는 사람이구려. 아무튼 예브게니 미하일로비치, 몇 해 만에 만나게 되어 매우 기쁘오. 건강해 보이는구려. 좀 피로해 보이지만 아무튼 건강해 보이오. 앉아서 적당히 한잔하고 있구려. 진흙을 씻고 와서 이야기 나눕시다."

아브크센티예프는 타일을 바른 한구석으로 가서 샤워기를 한껏 틀었다. 진흙막이 녹아 배수구로 흘러들어갔다.

보리스 아브크센티예프는 소련공산당의 유망한 젊은 간부 가운데 한 사람이다. 51살로 벌써 중앙위원회 정치국원 후보로 지목되고 있을 뿐 아니라 경제개혁 종합 책임자인 부상(副相)이며 더불어 나라의 대외 보안 관계 여러 기관을 감독하는 초비밀위원회의 서기를 맡아보고 있다. 전 연방 레닌 공산주의 청년동맹원 시절에는 레슬링 챔피언이었다. 한때 그를 올림픽에 파견하자는 이야기가 있었는데, 그가 보안관계 일에 흥미를 나타내어 중지되었다. 그가 올림픽에 파견되지 않은 것은, 보안 방면의 간부가 빠른 시기에 그를 대중들의 눈에 띄게 하고 싶지 않아했기 때문이었다. 사실 그 뒤 그는 오랜 동안 보안 관계 일에 종사했다.

진흙이 차츰 씻겨 내려감에 따라 예전의 레슬러를 생각나게 하는 몸이 나타났다. 튼튼한 어깨로부터 가늘고 탄탄한 허리, 그리고 근육이 발달된 넓적다리가 보여 왔다. 아브크센티예프의 체격에 조금이나마 결점이 있다면 그것은 다리가 몸통 길이에 비해 어울리지 않게 짧은 점이다. 의자에 앉은 아브크센티예프를 만난 사람은 누구나 한결같이 실제보다 훨씬 키가 큰 듯한 인상을 받고 돌아간다.

아브크센티예프가 흰 타월지로 만든 로브(길고 헐렁한 옷)로 몸을 감싸고 그 위로 가볍게 두드려 몸을 말리며 포고딘의 맞은편 의자에 앉았다.

"이 집을 어떻게 생각하오? 사실 굉장히 신기한 집이오. 내가 말하는 것은 저 무대요. 위에 있는 저 기묘한 목조 장치를 보았소?

크랭크를 돌리면 폭풍 음향 효과를 낼 수 있소."

"그게 무엇일까 하고 생각했었습니다."

포고딘은 긴장을 풀기 위한 아무런 방해도 지장도 없는 이야기부터 시작되리라 예상하고 있었다.

"이 지하층에 소도구실이 있소. 옛날에 배경으로 쓰던 장치 일부가 아직 그대로 남아 있지요. 당신이 지나온 그 방 맨 안쪽에 무대로 통하는 들어올리는 문이 있소. 아주 흥미로운 장치요, 귀중한 역사적 유물이오."

"모스크바에 사시는 줄 알았습니다. 자동차가 교외로 향했을 때 깜짝 놀랐지요."

포고딘은 의자 방향을 조금 바꾸어 아브크센티예프와 마주앉았다. 의자다리가 바닥을 스치며 높은 소리로 삐걱거려 그는 등줄기가 서늘해졌다.

"모스크바에 아파트가 있지만 시가지를 떠날 수 있을 때는 언제나 여기에 오오. 나는 친하게 사귀고 싶지만, 누구 또는 무엇과 친해야 하는지 스스로도 분명히 알지 못하오."

포고딘은 상대의 기분에 맞추어 점잖게 웃었다.

"저 모래 그림은 누가 그리는 겁니까? 정말 훌륭한 솜씨입니다."

"그 이야기를 하려면 길어지오. 하지만 당신에게는 이야기해 주겠소. 당신을 현관에서 맞이했던 그 노인을 잘 보았소? 그가 그리는 거요. 저 오려내는 그림도 그가 만드오. 그 기술은 폴란드에서 익힌 것이지요. 그의 어머니가 폴란드 농민으로, 1907년 온 집안이 오데사로 이주할 때까지 그는 폴란드에 살았소. 이주했을 때 그는 16살이었지요."

아브크센티예프는 멍하니 자기 글라스에 광천수를 따랐다.

"그 노인은 아침에 누구보다도 일찍 일어나 바닥의 모래를 쓸어 모아 양동이에 담소, 신문지를 깔때기 모양으로 만들어 주둥이를 막고 모래를 붓지요. 그리고 웅크리고 앉아 새 무늬를 그리기 시작하오. 언제나 방 한가운데에서 시작하여 둥그렇게 넓혀가다가 저 나선 층계 아래에서 끝나오. 1년 365일 날마다 다른 무늬가 바닥을 덮고 있소. 같은 무늬는 결코 그리지 않소. 저것을 그려서 점점 눈이 보이지 않게 되어 가는데도 결코 그만두려 하지 않소."

포고딘이 상상하여 말했다.

"아마도 그는 젊은 시절이 생각나는가 보군요."

그러나 아브크센티예프는 그 말을 듣지 못한 듯 이야기를 계속했다.

"저 노인이 내 아버지임을 안다면 당신은 놀랄지 모르오. 역시 놀라는구려. 내 아버지 생애는 굉장히 흥미롭소. 그는 오데사에서 어른이 되었지요. 그의 소년 시절의 친구 가운데 이오시프 비사리오노비치 쥬가슈빌리라는 신학생이 있었소. 물론 우리가 스탈린이라고 부르는 사람을 말하는 것이오. 스탈린이 공산당에 들어왔을 때 아버지도 그를 따라 입당했지요. 혁명 전의 당 활동 초기에 두 사람은 오데사에서 몇 번인가 은행 강도 짓을 했소.

내전 중 스탈린은 모스크바에서 떠나지 않았지만 아버지는 아무도 맡을 사람이 없는 일을 담당했소. 도망자의 사형 집행이었지요.

아버지는 전선에서 전선으로 옮겨 다니며 공포에 떠는 사람의 머리에 권총을 들이대고 방아쇠를 당겼소. 그는 사형 선고를 받은 사람에게는 선택할 권리가 있다는 것을 어디에서인지 읽었던 듯 언제나 나선 홈이 없는 대형 회전총과 소구경 권총을 가지고 있다가 사형수에게 선택하게 했지요.

1920년대 말 실권을 잡자 스탈린은 오랜 동지에게 보답을 하기로 했소. 어느 좋은 날 그가 아버지에게 전화하여 이 저택을 주었소. 1930년대에 스탈린은 예전의 친구, 은행 강도의 한패, 오데사 시절의 동지며 그 밖의 사람을 남김없이 숙청했지만 아버지만은 예외였지요.

아버지는 언제나 저 무대 가장자리에 앉아 다리를 흔들거리며 숙청의 손길이 자기에게 닥치기를 기다렸었소. 밤마다 아버지가 나를 끌어안고 '잘 자거라'가 아니라 '안녕' 하고 말하던 것을 지금도 기억하오. 그러다가 아버지는 젊은 시절의 일들, 언제나 죽음의 공포에 시달릴 필요가 없었던 폴란드 시절로 되돌아가게 해주는 일에 집착하기 시작했소. 저 오려내는 그림 장식물이며 모래그림을 그리기 시작한 것은 그 무렵이었소. 그는 요즘 거의 말을 하지 않소. 맑은 정신을 잃은 것은 아니오. 아마 보다 소박한 다른 세계에 살고 있음에 틀림없소."

포고딘은 당혹과 호기심 사이에 끼어 말없이 듣고 있었다. 그러나 호기심이 더 강했다.

"그러면 어째서 아버지가 숙청되지 않았는지 알았습니까?"

"아니, 모르겠소. 몇 해 전 나는 넌지시 여러 사람들에게 물어보았지만 아무도 알지 못했소. 단순히 그의 이름을 보지 못한 것이겠지요. 아니면 스탈린이 옛날에 아버지로부터 받은 호의를 기억하여 목숨을 살려 주었는지도 모르오. 그게 아니면 아버지를 잡으러 왔지만 길을 몰랐는지도 모르오. 아무도 알 수 없는 일이오."

포고딘은 스탈린의 공포정치 시대 이야기를 여러 가지로 듣고 있었다. 그 가운데에는 자기 아버지로부터 들은 이야기도 있다. 해외 근무에서 소환되어 온 아버지는 투옥되거나 처형될 각오를 했지만 막상 본국으로 돌아오니 놀랍게도 승진되었음이 알려졌다. 그러나 아브크센티예프의 아버지에 대한 이야기는 특히 감동적이었다.

"모래로 예술 작품을 창조한다는 것은 어쩐지 굉장히 서글픈 요소

를 담고 있습니다. 뭐라고 할지 참으로 덧없는 느낌입니다. 아버님
께서 세상을 떠나게 되면 그 전통을 이을 사람이 아무도 없게 되지
않겠습니까 ? ”

“아니, 있소. 실은 내가 저 기술을 배우기 시작했소. 모래 그림을
그리는 일 자체는 그리 어렵지 않소. 케이크에 설탕 옷을 입히는
것과 큰 차이가 없소. 어려운 것은 자신의 독자적인 무늬를 생각해
내는 일과 동심원적인 균형을 유지하는 일이오. 나는 단순한 연쇄
무늬와 같은 것을 꽤 잘 그릴 수 있으며, 지금은 보다 복잡한 무늬
를 만들어내려 애쓰고 있소. ”

“참으로 훌륭한 일입니다. 전통을 지키려 애쓰시는 각하가 부럽습
니다. ”

가까스로 이야기의 정리 단계에 이른 교사처럼 아브크센티예프가
냉랭한 목소리로 말했다.

“내가 유지하려 하는 것은 현상이오, 예브게니 미하일로비치. 그
현상이 어떤 것이라 하더라도. ”

포고딘은 그제야 모래 그림 이야기가 단순한 잡담이 아니라 은유적
인 이야기였음을 알아챘다.

“죄송합니다, 각하. 중대한 일에 관한 이야기였는데도 깨닫지 못했
습니다. ”

“예전의 명석한 두뇌를 유지하고 있다면 이야기 핵심을 알아차렸을
텐데요, 예브게니. ”

“각하께서는 ‘노’라고 대답하시는 거로군요. ”

“맞았소. 표면상의 가치로 판단하면 우리가 그 미국인 망명자의 정
보를 바탕으로 하여 행동하지 않는 것은 어리석다고 누구나 생각할
것이오. 그러나 나와 동료는 현상을 유지해야 하는 입장에 있음을
이해해 줘야겠소. 우리가 본능적, 습관적, 성향적으로 현상 유지를

목표로 하는 사람임을.

　그 현상이 실제로 어떤 것인지는 그리 중요하지 않소. 우리 나라는 혼란과 공포를 몇십 년이나 경험해 왔소. 지금 가까스로 평화와 안정과 통합의 시대를 맞았소. 우리는 산업 분야 일부에서의 경제 개혁처럼 조화를 흩트리는 일을 할 경우에는 천천히 신중하게 망설이며 움직이오. 그것도 긴 시간을 들여 세심하게 검토한 끝에.

　만일 우리가 저 망명자의 정보를 액면 그대로 받아들일 경우 서둘러 이제까지의 방침에서 빠져나와야만 하오. 그 결과 자금, 우선 순위, 당사자의 체면, 정부 부서 안에서의 세력, 나아가서는 당 내부에서의 세력 분야를 포함하여 굉장한 혼란을 불러일으키게 되오. 쉬운 일이 아님은 당신도 충분히 이해할 수 있을 것이오.”

이제야 포고딘은 사람 눈을 피한 아브크센티예프와의 의논에 불려 나온 까닭을 이해할 수 있었다. 손을 떼라고 말하는 것이다. 최고 간부 가운데 아브크센티예프와 그가 대변하고 있는 사람들은 포고딘이 이번에 아무런 일도 하지 않기를 바라는 것이다.

“예브게니, 당신은 이제까지 아주 유능하고 기략이 풍부한 정보관임을 실증해 왔소. 그런 당신이 지금은 자신의 불편부당성(不偏不黨性)을 위험에 맞닥뜨리게 하고 있는 듯이 보이오. 당신은 한쪽으로 치우치고 있소. 그 결과 자신을 위험한 입장에 놓고 있소. 당신은 장래가 유망한 사람이오. 이번에는 무엇이든지 우리 생각에 따라 주기 바라오.

　우리들 가운데에는 이해관계를 떠나 저 미국인 망명자에게 마음속으로부터 불신감을 지닌 사람이 몇 있소. 현상 유지를 버리는 데 대한 우리의 불안이 불신감을 불러들인 것은 아니며, 큰길에서 훌쩍 뛰어들어와 미국의 최고 기밀을 우리에게 전하는 듯한 사람에 대한 본능적인 불신감이 한층 더 크오. 지금으로서는 우리는 그를 의심하는 쪽으로 기울고 있소. 현재 울타리에 걸터앉아 형세를 지켜보는 상태요. 이러는 동안 언젠가는 미국 측에서 나오는 태도에 따라 우리의 생각이 어느 쪽으로든 결정될 게 틀림없소. 저쪽에서 이번 사건을 담당한 사람이 누구인지 아오?"

"이번 일에 대한 그쪽 일은 전혀 듣지 못했습니다."

"우리의 옛 친구로 당신과 내가 체코슬로바키아에 있었을 때 세르뉘 작전을 담당했던 사나이, 리어 다이아몬드요."

"그래서 르윈터를 상대편 작전의 일환이라고 생각하십니까?"

"그 점도 있소. 다이아몬드는 작전을 좋아하는 사나이요. 이번 일은 그야말로 그가 생각해 낼 만한 것이오."

"그럼, 르윈터를 무시한다는 거로군요? 그것이 각하의 결론이지요?"

"그렇지는 않소. 틀리오. 우리는 그를 선전에 이용하는 것이오. 어쨌든 미국에서의 생활에 견딜 수 없게 된 망명자가 날아든 것이오. 이번에 우리로서는 적어도 그 점에 대해 그에게 의견을 표명하게 하는 일은 가능하오. 그 다음 일은 좀더 기다려 상황을 보는 거요."

15

"물론 너무 힘이 많이 든다면 상관없지만……."

르윈터는 끝까지 말하지 않고 입을 다물었다.

거북한 분위기가 테이블에 둘러앉은 사람들을 휩쌌다. 금방이라도 벌레에 덤벼들려는 새 같은 느낌으로 르윈터 옆에 다가앉은 중년의 웨이트리스가 누군가의 지시가 내리기를 기다리고 있었다. 기자 회견 진행을 맡아보기 위해 불려온 선전성(宣傳省) 과장 보리스 미류틴은 포크와 나이프를 250그램의 비프스테이크 위의 허공에 떠올린 채 숨을 멈추고 있었다.

"도무지 모르겠구려." 포고딘이 통역하자 아브크센티예프가 말했다. "'무엇'이 너무 힘이 많이 든다는 거요?"

"고기입니다, 각하." 포고딘이 낮은 목소리로 설명했다. "그에게는 너무 날것인 듯싶습니다. 다시 구워주기를 바라고 있습니다."

아브크센티예프가 딱 손가락을 울려 르윈터의 접시를 가리키며 러시아 어로 두세 마디 말했다. 웨이트리스가 르윈터의 어깨 너머로 몸을 구부려 그의 접시를 재빠르게 집어 들었다. 바싹 여윈 사나이로 새 부리 같은 코 중간에 안경이 걸려 있는 태연스러운 관리 미류틴이 포크와 나이프를 접시 옆에 놓고 담배에 불을 붙였다. 불을 위로 하여 엄지손가락과 집게손가락 사이에 끼우고 있어서 피울 때는 손목을 반회전시켜야만 한다.

"당신은 모스크바에 관한 인상에 대해 이야기했었는데요?"

아브크센티예프가 말했다.

상대에 대한 예의로 아브크센티예프와 포고딘과 미류틴 세 사람은 눈앞의 요리를 무시하고 있었다. 르윈터는 식사를 진행해 주도록 세 사람에게 권하는 일은 전혀 생각조차 하지 못했다.

"그렇습니다, 아브크센티예프 씨. 누구의 발끝도 밟게 되지 않기를 바라며, 감히 말하게 해주신다면 모스크바의 첫 인상은 무엇보다도 음침한 거리라는 겁니다."

"'발끝을 밟는다'는 말은 무슨 뜻이오?"

포고딘이 그대로 옮기자 아브크센티예프가 물었다.

소련에서 한 걸음도 나간 일 없지만 교과서식 보통 영어를 이야기하는 미류틴이 설명했다.

"그것은 조바심치게 한다는 뜻의 표현입니다, 각하. 내가 남의 발끝을 밟으면 그 사람을 조바심치게 만든다는 발상에서 나온 것입니다."

카키색 눈을 가늘게 뜨고 생각에 잠긴 포고딘이 곱슬곱슬한 머리카락에 손가락을 집어넣었다. "그는 '남의 감정을 상하게 한다'는 뜻으로 쓰고 있습니다. '조바심치게 한다'도 좋지만 '마음을 상하게 한다'는 편이 좀더 정확합니다."

"번역이란 전부터 저로서는 아무래도 이해할 수 없는 일입니다." 르윈터가 말했다. "제가 뭐라고 말할 때마다 당신들은 말다툼을 합니다. 알겠습니까? 지금 한 말은 번역하지 말아 주십시오. 저는 불평하는 게 아닙니다. 그냥 재미있게 여기고 있을 뿐이지요."

"뭐라고 하는 거요?" 아브크센티예프가 물었다.

"그가 뭐라고 말할 때마다 우리가 말다툼을 한답니다."

"그럼, 러시아 어를 배우면 되잖소."

아브크센티예프가 불쾌한 목소리로 말했다. 그는 배가 고팠으며 눈앞의 요리가 싸늘하게 식어가고 있다.

"그가 뭐라고 했습니까?" 르윈터가 물었다.

"아브크센티예프 각하는 당신이 러시아 어를 조금이라도 알고 왔느냐고 묻고 있습니다." 포고딘이 말했다. "어서 당신에게 개인 교사를 찾아줘야겠습니다."

"네, 부탁입니다. 러시아 어를 공부해 보고 싶습니다. 여기에 영주하게 되면 배워야겠지요. 로마에 있을 때에는……."

"과연 그렇군. 그는 모스크바를 로마에 견주고 있는 듯하오." 그 한 마디를 알아듣고 아브크센티예프가 끼어들었다. "그에게 말해 주오. 나도 로마에는……. 그렇지, 두 번 간 일이 있는데, 나로서도 그 거리가 좋았소."

포고딘은 두 사람의 이야기를 맞추려 애먹고 있었다. 다른 방법을 시도하려 했을 때 웨이트리스가 르윈터의 접시를 들고 돌아왔다. 르윈터는 시험 삼아 고기 한가운데를 잘라보고서 아주 좋다고 말했다. 그때 문득 다른 세 사람이 자기를 위해 식사를 기다렸음을 깨달았다. 그는 얼굴을 붉히고 당황하여 어찌할 바를 몰라했다.

"예브게니 씨, 저에게 상관 말고 식사를 해 주십시오."

잠시 동안 네 사람은 말없이 먹었다. 르윈터는 입으로 가져갈 때마다 꼼꼼하게 같은 분량의 고기와 콩과 딱딱한 감자튀김을 포크에 올려놓고 있었다. 나머지 세 사람은 싸늘하게 식어빠진 음식을 식욕이 없는 듯 뒤적거리거나 불가리아산 포도주를 마시고 있었다.

"그에게 물어봐 주오, 예브게니. 어디에서 살고 싶으며 무엇을 하고 싶은지 생각해 보았느냐고."

"그 이야기를 꺼내 주셔서 고맙습니다." 르윈터가 말했다.

그는 누가 언제쯤이나 그 이야기를 꺼낼 것인지 생각하고 있었다.

"지금 있는 레닌 언덕의 그 집으로 충분히 만족하고 있습니다. 물론 집 한 채를 통째로 받을 필요는 없습니다. 방 네댓 개면 충분하지요. 일은 되도록 환경오염 분야의 일, 좀더 정확히 말하면 고형 폐기물 처리에 관한 일을 하고 싶습니다. 그 분야라면 꽤 중요한 공헌을 할 수 있으리라 믿습니다."

아브크센티예프는 통역된 내용을 잠자코 들었다. "그렇다면 예브게니, 누구의 집을 그에게 주면 되겠소? 포드고르니의 집이오, 아니면 코시긴의 집이오? 레닌 언덕이라고! 나도 그곳에 살고 싶소. 당신의 이 미국인은 아직 여러 가지 일을 배울 필요가 있겠소.

그에게 설명해 주오. 그 언덕은 정부 수뇌며 중요한 방문객, 다시 말해 그와 같은 사람을 위해 마련해 둔 것이라고. 어디인가 도시 안의 훌륭한 아파트와 자동차 한 대, 그리고 거기에 걸맞은 연금을 제공하겠다고 전해 주오. 보통 그렇게 하기로 되어 있는 것이라고. 할 일에 관해서는 우리의 사회주의 사회 발전에 그가 가장 공헌할 수 있는 분야를 알아보고 난 뒤의 일이오. 그것으로 어떻겠소?"

웨이트리스가 커스터드와 커피를 가져와서 잠시 침묵이 이어졌다.

"그 꽃가룻병 알약에 대해 물어봐 주겠소, 예브게니?"

"이번에는 뭡니까?"

"각하, 르윈터 씨는 꽃가룻병이라는 병이 있습니다. 그는 미국제 알약을 가져왔는데, 당연하지만 성분을 분석하기 위해 우리가 빼앗았습니다. 그런데 그 알약이 없어져 버린 듯합니다."

"과연 그렇군요. 이상한 일도 다 있구려. 그런데 여기에 있는 미류틴으로부터 우리 미국인 친구에게 기자 회견에 대한 설명을 해두는 편이 좋을 것이오. 이번에는 기자 회견을 성공시키는 것이 중요한 일이니까."

"알약에 대해 뭐라고 말하는 겁니까?" 르윈터가 물었다. "그를 번거롭게 하기는 싫습니다만……."

"르윈터 씨," 미류틴이 영어로 말했다. "잠시 저에게로 주의를 돌려 주셨으면 합니다."

미류틴은 짧아진 담배를 끄고 새 담배에 불을 붙이더니 테이블 위에 수첩을 펴놓고 말을 이었다.

"당신은 이 크렘린 안에 있는 거울 홀에서 서방 측 기자도 섞인 기자 회견을 하기로 되어 있습니다. 여기서부터 걸어가면 바로 나옵니다. 내가 당신 옆에서 도와드리고, 이끌어드리고, 오해를 풀어주기로 하겠습니다."

"지금 미리 말해 두겠는데," 르윈터가 말했다. "나는 많은 사람들 앞에 나가면 아주 신경질적이 됩니다."

"조금도 신경질적이 될 필요는 없습니다, 르윈터 씨. 질문의 대부분은 호의적인 것일 테니까요. 사실 어떤 질문이 나올지 저는 아주 정확히 알고 있습니다. 그러므로 그 하나하나의 질문에 당신이 어떻게 대답할 것인지 이번에 대강 가르쳐 주시면 아주 고맙겠습니다."

그들은 기자 회견 리허설을 시작했다.

"첫 번째는 미합중국의 현상에 관한 일반적인 질문이 될 것입니다. 다시 말해서 당신에게 우리 쪽으로 망명할 마음을 갖게 한 상태에 대한 것이지요. 그 경우 당신은 어떻게 대답할 생각입니까, 르윈터 씨?"

르윈터는 기자들이 자기 대답을 기다리는 광경이 머리에 떠올라 침착하지 못한 기분이 되었다.

"그렇지요. 아마도 처음에……."

그는 헛기침을 하고 미류틴이 듣고 싶어하리라 여겨지는 말을 하기 시작했다.

"……자본주의 사회가 허물어질 날이 눈앞에 다가와 있다는 것은 명백합니다. 자본주의가 사람들의 생활이나 사회를 밑바닥부터 파괴하며 영원히 계속되는 일은 도저히 있을 수 없습니다. 저는 억압, 비판자의 강제수용소, 경제적·문화적 혼란 상태에 대해 이야기 하겠습니다. 미국 중산계급의 끈질긴 불만과, 월부로 자동차니 텔레비전이니 세탁기를 사는 것이 유토피아와 연결되지 않음을 안 사람들의 이야기를 하겠습니다. 현재 미국에서 싹트고 있는 혁명 운동의 기반은 중산계급이라고 말할 생각입니다."

르윈터는 아주 잘 대답했다고 믿고 있었다.

미류틴은 담배를 피우며 냉랭한 표정으로 상대를 보았다. 그는 그 방면의 숙련자였다. 잠시 한 마디도 하지 않더니 이윽고 입을 열었다.

"르윈터 씨, 지금 한 당신의 대답에 대해 세 가지 비판을 하겠습니다, 그리 중요하지 않은 점 두 가지와 중요한 점 한 가지에 대해서. 먼저 그리 중요하지 않은 점 두 가지에 대해서 말하겠습니다. 당신은 미국의 인종적 편견과 젊은 세대의 도의심 퇴폐에 대해서는 한 마디도 언급하지 않았습니다. 우리 러시아 사람은 그런 점에 대해 충분한 지식을 가지고 있으며, 당신이 그러한 문제를 무시한다면 굉장히 기이하게 느낄 것입니다.

다음에 당신은 중산계급이 혁명을 일으킨다고 말했습니다. 이것은 우리가 전혀 들어본 적 없는 일입니다. 레닌의 가르침에서는 중산계급은 자본주의 붕괴와 관계가 없는 것은 아니지만, 중산계급이 프롤레타리아와 착취자로 나뉘어 싸우고 그 결과 자본주의가 멸망합니다. 당신은 그것을 고려해서 대답해야 합니다. 물론 지금 말한 것과 같은 표현이 아니라."

"당신은 매우 가톨릭적인 생각을 가졌군요." 포고딘이 데미타스 (식사 뒤에 나오는 우 유 없는 커피용 찻잔) 스푼으로 접시에 엎질러진 커피를 휘저으며 말했다.

"당신이 어떤 뜻으로 그 '가톨릭적'이라는 말을 쓰는지 나로서는 이해할 수 없소." 미류틴은 얼굴을 수그리고 안경 너머로 포고딘을 보며 반론했다.

"당신이 50년 전에 쓴 도그마를 아직까지 믿고 있다는 점에서 가톨릭적이라고 말한 것이오. 미국에는 거대한 중산계급이 있어 르윈터 씨가 지적했듯 그 나라 불만 대부분의 발생원이 되어 있소.

레닌은, 그 점은 마르크스도 마찬가지지만 진보된 자본주의 사회에서의 중산계급 역할을 정당하게 평가하고 있지 않소. 그 존재를 무시했다고 하여 중산계급이 없어질 것도 아니오. 그렇지 않소? 좀더 착실히 생각해야 하오."

"포고딘 동지, 나는 자본주의 경제에서의 중산계급 역할을 논함으로써 지금의 한정된 시간을 낭비하는 것은 의미가 없다고 생각하오."

영어로 토론하고 있어서 아브크센티예프는 도무지 이해하지 못한 채 탁구 시합이라도 구경하듯 그들의 얼굴을 번갈아보았다.

"그러나 지금의 경우 좀더 중요한 일이 문제되고 있는 것이오, 미류틴 동지."

"좀더 중요한 일?" 미류틴이 싸늘한 목소리로 물었다.

"그렇소, 좀더 중요한 문제가 있소. 나로서는 르윈터 씨가 자신의 신빙성을 확립하는 일이 지금 무엇보다도 더 중요하다고 여기오. 그러기 위해서는 그는 선전성의 원고를 줄줄 읽는 것이 아니라 좀더 숨김없는 솔직한 대답을 해야 하오. 나는 그가 미국을 칭찬하는 것이 바람직하다는 생각조차 하고 있소. 적어도 자유를 사랑하는 위대한 프롤레타리아인 미국 국민과 지배계급을 명확히 구별하여 이야기하는 것이 낫다고 생각하고 있소."

미류틴은 몸을 앞으로 내밀고 안경 너머로 똑바로 포고딘을 보았다. 그는 굉장한 근시로, 눈이 작은 대갈못처럼 보였다. 이번에는 그가 러시아 어로 말했다.

"당신은 맡은 직분에서 벗어난 발언으로 자신을 위험한 입장에 놓이게 하고 있소, 포고딘 동지."

그들이 그런 표현을 입에 담는 건 오늘 그로써 두 번째였다.

아브크센티예프가 이야기에 끼어들었다.

"당신들 두 사람 사이에 뭔가 의견 차이가 있는 듯하구려."

포고딘이 낮은 목소리로 재빠르게 사정을 설명했다. 잠시 외톨이가 된 르윈터는 의자에 기대앉아 지루해하고 있었다. 모스크바에 온 뒤 그는 사람들 관심의 표적이었다. 지금 그는 자기가 비어져 나온 존재며 앞으로도 계속 그럴 것이 틀림없다는 것을 겨우 깨달았다.

아브크센티예프는 포고딘의 설명에 귀 기울이더니 한순간의 망설임도 없이 판정을 내렸다.

"중산계급에 대해서는 물론 당신 말이 맞소. 다른 경우라면 미류틴 동지는 맨 먼저 동의할 것임에 틀림없다고 나는 확신하오. 하지만 여기는 그의 생각대로 하도록 해야 하오. 알겠소? 당신은 이번 의견 발표를 하는 대상이 누구인지 하는 점에서 착각하고 있소.

우리는 자본주의 여러 나라 사람에게 이야기하는 것이 아니오. 그들은 필연적으로 르윈터를 미친 사람으로 여기거나 머지않아 미국 측이 신문 지상에 대대적으로 발표할 것이요. 그러면 사람들은 르윈터는 빚으로 꼼짝할 수 없었다느니, 아내에게 폭력을 휘둘렀다느니, 또는 남색자였다느니 하는 만들어낸 이야기를 믿을 것이오.

그런데 우리는 우리 나라 국민을 향해 이야기하는 것이오. 그것이 자신의 직무며 미류틴 동지가 충분히 이해하는 점이오. 우리는 자본주의자를 개종시키기 위해서가 아니라, 우리가 언제나 국민에게 말하는 것, 즉 서구보다도 이쪽이 모든 면에서 뛰어나다는 걸 뒷받침하기 위해 르윈터 씨에게 기자 회견을 시키는 것이오.

오늘 아침 둘이서 이야기 나누었던 그 사고 방식에 따라 말하면, 지금 경우는 솔직한 의견을 나타내는 것이 현상 유지의 기반을 뒤흔들게 될지도 모르오. 아무튼 르윈터 씨는 그 방면의 전문가에게 맡기는 게 가장 좋소."

미류틴은 집게손가락 끝으로 안경을 밀어올리고 르윈터 쪽으로 돌아앉았다.

"자, 르윈터 씨, 내가 상상하건대 두 번째 질문은……."

"자, 다음 질문자는?"

미류틴이 테이블 너머로 뼈가 앙상한 긴 손가락을 내밀어 둘째 줄의 어떤 사나이를 가리켰다.

"〈루데 프라보〉의 브라세크 씨, 질문하십시오."

다리를 꼬고 앉아 연필로 수첩을 가볍게 두드리며 체코슬로바키아의 〈루데 프라보〉 기자가 질문했다.

"르윈터 씨에게 묻고 싶습니다. 미국 대학 교수 대부분이 체계 측에 동원되어 대학 안팎에서 군사며 첩보 및 그 밖의 온갖 분야에 협력하고 있다는 것은 정말입니까?"

"그렇소, 정말입니다. 저 자신도 매사추세츠 공과대학의 교직 의무가 있는 대학원생이 되기 위해 강제된 형식으로 군의 연구에 협력해야 했지요. 물론 방법은 음험하고 교묘합니다. 아무도 어떠어떠한 계획에 협력하라, 그렇지 않으면 일자리를 얻을 수 없다고는 하지 않습니다. 처음부터 교직을 얻는 일, 장래의 승진이며 승급은 정부의 연구 계획에 대한 공헌도에 따라 정해진다는 것을 명확히 알게 되지요.

또 정부는 대학에 대해 거액의 보조를 하고 있습니다. 전에는 '연구 발표하라, 그렇지 않으면 실직'이 미국 대학의 룰이었지만 지금은 '성과를 올려라, 그렇지 못하면 실직'입니다. 이것으로 질문에 대한 대답이 되었습니까?"

이제는 대답이 거침없이 행해지고 있다. 미류틴조차 긴장이 풀리려 하고 있었다.

르윈터가 회의장 입구에 서서 클리그 등(영화 촬영소에서 쓰는 강력한 조명용 아크 등)이 늘어서고 3, 40명의 기자가 기다리는 것을 보는 순간 모든 것이 한꺼번에 무너져 버리는 것 같았다. 그는 회의실로 들어가 기자 회견에 응할 수 없는 구실을 필사적으로 생각하며 실제로 뒷걸음질쳤다. 그러나 이미 되돌아가는 것은 허용되지 않았다. 도쿄의 소련 대사관에 한 발자국 들여놓았던 순간부터 되돌아갈 가능성은 사라져 버렸다.

그리하여 그는 어깨에 단단히 놓여진 미류틴의 손바닥 감촉에 힘을 얻어 문턱을 넘어 책상 한쪽 자리에 앉아 미류틴이 자신을 온 세계에 소개하는 것을 듣고 있었다. 자본주의자의 억압으로부터 벗어나 소련 사회주의 공화국으로 망명할 것을 인정받은 사람을 소개한다고 미류틴이 말했다.

이어서 첫 질문, 미합중국에서의 생활 현상에 관한 질문을 받고 르윈터는 기자단과 상대했다. 이야기 도중에 숨이 차서 말이 끊어지는 것을 헛기침으로 얼버무리며 그는 자본주의가 허물어질 날이 눈앞에 다가왔다는 것, 억압과 강제수용소, 미국에서의 경제적·문화적 혼란 상태에 대해 이야기했다. 물론 인종 차별과 젊은 세대의 도의적 퇴폐를 언급하는 일을 잊지 않았다. 그리고 미국의 중산계급이 가질 수 있는 것과 갖지 못한 것으로 나뉜 상황을 설명했다. 이야기해 나가는 동안 차츰 자신감이 강해져갔다.

미류틴의 손가락이 크게 호를 그리며 불가리아의 일간지 〈나로드나 무라데그〉의 여성 기자를 가리켰다.

"사회주의 나라의 생활에 관한 르윈터 씨의 인상을 말씀해 주십시오."

"물론 저는 이곳으로 온 지 아직 얼마 안 되었습니다."

르윈터는 기자회견과 같은 경험을 한 적은 일찍이 없었으며, 기자들이 참으로 귀중한 말인 듯이 자기 대답을 기록하는 것을 보고 점점 유쾌해지기 시작했다.

"그러나 제가 받은 인상을 이야기하겠습니다. 첫째로 사람들 사이의 일상적인 사귐이 미국처럼 복잡하지 않으며 보다 솔직한 것 같습니다. 다시 말해서 모두들 노력하지 않고 뭔가를 얻을 기회를 노리는 그런 상태가 아니라는 겁니다……."

르윈터는 다른 사람들에게서 들은 관찰 결과를 막힘없이 이야기했다.

미류틴이 눈을 가늘게 뜨고 조명 불빛 속을 둘러보며 다음 질문자로 공산계 영자 신문에 대한 뉴스 서비스사를 경영하는 프랑스 사람을 골랐다.

그 사나이가 물었다.

"이제까지의 대우는 어떻습니까? 무슨 불만스러운 점은 없었습니까?"

"저는 굉장히 후한 대접을 받고 있습니다. 오직 한 가지 불편은 미국에서 가져온 꽃가룻병에 쓰는 알약을 어디인가에 놓아두고 잊은 일입니다만, 이쪽에도 훌륭한 꽃가룻병 약이 있으리라 믿고 있습니다."

그 대답에 기자들이 웃었다.

소련 기자가 르윈터와 마찬가지로 미국 현상에 대한 불만으로 벗어나고 싶어하는 사람이 많으냐고 물었다.

"아주 많다고 저는 생각합니다. 이미 대량 이주가 시작되고 있습니다."

미류틴은 이미 20년 가까이 모스크바에 주재하고 있는 뚱뚱한 동독 기자를 가리켰다. 그러나 그 사나이가 미처 입을 열기 전 그 옆자리에 앉은 로이터 통신의 건방진 젊은 기자가 벌떡 일어났다. 이미 반체제 작가와 접촉하여 당국으로부터 요주의 인물로 취급받은 사나이였다. 미류틴은 당 대회에서의 악셀로드의 체제 비판 연설 내용을 몰래 나라 밖으로 보낸 것은 그 영국 기자임에 틀림없을 거라고 추측하고 있었다.

그 영국 사람이 말했다.

"르윈터 씨, 정해진 줄거리대로의 대사가 아니라 좀더 핵심을 찌르는 문제로 이야기를 옮기는 게 어떻겠습니까? 거기에 계시는 미류틴 동지는 당신을 과학자라고 소개했습니다. 당신은 어떤 과학자입니까? 어떤 정보를 가져온 거지요?"

방 안이 물을 끼얹은 듯 조용해졌다. 소련이며 동유럽 기자들마저도 르윈터의 대답에 굉장한 관심을 나타내 보였다.

미류틴은 엷은 웃음을 짓고 영국 사람 쪽을 바라보며 고개를 끄덕였다. 예상하고 있었던 질문이었다.

"어떤 과학자냐 하는 겁니까? 그렇군요, 저 자신은 우수한 과학자라고 생각하고 있습니다."

온 방 안에 웃음소리가 터졌다.

"저는 기본적으로는 요업 전문가로서의 교육을 받았습니다. 다시 말하면 접시를 만드는 전문가입니다. 조금 전에도 말했듯이 저는 산군복합체의 주목을 받게 되었습니다. 그들은 저에게 탄도 미사일의 노즈 콘을 연구하도록 했습니다. 극비 연구는 아닙니다. 그 연구 과정에서 저는 군부가 거대한 산업의 협력을 얻어 소련을 선제 공격하는 데 사용할 수 있는, 또 제가 생각하기로는 완성되는 날에는 불가피하게 사용될 것임에 틀림없는 미사일 군비를 갖추고 있다는 확신을 갖기에 이르렀습니다.

저는 그런 계획에 협력하고 싶지 않아 이곳으로 왔습니다. 당연하지만 저는 탄도 미사일의 노즈 콘에 관한 저 자신의 어떤 지식을 소련의 동료와 나누어가지는 것이 제 의무라고 느끼고 있습니다. 그러나 방금 말했듯이 제 연구 내용은 중대한 비밀이라 할 만한 것이 아닙니다. 지식을 나누어 갖는다는 건 오히려 선의의 의사 표시라고 할 만한 것이겠지요."

방 안의 몇몇 소련 기자가 르윈터의 양심적인 사고 방식에 박수를 보냈다. 미류틴이 집게손가락으로 안경을 밀어 올렸다. 얼굴은 무표정했다. 그와 오래 사귀어 그를 잘 아는 기자들은 아주 만족하고 있으리라고밖에 추측할 수 없었다.

미류틴이 손가락을 허공으로 쳐든 채 말했다.

"다음 질문을 하십시오."

[모스크바 발 8월 22일 로이터] 소련은 미국의 탄도 미사일 전문가에게 망명을 허가했음을 오늘 발표했다. (모스크바 표준시 19시 45분)

[모스크바 발 8월 22일 로이터] 소련 정부는 오늘 핵미사일의 노즈 콘 연구에 종사해 온 미국인 과학자의 망명을 허가했다. 크렘린 안에서 열린 이례적인 기자 회견에서 소련 측은 망명자 A. J. 르윈터——39살——를 소련과 서방 측 기자들에게 소개했다. 르윈터는 이 자리에서 다음과 같이 공언했다.

"미국 군부는 대 소련 선제공격용 미사일 준비를 갖추고 있다. 나는 그런 계획에 협력하고 싶지 않아 이곳으로 왔다. 당연하지만 탄도 미사일의 노즈 콘에 관한 나의 지식을 받아들이는 측과 나누어 가질 생각이다."(모스크바 표준시 19시 49분)

공격 준비

16

첩보 관계 문제에 관한 한 이곳이 실질적으로 종점이었다. 백악관 아주 가까이에 있는 이그제큐티브 오피스 빌딩 3층의, 너무 눈에 띄지 않아 오히려 눈길을 끄는 회의실이다. 문에 씌어진 것은 방 번호 뿐으로 그 밖에는 색인 카드에 가지런하지 못한 활자로 타이프된 카드가 붙어 있는데, 오랜 세월로 스카치테이프가 딱딱하게 말라 한쪽이 떨어져 있다. 그 카드에 다음과 같이 씌어 있다.

    허가 없는 자 절대 입실 금지

방 번호를 그대로 이름으로 한 303위원회가 열리지 않을 때는 문에 이중으로 자물쇠가 잠기고 하루에 두 번 보안 기술자가 도청 장치가 있는지 없는지 그 언저리를 조사하며 다닌다.

위원회가 열리는 것은 대부분 목요일 밤으로, 문 옆에 무장 경비원이 지켜 서게 되어 있다. 그러나 실제로는, 아무것도 모르고 찾아온 사람을 쫓아 보내기 위해 회의 때마다 시간 있는 사람을 위원회가 빌려 쓸 뿐이다. 그런 방문자는 이제까지 한 사람도 없었다. 앞으로도 없을 것이다.

303위원회가 르윈터 망명 사건을 다룬 그 목요일은 야근 타이피스트 풀에서 여직원 한 사람이 뽑혀 왔다. 가져온 책 읽기에 열중하여 그녀는 버즈 마틴이 방에서 목을 쑥 내밀었을 때도 얼굴을 들지 않았다.

버즈 마틴이 빈정거리는 목소리로 말했다.

"방해해서 미안하오. 아래층에서 기다리는 사람이 있소. 40살 안팎으로 키가 크며 다이아몬드라는 이름인데, 이리로 올라와 달라고 전해 주겠소?"

"알겠습니다."

타이피스트는 로비로 향했다.

303위원회는 본디 미국 첩보 관계 기관의 정보를 주고받는 자리였다. 1961년 쿠바 진격의 큰 실패에 분개한 존 F. 케네디 대통령이 첩보 활동의 고삐를 죄는 일환으로 설치했다. 그 뒤로 첩보 관계, 특히 CIA 비밀 작전은 모두 303의 허가를 얻어야만 하게 되었다.

그처럼 중대한 역할을 다함에도 불구하고——또는 아마도 그 때문에——303위원회는 비밀스러운 베일에 싸여 있었다. 워싱턴에서 겨우 그 존재를 알고 있는 사람의 수조차도 몇백 명에 지나지 않는다.

버즈 마틴의 아내는 그 가운데 한 사람이 아니었다. 그녀의 남편은 그런 사나이였다. 사생활에서는 완고하리만큼 예의를 중히 여기고 직무에서는 기밀 보전을 가장 중요시하고 있다. 그 입 무거운 성격이 몇 해 전 국가안보 사항 담당 특별보좌관을 찾던 대통령의 눈에 띄었다.

이제 버즈 마틴은 303위원회에서의 대통령 대리자, 나이에 어울리지 않는 실력을 갖춘 중년 남자로, 잠잘 때 말고는 거의 모든 시간을 방침 선택을 생각하는 데 쓰고 있어 그 인생의 유일한 최고 목적은 어떤 일이 있다 하더라도 미국 대통령의 권한, 위신, 신변을 보호하는 일에 있는 듯이 보였다. 버즈라는 별명은 그가 아직 젊어 지위가 낮을 무렵 복잡하게 얽힌 어려운 문제를 버즈 소(buzz saw / 둥근 톱)로 마구 잘라 내듯 해결하는 사나이라는 평판이 나서 붙여진 것이었다.

회의 처음에 CIA를 대표하는 상임 위원이지만 투표 자격이 없는 해리 듀크스가 방콕에서의 '대수롭지 않은 착오'에 대해 보고했을 때 마틴은 대통령 수호자로서의 생각을 똑똑히 나타냈다.

"돈을 조금 뿌려 매듭을 지어 두었소."

듀크스가 간단하게 말해 버릴 생각으로 설명했다.

"그래서는 결코 안 되오."

살집 좋은 뺨에 손을 대며 마틴은 말했다.

그는 대통령을 곤혹케 할 가능성에 따라 정부 관계자 모두를 채점하고 있다. CIA 관계자는 그의 요주의 리스트 훨씬 윗부분에 놓여 있다. 그는 말을 이었다.

"당신들은 누구보다도 더 게임과 실패에 시간을 허비하고 있소……."

"그건 불공평하오." 듀크스가 항의했다. "만일 인도네시아의 그 일을 들고 나올 생각이라면……."

그러나 마틴은 가볍게 손을 저어 가로막았다.

"그러다가 당신들은 또 U−2 사건 같은 큰 실수를 저지를 게 틀림없소. 아무튼 방콕의 일로 이쪽이 당혹하게 되는 사태가 생겼을 경우 무엇보다도 먼저 생각해야 할 것은 대통령의 입장이오. 그건 다시 말해서 당신 쪽 사람을 한둘 이리에게 던져 주어야만 하게 될지도 모른다는 뜻이오."

"누군가를 이리에게 던져 주는 것은 던져지는 게 자신이 아닌 한
그는 전혀 마음 쓰지 않소."

역시 303의 상임위원인 노스캐롤라이나 주에서 선출된 선임 상원
의원이 나직이 소리내어 웃었다.

윌리엄 제닝즈 브라이언 탤미지는 손잡이에 자개 조각으로 세공을
한 권총 같은 사나이로, 기분 좋을 때는 풍채 좋은 정중한 사람이지
만 화가 나면 폭발한다. 72살이나 되었으면서도 아직 곧잘 화를 내
며, 특히 CIA의 일이라면 덮어 놓고 화부터 냈다.

그가 불평했다.

"지독한 이야기로군. 나의 소위원회는 그들이 얼마나 돈을 쓰는지
조차 모르니 말이오. 쓰는 방도에 대해서도 마찬가지요. 이제는 슬
슬 누군가가 그들이 우쭐대는 것을 좀 나무라도 될 때가 됐소."

탤미지는 그럴 마음만 먹으면 그 자신이 할 듯한 인상을 준다. 워
싱턴에서 그는 어깨를 겨룰 사람이 없는 권력 브로커다. 그렇다고 그
가 시체가 파묻힌 장소를 잘 알고 있는 것은 아니다. 물론 그 자신은
'어렴풋한 정도 이상으로는 알고 있다'는 것을 인정하지만, 그의 권력
기반은 그와 밀접한 관계에 있는 군부다. 충분하다는 것과 수량에 있
어 압도적으로 우세하다는 것은 전혀 다른 문제라고 그는 주장하며
모든 종류, 규모, 형태의 군사 시설 설치를 추진한다. 그 상당한 부
분이 그의 주에 설치되는 것은 그리 놀라운 일이 아니다.

탤미지의 정적 가운데 한 사람인 공화당 의원이 은근히 불만을 털
어놓았다.

"그가 이 이상 시설을 늘인다면 이 주는 침몰하고 마오."

이론상으로는 303위원회 위원은 모두 대등한 입장에 있지만, 대통
령 대리자인 버즈 마틴과 독자적인 권력을 지닌 탤미지 상원의원이
일반의 표현에 따르면 가장 대등하다. 다른 위원들과 그들이 대표하

는 정부 기관이 비록 불만스럽다 하더라도 그것을 깨끗이 인정하지 않을 수 없는 실정이었다.

두 사람에게 대항하는 잠재 가능성을 감추고 있는 유일한 사람은 통합참모본부를 대표하는 플튜닉 중령으로, 그는 2세적인 의욕과 3세적인 인내심을 겸비하고 있어 다른 의견을 내세울 필요가 없는 한 흐름에 몸을 맡기는 것으로 만족하고 있다.

국무차관보 케니스 포스, 공화당 하원의원 하워드 스닐, 국방차관 리처드 큐넨과 같은 그 밖의 위원들은 두 거물의 의견이 일치되기를 기다렸다가 추종한다.

방콕 일에 대한 토론이 끝나자 듀크스는 다른 문제를 들고 나왔다. CIA가 지난달 위원회에서 원칙적으로 승인을 얻은 85브라보 작전의 실시 허가를 요구했다. 85브라보 작전이란 쿠바 상공에서 실재하지 않는 공작원에 대해 무기며 탄약이며 위조 서류를 비행기에서 투하하는 작전이다. 그 목적은 쿠바 측에 미국이 공중 투하 보급을 하고 있음을 차츰 깨닫게 하기 위한 것이다. 일찍이 북베트남에 대해 효과가 있었던 낡은 수법이지만, 미국이 진짜 첩보 공작원을 보낼 무렵에는 쿠바가 경계를 늦추어 진짜 보급이 훨씬 쉽게 되리라는 것이 그들이 노리는 점이었다.

"적어도 나는 이번에 그 계획을 조금만 뒤로 미루는 것이 가장 현명한 방법이라고 여기오."

텔미지 상원의원이 말하자 버즈 마틴이 동조했다.

"특히 백악관에 관한 한 그 비행기가 격추될 가능성을 신중히 고려해야만 하오. 격추되면 어떻게 하겠소?"

"그 이야기는 이미 끝난 것으로 여겼는데요." 듀크스가 말했다. "비행기를 조종하는 것은 미국 사람이 아니라 쿠바 망명자고, 비행기는 미국 밖의 기지에서 날아가오. 게다가 계약자는 격추된 경우 미국이 전혀 모르는 일이며 관여하지 않는다는 것을 다 알고 있습니다. ”

　“그들은 지금은 그렇게 알고 있소. ” 마틴이 말했다. “하지만 일단 쿠바 형무소에 처박히게 되면 모든 일을 털어 놓으리라는 게 우선 틀림없소. 누구에게서 돈을 받고 누구의 훈련을 받았으며 누구를 위해 일하는지. 얼마 동안은 진짜를 보낼 계획이 없으니까요. 이 작전은 잠시 보류해두는 게 어떻겠소? ”

　모두들 고개를 끄덕이며 찬성을 나타냈다.

　“그럼 그 문제는 처리된 것으로 하고 르윈터 사건으로 이야기를 옮기도록 합시다. ” 탤미지 상원의원이 말했다. “버즈, 문으로 얼굴을 내밀어 그 다이아몬드라는 사나이를 이리로 부르는 게 어떻겠소? ”

　“신사 여러분. ” 다이아몬드는 성큼성큼 방으로 들어와 말했다. 위원들을 재빨리 둘러본 그의 눈길이 빨려들 듯 듀크스에게서 멎었다. “당신이 이 사건 심의에 끼어 있을 줄은 몰랐소, 해리. ”

　조용한 목소리였다. 증오하는 사나이에게 이야기하고 있는 듯한 태도는 전혀 보이지 않았다.

　“나는 정보국 대표요. ” 듀크스가 무뚝뚝한 목소리로 말했다.

　“물론 그렇겠지요. ” 다이아몬드는 서류 가방을 테이블 위에 올려 놓고 찰칵 열었다. “여러분, 오거스터스 제롬 르윈터입니다. ”

　마치 본인을 소개하듯 말하고 나서 그는 두툼한 서류철을 꺼냈다.

　“당신이 이 회의에 나온 것으로 판단하면, 우리가 좀 곤경에 빠져 있는 셈이오? ”

　탤미지가 눈부신 듯 눈을 가늘게 뜨고 테이블 너머로 다이아몬드를 보았다. 언제라도 덤벼들 수 있는 몸가짐이라고 하지 못할 것도 없었다.

　“그렇소. ” 다이아몬드는 303위원회에 A. J. 르윈터의 망명에 관한 상세한 설명을 시작했다.

테이블 위에 서류철을 펴놓고 있었으나 그 내용을 보며 이야기할 필요는 없었다.

"대강 이렇소." 다이아몬드가 이야기를 매듭지었다. "소련 측이 그를 공적인 자리에 내보냈지요. 그것은 여러분도 아시리라고 생각합니다. 그리고 국내용 선전에 최대한으로 이용했던 거요."

"우리가 공표한 배경 설명은 어떠했소? 결국 사람들이 믿어주었소?" 국방차관 큐넨이 물었다. 한창때를 지난 소심한 정치학자다.

"저쪽에서는 꽤 잘되었지요." 다이아몬드가 말했다. "어떻게 되는지 알고 있었기에 보스턴 경찰에 손을 써서 체포 영장을 준비하도록 해두었소. 몇몇 틴에이저들에 대한 외설 행위로, 증인도 셋 준비했소. 그리고 보스턴 재판소가 이혼 수당을 지불하지 않아 그를 소환하고 있었지요. 이것은 사실이오. 체포 영장이 소련의 기자 회견보다 빠른 날짜로 되어 있어서 기자들은 그 이야기를 곧이듣고 그대로 기사화했지요."

"그것이 고향 사람들이 사과 속이니 복숭아 속이니 하는 이야기의 핵심이 되는 것이겠군요?" 탤미지가 물었다.

"르윈터가 무엇을 가져갔는가 하는 뜻이오?"
다이아몬드가 물었다.

"그렇소, 그 르윈터라는 사나이는 보다 초록색이 많은 곳이 아닌 보다 빨간 목초지를 향해 떠나기로 했을 때 가방에 무엇을 담았느냐는 거요?" 탤미지는 머리 뒤에서 두 손을 깍지 껴 목을 받쳤다.

"가방에 담은 게 무엇인가 하는 일이 아니오. 문제는 머릿속에 담은 것이지요. 우리는 여러 가지 점으로 판단하여……."

두 팔꿈치를 테이블에 괴고 비밀을 털어놓는 듯한 목소리로 그는 생각할 수 있는 최악의 경우를 설명했다……. 르윈터가 어렸을 때의 굉장한 기억력을 회복했음을 보여주는 사실, 초극비인 MIRV 탄도궤적 서류철을 그 초능력적 기억 속에 새겨 넣기에 충분한 시간 동안 손에 쥐고 있었던 사실.

"동기는 어떻소?" 마틴이 물었다.

마틴은 다이아몬드의 이야기를 들으며 메모하고 있었다. 그것이 그의 버릇이었다. 집에 돌아갈 때 소각 봉투에 그 메모를 버리고 대통령이 알아두어야 할 만한 일들을 메모 없이 요약하여 대통령에게 보고한다. 그는 '동기'라고 쓰고 그 뒤에 콜론(:)을 찍은 다음 다이아몬드가 대답하기를 기다렸다.

"여러 가지 점을 생각할 수 있소." 다이아몬드가 말했다. "우리의 포괄적 성격 분석에 참석한 정신의학자는 최종적으로 르윈터는 이름이 널리 알려진 인물이 되기를 바라고 있었다고 단정했소. 그 정신의학자의 말에 따르면 망명자는, 특히 귀중한 정보를 가지고 망명한 사람은 세상의 주목을 받게 되며, 르윈터는 그 주목의 표적이 되기를 바라고 있었다는 거요. 나 자신은 르윈터의 좌익적이라기보다는 과격적인 활동에서 그의 동기를 찾아내야 하지 않을까 하오. 그가 미국에 깊은 환멸을 느끼고 있었던 게 분명하오. 아무튼 세 사람 몫만큼의 동기가 있소."

"좋소, 그가 보았다고 당신이 말하는 그 MIRV 관계의 극비 서류철 이야기로 돌아갑시다. 어떤 정보가 들어 있었지요?" 마틴은 'MIRV'라고 쓰고 콜론을 찍은 다음 다이아몬드의 대답을 기다렸다.

"미합중국은 1170기(基)쯤의 미사일을 보유하고 있소. 그 대부분은 육상의 사일로에 들어 있는 미니트맨과 원자력 잠수함에 쌓여 있는 폴라리스 미사일이오. 숫자에 대해서는 여러분이 잘 아시겠지만, 내가 들은 바에 따르면 이달 말 무렵까지 그 미사일들 대부분이 MIRV화된다고 하오. 다탄두 각개목표 재돌입 미사일이지요.

그런데 MIRV란 기본적으로는 노즈 콘에 이제까지 한 개밖에 없

었던 핵탄두가 세 개 든 미사일로, 파괴력과 적의 대 미사일 방어
망을 빠져나갈 확률이 몇 배나 된다고 하오. 목표로부터 일정한 거
리에 이르면 그 노즈 콘의 뚜껑이 열려 저마다의 탄두가 예정된 목
표를 향해 날아가지요. 미국이 보유하고 있는 MIRV 탄두는 열여
섯 종류인데, 그 가운데에는 진짜 핵탄두 외에 겉보기로나 움직임
으로 진짜와 똑같은 와탄두며 적의 대 미사일 방어용 레이더를 교
란하는 탄두가 있소.

거기까지는 좋소. 그런데 그 열여섯 종류의 탄두에는 저마다 독
자적인 궤도가 있지요. 다시 말해서 노즈 콘이 열리면 그 탄두의
종류에 따라 정해진 궤적을 그리며 날아가오. 그 궤도를 알고 있는
사람은 그것을 컴퓨터에 프로그램하여 추적 장치로부터의 정보를
바탕으로 해서 몇 초 안에 날아오는 탄두의 어떤 것이 진짜인지 상
대를 속이기 위한 와탄두인지 알 수 있지요."
다이아몬드는 입이 바싹 말라서 말을 끊고 침이 괴기를 기다렸다.
"르윈터가 가져간 정보는 그것이오." 다이아몬드가 말을 이었다.
"또는 적어도 그것이 르윈터가 가져간 정보라고 생각해야 한다고 나
는 여기오."
"결국" 마틴이 엄한 목소리로 말했다. "그는 상대 측에게 우리 쪽
미사일 시스템의 열쇠를 주었소."
마틴의 예상을 훨씬 뛰어넘는 심각한 사태였다. 그는 재빨리 그것
이 대통령에게 미치는 영향을 이것저것 생각했다. 그리고 취할 수 있
는 조치의 선택 여지에 대해서도. 탤미지 상원의원의 얼굴에 웃음인
지 찌푸림인지 분간할 수 없는 수수께끼 같은 표정이 떠올랐다.
"그는 우리로부터 무기를 빼앗아 무군비 상태로 만든 거나 같구
려." 탤미지 상원의원이 말했다.
테이블 건너편에서 국방차관 큐넨이 낮고 길게 휘파람을 불었다.

오직 한 사람 처음부터 이야기가 진행되어 나가는 과정을 예상하고 있던 듀크스만이 다이아몬드의 설명을 냉정하게 받아들였다.

"내 생각으로는……."

듀크스는 조심스러운 목소리로 말을 꺼내고 모두들의 얼굴이 한꺼번에 자기 쪽으로 향한 것을 확인하자 좀 바보스러우리만큼 다이아몬드의 직명을 길게 늘어놓은 다음 힘이 담긴 목소리로 말을 이었다.

"나는 보안정책 담당 부차관보 대행은 지금까지 밝혀진 사실을 필요 이상 비관적으로 해석하고 있다고 여기오."

듀크스는 그때까지 이야기에 끼어들기를 망설이고 있었다. 자기 양옆에 앉은 탤미지와 버즈 마틴이 신앙심 없는 자를 둘이서 억눌러 버릴 작정인 광신자인 듯한 얼굴을 하고 있었기 때문이다. 그러나 망설이면서도 다이아몬드의 얼굴을 흘끗 보지 않을 수 없었다. 잉크 병속의 잉크와 같은 검은 액체를 연상케 하는 냉연한 눈과 웃음이 터질 듯 가장자리가 일그러진 오만한 입이 눈에 들어왔다. 자기도 모르게 지난날의 여러 가지 사건들이 머릿속에 떠올라 듀크스는 맞닥뜨린 현실의 사실에 대처하려고 결단성 있게 입을 열었다.

"부차관보 대행은……." 이번에는 '대행'이라는 낱말에 힘을 주었다. "최악의 사태인 듯이 설명했지만, 그것은 무슨 일이든 가장 비관적으로 보는 그의 오랜 세월에 걸친 버릇에서 나온 것이리라 여겨지오."

듀크스는 몸을 돌려 다이아몬드에게 직접 말을 걸었다.

"최악의 사태라는 당신 생각을 뒷받침할 만한 사실이 한 조각이라도 있소?"

다이아몬드는 눈을 돌려 창 밖을 보며 머릿속에서 모든 사실을 정리했다. "당신은 확증을 요구하는데, 당연한 일이오. 해리, 예를 들어 일본의 미국 대사관에 한 러시아 사람이 들어와 망명 허가를 요구

할 경우 당신이라면 어떻게 하겠소? 스베트라나 같은 거물이 아닌
한 당신은 아주 신중히 대처할 게 틀림없소. 그렇잖소? 당신은 모든
가능성을 고려할 거요. 가짜 망명자, 이중 스파이, 당신의 신용을 떨
어뜨릴 것을 노린 모략은 아닐까 하고.

　제대로 대응하기 전에 당신은 위험을 무릅쓰고 받아들일 만한 가치
가 있는 사람인지 상대에게 입증하도록 할 거요. 입증하면 당신은 상
대가 요구하는 망명을 허가하겠지요. 거기서 이번에는 그 시나리오를
뒤집는 거요. 소련 측은 사람을 딸려 재빨리 르윈터를 모스크바로 출
발시키기까지 두세 시간 여유가 있었소. 소련은 그를 받아들였소. 그
들이 적어도 그가 받아들일 만한 가치가 있는 사람임을 인정한 것은
아주 명백하오.”

　다이아몬드는 변호사가 배심원석 쪽으로 돌아서는 듯한 느낌으로
303위원회의 다른 위원들 쪽으로 향했다.

　“르윈터의 망명을 이해하기 위한 노력은 모두……. ”

　다이아몬드는 목소리를 낮추어 다시 한 번 ‘모두’를 강조했다.

　“이 간단하고 뚜렷한 사실에서 출발해야 한다고 여기오. 소련 측이
그를 받아들였다는 사실이오. 게다가 최악의 사태라는 것을 뒷받침
할 수수께끼 같은 사건이 몇 가지 있소. 알겠소? 소련 측은 그들
자신의 손으로 배경 조사를 위해 르윈터의 개인적인 서류를 훔친
것이오. 그런 조사는 아주 중요한 망명자인 경우밖에 하지 않소.

　더욱이 그들은 자기들의 발자취를 없애기 위해 그 사서를 살해했
으리라 여겨지오. 뿐만 아니라 지금 아브크센티예프 자신이 이 사
건에 직접 관계하고 있는 것도 그대로 보아 넘길 수 없는 중요한
점이지요……. ”

　“그것을 어떻게 알았소? ”

　듀크스가 도전하는 듯한 목소리로 물었다.

"우리 쪽 모스크바 대사관 전속 무관이 그것을 보고해 왔소." 딕 큐넨이 말했다. "기자 회견 전에 르윈터는 아브르크센티예프와 점심 식사를 같이 한 듯하오. 오늘의 외교용 우편으로 전달된 것이오. 국으로 돌아가면 당신에게도 사본이 가 있을 거요."

듀크스는 다이아몬드의 무표정한 얼굴을 흘끗 보며 다시 공격을 시작했다.

"이 문제에는 다른 의견이 있습니다. 이를테면 우리 친구 다이아몬드가 말하는 최악의 사태라는 견해가 맞다고 가정합시다. 내가 들은 바로는 우리 쪽 전문가는 2백 발의 핵폭탄이 목표에 다다르면 소련은 괴멸된다고 했소. 딱딱한 공식적 표현을 쓴다면, 인명 및 재산에 대해 이성 있는 소련 지도자의 어느 누구도 용납할 수 없는 손해를 주며, 게다가 전문가는 소련의 현재 대 미사일 방위 능력으로는 날아오는 3,600개의 탄두 가운데 어느 것이 진짜인지 비록 알고 있었다 하더라도 목표에 이르는 탄두수를 800개 이하로 누르기는 결코 불가능하다고 말하고 있지요.

결국 현사태를 최악으로 해석하는 의견이 비록 옳다 하더라도 전혀 무의미한 견해라는 거요. 결론적으로 우리는 언제나 소련의 대 미사일 방위 능력을 훨씬 넘는 수의 핵탄두를 보유하여 적의 공격에 대한 반격력을 충분히 유지할 수 있다는 것이오. 르윈터가 상대에게 정보를 제공했든 안 했든 간에 말이지요."

국방차관 큐넨이 의자 등받이를 뒤로 젖히고 뒷다리에 몸무게를 실었다. "그것은 현재의 기술 단계에서의 이야기요. 예를 들어 소련이 대 미사일 방위 기술의 연구 개발에 시간과 돈을 쏟는다면 미사일 저지 능력이 향상될지도 모르오. 그 새 기술과 탄도 궤적에 따라 진짜 핵탄두를 식별할 수 있는 능력을 합친다면 명중수를 200개 이하로 누를 수 있을지도 모르지요. 그때는 어찌되겠소?"

　"이제까지로는 소련이 대 미사일 방위 능력 향상에 힘을 기울이는 모습은 전혀 보이고 있지 않소." 듀크스가 반론했다.

　"이제까지 소련은 탄도에 관한 수식을 입수하지 못했소."

　큐넨이 말을 받았다.

　"지금 입수해 있다는 증거는 하나도 없소."

　듀크스가 거친 목소리로 말했다.

　"여러분." 버즈 마틴이 끼어들었다.

　큐넨이 의자를 한층 더 뒤로 젖혀 하마터면 뒤로 나자빠질 뻔했다.

　"나는 다이아몬드에게 질문하고 싶소." 큐넨이 말했다. "당신은 이번 사건에 가장 가까운 입장에 있기 때문에 르윈터의 망명 효과를 말살하는 방법에 대해 뭔가 생각이 있을 게 틀림없소." 큐넨은 다이아몬드가 이 방으로 들어오기 전에 이미 각본이 다 만들어져 있었음을 전혀 나타내지 않고 아무렇지도 않은 목소리로 조용히 말했다.

　"잠깐만," 다이아몬드의 대답을 막고 듀크스가 말했다. "부차관보 대행은 그의 국 책임인 망명 사건을 설명하기 위해 불려온 것이오——앞으로 취할 조치를 우리에게 말하기 위해 온 게 아니오."

　탤미지의 남부 사투리가 기름처럼 매끄럽게 열띤 말다툼을 눌렀다.

　"다이아몬드처럼 이번 사건에 직접 관계있는 인물로부터 이 문제에 관해 우리가 참고되는 의견을 듣는 것을 반대할 까닭은 없다고 여기오. 물론 그에게 뭔가 생각이 있다면 말이지만."

　"실은 두세 가지 생각이 있습니다." 다이아몬드가 말했다.

　다이아몬드는 A.J. 르윈터의 망명을 효과 없는 것으로 하는 수단에 대해 생각하는 바를 303위원회에 이야기했다.

　그의 이야기가 끝나자 방 안이 물을 끼얹은 듯 조용해졌다.

　"아무래도 이야기가 너무 빨리 진행되는 듯한 기분이오." 조금 뒤 듀크스가 말했다. "좀더 속도를 늦추어 당신이 말하는 그 신호를 신중히 검토해야겠소. 아무튼 암살 이야기는 문제 밖이오. 그런 작전을 펴나가려면 우리 쪽 사람은 석 달 내지 여섯 달의 여유가 필요하며, 그때에는 한다 해도 아무 소용이 없게 되지요."

"나는 열흘이면 할 수 있소." 다이아몬드가 잘라 말했다.

"결코 성공하지 못하오." 듀크스가 싸늘하게 웃었다.

"그것이 내 계획의 가장 큰 이점이오." 다이아몬드가 대답했다. "나는 성공할 필요가 없소. 누구나가 믿을 만한 진짜 같은 암살 미수로 충분한 것이오."

큐넨이 또 의자를 흔들며 말했다. "우리 국방성에 관한 한 당위원회의 찬성을 얻을 수 있다면 국방성 정보국의 일원으로서 다이아몬드가 그런 작전을 실행에 옮길 것을 인정할 생각이오."

별안간 듀크스는 모든 것이 이미 준비되어 있었음을 깨달았다.

"르윈터 암살 기도를 어떻게 열흘 안으로 실현할 생각인지 들려주었으면 하오."

짓궂게도 다이아몬드는 바야흐로 중대한 결의를 해야 할 분기점에 놓이게 되었다. 요 며칠 동안을 세러와 함께 지낸 일로 가슴속에 차츰 부풀어 올라왔던 따뜻한 감정이 대번에 몸에서 배출되고, 대신 체스를 하는 경우며 저 세르뉘 사건 때와 같은 굉장한 냉혹함이 밀려드는 것을 느꼈다. 다이아몬드는 망설임 없이 구체적인 방법을 듀크스에게 설명했다.

"아주 교묘한 방법인 것 같소." 탤미지가 말했다.

"대통령에게 의논해 보겠소." 버즈 마틴이 말했다. "그동안 시간이 헛되지 않도록 모의 실험 센터에서 실험토록 하여 어떤 결과가 나올지 보기로 하면 어떻겠소? 뭐니 뭐니 해도 우리에게는 아직 선택의 폭이 넓게 남겨져 있으니까요."

회의실 밖에서 듀크스는 우연히 다이아몬드와 단둘이 있게 되었다.

"이건 결코 허가받지 못하오." 적의가 담긴 험악한 목소리로 듀크스가 말했다. "나에게 조금이나마 발언권이 있는 한은 말이오."

"당신도 잘 생각해 보면 이것이 유일한 방법임을 깨닫게 되리라고 확신하오." 다이아몬드가 관료 특유의 아무렇지도 않게 받아넘기는 말투로 조용히 대답했다.

"만일 다시 작전을 펴게 된다면, 리어, 이번에는 서면에 의한 허가를 받도록 하는 일을 잊지 마오."

"서류 없이 하는 그런 바보스러운 짓은 결코 하지 않소, 해리."

17

보리스 아브크센티예프라고 이름패에 씌어 있는 사나이가 먼저 이야기 실마리를 풀었다.

"솔직히 말해서……." 그는 솔직함을 보이려고 열심히 애쓰는 듯 눈언저리의 근육을 실룩거리고 있었다. "나는 이중 경향을 가진 사람이오."

그의 영어에는 얼마쯤 외국 사투리가 있었다. 아마 슬라브 계통의 사투리일 터이지만 아무도 똑똑히 식별할 수 없었다. 방 안에서 책상 위에 이름패가 없는 오직 한 사람의 사나이가 물었다.

"어째서 이중 경향이 있는 사람이라는 거지요?"

"그것은, 나는 물론 야심가요. 더욱이 어중간한 편의주의자이기도 하지요."

"어중간하다는 것은 무슨 뜻이오?"

"말하자면 아무리 승진을 위해서라고는 하지만, 자기 의사와 달리 늙은 폴란드 농부인 자기 아버지를 죽이는 일은 할 수 없소. 아울러 그를 살리는 것이 출세에 방해가 될 경우 무리하면서까지 그를 구할 생각은 없소."

주위 사람들이 웃었다.

"당신의 그 솔직함에는 감사하오." 모니터가 말했다. "계속하시오."

"어디까지 했었지요?"

"자신의 이중 경향에 대해 설명하고 있었소."

"아, 그래. 이중 경향에 대해서였지. 아는지 모르지만, 내가 경제 개혁에 관계하게 된 것은 그 일이 당의 중추에서 아주 재빨리 출세하는 데 도움이 되고 더욱이 그리 위험이 따르지 않는다고 여겨졌기 때문이오. 나는 처음 한동안은 신중히 걸음을 내디뎠지만 생산성과 이익률이 오르고 원재료 낭비율이 떨어지는 등 내 개혁 계획이 성공했음이 명확해지자 표면적으로 내 이름을 개혁과 결부시켜 생각하게 되는 것을 굳이 막지 않았소.

오늘날 나는 서방 측의 소련 관찰자 사이에서 신중한 진보적 실용주의자로 지목되어, 지금의 수상이 그 자리에 싫증났을 경우 후계자 후보 가운데 한 사람으로 손꼽히고 있소——지금 수상이 그 직위에 싫증나는 일은 결코 있을 수 없지만 말이오."

또 웃음소리가 터져 나왔다.

"아직 자신의 이중 경향을 설명하지 않았소."

"지금부터 이야기하겠소." 이야기하는 사나이는 또 얼굴 근육을 실룩거렸다. "나라의 대외 보안관계 여러 기관을 감독하는 정치국위원회 서기로서 당연한 일이지만 나는 르윈터 사건의 소용돌이 속에, 그것도 한복판에 빠져 있소. 그런데 나는 마르크스 레닌주의에 대해서…… 뭐라면 좋을까…… 가톨릭적인 견해를 가지고 있는 사람 가운데 하나요. 나는 진정으로 역사의 진로는 예정되어 있다고 믿고 있소. 정립(定立)은 '정(正)' '반(反)' '합(合)', 정—반—합, 이렇게 무한히 발전하는 것으로 여기고 있지요.

나는 모스크바 당 대학에서 공부할 때 헤겔 변증법에 관한 전공 논문을 썼는데, 그것은 여기서는 실제로 관계없는 일이오. 중요한 것은 마르크스와 레닌이 가르치고 있듯이 개인은 역사의 진로를 바꿀 수는 없지만 기회를 이용함으로써 그 진도를 빨리할 수는 있다는 점이오.

그런데 르윈터는 그 기회를 맞은 듯하오. 더없는 기회를 맞이한 거지요. 요컨대 바로 그 점이오. 이것이 내 이중 경향의 골격이지요. 즉 나는 경제 개혁과 끊으려야 끊을 수 없는 관계에 있어 인적·물적 자원과 예산을 미사일 방위망에 돌림으로써 경제 개혁에 지장을 가져오는 것은 아무래도 싫지만, 아울러 르윈터의 정보로 자본주의 모든 나라에 대해 우위에 설 수 있다는 가능성에도 마음 끌리고 있는 거요."

"과연," 모니터가 말했다. "그럼, 종국적으로 당신은 어느 쪽을 택하게 되리라는 거요?"

"나는 만일 내가 추측하듯 군부가 미사일 방위망 설치 방향으로 기울어지고 있다면 자원과 자금을 그쪽으로 돌리는 데 찬성하지 않을까 생각하오. 나는 요즘 군부의 동지들이 전보다 더 영향력을 강화하고 있음을 알아차리고 있소.

르윈터 정보의 이용을 지지하는 건 최종적으로, 군부가 마지못해 지지하는 경제 개혁보다 좀더 빨리 좀더 확실하게 최고 간부 지위에 오르는 길을 제공해 줄지도 모르오. 알겠소? 나는 두 손 들어 열광적으로 지지할 생각은 조금도 없지만 누군가가 조금이나마 부추겨준다면 꽤 열광적인 지지자가 될 생각을 갖게 될 거요."

"과연." 모니터는 스코어 카드인 듯한 종이에 뭔가 적었다. 이번에는 알렉산드르 스하노프 장군이라는 이름패가 앞에 놓인 사나이 쪽으로 향했다.

"내 생각은 쉽게 추측할 수 있을 것이오." 장군이 말했다. "나는 그런 정보를 입수했으면서 그것을 군사적인 이익을 위해 이용하지 않는 건 범죄나 다름없다고 여기오. 나는 미국이 자기 나라가 선제 공격을 하는 일은 결코 없다고 기회 있을 때마다 주장하면서도 선제 공격용 미사일 군비를 갖춰 가고 있음을 확신을 가지고 강경히 주장하오. 르윈터의 정보는 그런 선제 공격에 견디어 살아남을 수단을 제공해 줄지도 모른다고 동료들에게 말할 생각이오."

"그 살아남는다는 말뜻을 좀더 구체적으로 설명해 주겠소?"

"하고말고요. 살아남는다는 것은 도시 내의 목표에 명중되는 미국의 메카톤 탄두수를 150개 이하로 억제해 둔다는 거요. 최종적으로 나는, 여기서 논하는 것은 소련이 살아남는다는 것만이 아니라, 레닌에 의해 우리 나라에서 시작된 사회주의의 실험이 오래 살아남을 길이라고 강조하게 되리라 생각하오. 나는 예를 들어 우리 쪽 정치 지도자들이 조국의 국토 그 자체의 안위보다 다른 주의주장을 앞세우는 일이 있으면, 나나 또는 군부의 동지들이 그것을 반역과 같은 행위로 보게 되리라고 완곡히 경고할 것이 틀림없소."

다음에 니콜라이 긴츄크가 소련 예산 관계자 입장에서 의견을 말했다.

"나는 일반적인 상황 아래에서라면 대 미사일 방위는 공격용 미사일 군비보다 훨씬 돈이 더 들리라고 주장하오. 왜냐하면 날아오는 핵탄두를 저지하는 데 90퍼센트의 확률을 유지하려면 적의 탄두 하나에 세 개의 비율로 대 미사일용 미사일을 갖춰야 하는 것이 지금 통용되는 학설이기 때문이오.

그러나 정보 관계 동지 여러분의 르윈터에 대한 생각이 옳다면 그 조건에 커다란 변화가 생기게 되오. 내가 알건대 우리는 그 고유한 탄도 궤적을 이용함으로써 날아오는 탄두의 어느 것이 진짜인지 식별할 수 있고, 그 결과 대 미사일 방위용 예산을 3분의 1로 줄일 수 있소. 다시 말하면 대 미사일 방위망의 비용이 공격용 미사일 군비의 비용과 비교해 볼 때 경제적인 면에서 가능한 선까지 줄일 수 있는 것이오."

"그렇다면 당신은 르윈터의 정보를 바탕으로 하여 행동하는 편이 좋다는 생각이군요?"

"경제적인 관점에서 물론 그렇소."

"알았소." 또 스코어 카드에 뭔가 적은 다음 불렀다. "포고딘."

이름패에 예브게니 포고딘이라고 씌어 있는 사람이 입을 열었다.

"그를 발견한 것은 나였소. 모스크바의 내 윗사람들은 주로 내 의견에 따라 그를 본국으로 데려올 것을 결정했지요. 이제 내 장래의 출세가 그와 불가분의 관계에 있는 것은 분명하오. 어떤 결과가 되든 나는 어디까지나 그의 정보의 유익성을 지지하지 않을 수 없소."

모니터가 다시 아브크센티예프 쪽을 향했다. "포고딘 씨의 의견이 당신의 판단에 미치는 영향의 정도는?"

"전혀 영향이 없다고 생각하오. 나는 사실은 그렇지 않지만 그가 자신의 장래는 르윈터와 불가분의 관계에 있다고 여기고 있음을 아오. 그러므로 나는 그의 르윈터 지지를 에누리해서 받아들이고 있소."

모니터가 미하일 로쟁코의 의견을 요구했다.

"과학자의 입장에서 나는 문제가 경제 관계자들이 주장하는 것만큼 단순하지 않음을 강조하오. 문제는 단순히 대 미사일 방위용의 비용만이 아니오. 우리가 대 미사일 방위망을 설치하고 있음을 알면 미국이 똑같은 조치를 강구할 것은 의심할 나위가 없소. 그렇게 되면 우리는 미국의 대 미사일 방위 조치에 맞추어 공격용 미사일 군

비를 확장해야만 하오. 그러니 우리는 처음부터 대 미사일 방위 조
직과 공격용 미사일의 군비 확장을 합친 비용을 생각지 않으면 안
되오."
"르윈터의 정보에 대해 당신은 어떤 입장을 취하오?"
"기술적으로 말해서 대 미사일 방위가 처음으로 현실적 가능성을
지니게 되었다는 점을 인정하오."
다시 스코어 카드에 적었다.
"다음은 밀리안토비치, 당신과 의장만이 남았소."
바치슬라프 밀리안토비치임을 알아볼 수 있는 사나이가 말했다.
"나는 과학 아카데미인 USA 연구소를 대표하는 사람이오. 즉 소련
의 미국 정부 연구 전문가지요. 이 토론에 내가 주로 공헌할 수 있
는 것은 르윈터 사건이 장기적인 외교 정책에 미치는 영향에 관한
점이오. 나는 소련은 이제까지 늘 힘을 배경으로 한 입장에서 이야
기할 때 외교적으로 가장 성공했었던 점을 강조하고 싶소.
    대조국(大祖國) 전쟁 뒤 몇 년 동안 서유럽을 석권할 능력이 우
리에게 있다고 미국이 믿었던 그 시기가 좋은 예요. 따라서 나는
대 미사일 방위 조직을 군비에 더함으로써 자본주의 모든 나라에
대한 우리 쪽 외교적 입장이 헤아릴 수 없을 만큼 이익을 얻는 것
으로 결론 내리오."
"그 경우 우리가 발언력을 강화하기 위해 대 미사일 방위 조직을
전개한 것을 미국 쪽에 알릴 필요가 있소?" 모니터가 물었다.
"전혀 없소. 그들은 우리가 국제적 흥정을 하는 자리에서 전보다
자신을 가지고 임하고 있다는 것을 눈치챌 뿐이오. 우리는 보다 가
벼운 발걸음이라는 느낌을 가질 수 있소."
"그럼, 당신은 르윈터의 정보를 활용하는 쪽에 찬성하는 거요?"
"모든 자본주의 나라들과의 국제적 경쟁이라는 관점에서, 또 그것

이 미국에 미치는 효과를 중시한다는 관점에서 찬성이오. ”

“의장, 다음은 모두 당신 생각에 달렸소. ”

이름패에 ‘의장’이라고 씌어 있는 사람이 잠시 망설였다. “나는 좀 더 시간을 두고 결론내리고 싶은 심정이오. 먼저 바람이 어느 쪽으로 부는지 확인하고 싶소. 만일 잘못을 저질렀을 경우 되도록 많은 사람이 책임을 나눠 가지는 상태가 바람직하오. 나는 당분간은 아주 신중하게 중립적인 입장을 취할 생각이오. 그러나 아브크센티예프가 군부와 동조하는 것이 확실해지면 나는 그와 같은 방향으로 나아가도록 생각할 것이오. 물론 그들보다 먼저라는 뜻이오. 아무래도 나는 그들의 지도자니까요. ”

“로쟁코의 신중론은 어떻게 생각하오 ? ”

“그 점에 대해서는 로쟁코의 동생이 얼마 전 결혼 생활 12년이나 되는 내 처제와 이혼했소. ” 의장은 어깨를 으쓱했다. “내가 과학자의 신중론에 생각이 좌우되는 일은 우선 없으리라 생각하오. ”

강당 뒤쪽에서 몇 안 되는 방청자들이 신중히 귀를 기울이고 있었다. 블루킹 인스티튜트에 근무하면서 모의 실험 센터를 학위 논문의 테마로 하는 박사 과정의 사나이, 어떤 문제에 관한 외교 방침을 ‘실험 게임’에 걸기 위해 와 있는 국무성의 젊은 소련 전문가 두 사람, 티토 역을 해내기 위해 실험 센터에 고용된 유고에서 망명한 사람, 그리고 리어 다이아몬드였다.

무미건조한 대화가 오가는 동안 이따금 주위에서 들리는 웃음소리에 끼어들지 않는 것은 다이아몬드뿐이었다. ‘배우’들은 크게 즐기고 있었다. 그러나 그는 그럴 경황이 없었다. 얼른 보기에 그 자리에서 생각나는 대로 대화가 진행되고 있는 것 같은 그 의견들에 너무도 많은 것들이 걸려 있다.

사실 거기서 이야기되는 의견들은 그 자리에서 생각난 것과는 대체로 거리가 먼 것이었다. '의장'을 맡은 사람은 자기 역할의 대상자들의 생활을 12년 동안 공적·사적인 면에 걸쳐 낱낱이 연구해 오고 있는 것이다. 의장이 자기 처제가 이혼당한 데 화나 있다는 정보는 모스크바 주재의 서방 측 첩보 관계자가 칵테일파티 같은 데서 얻어들은 소문의 토막들을 주워 모아 얻어진 것이다.

이 모의 실험 센터란 카프카적인 기묘한 존재였다. 센터는 근무자와 임시 근무자를 합쳐 350명을 고용하고 있다. 센터의 이른바 '근무자'가 되려면 꽤 지위가 높거나 또는 장래성 있는, 센터 내의 독특한 표현에 따르면 '말[馬]'을 가지고 있어야만 하며, 우수한 '말'을 가지고 있는 사람은 수입이 넉넉한 신분을 보장받을 수 있다.

이를테면 자기 역할의 대상으로서 아브크센티예프를 고른 사람은 현재 예상되고 있듯 그의 '말'이 소련 최고 지도부의 중요한 지위에 올랐을 경우에는 장래 안정된 신분이 보장되게 된다. 그러나 모두 다 행운을 만나게 되는 것은 아니다. 어떤 젊은 행동심리학자는 어느 숨은 인재의 연구에 3년을 소비했는데, 그 '말'이 연구 도중에 타슈켄트의 수도 관리자라는 직책으로 좌천되고 말았다……. 그에 따라 그 행동심리학자는 민간의 다른 자리로 돌아갔다. 운명의 손길이 끼어들 가능성은 이렇게 늘 따라다닌다. 중앙정치국원 가운데 누군가가 죽으면 '말'을, 즉 일자리를 잃게 된 연기자에게 꽃을 보내는 것이 어느새 모의 실험 센터의 관습이 되어 있었다.

오늘 아침은 이제까지 모니터의 표현에 따르면 연기자들은 '워밍업'에 가까운 의견을 털어놓은 데 지나지 않았다. 즉, 실제 인물들이 르윈터를 진짜 망명자로 믿고, 그가 가져온 것으로 되어 있는 정보를 바탕으로 행동하는가 어떤가를 언급했을 뿐이었다.

그 점에 관한 의견을 다 말하자 그들은 다음 문제로 옮겨갔다. 흔히 두뇌 유출이라 불리는, 학자들의 대량 출국 때 워싱턴으로 불려 가기까지 옥스퍼드 대학 학감으로 있던 모니터가 다음 문제를 말했다.

"자, 여러분. 다음에 이미 발신되었다고 우리가 듣고 있는 갖가지 신호 문제를 다룰까 하오. 그 체이핀이라는 사나이와, 보스턴에서의 불상사와, MIRV 회의와 그 밖의 것들이오. 문제를 압축시키면 다음과 같이 될 것이오. 즉, 소련 측은 그것들을 신호로 받아들일 것인가? 만일 받아들였다면 어떤 반응을 보일 것인가? 누구든 마음대로 발언해 주시오. 아브크센티예프 동지."

다이아몬드는 한 마디도 놓치지 않으려고 가슴을 두근거리며 몸을 앞으로 내밀었다.

아브크센티예프 역을 맡은 사나이가 파이프에 담배를 담았다. 파이프에 불을 붙이고 서너 번 빨더니 얼굴을 들었다.

"그 문제는 나로서는 아주 간단한 일이라고 여겼소. 모니터, 당신은 신호에 대해 질문했소. 첫째로 말할 수 있는 것은, 그런 신호를 보내면 우리는 곧 그 내용을 알게 된다는 것이오. 우리는 당연히 취할 조치로서 체이핀과 보스턴에 있는 사람들을 지켜보고 있소. 우리가 처음으로 받는 신호는 액면 그대로 받아들일 가능성이 있다고 생각해도 좋다고 여기오. 즉, 미국 측이 진짜 망명에 대한 반응을 나타내는 듯이 보여, 르윈터가 진짜 망명자라는 우리 생각을 뒷받침하게 되오. 그러나 두 번째, 세 번째 신호를 받게 되면――그 무렵에는 우리는 당연히 MIRV 전문가가 워싱턴에 소집된 것을 아오. 우리는 의심을 품기 시작하여 곧 사건을 다시 검토하게 되오. 그리고 암살을 기도하고 있음을 알 무렵에는 우리는 신호가 보내진 것을 확신하게 되오."

"그래서 당신은 그 신호들을 어떻게 해석하는 거요?"

"우리는 미국의 첩보 관계 모든 기관이 진짜 망명자에 대한 것과는 전혀 동떨어진 반응을 보여 오히려 망명이 진짜라고 우리가 믿도록 하기 위해 애쓰고 있다고 결론 내리게 되며, 따라서 그건 속임수라고 단정하오."

"과연." 모니터는 금방 다른 질문을 할 듯한 태도를 보였다. 그러나 생각을 바꾸고 스카노프 장군의 의견을 물었다.

"나 자신과 군의 지도적 지위에 있는 동지들 대부분은" 장군은 말했다. "르윈터가 진짜 망명자라는 생각을 계속 품게 되겠지만, 젊은 중견 장교의 일부는 아브크센티예프 부상과 같은 생각을 하게 될 거요. 그들은 미국 측이 그가 진짜라는 신호를 보내오면 가짜가 틀림없다고 생각할 것이오."

"중견 장교들의 의심이 당신에게 미치는 영향은?"

"르윈터의 정보를 바탕으로 하여 조치를 강구할 것을 끝까지 요구한다는 우리 결심의 기반을 흔들어 놓게 되오. 나는 내 생각을 계속 주장하지만 전처럼 강력하게 주장하지는 않을 거요. 그리고 물론 마음속으로이기는 하지만 다른 사람들의 생각이 옳지 않을까 생각하기 시작할 거요."

"니콜라이 긴츄크." 모니터가 다음 사람을 재촉했다.

"일단 씨앗이 뿌려지면……."

"실례지만 무슨 씨앗이오?"

"의혹의 씨앗이오, 모니터. 르윈터의 진실성에 관한 의혹의 씨앗이 뿌려지면 나는 예산국을 대표하여 현재의 5개년 계획을 변경하는 것은 어리석다고 주장하오. 모든 것은 르윈터의 정보가 진짜냐 가짜냐 하는 것에 달려 있소. 그 점에 관해 조금이나마 의심이 있다면 나는 신중히 일을 진행하도록 요구하겠소. 앞에서도 설명했듯이 비용면에서 말하면 공격용 미사일 군비보다 훨씬 돈이 들므로 대 미사일 방위 조직을 건설하는 것은 무모한 일이라고 주장하오."

"즉 당신이 지녔던 본디의 신중론이 더욱 강화된다는 거로군요?"

"맞소."

"과연." 모니터가 말했다.

다음에 포고딘이 의견을 말했다.

"내 장래는 르윈터에게 걸려 있소. 나는 윗사람에게 미국은 우리에게 신호를 보내는 것이 아니라는 의견을 말하겠소. 오히려 반대로 그 나라에 관한 내 지식을 바탕으로 생각하면, 그들은 단순히 진짜 망명에 대한 반응을 보이는 것에 지나지 않다고 하겠소. 미국에 그런 경우 쓰이는 속담이 있지요. 말이 도망친 뒤에 문을 잠근다는 것이오."

모니터가 아브크센티예프를 향해 포고딘의 의견이 그의 판단에 미치는 영향을 물었다.

"이전보다는 영향을 받소." 아브크센티예프는 잠시 사이를 두고 생각을 정리했다. "본디 포고딘은 제1급 첩보 부원이오. 걱정하는 것이 그 자신의 직무상 입장이나 장래의 출세만이라면, 그는 형세가 불리해졌다고 여기기가 무섭게 르윈터로부터 얼른 손을 떼었을 거요.

그러므로 그런 그가 끝까지 자기 생각을 고집하는 점에 나는 강한 인상을 받소. 특히 그가 미국에서 자라며 교육받아 그 나라에 대해 우리 쪽의 전문가들이 가지지 못한 독특한 감각을 지녔음을 내가 알기 때문에 더욱 마음 쓰이오. 결국 나는 처음부터의 생각을 고집하겠지만, 포고딘의 의견이 마음에 걸릴 것 같소. 아마 크게 마음에 걸릴 게 틀림없소."

소련의 미국 전문가인 바치슬라프 밀리안토비치가 모니터의 지명을 기다리지 않고 발언했다.

"당신의 불안을 더욱 부채질할 자료를 제공하겠소, 아브크센티예프 동지. 미국 측이 우리에게 신호를 보내오는 것이 틀림없다는 당신 의견에는 나도 동의하오. 그러나 그들이 노리는 것은 무엇이겠소? 최종적으로는 모든 것이 미국은 우리에게 어떻게 생각하게 하고 싶은가 하는 데 달려 있지요. 그를 진짜라고 여기기를 바란다면 그는 가짜가 틀림없소. 가짜라고 여기기 바란다면 그는 진짜요. 그래서 일이 복잡해지는 거요.

내가 하나의 가능성을 제시해 보겠소. 미국 측이 '그가 진짜라는 신호를 그들이 보내오는 것을 우리가 알아차리고, 그러므로 그는 가짜라고 우리가 단정하기를 기대하며', 르윈터는 진짜라는 신호를 우리에게 보내오고 있다는 가능성이오. 그러므로 그들은 그가 가짜라고 우리가 생각하기를 바라고 있소. 그러니 그는 진짜임에 틀림없소. 알겠소?"

"과연. 이야기가 점점 복잡해지는군요."

아브크센티예프가 말했다.

"그 점에 대해 당신은 어떻게 생각하오?" 모니터가 물었다.

"나는 아주 단순한 일에 지나지 않는데 거기서 깊은 뜻을 찾아내려 하는 것은 우리 쪽의 전문적인 미국 연구가들의 특징이라고 생각하오. 나 자신은 미국 사람이 그처럼 정교하고 치밀한 교활성이 있다고는 여기지 않소. 나는 두 가지 가능성이 있다고 생각하오. 하나는 미국 측은 진짜 망명에 대해 아주 자연스러운 반응을 보이는 것에 지나지 않는다는 포고딘의 생각이고, 다른 또 하나는 그들이 선호하는 수단을 통해 망명이 진짜라고 우리가 여기기를 바라기 때문에 가짜가 틀림없다는 내 의견이오. 그 두 가지 가능성 가운데 나는 역시 내 생각을 지지하오."

"당신은 아직 의견을 말하지 않았소, 로쟁코."

"내 동료 과학자들은 아브크센티예프의 생각, 즉 미국은 망명이 진짜라고 우리가 여기기를 바라기 때문에 가짜가 틀림없다는 생각을 강력하게 지지할 거요. 우리는 새로운 군비 확장 경쟁이 개시되는 것에는 반대며, 그것을 피하는 데 도움되는 거라면 어떤 내용이라도 지지하겠소."

"그렇군. 언제나처럼 결국은 의장의 재량에 맡기는 도리밖에 없다는 거로군요?"

"나는 몹시 불안하오." 의장이 말했다. "너무도 많은 상반되는 의견이 뒤얽혀 있소. 어느 쪽을 바라보아도 반대 의견을 가진 사람이 모든 준비를 갖추고서 내가 그렇다고 하지 않더냐고 말할 기회를 노리고 있소."

"당신은 어느 쪽으로 기울고 있소?"

"나로서는 아브크센티예프와 첩보 관계자의 생각에 동의하고 싶은 기분이오. 즉, 미국이 르윈터가 진짜라는 신호를 보내오고 있기 때문에 그는 가짜임에 틀림없는 것 같소."

모니터는 잠시 생각했다. "여러분은 다시 신호가 두세 가지 더해지면 보다 마음이 편해질 듯싶소?"

"물론이오." 아브크센티예프가 말했다. "앞으로 징후적인 사실이 두세 가지 덧붙여지면 미국이 르윈터가 진짜라는 신호를 우리에게 보내는 것이 의심할 나위 없을 만큼 명확하게 될 거요. 그렇게 되면 아무 망설임 없이 그는 가짜라고 단정할 수 있소."

"과학자는" 로쟁코가 옆 사람이 고개를 끄덕이는 데 장단을 맞추어 발언했다. "예산 관계자들과 함께 그런 견해를 지지할 거요."

"다시 신호를 보내올 경우에는 나도 그런 생각을 가질 게 틀림없소." 스카노프 장군이 맞장구쳤다. "나도 아마 르윈터가 진짜 망명자라는 데 의심을 품기 시작하겠지요. 뭐니 뭐니 해도 많은 사람들 흐름에 따르지 않을 수 없으니까요."

"의견이 한쪽으로 기울어가는 것은 나로서도 아주 기쁘오." 의장
이 말했다. "여러분의 전체 뜻이 내 생각과 일치하는 것을 알고 굉장
히 만족하오. 그렇다면 내가 최종적인 판단을 내리겠소. 르윈터는 가
짜이므로 가짜로서의 취급을 받아야만 하오."

"그렇게 되는 거요, 여러분."

모니터가 말했다. 그리고 다이아몬드가 안도의 한숨을 내쉬었다.

실험은 이제 끝난 거나 마찬가지였다. 모니터가 메모를 모으며 말
했다.

"내 역할에서 벗어난 일일지 모르지만 이 기회에 앞으로 두세 가지
덧붙여야 할 신호에 대해 생각해 보는 것이 어떻겠소. 누군가 좋은
생각이 있으면 듣고 싶소."

그는 주위를 둘러보았다.

미국을 연구하는 밀리안토비치가 손을 들었다.

"여러분도 알다시피 나나 동료들은 미국의 신문과 잡지에 늘 주의
하고 있소. 따라서 예를 들어 〈뉴스위크〉지의 페리스코프 난에 어
떤 기사가 실렸다고 한다면……."

18

다이아몬드는 묵직한 45구경 권총을 손바닥 생명선께에서 꽉 움켜
잡고 있었다. 쇠붙이의 차가운 감촉을 피부에 느끼며 그 무게 때문에
자기 자세가 어색한 것을 의식하자 그의 기억이 영국인 교관으로부터
처음 그 권총에 관한 초보 교육을 받았던 영국에서의 어느 아침으로
거슬러 올라갔다.

"이놈은 자네의 가장 좋은 친구가 될 가능성이 충분히 있네."

교관은 간호원이 의사에게 메스를 건네는 듯한 손놀림으로 다이아
몬드의 손바닥에 권총을 탁 놓았었다.

다이아몬드는 그때 억양 없이 끊지도 않고 계속하던 그 교관의 목소리가 들리는 듯한 기분이었다……

"크게 숨을 들이마신다. 그렇지. 이번에는 그 반을 토해낸다. 됐어. 손잡이를 두 손으로 쥔다. 좋아. 호를 그리듯이 가늠쇠를 표적 위까지 들어올려 권총 무게로 자연스럽게 내린다. 그렇지. 가늠쇠가 표적과 포개지면 쏜다. 알겠나? 방아쇠를 한 번 당기면 다시 한 번 당긴다. 알겠지? 두 번이다. 프로는 언제나 두 번 쏜다. 내가 다 가르쳤을 무렵이면 프로는 늘 두 번 쏜다는 글귀가 큰 글자로 자네 가슴에 새겨져 있을 것이다."

갑자기 한 사나이, 어렴풋이 본 기억이 있는 누군가의 윤곽이 40피트 앞쪽에 조금 왼쪽으로 난 창문에 나타났다. 다이아몬드는 얼른 한쪽 무릎을 꿇고 손잡이를 두 손으로 꽉 움켜쥔 45구경을 팔길이만큼 얼굴 앞으로 쑥 내밀었다. 크게 숨을 들이마시고 반쯤 토해내자 가늠쇠를 표적 위까지 들어올렸다. 가늠쇠가 내려와 표적과 겹친 순간 한 발 쏘았다. 그리고 가슴에 큰 글자로 새겨진 가르침에 따라 본능적으로 다시 한 발 쏘았다.

주위의 방음벽에 날카로움이 흡수된 메마른 폭발음이 옥내 사격장을 가득 메웠다.

"두 발 모두 빗나감."

졸린 듯한 차가운 목소리가 확성기에서 흘러나왔다. 좀 직업적인 흥미가 깃든 목소리가 이어졌다.

"전쟁중에 사격을 익혔군요. 그렇잖습니까, 다이아몬드 씨?"

다이아몬드가 유리로 둘러싸인 작은 방 쪽을 향해 고개를 끄덕였다.

"영국에서였지요? 서식스 주의 육군정보부 훈련소에서였습니까? 교관은 플리처드라는 사람이었지요?"

다이아몬드는 큰 소리로 대답했다.

"그렇소. 어떻게 그런 걸 알고 있지요?"

"포도주를 맛보고 어느 밭의 포도인지 아는 사람이 있다고 합니다. 나는 쏘는 법을 보고 어디서 배웠는지 알지요. 당신의 그 권총 잡는 방법 말입니다. 두 손으로 손잡이를 잡고, 그리고 두 발 쏩니다.

몇 해에 한 번쯤 오랜 사람이 찾아와 한 번에 두 발씩 쏩니다. CIA의 듀크스 씨를 아십니까? 똑같습니다. 탕탕. 그것이 그 플리처드라는 사람의 특징이지요. 그에게 훈련받은 사람들은 한결같이 두 발 쏩니다. 하하하. 당신들 클럽이라도 만들어야겠군요."

확성기의 웃음소리와 함께 다이아몬드도 웃었다. 그러나 그의 웃음소리는 느낌이 전혀 달랐다. 그는 상대편에게 맞장구치듯 말했다.

"그의 이름을 잊었었소. 그렇소, 플리처드지요. 아마추어는 한 발밖에 쏘지 않지만 프로는 언제나 두 발 쏜다고 늘 말했소."

"어른과 아이의 차이라고나 할까요?"

다이아몬드는 어른과 아이, 프로와 아마추어에 대한 생각을 하고 있었다. 이렇다 할 까닭도 없이 전쟁중에 뮬즈에서 일어난 틴에이저들의 사건이 생각났다. 독일군이 독립기념일 축제를 금지해서 젊은이들이 몇천 마리의 달팽이를 빨강, 하양, 파랑으로 칠해 거리에 버려두었다. 대담한 의사 표시였다! 독일군 지구사령관이 젊은이들 셋을 처형했다. 그 가운데 둘은 달팽이 사건과 아무런 관련도 없었다. 아마추어란 자기가 한 일로 남을 죽게 만드는 사람을 말하는 거라고 다이아몬드는 생각했다.

"좀더 해보시겠습니까, 다이아몬드 씨?"

확성기의 목소리가 다시 본디의 차가운 말투로 돌아가 있었다.

다이아몬드는 말했다.

"물론 하겠소."

이번에는 문이 홱 열리며 경기관총을 든 사나이의 검은 모습이 나타났다. 그 역시 어렴풋이 본 기억이 있다! 또다시 다이아몬드는 여러 해 전 영국 풀밭에서 익힌 대로 얼른 한쪽 무릎을 꿇고 쏘는 법을 되풀이했다. 허파의 공기를 반쯤 토해낸다. 가늠쇠를 표적에 맞춘다. 맞든 안 맞든 교관에게 프로로 인정받기 위해 두 발 쏘았다.

"두 발 모두 빗나감. 정정. 두 발째가 어깨를 스쳤음."

목소리는 여전히 무감동하고 차가웠다. 그러나 다이아몬드는 그때까지 없었던 울림이 담겨 있음을 알아차렸다. 그는 그런 일에 민감해져 있었다. 그 울림은 한 달에 한 번 찾아와 옛날의 사격 방법과 둔한 반사 신경으로 연습을 하지만 큰 벽도 맞출 수 없는 옛날 프로에 대한 업신여김이었다. FBI의 거대한 건물 지하 2층에 있는 이 사격장에서는 중요한 것은 직함이 아니라 솜씨였다. 사격이 능숙한 사람이 위대한 것이다.

게다가 실제로 다이아몬드는 사격이 아주 서툴렀다, 적어도 사격장에서 얼굴도 이름도 없는 인형을 노릴 때에는. 언제나 약실 속에서 화약이 폭발하여 총알이 총신 속을 돌아나가기 시작하기 한순간 전에 팔뚝 속에서 뭔가가 갑자기 굳어지고 만다.

일찍이 플리처드는 몇 번이나 말했었다.

"방아쇠는 당기는 것이 아니라 죄는 것이다. 그러면 언제 격철이 떨어질지 모르게 되어 몸이 굳어지지 않는다."

쏘기 한순간 전에 몸이 굳어지는 데 대해 다이아몬드는 그 나름대로의 생각을 가지고 있었다. 그는 지금까지 '연습'에서의 사격 성적이 좋았던 일이 한 번도 없었다. 어쩌된 일인지 필요한 아드레날린의 분비를 불러일으킬 수 있는 것은 상대가 있는 '본시합' 때뿐이었다. 소년 시절에 그는 아주 우수한 농구 선수로서 힘이 세고 움직임이 빠르며 강인하여 득점력이 있었다. 그러나 그것은 시합 때뿐이었다. 연습 때는 언제나 날카롭지 못했다. 자기보다 몸집이 작고 움직임이 둔한 상대에게 공을 뺏기거나 슛을 가로막히기도 하여 다리에 납덩이가 매달린 듯한 보기 흉한 움직임을 하고 있었다.

사격의 경우도 똑같았다. 적어도 그 자신은 똑같다고 여기고 있었다. 그는 사람을 노려 총을 쏜 일은 한 번도 없었지만 그럴 필요가 생기면 냉정하고 신속하며 정확하게 쏠 수 있다는 절대적인 자신이 있었다. 남과 겨룬다는 자극이 있으면 자기가 뛰어난 사격수, 그리고 냉혹한 살인자가 될 수 있음을 다이아몬드는 알고 있었다.

그는 전쟁중 영국의 파일럿 두 사람이 겁먹어 한구석에서 부들부들 떨고 있던 저 피레네의 가축 오두막에서 자신이, 추적해 오는 개가 오줌 속임수에 넘어가지 '않기'를 바라며 무릎을 꿇은 채 45구경 손잡이를 두 손에 쥐고서 팔을 한껏 앞으로 내밀고 있는 자기 앞에 비시 정권의 국경 경비대원이 문을 열고 나타나기를 마음속으로 빌었던 때의 일이 생각났다. 그때 그들의 공포에 찬 눈길이 자신에게 와 꽂히는 것을 느낄 수 있을 듯한 기분이 들었다.

총알——물론 한 사람에 두 발씩——소리가 들리는 듯한 기분이었다. 녀석들의 몸이 총의 힘으로 허공에 떠서 뒤로 날며 가죽과 뼈토막이 사방으로 흩어지는 게 보이는 듯한 느낌이었다. 그들이 문을 지나 모습을 나타내기를 자신은 얼마나 바라고 있었던가. 그 이야기를 아직 세러에게 하지 않은 것을 다이아몬드는 생각해 냈다.

확성기의 목소리가 말했다.

"다이아몬드 씨, 다시 한 번."

이번에는 엷게 머리가 벗어지기 시작한 살이 두툼한 얼굴이 상자 뒤에서 불쑥 나타났다. 다이아몬드는 한순간 그 얼굴이 누구인지 알아차렸다. A. J. 르윈터와 꼭 닮은 얼굴이었다.

다이아몬드는 얼른 한쪽 무릎을 꿇고 두 팔을 내밀어 표적의 두 눈 사이에 두 발을 쏘았다.

"그를 죽일 수 있다고 생각하오?" 얼마쯤 남부 사투리로 들리는 느린 말투로 동료인 스티브 페리가 물었다. "다른 신호는 그런 대로 줄거리가 서 있는 것 같지만, 암살이라면……."

"우리가 그를 죽이려는 것처럼 보일 수는 있을 것이고, 요컨대 그 것을 노리는 거요." 다이아몬드가 말했다.

"어떻게 해서?"

물론 그것이 가장 중요한 점이었다. 303위원회에 가기 전 르윈터 사건의 설명을 해두어야 할 큐넨 차관 사무실에 들렀을 때 다이아몬 드는 아직 그 점에 대해 이것저것 생각하고 있었다.

"르윈터의 암살을 제안하는 것은 상관없소." 큐넨이 말했다. "하 지만 그렇게 되면 테니스코트의 CIA 쪽으로 공을 돌려 주게 되는 데 지나지 않소. 그런 일을 할 수 있는 구체적 방안을 가진 것은 그들뿐 이고, 녀석들은 덤벼들겠지요. 그 밖에……."

국방성 내부 세력 다툼의 베테랑인 큐넨은 혼잣말처럼 이것저것 생 각나는 일을 중얼거렸다. 국방성 정보국이 담당할 수 있도록 암살 계 획을 짜내는 것이 문제다. 그 대답은 우연에 가까운 형태로 어느 소 련 정치국원의 건강진단 결과를 알리려고 달려온 큐넨의 부하인 젊은 수재가 제공해 주었다. 큐넨이 그 부하에게 좋은 생각이 없느냐고 물 어보았던 것이다.

"자이체프를 이용하면 어떻습니까?" 그 젊은이는 마치 정해져 있 는 일이기라도 한 듯 아무렇지 않게 제안했다.

"자이체프가 누구지?"

큐넨과 다이아몬드가 입을 모아 물었다.

유명한 소련의 체스 본부장인 스토얀 알렉산드로비치 자이체프라고 그 젊은 수재는 설명했다. 그 자이체프가 러시아 사람이 말하는 출판용이 아니라 책상 서랍에 넣고 볼 생각으로 수기를 썼다. 다만 그 수기는 흔해빠진 전혀 해롭지 않은 수기가 아니라 벌써 오래전에 자존심을 내던진 한 사람의 분노에 찬 웅변적인 고민의 부르짖음이다.

표면적으로는 자이체프의 수기는 소련 작가 안드레이 악셀로드에 관한 것이다. 악셀로드가 당대회에서 대담하게도 검열과 네오 스탈린주의를 비난한 일, 그가 레닌그라드 변두리의 정신병원 셀브스키 정신진단연구소에 들어간 일, 또——이 부분은 서방 측에 알려져 있지 않지만——그가 화장실에서 목매어 자살한 일들이 씌어져 있다. 그러나 수기의 핵심을 이루는 것은 악셀로드의 이야기가 아니라 자이체프 자신의 일이다. 당대회 연설이 있은 뒤 악셀로드에 대한 사람들의 비난에 자이체프 자신이 동조한 일로 스스로를 심하게 꾸짖고 있었다.

"막상 시련의 때가 닥치자 나는 나 자신의 인간성보다 내 아파트와 별장과 승용차와 외국 여행 쪽을 중요시했다."

자이체프는 최후의 엄격한 자기 분석 부분에서 악셀로드가 자살한 소식을 들었을 때의 심정을 이렇게 그리고, 더욱이 또 자신은 너무나 겁이 많아 내부 사람들만의 장례식에 참석할 용기마저 없었다고 쓰고 있다고 젊은이는 차관에게 설명했다.

그 장례식으로부터 꽤 지난 어느 날 자이체프는 〈노비 밀〉의 자유주의적인 편집자 티모셴코에게 자신의 고민을 털어놓고, 두 사람은 정신을 잃을 때까지 계속 술을 마셨다. 날이 밝을 무렵 자이체프는 찬물에 머리를 담그고 술이 깨자 손으로 그 수기를 써서 '양심 선언'이라는 제목을 붙였다. 티모셴코가 깨어나자 자이체프가 수기 위에

엎드려 자고 있어서 그는 그것을 집어 들어 읽었다. 그리고 자이체프가 그 원고를 동료들에게 보이기 위해 썼으리라 추측하고 자유주의적인 친구들에게 보여주려고 가지고 돌아갔다.

점심때 가까이 '암소'가 가까스로 자이체프를 깨워 일으키자 자이체프는 자기가 굉장히 위험한 일을 저질렀음을 깨닫고, 그 무렵 시한폭탄이라도 되듯 조심조심 돌려가며 읽혀지고 있던 원고를 되찾아 없애려고 필사적으로 모스크바 거리를 찾아해맸다.

자이체프는 그날 저녁 겨우 원고를 찾아냈지만, 그때는 벌써 영리한 모스크바의 어느 자유주의적인 시인이 그 원고를 사진으로 찍은 뒤였다. 결국 번거롭게 돌고 돈 지하 조직의 비밀 경로를 거친 끝에 상당한 액수의 돈과 교환되어 그 사진 원판이 국방성 정보국 손으로 들어갔다.

"우리가 맨 먼저 생각한 것은 그것을 선전에 이용하는 일이었습니다. 2, 30부 위조하여 이쪽의 비밀 경로를 통해 소련으로 되돌려 보냈다가 때를 보아 서방 측 신문에 전문을 누설하는 방법입니다." 젊은 이는 설명했다. "자이체프처럼 세계적으로 유명한 사람이 쓴 악셀로드에 관한 진상——물론 아시리라 여깁니다만, 소련 측은 그가 암으로 죽었다고 말하고 있습니다——이라고 하면 온 세계에 굉장한 충격을 주게 될 것입니다."

그런데 기록 보관부의 한 서기가 그런 경우 정해진 순서로서 자이체프의 서류철을 조사했는데, 그가 아주 뛰어나고 장래가 촉망되는 정보부원이며 지금 일본의 소련 대사관 첩보 책임자인 예브게니 미하일로비치 포고딘의 친한 친구임이 밝혀졌다는 것이었다. 그 발견으로 새로운 가능성이 생겨났다.

"포고딘!" 다이아몬드는 이미 말을 움직이는 방법을 생각하고 있었다. "그는 르윈터의 보호역을 맡고 있는 사나이요."

“그렇습니다.” 젊은이가 말했다.

“포고딘과 자이체프는 어느 정도로 친하오?”

자이체프와 그의 수기에 대한 것을 알게 된 경위에 대해 다이아몬드가 이야기를 끝내자 스티브 페리가 물었다.

“아주 친하오. 자이체프 별장에서 파티가 있었을 때 포고딘이 르윈터를 데려갔을 정도요.”

“그래서 당신은 그럴 생각만 있으면 자이체프는 또 르윈터를 만날 수 있다고 생각하는 거군요.”

다이아몬드가 고개를 끄덕였다. “이쪽의 간단한 부탁과 그의 〈양심 선언〉을 교환 조건으로 하자고 말하는 거요.”

“그는 말을 들으려 하지 않을 거요. 그런 일로 살인을 저지르는 짓은 하지 않소.” 페리가 경고했다.

“그는 자기가 살인을 저지른다는 것을 알지 못하오.”

“그렇다면 다음은 당신이 〈양심 선언〉을 가지고 있음을 자이체프에게 알리기만 하면 끝나는 셈이군요. CIA의 손을 빌리지 않고 할 뭔가 좋은 방법이 있소?”

“음, 있을 것 같소.” 다이아몬드가 말했다.

전화벨이 오랜 동안 계속 울렸다. 다이아몬드가 수화기를 내려놓으려 하는데 세러가 전화를 받았다.

“여기는 마담 데파르주.” 다이아몬드가 말했다.

“지독한 사람이군요. 리어, 어디에 갔었지요?”

“여기저기.”

잠시 동안 그 ‘여기저기’라는 낱말의 모호한 점에 대해 대화가 계속되었다.

“당신과 이야기하고 싶어요. 우리는 여러 가지 일을 허공에 띄운

채로 내버려둔 것 같으니 그 점에 대해 상의하는 게 좋겠어요. ”
“상의는 끝난 것으로 아는데. ”
세러가 갑자기 목소리를 낮추어 속삭였다.
“무슨 일이 일어났어요, 리어? 전에 당신은 수수께끼 같은 인물이
었고 나는 그런 당신이 좋았어요. 한 꺼풀, 두 꺼풀, 늘 새로운 당
신을 발견할 수 있었으니까요. 하지만 지금은 당신을 너무 잘 아는
듯한 기분이어서 어쩐지 무서워요. 리어, 듣고 있어요? ”
“듣고 있소, 세러. 당신은 공상이 너무 지나치오. 모든 것이 이제
까지와 다름없소. 우리는 고원에 와 닿은 거요, 그뿐이오. 계속 걸
어가기 전에 잠시 멈춰 서서 한숨 돌리는 곳에 말이오. ”
“어디를 향해 계속 걸어가는 거지요? ”
세러가 물었으나 다이아몬드는 못 들은 척하고 말을 이었다.
“당신이 소련에서 돌아오면 서로 마음 놓고 조용히 이야기 나눕시
다. 알겠소? ”
“내가 소련에서 돌아오다니요? ”
“그 일로 전화 걸었소, 세러. 당신에게 부탁하고 싶은 일이 있소……
…. ”
다이아몬드는 긴장한 나머지 이마를 죄어 붙이는 듯한 심정이었다.
“러시아로? ”
“그렇소. 위험은 전혀 없소. 절대로 없소. 보증하오. 모스크바에서
어떤 사람을 만나 편지를 한 통 전해 주었으면 하오. 그뿐이오. ”
“어쩐지 굉장히 재미있을 것 같은 역할이군요. 나는 내 이름으로
가나요? 아니면 당신이 다른 사람으로 꾸며 주나요? ”
여느때의 세러다운 말투로 돌아와 있었다. 스파이 이야기에 마음을
빼앗겨 그 속에 한 역할 맡는 일에 흥분해 있었다.
“그렇게 흥분하지 마오, 세러. 당신은 있는 그대로의 당신으로 가

오. 그리고 어떤 남자와 몇 분 동안 이야기 나누고, 편지 한 통과 꽃가룻병에 쓰는 알약을 조금 건네주면 되오. 그것뿐이오. 자세한 것은 만나서 이야기하지. 그리고 조금 보수가 나올 거요, 3천 달러쯤. 어떻소?"

"기뻐요." 그러나 세러는 금방 장애를 깨달았다. "리어, 나는 할 수 없어요."

"할 수 없다니 무슨 뜻이오? 방금 재미있을 것 같다고 말했잖소?"

"재미있을 것 같기는 하지만…… 나는 갈 수 없어요. 패션쇼 사람들에게 이번 여행에 갈 수 없다고 말했고, 그들은 벌써 대신 갈 모델을 계약했어요."

"그쪽은 벌써 손써 두었소." 다이아몬드는 대수롭지 않게 말했다. "그 여자에게 돈을 주어 그만두게 하고 당신이 다시 가기로 되어 있소."

"당신은 나에 대해 굉장히 자신이 있군요. 리어, 당신이 마음대로 결정해 버린 것은 이번이 두 번째예요."

"첫 번째는 언제였소?"

"나와 자기 전 내 신상 조사를 시켰을 때 나를 침대로 끌어들일 수 있다는 자신을 가지고 있었어요. 그렇지요, 리어?"

"세러, 그 이야기는 이미 끝났다고 생각했는데. 나는 당신이 뭐랄까, 내 일의 성격을 이해해 준 것으로 생각했소. 알겠소? 소련에 가고 싶지 않으면 그렇다고 말해 주오. 모든 걸 취소하겠소."

세러는 다이아몬드의 계획을 망쳐 버렸을 때의 만족감과 갔을 때의 즐거움과 흥분을 속으로 비교하며 잠시 망설였다.

"좋아요, 리어. 가겠어요."

그리고 잠시 말을 끊었다가 덧붙였다.

“말해 줘요, 리어. 내가 싫다고 하면 어떻게 할 생각이었지요 ? ”

다이아몬드는 전에 한 번 썼던 말로 그 자리의 어색함을 피하려 했다.

“당신을 침대로 끌어들였을 거요. 그대신 말은 하지 않겠지. ”

하지만 이번에는 세러가 웃지 않았다.

다음 전화는 훨씬 마음 편했다.

“당신은 나를 모릅니다. ” 다이아몬드 정중한 목소리로 말했다. “내 이름은 카입니다. R이 둘이지요. 국무성에 있는 사람입니다. ”

“오거스터스 일인가요 ? ” 모린 싱클레어가 물었다. 그녀의 지치고 힘없는 목소리가 여러 가지 고민을 경험했음을 뚜렷이 말해 주고 있었다.

“이번 사건으로 몹시 고통을 겪으셨을 겁니다. ” 다이아몬드가 위로하듯 말했다. “진심으로……. ”

“카 씨, 단도직입적으로 묻겠는데, 분명히 대답해 주세요. 오거스터스는 돌아올 수 있나요 ? ”

“돌아오다니요 ? ” 한순간 다이아몬드는 그녀의 말뜻을 이해하기 어려웠다. “무슨 뜻입니까, 돌아온다는 것은 ? ”

“돌아오는 것, 돌아오는 것. ”

되풀이함으로써 분명해진다고 여기는 듯 모린 싱클레어가 말했다.

문득 다이아몬드는 그 뜻을 이해할 수 있었다. “우리에게 문책당하지 않고 돌아올 수 있느냐는 뜻입니까 ? ”

“네, 그래요. ”

“싱클레어 양, 특히 우리에 관한 한 소련에서 영주하기를 바랐다 하더라도 르윈터는 어떤 범법 행위도 저지른 게 아닙니다. 우리가 이제까지 들은 바로는, 그는 아직 미국 시민권을 정식으로 버리지 않았으므로 그럴 생각만 있으면 언제라도 돌아올 수 있습니다. 물론 일자리를 잃게 될지도 모르며, 다시 기밀 사항 취급 자격을 얻을지 어떨지는 크게 의문이지만…… ”

“하지만 돌아올 수는 있나요 ? ”

“그렇습니다. 그가 귀국하기를 두려워할 법적 이유는 아무것도 생각나지 않습니다. ”

그 말에 모린 싱클레어는 얼마쯤 마음 편해진 듯했다.

다이아몬드가 말을 이었다.

“솔직히 말해서 우리도 당신처럼 그가 돌아오기를 바라고 있습니다. 물론 내 말이 공공연하게 내놓고 할 것은 못되지만, 우리 나라의 우수한 두뇌를 지닌 훌륭한 시민이 철의 장막 저쪽을 좋게 생각하는 것은 여러 다른 나라에 대한 우리 나라의 이미지에 있어 결코 보탬이 되지 않습니다. 내 말뜻을 알겠습니까 ? ”

“직접 그와 이야기할 수만 있다면…… ”

다이아몬드가 바라던 돌파구가 열렸다. “직접 이야기할 수는 없습니다만, 싱클레어 양. 그에게 편지를 쓸 수는 있습니다. ”

“편지를 ? 편지는 생각도 해보지 않았어요. 어디로 하면 되지요 ? ”

“실은 그 일로 전화 걸었습니다. 우리는 지금 개인적인 루트를 통해 르윈터 씨에게 편지 보낼 계획을 세우고 있는 참입니다, 저쪽 당국자에게 들키지 않도록. ”

“그런 일이 가능한가요 ? ”

“네, 가능할 겁니다. 이 일을 결코 다른 사람에게 말하면 안 된다는 것은 알겠지요 ? ”

“잘 알고 있어요, 카 씨. 결코 다른 사람에게 말하지 않겠어요. 맹세해요. ”

“좋습니다. ” 다이아몬드는 모든 것이 생각대로 진행되리라는 느낌이 들었다. "그래서 당신에게 부탁하고 싶은 것은 당신 자신의 필적으로 그에게 편지 쓰는 일입니다. 여느때의 말투로 쓰는 겁니다, 당신이 지금 하는 일이며 날씨에 대한 것 등에 대해서. 그 사이사이에 우리가 아닌 당신이 쓴 편지임을 그가 알 수 있도록 개인적인 일을 적당히 집어넣어 주십시오. 그리고 두 장쯤부터 진지한 말투로 변해 가는 겁니다.

어떤 내용인지는 저로서 말할 수 없습니다만, 아무튼 저절로 솟아 나는 듯한, 즉 아시다시피 감정적인 말투로 쓰는 겁니다. 그가 없어서 무척 쓸쓸하다는 것, 무슨 까닭으로 새로운 인생을 내디딜 심정이 되었는지 충분히 이해하기는 하지만 처음 간 나라에서 새로 시작한다는 것은 그의 상상 이상으로 어려울지도 모른다는 것들을 말이죠. 그리고 적당한 부분에서, 국무성에 물어보니 그가 생각을 바꾸어 돌아 오더라도 문책당하거나 하는 일은 전혀 없다는 보증을 받았다고 말해 주십시오. 대체적인 의미는 알았겠지요, 싱클레어 양?"

"네, 잘 알았어요. 물론 쓰겠어요. 당신과의 이야기가 끝나는 대로 곧 책상에 앉아 쓰겠어요."

"그렇게 해주시면 정말 고맙겠습니다. 당신이 여러 모로 생각하여 쓰시면 그도 혼란 속에서 깨어나지 않을까 생각합니다. 오늘 저녁 때 우리 쪽 사람이 편지를 가지러 갈 겁니다. 괜찮겠습니까?"

"카 씨, 뭐라고 감사를 드려야 좋을지……."

"제게 감사할 필요는 없습니다. 서로 같은 심정이니까요. 아 참, 싱클레어 양, 또 한 가지. 그 기자 회견 내용을 읽었습니까, 르윈터 씨가 꽃가룻병에 쓰는 알약을 잃어버렸다는 이야기를 했을 때의 그 기사를?"

"네, 읽었어요. 가엾게도, 잘 듣는 약은 그것뿐이었던 것 같았어요."

"당신이 알약을 보내드리면 그는 진심으로 고마워할 것입니다. 우
리 쪽에서 당신의 편지와 함께 전하겠습니다."
"하지만 그의 처방을 알 수 없어요."
"이렇게 하시지요, 싱클레어 양. 알약 일은 제게 맡겨 주십시오.
당신은 그가 가져간 알약을 잃어버렸다는 말을 듣고 2백 알쯤 보낸
다는 것을 편지에 써주시기만 하면 됩니다. 가능하면 덧붙이는 말
로요."
힘을 북돋아주는 듯한 목소리로 다이아몬드는 덧붙였다.
"이를테면 저쪽에서 영주하기로 했을 경우 그런 따뜻한 보살핌을
받을 수 없다는 것을 그가 깨달을지도 모르니까요."

워싱턴과 뉴욕 사이의 왕복 비행기편이 늦어져 다이아몬드는 라가
디아 공항에서 택시를 잡느라고 애먹었다. 거리로 들어가는데 미드타
운 터널까지는 자동차가 그리 붐비지 않았으나, 거기서부터 브로드웨
이 86블록까지 가는 데 한 시간쯤 걸렸다. 목적지에 닿았을 때는 정
오 가까이 되어 있었다.
다이아몬드는 잠시 어느 약국 앞에 우두커니 서서 진열창에 비친
자기 모습을 바라보았다. 자기의 영상을 통해 들여다보니 남자가 한
사람 있을 뿐 가게는 텅 비어 있었다 재빠른 동작으로 플라워 약국이
라고 금빛 글씨로 씌어진 문을 밀어 여는 것과 동시에 나중에 올 뒷
사람에게 '폐점'이라는 글자가 보이도록 문에 걸린 보드지 표찰을 뒤
집어 놓았다.
"강도질을 할 생각이라면, 나는 두 시간마다 현금을 은행에 넣고
있다는 것을 알아야 하오. 여기에는 거스름돈으로 쓸 잔돈밖에 없
지요. 와서 당신 눈으로 봐도 좋소. 거짓말이 아니오. 잔돈밖에 없
소."

셸든 플라워는 요 10년 동안 서른여섯 번이나 강도를 만났는데, 기록의 정확성을 기하기 위해 그때마다 빗자루 손잡이에 표를 해두고 있었다.

플라워는 흑인이 두려워 견딜 수 없었다. 가까운 상점 주인들이 흑인은 돈이 없으면 화가 나서 물건을 부수기 시작한다는 말에, 플라워는 흑인 강도에게 주려고 10달러짜리 지폐 두 장을 계산대 밑에 늘 준비해 두고 있었다. 그러나 백인이나 푸에르토리코 인의 경우에는 단순히 사실을 말할 뿐이었다.

플라워는 금전 등록기의 현금이 일정한 액수에 이르기 전에 가까운 은행에 예금해 버린다. 대부분의 강도는 금전 등록기 속을 흘끗 보면 두말 않고 뒷걸음질쳐 나간다. 그 가운데에는 그의 말을 믿고서 금전 등록기를 들여다보지도 않고 나간 사람도 한둘 있었다.

한 걸음 앞으로 나서며 다이아몬드가 말했다.

"강도가 아니오, 플라워 씨. 나를 기억하지 못하오?"

플라워가 느릿느릿 카운터 뒤에서 나왔다. 근시인 데다 마침 안경을 쓰지 않아 횃대 위에 앉은 독수리처럼 고개를 내밀고 눈을 가늘게 떠서 상대의 얼굴을 초점에 맞추려 하고 있었다.

"당신을 알고 있소." 플라워가 말했다. "CIA 사람이오, 리언 덩컨."

플라워의 머리 회전이 차츰 속력을 더해갔다. "그래, 맞아. 리언 덩컨. 나는 사람 이름을 결코 잊지 않소."

"다이아몬드," 다이아몬드가 바로잡았다. "리어 다이아몬드."

"물론 다이아몬드지요. 당신은 전쟁 뒤 바로 돌아왔지요, 그렇잖소? 그래, 차츰 생각나기 시작하오. 그 무렵의 당신은 아직 젊어도 굉장한 솜씨꾼이었소. 굉장했었지요. 당신이 루마니아에서 큰일을 해낸 것을 기억하고 있소. 아니, 체코였던가. 아무튼 정보국 안이 온통 그 이야기로 떠들썩했었지요. 지금은 최고 간부 가운데 한 사람이 되어 있겠군요. 당신은 솜씨꾼이니까."

"국을 그만두었다더군요?"

대화가 끊기지 않도록 다이아몬드가 물었다.

"50년대 초기에 그만두었지요. 내 재주를 활용할 일이 없어진 거요."

"꽤 훌륭한 가게로군요." 선글라스며 칫솔이며 탁상시계 등이 가득 찬 선반 쪽으로 손을 흔들면서 다이아몬드가 말했다.

다이아몬드는 다시금 이마를 죄어 붙이는 듯한 긴장감을 느꼈다.

"약을 조제해 주실 수 없겠소, 플라워 씨?"

플라워가 눈을 가늘게 뜨고 상대를 보았다. 별안간 다이아몬드가 우연히 가게를 발견하고 들어온 것이 아님을 알아차렸다.

카운터 뒤로 돌아가며 플라워가 말했다.

"물론 조제할 수 있지요, 수수료만 준다면. 어떤 약이지요?"

"꽃가룻병에 쓰는 클로르 트리메턴 정이라는 것을 들은 적 있소, 플라워 씨?"

워싱턴으로 돌아가는 5시 비행기 편에 타려고 서두르던 다이아몬드는 터미널 입구에서 큰 목소리로 신문을 팔고 있는 대머리 사나이 옆을 지나갔다. 사나이는 조용한 미치광이 같은 말투로 지껄이고 저 혼자 제멋대로 싱글거리면서 입구로 향하는 사람 물결 속으로 들어갔다.

접은 신문을 높이 쳐들며 그가 말했다.

"대통령이 증발하여 보이지 않습니다. 임금님의 시종이 험프티 덤프티 (《이상한 나라의 앨리스》에 나오는 달걀 모양의 인물)의 몸을 본래대로 되돌렸습니다. 미국군이 중국으로 쳐들어갔습니다. 베를린이 러시아 인의 손에 함락되었습니다. 모두 이 시내판에 실려 있습니다. 지금 사고 돈은 나중에……. 뉴스가 마음에 안 들면 돈을 되돌려 줍니다. 크렘린이 레닌을 남색자라고 비난했습니다. 처음으로 여자 우주 비행사가 탄생했습니다……."

자기만의 좁은 시야에 사로잡혀 있는 다이아몬드는 세계 곳곳에서 일어난 사건에 마음 끌리지 않고 갈 길을 서둘렀다.

종반전

19

연회는 자쿠스카(러시아의 전채 요리)로 시작되었다. 테이블이 온통 접시로 파묻힌 듯한 그 자쿠스카 음식들은 여덟 종류의 캐비어와 겨자 소스에 담근 소금절임 청어, 홀로디츠의 젤리, 양념을 많이 쓴 비트키 고기 경단, 청어, 삶은 감자, 양파, 사과를 사워 크림에 넣어 구워낸 요리 등이었다. 그런 요리들을 프랑스 종려, 레몬 껍질, 그리고 목초 줄기로 각각 향기를 넣은 세 종류를 포함한 열다섯 종류의 보드카로 리드미컬하게 흘려 넣는다. 캐비어를 입에 넣고 보드카 한 모금, 청어를 먹고 보드카, 폴슈맥을 입에 넣고 보드카 한 모금, 물론 그 사이에 건배가 잇달아 행해진다.

모스크바의 패션하우스 전무이사가 소리쳤다.

"미국의 우리 친구들을 위해 건배합시다. 그들이 우리 사회주의 국가에 관한 즐거운 추억을 가지고 돌아가기를 바라며."

모두들 목을 뒤로 젖히고 보드카를 마셨다.

글라스를 머리 위로 높이 들고 미국의 기성복 메이커가 외쳤다.

"소련의 기성복 관계의 우리 동료들을 위해. 자본주의자에 대한 임금님과도 같은 대접에 감사하며."

다시 연회장의 50명 남짓한 사람들이 글라스를 비웠다.

"굉장하군요." 세러가 오른편에 앉은 남자에게 말했다. "이대로 가다가는 모두 죽고 말겠어요."

자이체프가 빨갛게 충혈된 눈으로 세러를 향해 상냥한 미소를 짓고 어깨를 으쓱하며 자기 나라 말로 말했다. "영어는 할 줄 모르오."

"그럼, 프랑스 어는 하시나요?" 세러가 시험해 보았다.

"하고말고요." 왼쪽에 앉은 굉장히 아름다운 미국 아가씨와 통할 수 있는 말을 찾은 것이 기뻐 자이체프가 힘차게 대답했다.

"나는 아까 이러다가는 모두 죽고 말겠다고 했어요."

세러가 프랑스 어로 말했다.

자이체프가 변색된 이를 드러내며 웃었다. "어쩔 수 없는 일이지요." 그가 대답했다.

세러는 그가 말뜻을 이해하지 못했음을 알아차렸다.

"내 말은 모두 너무 많이 먹어서 죽고 말겠다는 뜻이에요."

긴 테이블에 빽빽이 늘어선 접시를 가리키며 그녀가 설명했다.

"그 점에 대해서는 러시아에 옛날부터 쓰이는 말이 있지요. '얼마나 멋있게 죽는 방법인가?'" 자이체프가 팔꿈치로 세러를 찌르며 웃음을 재촉했다. "알겠소? 당신은 모두 너무 먹어서 죽고 말겠다고 했소. 그 말에 나는 대답한 거요. '얼마나 멋있게 죽는 방법인가?'"

자이체프는 또 웃었다.

"우리들도 같은 말을 해요." 세러는 명랑한 목소리로 말했다. "아마 세계 공통인 모양이지요?"

그리고 그녀는 다른 화제를 꺼내보았다.

"당신은 어떤 사람이지요?"

"당신이 그걸 묻는 건 기막힌 우연의 일치요." 자이체프가 말했다. "나라는 사람은 어른이 된 뒤의 온 인생을 그 물음의 해명을 위해 보내왔지요. 뭐라고 대답해야 좋을까요? 나는 남자로 소련 사람이고 체스 본부장이며 레닌주의자로……."

"그건 공산주의자와는 다른가요?"

바야흐로 자이체프의 얼굴에 차츰 생기가 넘쳐흘렀다. "나는 그렇게 생각하고 있소. 물론 전혀 틀리오."

"그럼, 당신은 공산주의나 마르크스주의에 대해 레닌주의를 어떻게 정의내리지요?"

이야기가 어떻게 매듭지어질 줄은 알고 있었지만 세러는 대화를 즐기기 시작했다.

"마르크스주의는 변환주의요. 모든 것을, 전쟁과 사랑과 권력과 섹스를 유물론적 표현으로 바꿔 놓으려 하오. 공산주의는 지난해의 댄스처럼 시대에 뒤떨어진 물건이오. 그 핵심은 유럽 사람들이 여러 세기 동안 따로따로 떨어진 방에 감춰두었던 것, 즉 종교와 영리를 한데 붙여놓은 것에 지나지 않소. 그러나 레닌주의는 틀리오. 레닌주의는 이상주의에 뿌리내리는 병이지요."

"아주 흥미로운 정의예요." 세러가 말했다. "나는 세 가지 다 권력을 추구한다는 정의가 들어맞지 않을까 생각했었어요."

"나의 친애하는 젊고 순진한 미국인이여." 연회장의 시끄러운 소리를 덮어 누르는 큰 목소리로 자이체프가 말했다.

몇 사람인가가 그들 쪽으로 얼굴을 돌려 두 사람의 이야기하는 것을 보고 다시 본디대로 돌아갔다.

"당신들 자본주의 나라 어린이들은, '호모 폴리티커스'가 권력밖에 추구하지 않는다는 것은 '호모 이코노미커스'가 이익밖에 추구하지 않는다는 것과 마찬가지로 대개 현실과 동떨어진 생각이라는 걸 언제나 깨닫겠소?"

"호모 폴리티커스? 호모 이코노미커스? 놀랍군요, 절충주의예
요."

세러는 그의 오만함과 지성이 뒤섞인 사람됨에 깊은 인상을 받았
다. 그녀는 다시 물었다.

"당신은 어떤 사람이지요?"

"내 이름은 스토얀 자이체프. 그저 얼굴만 아는 사람들은 나를 스
토얀이라고 부르지만 마음을 준 친구나 연인은 나를 자이체프라고
부르지요. 당신은 자이체프라고 불러도 좋소. 절충주의적인 점에
대해서는 당신들 쪽의 스콧 피츠제럴드가 멋있는 말을 했지요. 다
재다능한 사람은 모든 전문가 가운데 능력의 폭이 가장 좁은 사람
이며 특히 그 능력의 폭이 좁은 게 특징이라고."

세러가 방긋 웃었다. 상대를 성(姓)으로 부르는 데 그녀는 망설임
을 느꼈다. "자이체프, 당신에게서 능력의 한계를 발견하기는 곤란할
거예요."

"패션 분야에서의 소련과 미국의 협력에 건배합시다."

테이블 건너편 끄트머리에 어떤 취한 러시아 관리가 외쳤다.

"패션의 두 대국에 건배." 미국 부인복식 전문지 기자가 소리쳤다.

그녀가 들어올린 글라스에서 백포도주가 넘쳐흘렀다.

"먹어 보오." 자이체프가 세컨드 코스에 손을 대며 말했다.

오클로슈커라는 차가운 수프로 오이와 들새고기와 향료 식물을 크
바스와 크림에 삶아 식힌 것이 그릇에 담겨 솥 모양으로 생긴 얼음
위에 놓여 있었다.

세러는 먹는 것 이외의 모든 일에 대해 다이아몬드로부터 설명을
들었다.

"그를 잘못 보는 일 따위는 절대로 없소." 그때 그가 말했다. "바람둥이 영감인 느낌이 드는 사나이라고 하오."

"그런 사람은 많아요." 세러가 말했다.

다이아몬드는 분개했다. "그게 무슨 뜻이지?"

"놀랐어요. 오늘은 몹시 민감하군요." 세러가 나무랐다.

"당신이 둔감하기 때문일지도 모르오."

"적당히 해두세요, 리어. 나는 바람둥이라는 표현은 많은 사람에게 들어맞는다는 뜻으로 말했을 뿐이에요. 좀더 뚜렷한 특징은 없나요? 내가 다른 바람둥이에게 편지를 건네주면 곤란하겠지요?"

다이아몬드는 잠시 세러의 얼굴을 가만히 지켜보고 있었다.

"지금이라면 아직 그만둘 수 있소."

"알고 있어요." 상대를 가만히 마주보며 세러가 말했다.

결국 눈을 돌린 것은 다이아몬드 쪽이었다.

"알겠소? 나는 당신이 맡아 줘서 고마워하고 있소."

"당신이 고마워해 주는 데 대해 고마워하고 있어요." 세러는 차가운 목소리로 말했다. "그 자이체프라는 사나이의 인상을 좀더 자세히 말해 주시겠어요?"

그러나 다이아몬드는 그녀에 대한 자신이 흔들리고 있었다.

"그전에 충분히 서로 상의해 두는 편이 좋을지도 모르겠소. 당신은 뭐가 마음에 들지 않소? 우리는 어째서 사사건건 말다툼해야 하는 거요?"

세러가 좀 부드러운 태도를 보였다.

"이번 일로 둘 다 신경질적이 되어 있군요."

가장 손쉬운 설명 방법이었다. 그러나 그 자리의 분위기에는 맞지 않았다.

"그럴지도 모르오."

"당신은 자이체프의 인상을 설명하고 있었어요." 세러가 독촉했다.

"눈이 작고 콧구멍이 크며 이가 변색된 40대, 말과 행동에 멋을 부리오. 말할 때 두 팔을 열심히 휘두르오. 술을 많이 마시지만 좀처럼 취하지 않소. 풀 네임은 스토얀 알렉산드로비치 자이체프요."

세러가 그 이름을 되풀이했다.

"예상 밖의 사건이 일어나지 않는 한 그는 송별회에 참석할 거요. 이쪽 문화 담당관이 그의 참석을 요구하도록 지시받고 있기 때문에 그 점은 우선 문제되지 않소. 러시아 측은 그를 문화적 만능 내야수로 여기고 있어서 외국에서 손님이 왔을 때는 언제나 그를 내보내오. 운이 좋으면 그는 당신 오른쪽에 앉게 될 거요. 덧붙여 말하면, 그는 프랑스 어를 하오."

"어떻게 그토록 자세하게 알고 있지요?" 세러가 물었다.

"나로서는 알고 있을 뿐이라고만 말해 두겠소. 괜찮소?"

"어째서 그 문화 담당관이 직접 자이체프에게 편지를 건네주지 않지요?"

"문화 담당관은 우리 쪽 대사관의 모든 사람들과 마찬가지로 밤낮으로 감시받고 있소. 자이체프는 그의 옆으로는 결코 가지 않을 것이며, 비록 옆으로 간다 하더라도 편지를 받지 않소. 또 받더라도 그 받는 것을 들켰으리라 생각하고 곧 당국에 넘겨줄 게 틀림없소."

세러가 고개를 끄덕였다.

"그 자이체프라는 사람에게 뭐라고 하면 되지요?"

"처음부터 일을 서두르면 안 되오." 다이아몬드가 주의 주었다.

"그는 당신에게 흥미를 가지게 될 거요. 당신은 미인이고, 그는 예쁜 아가씨에게는 언제나 흥미를 가지니까. 그를 흉허물 없이 대하도록

하오, 모스크바에 대한 이야기, 문학에 대한 이야기 등 뭐든지 좋으
니 화제에 오른 것에 대해 이야기하면 되오.

식사가 끝날 때쯤 어떻게든 사람이 없는 곳에서 그를 붙잡아야 하
오. 그리고 그의 자동차로 공항까지 배웅해 주지 않겠느냐고 부탁하
구려. 그는 모스크바에서 자가용을 가진 몇 안 되는 사람 가운데 하
나요. 버스는 사람들이 너무 떠들어대어 질색이라고 하면 되오. 그와
단둘이 있게 되면 이렇게 말하는 거요……. ”

사람들은 다음 요리를 먹기 시작하고 있었다. 클레비어카라는 요리
로, 기름이 자르르한 연어를 파이 껍질 같은 것으로 싸고 사워 크림
이 끼얹어져 있다. 불가리아 산 백포도주가 따라졌다.

“모스크바의 인상은 ? ” 자이체프가 대화를 이을 생각으로 물었다.

“나는 레닌그라드 쪽이 좋아요. ” 세러가 말했다. “우리는 여행 초
장에 그곳에 이틀 있었는데, 정말 아름다운 시가지라고 생각했어요.
네프스키 대로, 페트로파블로프스크 요새. 표트르 대제의 무덤, 에르
미타주. 자이체프, 가르쳐 주세요. 어째서 러시아 박물관에서는 구두
위에 슬리퍼를 신게 하지요 ? ”

“바닥을 보존하기 위해서겠지요. ”

“안내원 한 사람이 우리들에게 바닥을 닦게 하기 위해서라고 농담
을 했어요. ”

“그런 점도 없다고는 할 수 없겠지요. ” 자이체프는 유쾌한 듯이 고
개를 끄덕였다. “어느 인기 없는 장관이 이왕에 그들이 우리 홀 안을
돌아다닐 바에는 유익한 사회주의적 노동을 시켜야 된다고 생각했을
지도 모르오. 그렇지 않으면 어느 공장이 슬리퍼 재고를 주체하지 못
하여 뭔가 교환 조건으로 슬리퍼를 박물관 당국에 주었거나. 뭐라고
말할 수 없소. ”

자이체프는 다시 포도주를 마셨다.

"당신들 미국인은 이상한 인종이오. 아까 다른 미국 사람을 만났었는데, 그 사람은 거미집을 찾고 있다고 말했지요."

"거미집이요? 무슨 말인지 잘 알 수 없군요."

"나도 모르겠소. 나도. 어쩌면 자신의 감수성이 어느 정도인지 우리에게 인상 깊게 해주려고 생각했는지도 모르오."

세러는 자이체프가 술을 아무리 마셔도 겉으로는 취한 기색이 나타나지 않는 데 경탄하고 있었다.

"미국 사람은 감수성이 둔한 것으로 유명해요."

"그렇게 생각하오?"

"입증해 보여드리지요. 당신이 모스크바의 인상을 물었는데 나는 말하자면 이야기를 다른 데로 돌렸어요. 사실은 나는 이 거리가 아주 마음에 들지 않아요. 어딘지 차갑고 지저분하고 딱딱해서 그로테스크한 느낌이에요. 딱히 뭐라고 말하면 좋을지 모르겠어요……."

세러는 알맞은 말을 찾았다.

"모스크바 생활의 획일성에 질리고 말았어요. 누구나 모두 어떤 기준을 지키는 듯이 보이며 더욱이 그 기준이 단조롭고 어두워요. 가게는 어디에서나 똑같은 것을 팔고 있어요. 사람들은 모두 똑같은 옷차림을 하고 있어요. 방은 모두 여기처럼 상들리에가 있는 방까지도 입구에 똑같은 플라스틱제 스위치가 붙어 있어요.

정말로 소련에서는 플라스틱 스위치를 한 종류밖에 만들지 않나요? 그리고 당신들은 모두 자기 나라의 모자라는 점을 철저하게 변호하더군요. 나는 어젯밤 침대에서 이를 발견했어요. 그래서 프런트 데스크에 전화하여 불평했더니 안내원이 소련에 이는 없다고 잘라 말하고 전화를 뚝 끊어 버리더군요."

자이체프는 기쁨을 누를 길 없는 듯한 표정을 지었다.

"브라보, 마이 레이디." 자이체프는 세러에게 축배를 드는 것 같은 모습으로 글라스를 높이 들어올렸다. "누군가가 우리 사회주의 유토피아의 사회구조에 결함을 발견했다는 말을 들으니 이처럼 기쁜 일은 없소. 우리 쪽 지도자의 이야기를 들으면 결함이 있다고는 꿈에도 생각할 수 없으니 말이오. 당신이 발견한 그 이 말인데, 일찍이 레닌이이가 사회주의를 이기느냐 사회주의가 이를 정복하느냐 그 둘 가운데 하나라고 포고한 적이 있지요. 그래서 우리는 이와의 전쟁을 개시했소. 우리는 겨우 살아남은 녀석은 무시하고 문제삼지 않소. 그래서 그 안내원이 소련에 이는 없다고 말했을 게 틀림없소. 인종 차별, 동성애, 실업, 범죄, 모두 마찬가지요. 그런 건 존재하지 않는 것으로 되어 있소."

세러는 저도 모르게 자이체프가 마음에 들기 시작했다.

"다들 비슷하고 닮은 것은 왜 그렇지요?"

"그 점에 대해서는 외국에 관해 아는 것이 없는 나의 친애하는 미국 아가씨여, 당신 생각이 틀리오. 소련을 정말로 이해할 수 있는 것은 이 나라에 사흘 이내든가 3년 이상 있었던 사람뿐이라고 말하고 있소. 당신은 유감스럽게도 그 중간이오. 그러나 당신은 일부 사람이 위대한 인물로 여기는 저 이오시프 스탈린이 일찍이 완전히 서로 닮은 것은 무덤에 들어간 경우 말고는 있을 수 없다고 말한 것을 알 리 없겠지요.

스탈린은 당연히 알고 있었을 거요. 온 소련을 똑같은 빛으로 만들기 위해 많은 사람을 무덤으로 보냈으니까요. 아무튼 당신이 닮았다고 본 것은 어디까지나 표면적인 것이오. 개인의 뉘앙스가 서로 다른 것을 관찰하기 위해서는 표면 속을 보아야 하지요. 러시아에 앞으로 내가 만들 속담이 있소. 닮았다는 것은 보는 사람의 눈에 있다는 것이오, 일본 사람은 모두 똑같이 보이지요, 그렇잖소?
다만 함께 잘 때까지의 이야기요!"

지금은 요리가 메인코스로 들어가 있었다. 향료 식물의 가지를 채
워넣고 꼬치구이로 한 햇닭, 코카서스산 잣으로 둘러싼 새끼양 등심
살, 통째로 구워 전통 방식에 따라 입에 사과를 물려 카샤 위에 얹어
낸 새끼돼지였다.

"자이체프, 당신이 보기에 당신 나라를 비판할 점은 없나요?"

세러는 닭다리 살을 뜯고 있었다. 자이체프는 세 가지 요리를 듬뿍
자기 접시에 담아놓고 있었다.

"유감이지만 그 점에 대해 이야기할 시간이 없소, 갖가지 결점을
내가 잘 알고 있다는 것만 알아 주었으면 하오, 너무 잘 알기 때문
에 그 속에 빠져 죽어 버릴 듯한 기분이 들 때가 있지요, 본부장이
라 하더라도 욕구 불만을 갖는 일 없이 이 나라에 산다는 건 불가
능하오."

"그럼 어째서 여기에 머무르는 거지요?"

"왜냐하면 비록 여러 가지 결점이 있다 하더라도 이곳은 나의 아름
다운 모국이기 때문이오, 이곳에는 독특한 분위기와 활기와 사는
기쁨이 있소."

자이체프가 두 팔을 휘둘렀다. 그리고 조용한 목소리로 말했다.

"내가 이곳에서 사는 것은 어디든 다른 나라에서 살 생각은 결코
없기 때문이오, 결점에 대해서는 우리 나라에 옛날 속담이 있지요,
집에 영향을 주고 싶으면 그 집에서 살아야만 한다는 것이오."

두 사람은 잠시 말없이 먹고 있었다.

자이체프가 물었다.

"나는 좀 이해되지 않는 점이 있소, 당신이나 저 사람들은 모스크
바에서 뭘 하는 것인지."

그는 회장을 절반이나 차지하는 미국 사람들 쪽을 손으로 가리켰다.

"우리는 문화 교류 계획의 일부예요. 1년 전 당신들의 중심적 패션 하우스인 돔 모델리가 미국에서 러시아 의류 전시회를 열었지요. 이번에는 그 답례로 우리가 모스크바와 레닌그라드에서 미국 스타일의 의류 전시회를 연 셈이에요."

"굉장히 시시한 이야기로군."

자이체프가 말하자 두 사람은 소리 맞춰 웃었다.

마침내 디저트가 나오자 세러를 포함하여 미국인 몇 사람은 몹시 따분한 듯 한숨을 지었다. 설탕절임 과일과 나무 열매를 총총히 박아 캐러멜로 싼 옥수수가루 푸딩인 '그레이프 카샤'와 잘게 부순 나무 열매와 벌꿀과 설탕으로 만들어진 다이아몬드 모양의 작은 케이크 '고지나크'가 곁들여져 나왔다. 그것들을 적어도 러시아 사람은 목을 지지는 듯한 아르메니아산 브랜디로 흘려 넣는다. 컵을 들 수 있을 만한 힘이 남은 사람에게는 큼직한 금빛 사모바르에서 홍차가 따라지고, 또 수입품인 파이렉스 피처^(귀 모양의 손잡이와 주둥이가 달린 물주전자)에서 블랙커피가 따라졌다.

"당신들의 방문이 끝나는 마지막 순간에 당신을 만난 것은 정말 유감이오." 자이체프가 '그레이프 카샤'를 먹으며 말했다. "모스크바 매력의 일부를 당신에게 소개할 수 있었으면 틀림없이 크게 즐거웠을 텐데요. 모스크바 강의 굽어든 부분과 크렘린의 성벽이 굽어 보이는 내 아파트에서 이따금 열리는 파티에 와줄 수 있었다면 얼마나 즐거웠을까."

자이체프는 자신이 엘리트의 한 사람임을 그녀에게 알리고 싶었다.

"나도 유감스럽게 생각해요." 세러가 말했다. "혹시……."

"혹시 뭐요?"

“아니에요, 폐 끼치고 싶지 않아요.” 세러는 자기가 고른 표현의 익살스러움을 깨달았다. 이제부터 그에게 굉장한 폐를 끼치게 되는 것이다.

“당신이 내게 폐 끼칠 수 있다고는 절대로 생각할 수 없소.” 자이체프는 말을 마치자 이야기를 계속하도록 그녀에게 재촉했다.

“자동차를 가지고 계실까 생각했었어요.”

“나는 자랑스러운 최신형 검은 모스크바를 가지고 있지요.”

“어째서 검은색을 택했지요?”

“내가 빛깔을 고른 건 아니오. 소련에서는 파랑이니 빨강이니 오렌지색이니 하고 빛깔을 지정하여 자동차를 주문하는 게 아니라 그저 단순히 자동차를 주문하지요. 그리고 전액을 미리 치른 데 대한 우대 조치로 운 좋게 예약 명부에 이름이 실리면 자기에게 배당된 자동차를 넘겨받소. 내 차례가 왔을 때는 공장이 어두웠던 듯하오. 어째서 자동차에 대해 묻는 거요?”

“귀찮더라도 공항까지 배웅해 주시지 않겠어요, 자이체프? 버스는 사람들이 가득 차 있는 데다 앞을 다투며 타는 것이 도무지 불쾌…….”

“더 말할 필요도 없소. 그런 조그만 일로 도움이 될 수 있다면 그보다 기쁜 일은 없지요.”

보드카와 포도주와 브랜디를 그토록 마셨는데도 자이체프는 운전이 아주 능숙했다. 자이체프는 많은 양의 술을 마셔도 끄떡없다던 다이아몬드의 말은 정말이었구나 하고 세러는 생각했다. 세러는 얼마 동안 마른 빗자국 줄이 나 있는 차창을 통해 모스크바 거리의 광경을 바라보고 있었다.

러시아 맥주를 파는 가게 앞에서 차례를 기다리며 줄지어선 사람들, 세워둔 외국 자동차를 신기한 듯이 둘러보는 젊은 군인 두 사람, 어린 딸을 안고서 도랑에 오줌을 뉘고 있는 사나이, 바브슈카로 머리를 덮고 건설 현장 가까이에서 배수구를 파고 있는 다부진 몸집의 농사꾼 여자 두 사람. 말을 꺼내려다가 세러는 너무 긴장한 나머지 마음먹은 대로 목소리가 나오지 않음을 깨달았다.

"당신은 스토얀 알렉산드로비치 자이체프지요?"

목쉰 소리로 그녀가 물었다.

자이체프는 깜짝 놀라 몸을 바로 세웠다.

"어떻게 내 아버지 쪽 이름을 알고 있지요?"

"나는 고백해야 할 일이 있어요. 실은 연회에서 이야기를 나누기 전부터 당신이 누구인지 알고 있었어요."

"옳거니, 이로써 적어도 한 가지 의문이 풀렸군요. 내가 어째서 패션 관계자 연회에 초대된 것일까 이상하게 여겼었다오. 어느 미국인이 나를 만나기를 특히 희망한다는 것밖에는 듣지 못했으니까요. 희망한 사람은 당신이었구려, 그렇지요?"

세러는 고개를 끄덕였다.

"당신은 체스 팬이 틀림없소. 최근에 프랑스 어로 번역된 나의 책을 보았소?" 자이체프가 물었다.

자동차는 신호가 바뀌기를 기다리는 토마토를 가득 실은 대형 트럭 뒤에 멈춰 섰다.

"당신이 쓴 어떤 글을 분명히 보았어요." 세러가 말했다. "하지만 프랑스 어로 된 것은 아니었어요."

"정말 수수께끼 같은 말을 하는군. 당신은 우리 나라 말을 읽을 수 없을 테고, 내 책은 영어로는 번역되어 있지 않소."

"하지만 되어 있어요, 자이체프."

"그거 반가운 일이군요. 당장 인세 받을 방법을 생각해야겠는걸.

당신이 본 영어로 번역된 것은 나의 어떤 책이오?"

세러는 잠시 두려움으로 어찌할 바를 몰랐다. 지금이라면 아직 모든 일로부터 손을 뗄 수 있다고 생각했다. 그러나 다이아몬드에게 뭐라고 하면 되겠는가? 자이체프와 단둘이 있을 기회를 얻을 수 없었다. 자기가 알아들을 수 있을 정도로 그는 프랑스 어를 하지 못했다. 또는…… 세러라는 '뭔지 알 수 없는' 컬렉션에 넣고 싶은 이상한 상자에 끌려가듯 자기가 차츰 협박이라는 알지 못하는 경험으로 끌려가는 것을 느꼈다.

이윽고 그녀는 잘 들리지 않을 만큼 작은 목소리로 자기가 영어 번역으로 읽은 자이체프의 책 이름을 말했다.

"'양심 선언'이라는 제목이었어요."

세러는 자이체프의 얼굴을 뚫어지게 지켜보고 있었다. 입 언저리에 얼마쯤 엄숙한 기색이 나타난 것 말고는 놀라움이나 불안한 표정을 전혀 볼 수 없었다.

"그래, 나의 이른바 〈양심 선언〉을 어떻게 생각했소? 당신이 어디선가 영어로 번역된 것을 읽었다는 그 글말이오……."

"워싱턴에서."

"그랬었군. 워싱턴에서. 어떻게 생각했소?"

"용기 있는 멋진 내용이라고 생각했어요. 출판되면 온 세계 사람들이 같은 인상을 받을 게 틀림없어요."

"출판되면." 자이체프가 무감동하게 되풀이했다.

"서방 측에서 출판되면 당신 입장이 난처해질까요, 자이체프?"

자이체프는 비록 공포심을 품었다 하더라도 익살스러운 가면으로 가리고 있었다.

"내 입장이 난처해진다고요? 내가 술이 취했을 때 헛소리한 것이 출판되어, 그런 일에 관계있는 관리들이 어떤 반응을 보일지는 아무도 알 수 없지요. 솔직히 말해서 체제를 비판했다는 것이 조금이라도 더해지면 내 이름은 더욱 높아질지도 모르오. 잘하면 어디서인가 국제적인 상을 받게 될지도 모르지요. 아무도 예측할 수 없는 일이오. 그렇잖소?"

"자이체프, 당신의 〈양심 선언〉은 아직 출판되지 않았어요." 이야기를 본 줄거리로 돌리기 위해 세러가 말했다. "나는 우연한 일로 그것을 출판하려는 사람을 알고 있어요. 경우에 따라서는 중지시키는 방법이 있을지도 몰라요."

"당신의 말은 내가 뭔가를 하면 중지시킬 수 있다는 뜻이오, 아니면 당신이 뭔가를 하면 그 사람이 중지한다는 뜻이오?"

"당신이 할 수 있는 일로써." 긴 대롱 속을 통해 나온 듯한 뒤에 메아리가 계속될 것 같은 공허한 목소리였다.

자이체프는 교통이 혼잡한 교차점 앞에서 자동차를 길가에 대고 엔진을 껐다. 지금 진심으로 흥정을 생각하는 태도를 보이고 있었다.

"당신의 그 친구가 내 〈양심 선언〉을 가지고 있는지 어떤지 내가 어떻게 확인한단 말이오?"

세러는 말없이 핸드백에 손을 넣어 그녀 자신의 폴라로이드 사진이 붙은 두꺼운 종이를 꺼냈다. 그 사진을 뜯어내자 손으로 쓴 원고 한 장을 찍은 작은 사진이 나타났다. 자이체프는 눈길을 모아 원고를 한두 줄 읽더니 사진을 세러에게 돌려주었다. 그녀는 본디대로 자기 사진을 그 위에 붙였다.

"그래, 당신의 그 친구가 내게 요구하는 것은 뭐요?"

"나는 뭘 하면 좋으냐고 그가 묻거든" 다이아몬드는 세러에게 이렇게 주의를 주었었다. "부탁은 아주 간단하며 아무런 해도 없다고 강조하오."

"아주 하찮은 아무것도 아닌 일이에요, 자이체프." 세러가 말했다.

세러는 워싱턴의 자기 친구가 부탁하려는 것은 그저 단순히 그 미국인 망명자 르윈터의 여자 친구가 보내는 편지를 그에게 전해 주는 일뿐이라고 설명했다. 르윈터에게 미국으로 돌아오도록 권하고 돌아오더라도 당국은 전혀 문책하지 않는다는 것을 그에게 알리는 편지다.

"그래요, 그 밖에 또 하나 있어요. 그 여자 친구가 르윈터가 늘 쓰고 있던 꽃가룻병에 쓰는 알약 2, 3백 알을 전해 달라고 보냈어요. 그는 이리로 올 때 가지고 있던 알약을 잃어버린 것 같더군요. 여름이 되면 그 알레르기 증세가 심해진대요."

자이체프는 감정 같은 건 조금도 겉으로 나타내지 않고 조용히 듣고 있었다.

"예를 들어 나는 르윈터에게 가까이 할 기회를 얻을 수 없다고 말한다면?"

"내 친구는 그를 만날 수 있도록 수배하는 일이 당신에게는 가능하다고 말했어요."

"당신 친구는 나에 대해 여러 가지로 아는 듯하군요. 내가 편지와 알약을 르윈터에게 선하겠다고 하고는 약속을 지키지 않더라도 손쓸 도리가 없겠지요?"

그러나 세러는 그것에 대한 대답도 준비해 두고 있었다. "내 친구는 당신이 르윈터에게 주었는지 어떤지 알 수 있다고 말했어요."

"그가 말한 것은 그뿐이었소? 알 수 있다는?"

"네, 그는 확신이 있는 것 같았어요. 알 수 있다고만 했을 뿐이에요."

"그럼, 나로서는 그의 말을 믿을 수밖에 없을 것 같군요. 그에게 확인하는 방법이 없다면 이런 이야기는 이치에 맞지 않소. 그런데 르윈터가 모국인 소련에 대한 충성심에 눈을 떠 그 편지와 이 나를 당국에 넘기지 않는다는 보증은?"

"없어요."

"없다는 그것뿐이오? 당신 친구는 그 말밖에 하지 않았소?"

세러는 접은 신문으로 얼굴을 부채질하기 시작했다. "당신은 그런 위험을 각오해야만 한다고 그가 말했어요. 당신이 재치 있게 일을 추진하면 르윈터는 당신에게 폐를 끼칠까 봐 편지를 당국에 제시하지 않을 거라고 말했어요."

"그럴지도 모르지요." 자이체프는 의자 등받이에 몸을 기댔다. 얼굴이 거의 플라스틱 천장에 닿을 것 같았다. 잠시 동안 그런 자세로 크게 뜬 눈을 깜박이지도 않고 뚫어지게 천장을 지켜보았다.

이윽고 자이체프는 몸을 일으켜 세러 쪽을 향했다.

"물론 당신은 자신이 하고 있는 일을 충분히 알겠지요. 당신은 전문가요, 아니면 아마추어요?"

"나는" 세러는 망설였다. "아마추어예요. 친구에게 부탁받은 일을 하고 있는 데 지나지 않아요."

"그는 당신에게 강제하고 있는 거요?"

세러는 고개를 저었다. "그렇게는 생각지 않아요."

"알겠소. 당신은 한 친구 때문에 굉장한 위험을 무릅쓰고 있는 거요. 만일 내가 당신을 국민병에 넘긴다면 당신은 어떻게 될 것 같소? 나를 미국 첩보 활동의 앞잡이로 만들려다가 붙잡힌 셈이 되오. 당신에게 이 일을 시킨 그 친구는 당신을 이용하고 있음에 지나지 않는다는 것을 모르겠소? 그 사람은 참된 친구가 아니라는 것을? 이거 참, 오늘 처음 당신 얼굴을 보았을 때 세상 물정 모르는 철부지라는 느낌은 없었는데 이제는 확실히 알 수 있소."

"나를 당국에 넘긴다 해도" 이제야 세러는 겁을 먹고 있었다. 그녀는 다시 말하기 시작했다. "당신은 얻는 것이 아무것도 없어요. 나는 모든 것을 부정할 거예요. ”

“내 원고의 사진을 어떻게 부정한다는 거요? ”

“그 사진은 이미 존재하지 않아요. 두꺼운 종이에서 내 사진을 뜬 은 5분 뒤에 화면이 흔적도 없이 사라지도록 만들어져 있어요. ”

“그럼, 당신 핸드백 속에 감춰져 있을 게 틀림없는 그 편지는? 알약은? ”

“알약은 내 이름으로 처방되어 있는 꽃가룻병 알약에 지나지 않아요. 그리고 편지는 단순한 편지에 지나지 않아요. 편지 보내는 것이 법에 저촉될 리 없어요. ”

편지는 아주 약한 열에 닿기만 해도 발화되도록 과망간산칼륨이 입혀져 있다. 세러는 그것은 설명하지 않았다.

“그렇다면 어째서 당신은 그 편지에 우표를 붙여 편지통에 넣지 않는 거요? ”

자이체프는 성이 나 있었다. 숨기고 있던 공포가 분노의 모습으로 나타났다.

“자이체프, 서로 좀더 냉정하게 이야기하기로 해요. 비록 당신이 나를 당국에 넘기려고 생각한다 하너라도 소련 정부가 겨우 편지 한 통이라는 하찮은 일로 문화 교류 계획을 형편없이 만드는 재판 소동을 벌이리라고는 여겨지지 않아요. 그리고 당신 자신의 입장을 생각해 보는 것이 좋아요. 내 친구가 당신의 〈양심 선언〉을 공표하면 당신은 어떻게 되지요? ”

자이체프는 무거운 목소리로 말했다. “맞소, 바로 그거요. ”

그러나 그는 자기가 어떤 생각으로 그런 말을 했는지 확신을 가질 수 없었다. “그들이 내게 요구하는 것은 그 편지를 르윈터에게 건네주는 일뿐이오? ”

“그것과 꽃가룻병 알약을. ”

"그렇지, 알약을 잊어서는 안 되겠지요."

자이체프는 시동을 걸어 자동차 물결 속으로 들어갔다.

"어때요?" 세러가 말했다. "어떻게 할 생각이지요?"

세러는 자신이 피고가 된 살인사건 재판에서 판결을 듣는 듯한 기분이었다.

"잠시 생각해 보고, 공항에 닿을 때까지 대답하겠소."

자이체프는 팔을 들어 서독제 윗옷 소매로 이마의 땀을 닦았다.

모스크바 국제 공항 전망대에서 미국 대사관 문화 담당관이 팬아메리칸 항공의 은빛 제트기가 요란스러운 소리를 내며 활주로를 달려 밤하늘로 사라져가는 것을 지켜보고 있었다. 그러다가 공중 전화로 걸어가 대사관으로 전화를 걸었다.

"마스튼일세, 통신부에 연결해 주게. 여, 진? 방문단은 무사히 떠났네. 저녁 식사까지는 돌아가겠어. 배가 고프군."

그 '배가 고프군'이라는 말이 신호였다. 진 셸튼은 곧 암호문을 만들어 워싱턴으로 긴급 전문을 보냈다.

우체국원이 무사히 예정대로 출발했음을 국방부의 큐넨에게 전하라.

20

자이체프는 허세를 꾸며 보이며 농담을 했다.

"나처럼 세상 경험을 쌓은 사람으로서는 지옥으로 떨어지는 것이 마음 편하다."

그리고 포고딘을 위해 그는 라틴 어를 러시아 어로 다시 고쳐 말했다.

자이체프의 서재에 깔린 페르시아 카펫 위를 왔다갔다하며 포고딘은 상대의 이야기를 무시하고 질문을 계속했다.

"그녀가 그 친구의 이름을 말하지 않은 것은 절대로 틀림없나?"

"절대로."

"자네는 그 〈양심 선언〉의 사본을 가지고 있나?"

"벌써 찢어 버렸네."

"원문은 어떻게 썼지?"

"어떻게라니, 무슨 뜻인가?" 자이체프는 창문 옆 벽에 기대어 프랑스제 공기 조절기 너머로 크렘린의 벽을 내다보았다.

"타이프로 친 거라면," 포고딘은 책상 위의 타이프라이터 쪽으로 손을 흔들었다. "그리고 서명하지 않은 거라면 비록 그들이 출판한다 하더라도 자네는 위조한 것이라고 모든 것을 부정할 수 있네."

거실 쪽에서 '암소'의 음악적인 목소리가 흘러왔다. "나의 사랑스러운 자이체프, 대체 모스크바의 어디에서 발견했지요……."

그러나 자이체프는 큰 소리로 가로막았다. "나중에, 나중에 해."

그리고 포고딘 쪽으로 돌아섰다.

"그 〈양심 선언〉은 손으로 쓰고 서명이 되어 있네. 이번 사건에서 무사히 벗어날 수만 있다면 죽을 때까지 두 번 다시 서닝하지 않겠다고 굳게 맹세하겠네."

"그저 생각났을 뿐일세." 포고딘은 음울한 표정으로 말했다. "알약은 어디 있나?"

자이체프가 윗옷 주머니를 두드렸다. "저쪽 방에 두고 온 듯하군."

"됐네. 그쪽 일은 나중에 생각하기로 하세." 포고딘이 말했다. "알겠나, 자이체프? 아주 단순명쾌하게 말해서……."

"예브게니, 왜 그러는가? 제발 우리 안의 사자처럼 왔다갔다하는 것을 그만둘 수 없겠나?" 자이체프가 거친 목소리로 말했다. "마치 어려운 문제를 안고 있는 것은 내가 아니라 자네 쪽인 것 같군."

포고딘은 자이체프의 의자에 털썩 주저앉아 타이프라이터의 키를 만지작거렸다. "아주 단순명쾌하게 말해서, 이 사건에서 간단하게 빠져나가는 방법은 하나도 없네."

그러나 자이체프는 아직 패배를 인정하지 않았다.

"그 편지가 정말로 해로울 것이 없는 거라면 그에게 건네주더라도 별일 없지 않겠나."

포고딘이 편지를 들고 허공에서 흔들며 화난 듯이 말했다. "어찌된 일인지 자네는 전혀 이해하지 못하는 것 같군." 괴로운 마음의 영향이 포고딘에게도 자이체프에게도 나타나기 시작하고 있었다. "미국의 어떤 사람으로부터 르윈터에게 보낸 편지가 해롭지 않은 것은 절대로 있을 수 없는 일일세."

포고딘이 말을 이었다.

"이번 일은 냉정히 검토하지 않으면 안 되네. 어쩌면 미국 측은 편지가 르윈터의 손에 들어가기를 전혀 기대하지 않는지도 모르지. 편지가 그에게 전해지기를 바라지 않을 가능성마저도 있네. 그들은 그저 단순히 그들이 르윈터에게 편지를 전하려 한다는 것을 우리가 생각하도록 하고 싶은 것인지도 모르네."

그때까지 억누르고 있던 공포심이 드디어 자이체프의 얼굴에 나타났다. "나는 체스의 프로지만 그런 복잡한 방법은 이해할 수 없네." 그는 낮은 목소리로 말했다. "내가 아는 것은 내가 양쪽 틈바구니에 끼어 서로 이기려는 양쪽의 움직임에 지금 당장 눌려 터지려고 한다는 것뿐일세. 다른 사람에게는 결코 말할 수 없는 일이지만, 예브게니 미하일로비치, 이번 일에 나는 마음속으로부터 무서워 떨고 있네. 이번 사건으로 지금 당장 쓰러질 만큼 겁에 질려 있단 말일세."

두 사람 모두 그 공포심이 가라앉기를 기다렸다.

조금 뒤 자이체프가 위스키를 가득 따라 단숨에 들이켰다. "나의 오랜 친구 예브게니여, 내가 자네에게 상의한 것이 잘못이었을지도 모르네. 오랜 정리로서 오늘 이리로 온 것을 잊어주지 않겠나?"

"그래, 자네는 어떻게 할 작정인가?"

"미국 사람이 바라는 일을 하겠네. 이 저주스러운 편지를 그에게 전하겠어."

"이 단순소박하고 어리석은 사람아, 자기의 고지식함을 아직 깨닫지 못하는가? 이번 일만으로 미국 사람이 다시는 아무것도 요구하지 않으리라고 생각하나? 이 편지를 그에게 전하게 되면 그들에게 점점 강력한 협박 수단을 제공하는 데 지나지 않네.

이 다음에는 그들이 〈양심 선언〉과 르윈터에게 편지를 전한 사실을 미끼로 자네를 협박할 걸세. 5만 달러쯤의 금액을 써넣은 자네 명의로 된 스위스 은행의 예금 통장을 내보이며 당국에 알리겠다고 위협할 테지.

자네는 낚시에 걸린 물고기와 같은 형편일세. 이러다간 미국의 모략 활동 앞잡이가 되고 마네. 처음에는 간단한 일을 부탁해 오네. 전할 말을 부탁하기도 하고 얼른 보아 해가 없을 듯한 정보를 입수하게도 하고 누구는 누구와 밀통하고 있다는 소문을 보고하는 정도의 일일세. 그러다가 좀더 복잡한 일을 요구하기 시작하지, 조직망을 만들라든가 당 간부를 협박하는 일들을.

끝없이 계속하게 될지도 모르는 일이네. 자이체프, 나는 그 방면의 일을 잘 알고 있네. 우리도 저쪽에서 같은 일을 하고 있다네. 요 몇 해 동안 내가 뉴욕에서 무슨 일을 했다고 생각하나? 〈뉴욕 타임스〉를 읽으며 시간을 보내고 있었다고 말할 건가? 좀더 어른 이 되게, 자이체프."

"그 〈양심 선언〉이 공표되면 내가 어떻게 되리라는 건 자네도 잘 알고 있겠지. 내 인생에 마침표가 찍히게 되네.”

“미국 측 첩보 활동의 앞잡이가 되면 자네가 어떻게 되리라는 것을 나는 알고 있네. 믿어 주게, 자이체프, 나는 자네를 형제처럼 사랑하고 있네. 진짜 형제에게도 나는 똑같은 말을 할 걸세…….”

마이크의 잡음과도 같은 낮은 신음 소리가 줄곧 들려와 포고딘이 깜짝 놀라며 입을 다물었다. 그 목소리가 별안간 공포에 찬 비명으로 높아지더니 이내 헐떡임으로 바뀌었다.

“자이…… 자이…… 자이…….”

포고딘과 자이체프가 옆방으로 뛰어갔다. ‘암소’가 바닥에 누워 울며 헐떡이고 있었다. 토한 다음 이내 숨이 끊어졌다.

자이체프가 라틴어로 말했다.

“지옥에 떨어지는 것은 마음 편하다.”

그는 맥없이 두 무릎을 꿇더니 공포에 넋을 잃은 표정으로 죽은 연인을 지켜보았다.

옆에서 고양이 치치코프가 바닥에 흩어진 작고 파란 알약을 가지고 놀고 있었다.

버려진 말

21

세러는 손가락으로 블라우스 단추를 잡아 비틀었다가 놓곤 했다. 상대의 얼굴을 보지 않고 물었다.

"나 이 침대에 누워 있어야만 하나요?"

"당신이 싫으면 누워 있지 않아도 좋소."

그러나 세러는 일어나려고 하지 않았다.

"화산재 속에 목까지 파묻혔던 일을 기억하고 있어요. 표면은 화산재처럼 보였지요……. 하얗고 고운 베이비 파우더 같았어요. 하지만 속은 오트밀 같은 느낌이었지요."

의사가 다리를 포개고 테이프 리코더의 마이크를 조정했다.

"그, 저, 화산재에 묻혀 있었던 일은 당신을 지키고 있었소, 아니면 위협하고 있었소?"

"지키는 쪽이었다고 생각돼요." 세러는 눈에 흘러내린 몇 가닥의 머리칼을 쓸어 올렸다. 갑자기 어깨의 무거운 짐을 떨쳐버리는 듯한 느낌으로 몸을 떨었다.

"당신은 나에게 무엇을 했지요?" 울듯이 묻고 나서 다음 순간 그녀는 아무 일도 없었던 듯이 말을 이었다. "내가 지켜 주었다고 생각하는 까닭은 나 자신이 거기서 빠져 나오려 하지 않았기 때문이에요. 처음에는 조금 숨쉬기가 괴로웠지만, 내가 너무 흥분해 있기 때문이라고 생각했지요. 흥분하면 숨쉬기가 괴로워지잖아요. 몇 사람인가가 내게로 가까이 오려고 발버둥치고 있었던 것을 기억해요. 그 사람들이 걸음을 옮길 때마다 퍽 하고 큰 소리가 났어요."

"그들은 어떤 사람이었소?"

"기억나지 않아요."

"당신에게 가까이 오려고 발버둥치며 그들은 무엇을 했지요?"

"씨앗을 뿌리고 있었던 것 같아요. 여느 씨앗이 아니라 꽃가룻병 알약이었어요."

"꽃가룻병 알약이라는 것을 어떻게 알았지요?"

"알고 있어요." 세러는 덤벼들 듯한 목소리로 말했다.

의사는 그 적의(敵意)를 무시했다. "당신에게 가까이 가려고 발버둥친 그 사람들에 대해 당신은 어떻게 느끼고 있었소?"

"내가 모르는 사람들이었으니 아무것도 느낄 까닭이 없잖겠어요? 그저 단순히 내 쪽으로 가까이 오려고 애쓰고 있었어요. 나는 아직도 가까이 오려 하고 있는지 어떤지 이따금 그쪽을 흘끗 보았어요."

"그래, 가까이 오려고 하던가요?"

"어떻게 대답하면 좋을지 모르겠어요. 그들은 퍽 하고 발을 뽑아 올렸다가는 다시 내리곤 하며 내 쪽으로 걸어오는 것처럼 보였어요. 하지만 언제까지 지나도 가까이 올 수 없음을 나는 알고 있었지요."

"어떻게?"

“어떻게라니요?”

“언제까지 지나도 당신에게 가까이 올 수 없다는 것을 어떻게 알았지요?”

“어째서 그들이 언제까지 지나도 내 옆에 올 수 없다고 생각하세요?”

“당신이 먼저 말을 꺼냈소.” 의사가 참을성 있게 말했다. “그들은 언제까지 지나도 내 쪽으로 가까이 올 수가 없다고 당신이 말했지요. 어떻게 그걸 알았소?”

세러는 몇 초 동안 생각하고 있었다. “그들 모습이 언제까지 지나도 커지지 않는다는 것을 깨달았어요. 언제나 나와의 거리가 그대로였으니까요.”

세러가 또 단추를 잡아 비틀자 떨어지고 말았다. “단추가 떨어지고 말았어요.” 그녀는 슬픈 목소리로 말하고 조용히 울기 시작했다. 눈물로 시야가 흐려지고, 이번에는 시야가 흐려진 일에 겁먹으며 계속 울었다.

“자신이 왜 울고 있는지 아오?”

“이 단추가 떨어졌기 때문에 우는 거예요.” 세러가 말했다.

이윽고 세러는 울음을 그치고 물었다.

“나 이 침대에 누워 있어야만 하나요?”

“당신이 싫으면 누워 있지 않아도 좋소.”

이번에도 세러는 일어나려고 하지 않았다.

“오늘 아침에는 이 정도로 해둡시다.” 조금 뒤 의사가 말했다. “11시에 면회할 사람이 오기로 되어 있소. 기억하오?”

세러는 아무 말도 하지 않았다.

“그를 만나겠소?”

장사 도구인 용기를 주는 듯한 웃음을 떠올리며 의사가 물었다.

세러는 어깨를 으쓱했다.

"만나겠어요."

날씨라든가 세상의 종말에 대해 말하는 듯한 어조였다.

다이아몬드는 창문 옆에 있는 딱딱한 의자에 앉고, 세러는 병원 특유의 네 귀퉁이가 모난 침대에 앉아 오랫동안 서로 말없이 상대의 기분을 상하지 않게 할 화제를 생각하고 있었다.

그러다가 다이아몬드가 되도록 자연스러운 목소리로 물었다.

"충분한 대우를 받고 있소?"

그러나 세러는 고개를 갸웃하며 멍하니 얼빠진 웃음을 떠올렸을 뿐이었다.

"참, 아파트에서 여러 가지 물건을 가져오게 한 듯하더군."

다이아몬드가 말했다.

긴장된 쉰 목소리가 그의 감정의 흐트러짐을 말해 주고 있었다.

"가엾은 리어…… 당신에게는 결코 마음편한 일이 아니겠지요, 그렇지요?" 세러는 다리를 끌어당겨 벽에 기댔다. "내가 말하는 것은, 시체와 대면하는 일이라는 뜻이에요."

그녀는 머리칼을 쥐어 눈언저리에서 옆으로 잡아당겼다. "세르뉘 사건 뒤로는 이런 생각을 하지 않아도 되었겠지요, 그렇잖아요? 가엾은 리어."

미소를 지으며 그녀는 아이들 노래 후렴처럼 언제까지나 노래하듯 '가엾은 리어'를 되풀이했다.

다이아몬드는 손등으로 입을 닦았다. 힘없이 의자 등받이에 몸을 기대고 있어 나이 들고 뚱뚱해진 듯한 인상을 주었다. "믿어 주오, 세러……"

그는 혀끝으로 입술을 핥고 또 입을 열었다. "거룩한 모든 것에 대해 맹세하겠소…….”

“그게 뭐지요, 리어 ? ”

“뭐가 ? ”

“당신에게 거룩한 것이 ? ”

다이아몬드는 뜻밖에 허를 찔렸다. 그녀가 성내는 건지, 빈정거리
는 건지, 농담하는 건지, 정신이 돈 것인지 종잡지 못해 대답할 수가
없었다.

“나는 이런 결과를 바랐던 건 아니오, 세러, 믿어주겠소 ? ”

그러나 세러는 대답하지 않았다.

“어젯밤 꿈을 꾸었어요.” 대답 대신 그녀가 말했다. “화산재 속에
목까지 파묻혀 있는 듯한 생각이 들었어요. 몇 사람인가가 내게로 다
가오려 애쓰고 있었어요. 그들이 발을 뽑아 올릴 때마다 퍽 하고 큰
소리가 났어요.”

그녀는 뭔가를 생각해 냈다. “당신도 있었어요, 리어. 내게로 가까
이 오려고 발버둥치는 사람들 속에 당신이 있었어요.”

“나는…….”

“하지만 언제까지 지나도 당신 모습은 커지지 않았어요.”

“무슨 말인지 모르겠군…….”

“어째서 자이체프의 〈양심 선언〉을 공표했지요 ? ”

“세러, 내가 결정한 일이 아니오. 나 말고도 많은 사람이 관계되어
있어서, 소련 쪽이 자이체프를 세상에서 매장시키기 위해 암살 미
수 사건을 꾸며냈다는 그들의 주장을 뒷받침하기 위해 그 〈양심 선
언〉을 공표하지 않으면 안 되었던 거요.”

세러가 윗몸을 앞으로 숙이자 머리가 늘어져 커튼처럼 얼굴을 덮었
다. 그녀가 그 커튼 한가운데를 당겨 열고 밖을 내다보았다.

“표면은 화산재처럼 미세한 가루로 보였지만 속은 오트밀처럼 알맹

이지고 꺼칠꺼칠했어요. ”

두 개의 사운드 트랙을 맞붙여놓은 듯한 말투에 대처할 방법이 없
어 다이아몬드는 어깨를 으쓱했다.

그는 낮은 목소리로 말했다.

“세러, 오, 세러. ”

“세러, 오, 세러, 오, 세러, 오, 세러. ”

그녀가 흉내 내어 가냘픈 목소리로 노래 불렀다.

갑자기 노래를 그치고 머리칼을 양쪽 귀 뒤로 쓸어 올려 얼굴 전체
를 드러냈다. 반짝이는 파란 눈이 완전히 제정신인 것처럼 보였다.

“자이체프는 어떻게 되었어요, 리어? ” 세러가 엄숙한 목소리로
물었다. “그도 살해되었어요? ”

“자이체프는 잘 있소, 세러. 하느님께 맹세하오. 그는 잘 있소. 녀
석들은 그를 레닌그라드 교외의 정신병원에 넣었을 뿐이오. 그뿐이
오. 거짓말이 아니오. 그것이 체제를 비판하는 인텔리에 대한 그들
의 상투적인 수단이오. 체제로부터 발을 내딛는 사람은 모두 정신
병원으로 들여 보내오. ”

“자이체프와 세러. ” 세러가 상냥한 목소리로 말했다. “자이체프는
정신병원에, 세러는 일반병원에 틀어박혀 오랜 겨울잠을 자게 되는
거로군요. ”

그녀는 몸을 앞뒤로 흔들며 조용히 울고 있었다. “그리고 내가 독
살한 아가씨. 그들은 사실을 말했었군요. 그렇지요, 리어? 내가 그
아가씨를 독살한 거지요, 그렇지요? ”

“당신이 독살한 게 아니오, 세러. 그건 사고였소. 피할 수 없는 불
행한 사고였소⋯⋯. ”

“하지만 누군가가 그 알약을 먹었을 게 틀림없어요, 그 아가씨 아
니면 르윈터가. ”

“우리는 소련 정보부 사람들이 알약에 독이 들어 있음을 발견할 게 틀림없다고 계산했었소. 우리는 그들이 발견해 주기를 바랐소. 이쪽이 르윈터의 암살을 기도하고 있다고 그들이 생각하도록 하고 싶었던 거요. 우리가 보내는 신호의 하나였소.”

“리어, 대체 어떤 점에서 그런 계략을 생각해 냈지요?”

세러가 물었다. 그런 생각의 씨앗을 자기가 제공한 일을 그녀는 잊고 있었다.

“자이체프와 세러. 세러의 자이체프.” 세러는 노래하듯 말했다. 그러다가 그를 똑바로 보았다. “이곳 사람들이 내게 어떻게 했는지 알아요?”

다이아몬드는 고개를 가로저으며 조용한 목소리로 말했다.

“세러, 당신은 몸이 좋지 않소.”

“이리로 왔을 때는 건강했었지요. ‘그들’이 나를 병들게 했어요. 그들이 나를 앓게 만들었어요. 그들이 나를 병들게 했어요. 그들이 나를…….”

다이아몬드는 세러 일행이 탄 비행기가 뉴욕으로 향하는 사이에 303호실에서 급히 열렸던 회의를 생각해 냈다.

“그 아가씨 말인데,” 탤미지 상원의원이 말했다. “우리가 공표한 내용을 그녀가 무너뜨리는 일이 절대로 없도록 손써야만 하오.”

그러자 CIA를 대표하여 참석한 듀크스가 그 문제의 해결을 말했다. “그건 우리 쪽에서 할 수 있을 것이오.”

“알겠소? 소동을 일으켜서는 안 되오.”

그러자 탤미지가 경고했다.

“앞으로도 소동을 일으키거나 하는 일은 절대로 없을 거요.”

듀크스가 말했다.

“……병들게 했어요. 그들이 나를 이렇게 했어요.” 지금 세러는 소리 내어 울고 있었다. "팔을 내밀라고 줄곧 말했어요. 나는 리어를 계속 기다리고 있었어요. 눈을 뜨지 못하게 했어요. 기를 쓰고 눈을 뜨면 그들이 또 주사를 놓았어요."

세러는 침대 위에서 몸을 웅크리고 눈물을 억눌렀다. 눈과 뺨이 부어 있었다. "가까스로 그들이 눈을 뜨게 해주었을 때 나는 부탁했어요, 사정했어요. 아무것도 알려 주지 말아달라고. 하지만 그는 모든 걸 이야기하겠다고 했어요. 나는 듣지 않으려 했어요. 내가 그 아가씨를 죽였다고 그가 말했어요. 신문에 실린 자이체프의 〈양심 선언〉을 내게 보였어요……. 내가 자이체프도 죽였다고 했어요. 리어, 어디에 있었어요? 당신은 죽을 것 같은 기분으로 있는 나를 구하기 위해 싸우고 있었던 게 아니에요……. 그렇지요, 리어? 당신은 내 고통을 더하도록 애쓰고 있었어요."

생각보다 깊은 우물에 돌을 던지고 오랜 동안 물이 튀는 소리를 기다릴 때와도 같은 침묵이 이어졌다. 다이아몬드는 이것저것 할 이야기를 생각했으나 어느 것이나 어색한 말이 될 듯한 느낌이었다. 비록 '당신이 여기서 나오면 둘이서 처음부터 다시 시작하자'고 말한다 해도 세러가 노래하듯 엉뚱한 이야기를 내뱉을지도 모른다.

무서우리만큼 파리해진 세러의 얼굴에 미소 같은 표정이 떠올랐으나 거기에서 행복 따위는 조금도 찾아볼 수 없었다. 그녀가 말했다.

"역시 정식으로 대장직에 올랐나요, 리어?"

"실은" 다이아몬드가 말했다. "그 일로 국방성 정보국으로 옮겨졌소."

"자, 사양하지 말아요." 세러가 말했다. "르윈터 계획의 공로를 인정받아 영전했다고 말할 생각이었지요, 안 그래요?"

"지금은 작전부장이오." 다이아몬드는 솔직히 인정했다.

"어떤 거예요, 그 작전부장이라는 것은?"

“결국 전체를 총괄하는 거요……”

세러가 그 대신 말을 맺었다. “버리는 말 같은 술책을.”

활짝 열린 방문으로 리졸 냄새가 흘러들어왔다. “여기는 그리 기분 좋은 곳이 아니군.” 다이아몬드가 말했다.

“불쾌하지 않아요.” 세러가 말했다. “보세요, ‘뭔지 알 수 없는’ 내 물건을 몇 가지 가져다 주었어요.”

다이아몬드는 놋쇠 공 여섯 개와 강철제 온도계가 붙은 작은 마호가니 상자가 휴지통에 던져져 있음을 알아차렸다. “저건 컬렉션에서 빼낸 거요, 세러?”

“네,” 그녀가 내키지 않는 목소리로 대답했다. “이곳 의사 하나가 알고 있었어요. 포도주의 알코올 양을 재는 알코올미터라고 해서 버렸어요.”

“알코올미터기 때문에 버린 거요?”

“뭔지를 알았기 때문에 버린 거예요.”

조금 뒤 다이아몬드가 몸을 일으켜 고쳐 앉았다. “그런데……”

그는 헛기침을 했다. 아무데라도 좋으니 어딘지 다른 곳으로 가고 싶어 견딜 수 없었다.

“돌아가려고요, 리어?”

“워싱턴으로 돌아가야 되오……”

세러가 침대 가장자리까지 앉은걸음으로 나아갔다. “내 일은 걱정하지 않아도 좋아요, 리어. 운이 나빴던 거예요. 계획이 생각한 대로 진행되지 않았던 것뿐이에요……”

그러나 다이아몬드는 그녀의 말을 바로잡았다.

“잘되었소, 세러. 부디 이해해 주오. 생각대로 잘되었소.”

세러가 미소를 지었다——이번에는 재미있어하는 표정이었다——그리고 되풀이했다.

“잘되었다, 잘되었다, 잘되었다.”

22

사팔뜨기인 남자 간호원이 차와 잼이 든 작은 깡통을 들고 오더니 문 옆에 자리잡고 앉아 사팔뜨기 아닌 눈으로 긴 나무 테이블 건너편 끝에 마주앉은 두 남자를 바라보고, 다른 한쪽 눈은 직사각형 플라스틱 상자에 든 천장의 네온 등을 보고 있었다.

상자 밑바닥이 죽은 불나방으로 덮여 있다. 플라스틱에 비친 죽은 불나방 그림자가 실물보다 크게 보였다. 이따금 몇 개의 날개가 상자 속에서 소리 없이 파닥거리는 것이, 독방에 갇혀 벽을 두드리는 죄수를 연기하고 있는 기분 나쁜 팬터마임 같았다.

간호사 쪽으로 머리를 돌리며 자이체프가 말했다.

“저 사나이의 머릿속을 상상해 보게나. 한쪽 눈에는 우리들 모습이 비치고, 다른 한쪽 눈에는 천장의 불나방이 비치고 있네. 그 두 개의 영상이 함께 녹아들어…….”

자이체프는 한순간 생각했다.

“두통을 일으키고 있는 걸세.”

포고딘은 미소 지을 기분이 들지 않았다. 잼을 한 숟갈 떠서 차에 넣고 멍하니 휘젓고 있었다. 그는 벌써 몇 해나 부서진 채로인 선풍기 바로 밑에 앉아 있었다. 긴 테이블이 열 개쯤 있고, 지평선으로 뻗어나간 밀밭이 보이는 창문이 벽에 그려진 것 외에 방이 텅 비어 있어서 그대로 연극 세트 같았다. 발소리가 크게 울려 퍼지며 받침대로 떠받쳐진 벽 뒤에서 배우들이 나갈 차례를 기다리며 긴장해 있는 무대를 연상케 했다.

포고딘은 올 생각이 전혀 없었다. 그가 굉장한 믿음을 가지고 있는 본능이 가까이 해서는 안 된다고 경고했다. 기묘하게도 그에게 생각을 바꾸도록 그를 부추긴 것은 아브크센티예프였다. 식이 끝난 바로 뒤 아브크센티예프가 포고딘을 옆으로 불러 말했었다.

"당신은 자이체프에 대한 우정을 버릴 수가 없어 꼬리처럼 끌고 다니고 있소. 나 자신도 같은 생각을 한 적이 있어서 잘 아오. 한 번만 더 그를 만나 자신을 해방할 필요가 있소."

"우선은 최고의 정신병원일세." 자이체프가 말했다. "일찍이 제정 시대에 케렌스키와 같은, 자동차로 겨울 궁전에서 도망친 남색을 좋아하던 대신의 별장이었다는 사실일세. 더없이 좋은 액을 물리친 셈이네. 이걸 보게."

자이체프는 천장의 회벽이 떨어져나간 방 한구석을 가리켰다.

"전체가 형편없이 헐어 있네. 창문의 철망마저 녹이 슬어서 밀면 손이 빠져나갈 수 있는데 아무도 신경 쓰지 않네. 문에 걸린 간판을 보았겠지? 셀브스키 정신진단연구소. 내가 이곳 책임자였다면 단테의 지옥문에 걸려 있던 글귀로 바꿔놓겠네. '그대들 이리로 들어가는 자들이여, 모든 희망을 버리라.' 그편이 훨씬 적절한 글귀일 텐데 이곳 사람들은 생각이 저속한 걸세."

포고딘은 질문하려다가 생각을 바꾸었으나 결국 입 밖에 내고 말았다. "자네는 어리석은 일은 하지 않겠지?"

"불길한 일을 생각하고 걱정할 필요는 없네, 예브게니. 악셀로드 사건 뒤로 녀석들은 자루 걸레를 스펀지로 바꾸었지. 아무튼 나는 82살 무렵의 톨스토이와 마찬가지로, 그가 뭐라고 표현했던가? 그래, 죽을 생각을 일으키지 않도록 노력하고 있네. 타고난 겁쟁이인 덕분에 성공하고 있지. 내가 자포자기한 말을 하는 듯이 들린다면 그것은 결코 자네를 실망시키지 않을 생각으로 있기 때문일세."

"나를 실망시키지 않는다고?"

"그렇네, 자네를 실망시키지 않기 위해서지. 내 친애하는 예브게니 미하일로비치, 자네가 이처럼 먼 곳까지 찾아와 만일 내가 기분좋아하고 있는 걸 본다면 자네는 내가 미쳤다고 여길 게 틀림없네. 아무리 이런 환경 속에 있더라도 나는 미치광이는 아닐세.”

“만일 자네가 미치광이였다면 적어도 자네에게 맞는 장소에 와 있을 것일세.” 포고딘이 우스갯소리를 했다. 그로써 서로 기분이 풀려 두 사람은 오랜만에 힘껏 소리내어 웃었다.

포고딘이 문 옆의 간호사 쪽을 흘끗 보니 아직도 움직이는 나방을 바라보고 있었다.

“긴 하루를 어떻게 보내고 있나, 자이체프?”

포고딘은 자이체프에게 물었다.

“그 점에서는 이곳은 그리 심심하지 않네. 아침마다 나는 우선 내가 있는 이층의 화장실을 청소하지. 수입한 영국제 소변기 둘, 이탈리아제 토일렛 하나, 러시아제 샤워실 하나. 여기에는 커튼이 쳐져 있지 않네. 나는 그 커튼 레일을 번쩍번쩍 빛날 때까지 닦는다네.”

“하지만 왜?”

“그 레일에 악셀로드가 목을 맸거든. 아주 진기한 기념비지. 그렇게 생각지 않나? 반들반들하게 닦은 커튼 레일.”

“더없이 진기하군. 자네가 아니면 생각해 내지 못했을 게 틀림없네. 그래, 그 나머지 하루는 어떤가?”

“다음은 지루하게 도피할 장소를 찾지.”

포고딘은 깜짝 놀랐다.

“어째서 그처럼 얼굴을 찌푸리나, 예브게니? 우리 시대에서는 아주 흔해빠진 도피 수단일세. 미국 작가 버스가 훌륭하게 표현하고 있네. ‘현상태가 절망적이라고 해서 보다 흥미로워지는 것은 아니다’라고!”

자이체프는 팡파르 흉내를 냈다.

"우리 시대의 핵심을 포착한 말일세. 인간 정신이 어디까지 위축되었는지를 아주 정직하고 냉혹하게 요약해서 말하고 있네. 그렇게 생각되지 않나?"

"들뜬 말이로군." 포고딘이 말했다. "그리고 어쨌든 나는 자네 말을 믿지 않네. 당연히 책은 읽을 수 있을 테고……."

"나는 억압에서 완전히 해방된 문장이 나타나지 않는 한 한 절, 한 글귀, 한 단어, 한 음절일지라도 읽지 않겠다고 맹세했네."

"그래, 그런 문장이 나타나는 게 언제인가?"

"브레히트가 말한 '민스크는 세계에서 가장 따분한 거리 가운데 하나다'라는 글귀로 시작되는 소설이 나타나면 소련은 표현의 자유를 회복했다고 말할 수 있겠지."

"아주 멋진 글귀로군. 그런 글귀로 시작되는 소설을 자네가 쓰면 어떻겠나?"

자이체프는 소리죽여 속삭이듯 말했다. "사실은 그렇지도 않네. 나는 민스크의 체스 토너먼트에 몇 번인가 출전했었는데, 그곳에는 통통한 귀여운 여자가 하나 있었네……."

다시금 두 사람의 우정이 녹아들어 소리 맞춰 웃었다.

"결국 위대한 브레히트가 모든 것을 다 알고 있었던 건 아니었군." 포고딘이 말했다.

"우리 두 사람도 마찬가지지."

자이체프가 조용한 목소리로 말했다.

두 사람 모두 어두운 기분이 되었다.

포고딘이 차를 마셨다. 자이체프는 깡통에서 잼을 한 숟갈 떠서 입에 넣었다.

"어떤가, 자이체프. 이곳에는 진짜 환자가 있나?"

“몇 사람인가 있네.” 자이체프가 손가락 끝으로 머리카락을 쓰다듬으며 말했다. 그의 손이 조금 떨리고 있음을 포고딘은 처음으로 알아차렸다. “나와 같은 테이블에서 식사하는 리투아니아 사람이 있지. 그 사람은 아침마다 자기가 꾼 꿈을 적어 점심 식사 뒤에 의사에게 제출한다네. 어제 점심때 그 리투아니아 사람이 옆에 앉은 사람을 향해 소리 지르기 시작했지. ‘정신 차려, 이 멍청이야, 내 꿈 위에 샐러드드레싱을 엎지르고 있잖아’ 하고.”

자이체프는 진절머리 나는 표정으로 손을 흔들면서 되풀이했다. “‘꿈 위에 샐러드드레싱’이라고!”

자이체프가 그 사나이의 흉내를 내어 벌떡 일어났다가 털썩 주저앉아 몸무게로 긴 의자가 삐걱 소리를 냈다.

“미치광이가 몇 사람 있네. 자신이 마레카모비치라고 주장하는 유대인이 있지. 이디시어로 ‘죽음의 천사’를 그렇게 부른다네. 그 밖에 날마다 아름다운 말을 모으며 돌아다니는 사나이가 있지. 그것을 알파벳순으로 긴 리스트를 만들고 있네. 새로운 낱말을 발견할 때마다 그 긴 리스트를 처음부터 끝까지 다시 쓴다네.

나는 ‘만(灣)’과 ‘안개’와 ‘윤택’이라는 말을 가르쳐 주었지. ‘이슬’도 제안했었는데, 그것은 벌써 리스트에 실려 있더군. 그 두세 사람을 빼고, 이곳에 있는 대부분의 사람들은 정상일세. 내 별장에서 만났던 사람, 〈뉴욕 타임스〉에 실린 악셀로드에 관한 탄원서에 서명한 그 사람을 기억하나?”

“안토노프 오브셴코 말인가?”

“맞네, 그도 여기에 있지.” 자이체프는 같은 정신병원에 들어 있는 해양생물학자, 천체물리학자, 시인 세 사람과 발레단 단장과 유명한 사람의 이름을 늘어놓았다. “그 천체물리학자는 나보다 뒤에 들어왔다네. 당국은 누군가를 보내 체포해 오는 예절마저 지키지 않았지.

전화를 걸어 갈아입을 속옷을 가지고 루비앙카 형무소로 출두하라고
명령했던 걸세. 녀석들의 더없이 큰 자신감이 이쪽에 있어서는 더없
이 큰 모욕이라네. 벌써 예전의 좋은 시대처럼 한밤중에 문을 두드리
는 그런 일은 하지 않아. 더욱이 그는 시키는 대로 했던 걸세!"

"자이체프, 그건 불공평한 견해일세. 그 밖에 그가 무엇을 할 수
있었단 말인가?"

"달아나면 좋았을 걸세. 남부에는 5천 루블만 내면 터키로 달아나
게 해주는 사람들이 있다고 하네."

"그렇게 용기가 있다면 자네는 어째서 해보지 않았나?"

"내게는 먼 길을 걸어갈 만한 스태미나가 없네." 자이체프가 말했
다. "그리고 그 이야기는 여기서 만난 사람으로부터 처음 들었지."

아까보다 적어진 살아남은 나방들이 또 날개를 파닥거렸다. 두 사
람은 한 마리도 남김없이 움직이지 않게 될 때까지 바라보고 있었다.

갑자기 포고딘이 스푼으로 테이블을 내리쳤다. "어째서 그녀에 대
한 것을 당국에 알리지 않았지?"

"그렇군……." 자이체프는 말을 꺼내다가 잠시 대답을 생각하고
있었다. "그녀가 아마추어였기 때문이라고 여겨지네. 말뜻을 알겠
나? 역시 모르는 듯싶군."

그는 포고딘 쪽으로 몸을 돌리고 말을 이었다.

"아무튼 그런 건 아무래도 좋아. 그보다 묻고 싶은 게 있네, 예브
게니 미하일로비치. 미국 사람들은 르윈터를 죽임으로써 무엇을 얻
으려 했던 것일까?"

포고딘이 문 앞에 서 있는 간호사 쪽으로 고갯짓을 했다.

"우리 이야기가 그에게 들릴까?"

"걱정하지 않아도 되네." 자이체프가 말했다. "남보다 곱절이나
머리가 둔하니까 낱말 3천 개도 모를 게 틀림없네."

"괜찮겠지. " 포고딘이 몸을 앞으로 내밀었다. 어깨가 약하기 때문에 심한 새우등처럼 보였다. "미국 측이 진짜 망명자에 대해 손썼을 가능성이 있네. 즉 르윈터가 이미 우리에게 제공한 정보를 다시 정밀한 것으로 만드는 일을 저지시키려 했을지도 모르는 걸세. 또 앞으로 망명을 기도하는 사람에 대한 본보기로 삼으려 했을지도 모르지. 하지만 미국 측이 르윈터가 귀중한 정보를 가지고 있음을 우리에게 믿도록 하기 위해 진짜 망명자에 대한 처치를 강구하고 있는 듯이 보이게 했을 가능성도 있네.

그렇다면 그는 가짜일세. 또는 미국인들은 르윈터가 진짜임을 우리에게 믿도록 하려 하고 있음을 우리가 알아차리고 반대로 즉 그가 가짜라고 단정할 것을 계산에 넣고 그는 진짜라고 우리가 생각하도록 만들고 있는지도 모르네. 그 말은 우리에게 그는 가짜라고 단정하도록 만들고 싶어한다는 뜻이지. 그 경우에 그는 진짜일세. "

"그 사건은 아직도 복잡성을 잃지 않고 있는 듯하군. " 자이체프가 차가운 목소리로 물었다. "그래, 지금은 어떤 견해가 유력한가 ? "

"아브크센티예프는, 미국 측이 진짜 망명에 대한 반응을 보이고 있다고 절대적으로 확신하고 있네. "

"그 암살 미수 사건으로 ? "

"그것과 그 밖의 신호를 바탕으로 해서. "

"그렇다면 르윈터의 정보는 진짜인 셈이 되나 ? "

"그렇지, 진짜인 셈이 되네. "

자이체프가 또 잼을 한 숟갈 입에 넣었다.

"하지만 자네는 그런 견해를 갖지 않는가 ? "

"그렇네. 나는 그런 생각을 갖지 않아. "

"어째서 ? "

"왜냐하면…… 다이아몬드라는 사나이가 관계하고 있고, 그 다이

아몬드라는 인물은 모략적인 작전을 좋아하기 때문일세. 그는 우리
에게 가짜 정보를 진짜로 받아들이게 하기 위해 아주 사소한 점에
이르기까지 여러 해를 들여 이런 작전을 계획할 수 있는 사람이라
네. 그리고 그 암살 사건도 있고……."

"그래, 암살이 기도되었지."

지금으로서 포고딘은 자기 생각을 정리하기 위해 중얼거리고 있었
다. "대체로 무의미한 일이었어……."

"무의미했어." 자이체프가 동의했다.

"……그들은 우리가 이미 르윈터로부터 정보를 얻어 들은 일을 알
고 있었을 걸세. 아니지, 그 암살은 망명에 대한 조치가 아니라 신
호였네. 그들은 망명에 대한 반응을 보이고 있다고 우리가 믿도록
만들고 싶었던 거지. 미국 측은 르윈터를 액면 그대로 받아들이기
를 바라고 있네."

"그렇다면 그는 가짜일세."

"맞네. 르윈터는 아마 가짜일 걸세."

"그 점을 아브크센티예프에게 말했나, 르윈터는 가짜라고 자네가
확신한다는 것을?"

포고딘은 대답을 망설였다.

"아니."

"어째서 말하지 않았지?"

"첫째로 나 자신 내 생각에 자신이 없기 때문일세……."

"어찌된 일인가, 예브게니 미하일로비치. 지난날의 솔직함은 어디
로 가버렸지?"

"솔직히 말해서 나는 몹시 곤란한 입장에 놓여 있네." 포고딘은 변
명하듯 말했다. "처음부터 그를 진짜라고 주장한 것이 바로 나였으니
까 승진한 뒤로는 갑자기 주장을 바꿀 수도 없어서……."

"승진? 내가 축하 말을 해야 할 일인가, 예브게니?"

"나는 웨스트워크의 부부장으로 승진했네. 지금은 아브크센티예프의 직속 간부 가운데 한 사람이지."

"그 웨스트워크란 대체 무엇인가?"

"서방 측에 대한 첩보 활동의 호칭일세."

"그렇다면 자네는 이제 거물이 된 거로군? 그래서 말을 할 수 없다……."

"그렇네. 그렇다고 해서……." 포고딘은 자기가 취할 길을 결정하기 위해 열심히 고개를 양옆으로 흔들고 있었다. "내가 과단성 있게 의견을 말하지 않으면 우리 나라는 가공의 탄도에 대처하기 위해 대탄도탄(對彈道彈) 조직을 밑바닥에서부터 새로 고쳐 만들어야 하게 될지도 모르는 걸세."

"어떤가, 이를테면 맞은편 상대정기(相對正氣)의 섬에 살고 있는 사람의 충고를 듣고 싶지 않은가? 싫더라도 들려 주겠네." 자이체프는 포고딘 쪽으로 몸을 내밀었다. "자네는 진지한 승부를 시작해야만 하네. 불행하게 외부의 미치광이 사회에 살고 있는 자네들에게는 진지한 승부란 사람을 버려 두고 출세하는 일이지."

포고딘이 긴 의자 위에서 등을 쭉 폈다. "자네는 내가 마르크스주의자라는 것을 잊은 듯하군, 자이체프, 마르크스주의자인 이상 자기 국민에 대해 책임을 다할 의무가 있네."

"자네는 4분의 1이 마르크스주의자일 뿐이라고 여기는 바일세."

"빈정거릴 필요는 없네."

"잘 듣게, 포고딘 동지. 공산주의란 본디 사회 순위라고 할까 하는 계급조직을 없애는 것이 목적이었네. 하지만 그것이 이루어지지 않았지. 우리는 서열이 중시되는 나라에 살고 있네. 더욱이, 알겠는가. 그 서열이란 줄지어 선 순서에 주어지는 것이 아닐세. 그러니 이왕 서열이 주어지게 되는 거라면 남을 앞지르는 게 영리하네."

가까스로 목숨을 유지하고 있는 나방 두 마리가 또 날개로 플라스틱 상자 바닥을 두드리기 시작하더니 이윽고 동료 나방들 주검 속으로 섞여 들어갔다.

자이체프가 말을 이었다.

"실은 그것이 내 아버지의 인생 철학이었지. 아버지는 뼈마디와 손가락이 부어오른 나무꾼이었네. 그리고 어머니는 볼셰비키 정신이 풍부하여 우리 주변에서 맨 먼저 입당한 사람 가운데 하나였어. 어머니가 입당한 것은 그 무렵 당에서 1년에 한 번씩 피크닉을 열고 있었는데, 그 피크닉을 몹시 좋아했기 때문이었지.

알겠나, 예브게니? 우리는 인생의 본바닥으로 되돌아가지 않으면 안 되네. 어머니는 젖을 한 모금 마셔보고 여러 마리 가운데 어느 산양의 젖인지 알아맞힐 수 있었지. 우리는 벽 바깥쪽에 창문 그림이 그려진 목조 집에 살고 있었네. 하하하! 나는 완전히 한 바퀴 돌아서 출발점으로 되돌아왔네. 어린 시절에는 창문이 바깥쪽에 그려져 있었지. 지금은 안쪽에 그려져 있네!"

자이체프는 벽에 걸린 추수하는 풍경을 그린 빛바랜 그림 쪽으로 손을 흔들었다.

"자네에게 묻고 싶네. 어느 곳이 이 세상에서 참으로 도피할 곳을 제공해 주고 있나?"

그러나 포고딘은 그 씁쓰레한 질문에 대한 대답이 떠오르지 않았다.

갑자기 자이체프가 화제를 바꾸었다. "자네는 알아차렸는가?" 흥분한 목소리로 말을 꺼냈으나 다음 순간 이야기할 기분이 식어버린 듯했다.

"뭔가, 스토얀 알렉산드로비치?" 포고딘이 퍼스트 네임과 아버지

쪽 이름으로 자이체프를 부른 것은 그때가 처음이었다.

자이체프는 처음의 결심이 차츰 힘을 잃어가기 시작했다.

"자네는 단순한 이야기가 독자적인 의미를 지니게 되고 그것들이 인간의 파괴력을 나타내는 완곡한 말로 바뀌어간다는 것을 깨달은 적이 있나? 이를테면 독일인의 '수용소'라는 낱말의 사용법일세. 또는 미국인이 말하는 '휴전 구역'이나 또는 우리 나라의 '정신병원'."

그 '정신병원'이라는 낱말로 자이체프의 이야기가 다른 방향으로 빗나갔다. "나는 이제까지의 한평생 동안 이것이 무서워서 견딜 수 없었네." 그는 희미하게 떨리는 손으로 주위를 가리켰다. "하지만 여기에 들어온 지금은 정말 푹 마음 놓고 있지. '네가 모든 것을 빼앗아 가진 사람은 벌써 네 뜻대로는 되지 않는다'고 솔제니친이 말했네. 아무튼 그 말 그대로일세. 여기는 내가 생각하던 것만큼 심한 곳이 아니지."

짧은 한순간 지난날의 자이체프를 생각하게 하는 불꽃이 눈에서 반짝였다. 그가 말을 이었다. "그것은 물론 조금이나마 나 자신을 표현하는 것이 되네. 안 그런가?"

자이체프는 남은 잼을 다 먹고 조금 남아 있는 차로 스푼을 헹구어 양복 바지에 물기를 닦은 다음 윗옷 주머니에 넣었다. 머리 위에서 나방이 희미하게 날개를 파닥거리다가 죽었다.

자이체프와 포고딘은 테이블에 마주앉아 서로 할 이야깃거리가 없어진 듯한 표정으로 얼굴을 보고 있었다. 열차 승객이 뉘우침을 가슴에 간직하고 조용히 목적지에 다다른 느낌이었다.

"알고 있겠지만, 자이체프. 죽은 사람이 생긴 이상 이미 나로서는 감당할 수 없었네." 눈물 같은 땀방울이 하나 포고딘의 벗겨진 이마에서 번쩍 빛났다. "물론 나로서는 이런 결과가 된 것이 안타까워 견딜 수 없네."

다음 순간 그는 격정이 치밀어 올라 목이 메었다.

"아, 자이체프, 만일 그때 자네가……."

자이체프는 그 경우의 가능성에 대한 무게에 짓눌려 있는 듯했다.

"만일 이," 자이체프가 포고딘에게 말했다. "많은 '만일', 더욱 많은 '만일', '만일'이라는 기다란 행렬이 눈에 미치는 한 멀리 뻗어나가 러시아를 뚫고 지나 중앙아시아를 넘어 시베리아를 거쳐 블라디보스토크에 이르고 있네."

자이체프가 군대를 사열하는 단 위에서 끝없는 사람 행렬을 손짓해 부르기라도 하듯 손바닥을 위아래로 움직이고 있었다.

"정신차리게, 예브게니 미하일로비치. 차려 자세로 내 인생의 '만일'에 대해 경례를 하는 걸세."

23

사빙코프는 몸의 일부가 마비되어 포고딘 쪽으로 몸을 돌렸을 때 온 몸이 깁스에 들어 있는 듯한 느낌으로 몸 전체를 돌렸다.

"도무지 알 수가 없군요," 사빙코프가 신중한 목소리로 말했다. 쇠테 안경에 햇빛이 반사되어 눈이 은빛 나는 휑한 구멍처럼 보였다. "슐레더. 자기분리기, 원심분리기, 하루 12억 파운드의 고형폐기물은 한 사람이 1년간 1톤의 쓰레기를 낸다는 계산이 되지요, 나는……."

사빙코프는 쟁반을 들어올리듯 서류철에서 두 손으로 종이 한 장을 들어올렸다. "나는 국가의 안전 보장에 관한 문제를 검토하는 거라고 여기고 있었습니다."

포고딘이 사빙코프가 들고 있는 종이 쪽으로 턱짓을 했다.

"그건 단순히 그의 취미에 지나지 않네. 우리가 당면한 문제는 8페이지에 나와 있네."

"그렇군요." 사빙코프가 말했다.

그와 도벵코와 이즈볼스키가 8페이지를 펼치고 읽기 시작했다.

포고딘은 침착치 못한 태도로 의자에 앉아 있었다. 그는 최근에는 완전히 러시아 사람으로 보이도록 세심한 주의를 하고 있다. 칼라 끝을 단추로 잠그는 셔츠가 폴란드제인 새하얀 셔츠로 바뀌어 있다. 해리스 트위드 윗옷과 세퍼레이트 바지 대신 소련제인 거무스름한 사무복을 입고 있다. 머리를 짧게 깎아 이미 뒤에서 옆으로 늘어진 긴 머리는 볼 수 없다. 비록 포고딘의 4분의 1이 본디의 인본주의자로 남아 있다 하더라도 관료 특유의 태도와 겉모습——무표정한 얼굴과 얼른 보기에 신경이 둔해 보이는 느낌과 끊임없이 연필로 책상을 두드리는 손놀림 같은 것——의 그늘에 숨어 있다.

사빙코프가 다른 사람보다 먼저 얼굴을 들었다.

"이런 거라면 물론 이야기가 완전히 달라집니다."

"이건 굉장한 선물입니다."

도벵코가 얼굴을 들고 말했다. 그는 키가 큰 중년의 그루지야 사람으로 가는 머리칼이 대머리에 달라붙어 있고 쇠붙이 같은 차가운 얼굴 생김새였다.

27살로 그곳에 있는 사람 가운데 가장 젊은 이즈볼스키가 휘파람을 휘익 불었다. "믿어지지 않을 것 같은 기막힌 정보입니다."

포고딘이 녹색 수첩을 책상 위에 펼쳤다. 처음으로 르윈터를 면접했을 때의 내용이 아직 남아 있었다.

"자네들은 그 서류철에 없는 배경 설명이 필요할 걸세."

포고딘은 이야기를 시작했다.

"오랜 동안 일부 사람들이 의심을 품고 있었지." 그리고 자신은 그런 사람 속에 끼어 있지 않음을 뚜렷이 나타내는 목소리로 덧붙였다. "우리 수중에 날아 들어온 게 실제로 어떤 것인가에 대해서. 하지만 그러는 동안에 미국 측이 우리 손아귀에 있는 사람이 아주 중요한 정보를 지닌 진짜 망명자임을 조금도 의심할 나위가 없을 만큼 분명히 알려 주었네. 그 첫 단서가 도쿄에서 르윈터를 감시하는 임무를 맡았던 체이핀이라는 사나이를 그들이 파면시킨 일이었네. 계속해서 그들은 도쿄 감독관과 보스턴을 포함한 뉴잉글랜드 지역의 공안 지국 사람들을 모두 갈아치웠지.

게다가 많은 MIRV 전문가가 비밀리에 워싱턴으로 소집되었네. 그 목적에 대해서는 자네들의 상상에 맡기겠네. 그 같은 주일에 미국 국방성 상층부에 믿을 수 있는 정보원을 두고 있는 주간지 〈뉴스위크〉의 페리스코프난에 작은 기사가 실렸네. 단순히 르윈터의 망명은 당국이 공식으로 인정하고 있는 이상으로 중대한 사건이라고만 쓴 간단한 기사였지.

그 뒤 MIRV를 장비하기로 되어 있던 아이다호 주 미사일 기지가 구식 탄두를 장치한 그대로의 미사일로 작전 임무를 계속하기로 되었음을 우리는 알았네. 그와 같은 무렵 자네들도 알고 있듯이 303위원회의 한 사람인 텔미지 상원 의원을 위원장으로 한 소위원회가 망명에 관한 조사를 비밀리에 시작했지. 그런 사건들에 이어 르윈터의 암살이 기도되었네."

포고딘이 얼굴을 들었다. 몇 초 동안 방 안에서 들리는 것은 4층 아래의 제르진스키 거리에서 자동차가 기어를 넣는 소리, 그리고 포고딘이 연필로 책상을 두드리는 소리뿐이었다.

포고딘에게 있어 그것은 여러 가지 일이 갑자기 해명되는 듯한 게 아니라 오래전부터 해명이 되어 있던 것을 문득 깨닫는 듯한 일종의 특별한 몇 초 동안이었다. 그것은 이미 서광을 보려고 먼동 트기를 기다리며 자기가 벌써 아까부터 여러 가지 일들을 식별하고 있었음을 별안간 깨닫는 것과 같았다. 오가는 자동차 소음이 높아졌다 낮아졌

다 하는 속에서 포고딘은 자신이 스스로의 손발을 묶는 의심을 버려
둔 채 야심만만해져 있음을 느꼈다. 그런 이유로 다시 이야기를 시작
했을 때 그의 말투는 갑자기 솟아오르는 자신감에 넘쳐 있었다.

"바로 지금까지" 포고딘이 말했다. "소련은 대 미사일 조직 개발
에 시간과 노력과 자금과 자원을 그리 쓰지 않고 지내왔지. 우리 쪽
과학자들이 곤란의 정도가 너무 크다고 단언했고 우리는 그 말에 따
랐네. 그렇다고 날아오는 탄두를 격추시킬 능력이 우리에게 없다는
것은 아닐세. 문제는 날아오는 탄두수가 너무 많아 모두 쏘아 떨어뜨
릴 수 없다는 점에 있었던 거지.

그러나 이제 사태는 달라졌네. 우리는 상대편 탄도 궤적에 관한 정
보를 입수하고 그에 의해 날아오는 탄두의 어느 것이 핵탄두인지를
분간하는 것이 가능해졌네. 그것만 알면 적의 탄두를 저지하는 문제
는 비교적 쉽게 해결할 수 있지. 사실 우리 쪽 당과 군 수뇌부는 그
문제 해결에 착수해야 한다는 점에서 대체로 의견이 일치하고 있네."

거기서 포고딘은 또 사이를 두었다. 자기 가슴속에서 메아리치는,
자이체프가 말한 '만일'이라는 행렬의 발소리를 들으려 귀 기울이고
있었다. 그러나 소리는 들리지 않은 채 사라지고 말았으므로 이야기
를 계속했다······.

"그래서 이 특별 작업반이 설치된 까닭에 대해 설명하겠네. 그 탄
도 궤적에 관한 정보를 우리에게 도움이 되도록 하기 위해서는 무
엇보다도 먼저 '우리는 르윈터의 정보를 믿지 않는다'고 미국 측이
생각하도록 해야만 하네."

"그들에게 다른 탄도를 채용하지 않도록 하기 위해서." 사빙코프
가 당연한 일처럼 말했다. 그는 그러한 모략의 베테랑이다.

"맞았네." 포고딘이 인정했다. "그들은 우리가 탄도 궤적에 관한
정보를 입수했다고 확신하면 당연히 궤적을 변경하네. 그러므로 우리

는 이쪽에서는 르윈터를 믿지 않으며 가짜라고 의심하고 있다고 워싱
턴 녀석들이 생각하도록 하는 일련의 신호를 생각해 내야만 하네.”

다시금 방 안이 조용해졌다. 이즈볼스키는 엄지손가락 손톱을 물어
뜯고 있었다.

“경우에 따라서는…….” 그는 말을 꺼내다가 고개를 내저었다.
“헛일입니다. 간단히 눈치채이고 맙니다.”

사빙코프와 도벵코는 이미 한결같이 생각에 잠겨 있었다.

연필 끝으로 종이를 두드리고 거기에 찍힌 점 모양을 지켜보며 포
고딘이 말했다.

“그렇네. 어떤 경우든 르윈터를 미국으로 되돌려 보내는 일에서부
터 시작되지 않을까 생각하네.”

THE PARKER SHOTGUN
파커 엽총

수 그라프튼 지음

파커 엽총

크리스마스 휴가가 끝나고 새해가 되었다. 캘리포니아의 1월은 점점 선선하고 청명하고 파릇파릇해진다. 더할 나위 없이 좋다. 하늘은 등나무 색을 띠고 파도는 먼 전쟁터에서 일제히 쏘아대는 대포소리처럼 우르릉거리며 철썩댔다.

내 이름은 킨지 밀혼이다. 인가받은 사립탐정으로 신원을 책임져줄 보증인도 있고 보험에도 가입한 32세의 신체 건강한 백인 여성이며 아직 미혼이다.

그 월요일 아침 나는 사무실 책상에 두 발을 올려놓고 앉아 내 삶에 또 어떤 일이 일어날 것인가 궁금해하고 있었다. 이때 한 여자가 사무실 안으로 들어와 내 책상 위에 사진 한 장을 내놓았다.

나는 파커 엽총을 이때 처음 알았다. 잘생긴 어떤 남자가 아주 가까운 거리에서 총을 맞은 장면이 끔찍하고 생생하게 찍혀 있었다. 그 남자의 얼굴은 거의 상처가 없이 말짱했으나 머리 부분은 처참하게 부서져 있었다. 나는 애써 아무렇지도 않은 표정을 지으며 그 여자를 쳐다보았다.

"제 남편이 살해됐어요. 이 사진 속의 남자가 바로 제 남편이에
요."

"그렇군요." 내가 말했다.

여자는 사진을 낚아채듯 도로 집어들더니 이전에 놓쳐버렸을지도
모르는 어떤 단서를 찾아내겠다는 듯 사진을 뚫어져라 들여다보았다.
얼굴이 발갛게 상기된 그녀는 눈물을 글썽거렸다.

"러드는 다섯 달 전에 살해됐어요. 그런데 경찰은 아무것도 밝혀내
질 못했어요. 이제는 경찰이 이리저리 발뺌만 하는 데 지쳤어요.
비명이라도 지르고 싶은 심정이에요."

그녀는 의자에 털썩 주저앉더니 한손으로 입을 가리고는 마음을 진
정시키려고 애썼다. 20대 후반으로 보이는 화려하게 생긴 미인으로
콜라빛 같은 갈색 생머리를 어깨까지 늘어뜨리고 있었다. 그녀의 눈
은 관능적인 밍크빛 갈색이었고 입술은 도톰했다. 깨끗한 피부는 햇
볕에 알맞게 그을려 있었다.

화장을 한 것 같지는 않았으나 잡지의 호화로운 컬러 화보에 실린
여자들처럼 생기가 넘쳤다. 임신 7개월쯤 돼 보이는 그녀의 배는 그
다지 부르지 않고 약간 통통할 정도였다.

마음을 가라앉힌 그녀는 자신이 리자 오스털링이라고 밝혔다.

"저건 과학수사연구소 사진인데, 어떻게 입수했지요?"

나는 의례적인 애기를 마친 다음 이렇게 물었다.

리자는 핸드백에서 화장지를 꺼내 코를 풀더니 침울한 목소리로 말
했다. "저도 방법이 없는 것은 아니었거든요. 사실 저는 그 연구소에
있는 사진사를 알아요. 그래서 한 장 빼냈지요. 저는 남편을 잊지 않
기 위해 사진을 확대해서 벽에 걸어놓을 생각이에요. 경찰은 제가 모
든 것을 포기하길 바라지만 저는 그들에게 꼭 해줄 말이 있어요."

리자의 입술이 다시 떨리기 시작했고, 마치 사무실 천장이 새는 것

처럼 눈물이 그녀의 스커트 위로 뚝뚝 떨어졌다.

"어떻게 된 일인가요? 이곳 경찰은 대부분 유능한데요."

나는 일어나 종이컵에 생수를 가득 따라 리자에게 건네주었다. 그녀는 고맙다고 말하고는 물을 마신 뒤, 컵 바닥을 들여다보며 말했다.

"러드는 죽기 약 한 달 전까지 코카인 거래를 했어요. 경찰이 그렇게 얘기하진 않았지만, 저는 그들이 남편을 하찮은 불량배쯤으로 여기고 있다는 것을 알고 있어요. 그러니 무슨 관심이 있었겠어요? 그들은 남편이 마약거래를 하다가 살해됐다고 여기고 있어요. 누구를 배신했거나 아니면 그 비슷한 짓을 해서 죽었다는 거지요. 그렇지만 남편은 그렇지 않아요. 그이는 아기 때문에 그 일을 그만 두었거든요."

리자는 불룩 튀어나온 자기 배를 내려다보았다. 그녀는 화살표가 아래를 향해 그려진 녹색 티셔츠를 입었는데 가슴 부분에 '앗! 실례' 라는 단어가 기계자수로 수놓아져 있었다.

"당신 생각은 어떤가요?" 내가 물었다.

이 사건에 대한 나의 판단은 벌써 경찰 쪽으로 기울고 있었다. 마약거래는 생명을 보장할 수 없는 위험한 직업이다. 거기에는 너무나 많은 돈이 걸려 있어 허다한 신출내기들이 벌떼처럼 달려들고 있었다.

이곳은 L. A. 번화가에서 북쪽으로 150킬로미터 떨어진 산타 테레사이지만 사정은 마찬가지다. 총알 한방 발사되는 것은 암흑가에서는 흔한 사건이었다.

"별 생각은 없어요. 단지 저는 경찰이 그런 식으로 사건을 처리하는 것이 마음에 들지 않을 뿐이에요. 그래서 당신이 이 사건을 조사해 아기가 태어나기 전까지 그이의 명예가 회복되기를 바라는 거지요."

나는 어깨를 으쓱했다. "저는 나름대로 최선을 다하여 노력할 생각이지만 결과는 장담할 수 없습니다. 만일의 경우 경찰의 판단이 옳다고 판명되면 어떻게 하시겠어요?"

리자는 나를 노려보며 대답했다. "나는 러드가 왜 죽었는지는 몰라요. 그러나 마약과는 분명히 관계가 없다는 거죠."

리자의 이같은 주장은 나중에 거의 사실로 드러났다.

리자는 핸드백을 열어 똘똘 만 양말 뭉치만한 지폐 다발을 꺼냈다. "얼마를 드려야 하지요?"

"시간당 30달러입니다. 소요 경비는 별도고요."

리자는 100달러짜리 지폐 몇 장을 지폐 뭉치에서 빼내 책상 위에 올려놓았다.

나는 계약서를 꺼냈다.

내가 파커 엽총에 대해 두 번째로 알게 된 것은 총기 상인의 감정서 때문이었다. 이 감정서는 리자가 내 사무실을 다녀간 뒤 한 시간쯤 지나서 러드 오스털링의 집에서 그의 소지품을 조사하다가 찾아낸 것이었다.

리자가 남기고 간 주소는 블러프스로 되어 있었다. 그곳은 태평양이 내려다보이는 시 서쪽의 주택가였다. 그 동네는 한때는 고급 주택가였음에 틀림없었다. 그곳은 사실 바다에서 안개가 올라오고 공기 중에 부식성 소금기가 너무 많았다. 그 때문인지 작은 집들은 마치 다음 달에 이사할 사람들이 임시로 살고 있는 것 같은 느낌을 주었다.

집안을 페인트칠하는 사람도 없었고 정원은 마치 하루 종일 해변에 나가 빈둥거리는 사람들의 것처럼 버려져 있었다. 나는 마음속으로 리자가 준 정보들을 재검토하면서 그녀를 뒤쫓아 고물이 다된 폴크스바겐을 몰고 카필라 언덕길을 올라가다 프레시피 오거리에서 우회전을 했다.

죽은 러드 오스털링은 60년대에 햇빛과 멋진 파도, 기분이 황홀해지는 마약, 자유로운 섹스를 찾아 서부 해안으로 이주한 이래 줄곧 산타 테레사에서 살았다. 리자는 러드가 트럭이나 집단농장에 살면서 지붕 수리, 제재소 일, 콩 수확, 요리, 지게차 운전 등의 일을 했으며 야망이 있거나 성공을 꿈꾼 적은 결코 없었다고 말했다.

러드는 2년 전 코카인 거래를 시작하면서 과거보다 훨씬 더 많은 수입을 올릴 수 있게 되었다. 그때 러드는 리자를 만나 결혼했고 리자는 그가 마약거래에서 손을 떼기를 몹시 바랐다. 리자의 말에 따르면 러드는 마약거래를 그만두고 이제 막 조경사업을 시작하던 참이었다. 바로 그때 살해당한 것이다.

나는 리자의 뒤를 따라 잔디가 군데군데 나 있고 헐어빠진 담장으로 둘러친, 회반죽을 바른 목조 방갈로의 차고로 향했다. 항상 허가도 없이 위법적인 공사를 하는 그런 집 같았다. 리자의 방갈로는 차고를 증축하기 위해 기초를 다져 놓았는데 콘크리트의 갈라진 틈새로 이미 잡초들이 자라고 있었다. 나무 헛간은 철거되어 낡아빠진 목재가 보기 흉하게 쌓여 있었다. 집으로 가까이 가자 군데군데 햇볕에 바래고 한쪽 끝이 휜 값싼 피칸나무 널빤지가 쌓여 있었다.

이 모든 것들이 침울하고 어설퍼 보였지만 리자는 그런 것들은 신경도 쓰지 않는 듯 쳐다보지도 않았다.

나는 리자를 따라 집 안으로 들어갔다.

"집수리를 시작한 직후에 남편이 죽었어요." 리자가 말했다.

"언제 이 집을 사셨나요?"

낡은 리놀륨 조리대 위의 빵 조각과 잼에서부터 뒷문 밖으로 개미

들이 길게 줄지어 가는 것을 보고 갑자기 역겨워진 나는 그것을 감추기 위해 가까스로 사소한 질문거리를 만들어냈다.

"사실은 우리가 산 게 아니에요. 이 집은 우리 어머니 집이지요. 어머니와 계부는 작년에 중서부로 돌아갔어요."

"러드는 어땠나요? 이곳에 가족이 있었나요?"

"그의 가족은 모두 코네티컷 주에 살고 있다고 들었어요. 고상한 척하는 사람들이지요. 그의 부모님이 돌아가셨을 때도 누이들은 장례식에 오려고 하지도 않았어요."

"그는 친구가 많았나요?"

"마약거래를 하는 사람들은 친구가 많기 마련이죠."

"원한을 산 사람들은 없었나요?"

"제가 알기로는 그런 사람은 없었어요."

"그에게 마약을 공급해준 사람을 아십니까?"

"잘 모르겠어요."

"누구와 싸운 일은 없었습니까? 혹시 소송에 걸리거나 이웃과 다툰 적은 없었나요? 유산 때문에 가족들 간에 불화는 없었나요?"

리자는 한결같이 그런 일은 없었다고 대답했다.

내가 리자에게 남편의 소지품들을 조사해 보아야겠다고 말하자 리자는 뒤쪽 작은 침실로 안내했는데 그곳에는 카드놀이를 하는 테이블과 두꺼운 판지로 된 서류함 몇 개가 있었다. 진짜 사업가의 방 같았다. 내가 러드의 물건을 뒤지는 동안 리자는 문간에 기대어 나를 지켜보았다.

"남편이 살해당한 그 주에 무슨 일이 있었는지 이야기해주시겠습니까?" 나이키 신발상자 속에 들어 있는 지급이 완료된 수표들을 들추어 보면서 내가 물었다. 대부분 근처 슈퍼마켓과 상점, 전화회사 앞으로 발행한 것들이었다.

리자는 테이블 의자에 앉으면서 입을 열었다. "저는 직장에 다니고 있었기 때문에 남편 주변에서 무슨 일이 일어났는지 아는 게 별로 없어요. 프레시피오 쇼핑센터의 세탁소에서 수선하는 일을 했지요. 러드는 외출할 때 내가 일하고 있던 세탁소에 가끔 들르곤 했어요. 그는 그 당시에 몇 가지 일을 하고 있었지요. 전적으로 조경 일만 한 것은 아니었어요. 그는 마약거래를 청산하려고 애썼지요. 아, 어떤 젊은이가 빚진 돈을 갚지 않는다고 그가 투덜대던 일이 이제야 생각나는군요."

"코카인을 외상으로도 팔았나요?"

리자는 어깨를 으쓱했다.

"아마 마리화나나 각성제였을 거예요. 어쨌든 그 젊은이는 남편에게 큰돈을 빚지고 있었어요. 내가 알고 있는 것은 그게 전부입니다."

"남편께서 그런 것들을 기록해두진 않았군요."

"네, 모든 것은 그의 머리 속에 있었어요. 그는 뭘 적어놓는 것을 병적으로 싫어했거든요."

서류함은 오래된 편지, 소득신고서, 영수증 같은 것들로 가득 차 있었다. 모두가 잡동사니들 같았다.

"남편이 살해당하던 날도 일하러 나갔습니까?"

리자는 고개를 저었다. "그날은 토요일이라 일하러 나가지 않았어요. 그렇지만 시장에 갔기 때문에 집에 없었어요. 한 시간 반 정도 장을 보고 돌아와 보니 경찰차가 집 앞에 서 있고 의료진들이 와 있더군요. 이웃사람들도 길가에 나와 있었고요."

리자는 여기서 말을 멈추었고 나머지는 내가 상상해야 했다.

"남편께서 누군가를 기다리고 있지는 않았습니까?"

"설사 그랬다 하더라도 그는 내게 말하지 않았을 거예요. 남편은

차고에 있었는데 무슨 일을 하고 있었는지는 잘 모르겠어요. 옆집
에 사는 촌시가 총소리를 들었대요. 무슨 일이 벌어졌는지 알아보
려고 여기에 왔을 때는 총을 쏜 사람은 이미 사라지고 없었다고 하
더군요."

나는 일어나서 복도를 따라갔다. "이 방이 침실입니까?"

"네, 아직 그이 물건을 치우지는 못했지만 결국엔 치워야겠죠. 이
방을 아기 방으로 쓰려고 해요."

나는 침실로 들어가 벽에 걸린 러드의 옷가지들을 살펴보았다.

"경찰이 발견한 것은 없습니까?"

"그들은 둘러보지도 않았어요. 음, 어떤 형사가 와서 한 5분 정도
여기저기 들쑤셔보고 조사를 끝내더군요."

나는 리자가 남편의 것이라고 말한 서랍들을 살피기 시작했다. 특
별히 눈에 띄는 것은 없었다. 서랍 위에는 그가 시계나 열쇠, 동전
따위를 넣어두었음직한, 놋쇠와 호두나무로 만든 깡통이 있었다. 무
심코 나는 그것을 집어 들었다. 그 밑에 접힌 종이쪽지가 있었다. 그
것은 이 도시 북부 콜게이트 군의 어느 총기상이 작성하다 만 감정서
였다.

"파커가 뭐죠?" 내가 감정서를 들여다보면서 묻자, 리자는 그 종
이를 자세히 들여다보았다.

"아, 이것은 제 남편이 가지고 있던 엽총의 감정서인 것 같군요."

"남편을 살해한 그 총인가요?"

"글쎄요, 잘 모르겠어요. 경찰도 총을 발견하진 못했으니까요. 강
력계 형사 말로는 어떤 총으로 쐈는지 도무지 알 수가 없다더군요
……. 그들이 알아낼 수 있는 게 뭐가 있겠어요?"

"그보다 먼저 남편께서 왜 총을 감정받았나요?"

"남편은 마약거래로 큰돈을 빚진 사람한테서 그 총을 받았기 때문

에 그만한 값어치가 있는지 알아볼 필요가 있었지요."

"그 사람이 아까 말한 그 젊은이인가요, 아니면 다른 사람입니까?"

"같은 사람인 것 같아요. 처음에 러드는 그 총을 팔려고 했어요. 그런데 그것이 수집가의 소장품이라는 것을 알고는 가지고 있기로 했지요. 총기상인은 러드가 죽은 뒤로도 두 차례나 전화를 했어요. 그렇지만 그때는 이미 총은 사라지고 난 뒤였어요."

"경찰에게 그 엽총에 관해 모두 얘기했나요?"

"물론이지요. 그런데 전혀 관심을 갖지 않더군요."

리자의 말이 의심스러웠지만 어쨌든 나는 그 감정서를 호주머니에 넣었다. 감정서를 조사해본 다음, 강력계 형사인 돌란에게 물어볼 작정이었다.

그 총기상은 콜게이트 군의 중심도로에서 조금 벗어난 골목길에 있었다. 콜게이트 군은 주로 철물점들과 견인차 대여점, 종묘상들이 모여 있는 곳으로서 물건의 절반을 거리에 내놓고 쇠사슬로 울타리를 쳐놓았다.

총기상은 자그마한 흰 목조건물 거실에 차려져 있었다. 유리 진열대에는 총과 관련된 갖가지 장비들이 잔뜩 있었는데 정작 총은 하나도 보이지 않았다.

뒷방에서 나온 50대의 남자는 갸름한 얼굴에 머리는 희끗희끗했고 테 없는 안경을 쓰고 있어서 잿빛 눈이 반짝거렸다. 그는 입고 있는 셔츠의 소매를 걷어올리고 긴 회색 앞치마를 허리에 두르고 있었다. 이는 가지런히 나 있었지만 말을 할 때 윗니에 의치를 끼우는 분홍색 틀이 보여 좋았던 인상이 나빠졌다.

그럼에도 불구하고 나는 그가 10점 중에 7점 정도의 수려한 용모를 지니고 있다고 인정했다. 7점이면 그 나이의 남자에게 그리 나쁜 점수는 아니었다.

"어서 오십시오, 부인."

그의 억양으로 보아 그는 버지니아 출신인 것 같았다.

"에버리 램 씨이십니까?"

"네, 무엇을 도와 드릴까요?"

"다름이 아니라 당신이 작성한 이 감정서에 대해 자세히 알고 싶어서 이렇게 찾아왔습니다."

나는 그에게 감정서를 내밀어보였다.

그는 감정서를 힐끗 보더니 다시 나를 쳐다보았다.

"어디서 이것을 찾았나요?"

"피살된 러드 오스털링의 미망인한테서 받아온 거예요."

"그 부인은 자기가 총을 갖고 있지 않다고 말했는데요."

"그건 사실이에요."

에버리는 내 말에 어리둥절해하면서도 경계하는 듯한 자세를 취했다. "당신은 이 총과 무슨 관련이 있습니까?"

나는 명함을 꺼내 그에게 주었다.

"러드의 부인이 내게 남편의 죽음을 조사해 달라고 의뢰해왔어요. 나는 러드가 총에 맞아 죽었기 때문에 그 엽총이 사건과 관련이 있을지 모른다고 추측했습니다."

에버리는 고개를 갸웃거렸다. "어떻게 된 영문인지 잘 모르겠어요. 그 총이 사라진 것은 이번이 두 번째거든요."

"무슨 말씀이시죠?"

"어떤 여자가 지난 6월 그 엽총을 감정해달라고 갖고 왔어요. 그때 내가 그 총을 사겠다고 제안했는데 거래가 이뤄지기도 전에 그 여자는 총을 도난당했다고 하더군요."

"당신은 그 말에 의심을 품었겠군요."

"물론이지요. 나는 그 여자가 경찰에 신고도 하지 않았을 거라고 생각합니다. 게다가 그 여자는 그것을 훔쳐간 범인을 잘 알지만 추적해보려고 하지 않는다는 의심이 들었어요. 그런 일이 있은 뒤 오스털링이란 친구가 나에게 바로 그 총을 가지고 왔습니다. 그 총에는 비버 꼬리 장식이 있고 영국식 손잡이가 달려 있었지요. 그러니 잘못 보았을 리는 없습니다."

"그가 그 엽총을 당신에게 가지고 왔다는 사실에 어떤 우연의 일치가 있다고는 생각지 않으십니까?"

"그렇게는 생각하지 않습니다. 나는 이곳에서 몇 안 되는 총기 제작자 중 한 사람입니다. 그 친구 역시 그 여자처럼 그 엽총을 들고 이곳저곳 돌아다니다가 결국 나에게 온 것이겠지요."

"그 여자에게 총이 나타났다는 애기를 하셨나요?"

에버리의 양쪽 입가와 눈썹 꼬리가 올라갔다. "그 여자에게 애기해주기도 전에 그 친구가 죽었고 파커 엽총도 다시 사라져 버렸지요."

나는 감정서에 적힌 날짜를 확인했다.

"그럼 그때가 8월이었나요?"

"맞아요. 그 이후로 나는 그 엽총을 보지 못했지요."

"오스털링이 어떻게 그 총을 입수했는지 말했나요?"

"거래를 하다가 얻었다고 하더군요. 나는 그 친구에게 어떤 여자가 먼저 그 총을 갖고 왔었다고 말했지요. 그런데 그 친구는 별 관심을 갖지 않더군요."

"그 파커 엽총은 가격이 얼마나 됩니까?"

에버리는 잠시 머뭇거리다가 힘을 주어 대답했다.

"나는 그 친구에게 6,000달러를 제시했소."

"그러면 그 엽총의 시장 가격은 얼마나 되죠?"

"그거야 사려는 사람이 얼마를 내느냐에 달렸지요."

나는 조바심이 나려는 것을 꾹 참았다. 분명 에버리는 총이 다시 나타날 경우 싼값에 사들이기 위해 속마음을 드러내지 않으려는 교활한 매매인의 태도로 돌변한 것이다.

"이것 보세요, 나는 당신에게 비밀을 지키겠다고 약속하고 묻는 것입니다. 경찰이 개입하지 않는 한 이 사건은 더 크게 확대되지 않을 것입니다. 만일 경찰이 개입한다면 우리 둘 다 어쩔 도리가 없습니다. 어쨌든 지금 그 엽총은 사라지고 없는데 가격을 말한다고 해서 문제가 될까요?"

에버리는 내 의견에 전적으로 동감하는 것 같지는 않았으나 나의 요점은 알아들었던 것 같았다. 그는 목청을 가다듬었다. "96,000이요."

나는 눈을 크게 뜨고 그를 쳐다보았다. "96,000달러라고요?"

에버리가 고개를 끄덕였다.

"맙소사! 엽총 한 자루의 가격으로는 꽤 비싸군요, 그렇지 않은가요?"

에버리는 낮은 목소리로 말했다. "밀혼 양, 그 총은 값을 매길 수가 없어요. 그것은 총신이 하나 더 달린 A—1 특급 28구경인데, 단 두 자루밖에 만들어지지 않았거든요."

"그래도 너무 비싸지 않은가요?"

"우선 파커 엽총은 아름답고 정교하게 만들어진 총이오. 물론 여러 등급이 있지만 이 총은 매우 특별한 경우랍니다. 좋은 나무로 만들었을 뿐 아니라 지금까지 보지 못한, 믿을 수 없을 정도로 아름다운 당초무늬가 조각되어 있지요. 어떤 이탈리아 조각가는 파커 엽총을 조각하는 데만 5,000시간을 할애한 적도 있답니다. 그런데 그 회사가 1942년경에 파산했기 때문에 더 이상 파커 엽총을 구할 수 없게 되었지요. ”

“파커 엽총이 두 자루 있다고 했는데 다른 하나는 어디 있는지 아십니까? ”

“나도 말로만 들었는데 오하이오 주의 한 총기상인이 2년 전 경매에서 96,000달러를 주고 샀다더군요. 지금은 파커 총을 수집하는 텍사스의 어떤 친구가 그 엽총을 소장하고 있다 합니다. 러드 오스틸링이 가져왔던 것은 몇 년 동안 사라졌던 것이지요. 오스틸링은 자신이 갖고 있는 물건이 어떤 물건인지 모르고 있었던 것 같아요. ”

“그럼 그에게 이런 사실을 이야기해 주었나요? ”

에버리 램은 시선을 돌렸다. “그에게 충분히 말해주었소. ” 그는 조심스럽게 말을 이었다. “그러나 자기가 마땅히 해야 할 일도 하지 않는 사람을 도울 수는 없는 일 아니겠소? ”

“그 총이 사라져 버린 파커라는 것은 어떻게 알았나요? ”

“일련번호를 비롯한 다른 사항들이 모두 일치했어요. 가짜가 아니었지요. 나는 배율이 높은 확대경으로 용접부분이라든가 무늬가 과장되게 찍힌 흔적이 없는지 샅샅이 살펴보았지요. 그 다음, 열렬한 총 애호가인 한 친구에게 보여주었는데, 그 친구도 그것이 파커 엽총이라는 것을 알아보더군요. ”

“당신과 그 친구 말고 그 총에 대해 알고 있는 사람이 또 있나요? ”

“물론 러드에게 총을 준 사람이겠지요. ”

“그 여자의 이름과 주소를 아직도 가지고 있다면 제게 가르쳐 주시겠습니까? 아마 그 여자는 그 총이 어떻게 러드의 손에 들어가게 되었는지 알고 있을 것 같군요. ”

에버리는 다시 잠깐 머뭇거리더니 어깨를 으쓱했다.

“못 가르쳐 드릴 것도 없지요.”

에버리는 종이에 그 여자의 이름과 주소를 적어 계산대 위로 밀어 주었다.

“그 총이 다시 나타난다면 내게도 알려주십시오.”

에버리가 말했다.

“물론입니다. 오스털링 부인이 반대하지만 않는다면요.”

이제 더 물을 것이 없었다.

나는 문 쪽으로 걸어가다가 되돌아보며 물었다.

“그 총이 도난당한 물건이라면 러드는 그것을 팔 수가 없지요? 그렇다면 그는 그 총을 거래했다는 영수증이 필요하지 않았을까요? 아니면 그가 소유주라는 어떤 증명서라도?”

에버리 램은 무표정한 얼굴로 이렇게 말했다. “반드시 필요하지는 않아요. 어떤 광적인 수집가가 그 총을 손에 넣었다면 그 순간 그 총은 사람들 눈에서 사라지게 돼 있어요. 그는 그 총을 지하실에 숨겨두고 아무에게도 보여주지 않겠지요. 그것을 지니고 있다는 사실 하나만으로 족하니까요. 그런 사람에게 영수증이 필요없지요.”

나는 차 안에서 방금 들은 새로운 정보를 기록했다. 그런 다음 램이 적어준 주소를 들여다보는 순간, 몸속에서 아드레날린이 분비되는 것을 느꼈다. 주소는 바로 러드의 뒷집이었다.

그 여자의 이름은 재키 바닛이었다. 주소는 러드 오스털링의 집에서 길 두 개를 건너 거의 마주보는 곳에 있었다. 그 집은 아보카도 나무들과 종려나무들로 둘러싸인 길모퉁이에 자리잡고 있었다. 노란색 벽에 갈색 덧문이 있는 그 집의 마당에는 잔디가 제멋대로 자라 있었다. 우편함에는 ‘스콰이어즈’라고 쓰여 있었고 주소는 에버리 램이 적어준 것과 일치했다. 차 두 대를 주차시킬 수 있는 차고 위로

농구대가 달려 있고 차도에는 오토바이가 분해되어 있었다.

　나는 차를 주차시키고 차에서 내렸다. 그 집으로 다가가자 잔디밭 한쪽에 마치 장식물처럼 휠체어에 앉아 있는 한 노인이 보였다. 얼굴이 누렇게 뜬 노인의 하얀 머리칼은 가늘었고 눈에는 눈곱이 끼어 있었다. 그의 얼굴 왼쪽은 뇌졸중 때문에 오른쪽과 사뭇 다르게 보였고 왼쪽 팔과 손이 무릎 위에 힘없이 놓여 있었다. 집안에서 한 여자가 창문을 통해 밖을 내다보고 있었다. 아마 차문을 닫는 소리를 듣고 내다보는 것 같았다. 나는 마당을 가로질러 현관으로 갔다. 내가 문을 두드리기도 전에 그녀가 먼저 문을 열었다.

　"당신이 킨지 밀혼 양이군요. 방금 에버리 씨에게서 전화를 받았어요. 당신이 들를 거라고 하더군요."

　"상당히 빠르군요. 그가 미리 전화할 줄은 몰랐는데요. 그럼 제가 찾아온 목적을 말씀드리지 않아도 되겠지요. 재키 바닛 씨가 맞습니까?"

　"맞아요. 괜찮으시다면 안으로 들어오세요. 난 잠깐 저분을 살펴보고 와야 해요." 그녀는 잔디밭에 있는 노인을 가리키며 말했다.

　"아버님이신가요?"

　재키는 나를 노려보았다. "남편이에요."

　재키가 잔디밭을 가로질러 노인에게 가는 뒷모습을 보면서, 나는 당혹감에서 벗어날 수 있는 여유가 생긴 것에 안도했다. 자세히 보니 재키는 처음보다 훨씬 나이가 들어보였다. 확실히 50대인 것처럼 보였는데, 여자들이 화장을 진하게 하고 머리를 짙은 금발로 물들이게 되는 그런 나이였다. 약간 비만한 재키는 풍만하고 관능적이었다. 17세기 그림에서라면 풍만한 나신에 새하얀 천을 두른 채 뒤로 누운 자세로 묘사될 것이다. 옆에서는 염소의 하반신을 지닌 괴물이 그녀를 내려다보며 공격 태세를 취하고 있을 것이다. 둘 다 짐짓 부끄러운 체하고 있지만 곧 벌어질 일을 상상하며 흥분해 있을 것이다.

노인은 육체적 쾌락과는 거리가 멀었다. 뇌졸중 후유증으로 도저히 알아들을 수 없게 된 그의 목소리는 흥분이 절정에 달한 사람이 내는 소리와 흡사하게 은밀하면서도 불안했다.

나는 노인에게서 고개를 돌리고 에버리 램을 떠올렸다. 에버리는 그녀를 처음 보았다고 말하지는 않았지만 그의 말투는 그런 인상을 주었다. 이 노인을 만나고 보니 두 사람의 관계가 어떤 것인지 궁금해졌다.

재키는 노인에게 몇 마디 얘기하고는 그의 무릎덮개를 고쳐 덮어주었다. 재키가 돌아와 우리는 함께 안으로 들어갔다.

"이름이 바닛인가요, 아니면 스콰이어즈인가요?" 내가 물었다.

"법적으로 말하면 스콰이어즈지만 난 아직도 바닛이란 이름을 쓰고 있어요." 재키는 화가 난 것 같았는데 나는 처음에 그것이 나 때문이라고 생각했다. 그녀는 내 생각을 눈치챘는지 이렇게 말했다. "미안해요. 그러나 난 저 사람 때문에 미칠 것 같아요. 뇌졸중 환자와 지내본 적이 있나요?"

"힘들 거라고 생각합니다."

"힘든 정도가 아니라 불가능한 일이에요. 몰인정하게 들리겠지만 저이는 걸핏하면 짜증을 내고 게다가 욕구불만이에요. 자기밖에 모르고 늘 요구만 하지요. 도대체 그의 비위를 맞출 수가 없어요. 그 어떤 것으로도요. 저이와 티격태격 바보짓 하는 게 싫어서 가끔 잔디밭에 데려다놓곤 하지요. 앉으세요, 밀혼 양."

나는 앉으면서 조심스레 물었다.

"남편께서는 얼마나 오래 아프셨나요?"

"작년 6월에 처음 뇌졸중에 걸렸어요. 그 이후로 계속 병원을 들락날락하고 있지요."

"에버리 씨의 총기상에 가지고 간 총은 어떻게 된 겁니까?"

"아, 그렇지. 에버리 씨가 당신이 어떤 사람의 죽음에 대해 조사하고 있다고 하더군요. 죽은 사람은 이곳 블러프스에서 살았다면서요?"

"저기 휘트모어 거리에……."

"끔찍한 일이에요. 신문에서 보았지만 어떻게 결말이 났는지 모르겠어요. 어떻게 되었죠?"

"자세한 것은 저도 아직 잘 모르겠어요." 나는 간단히 대답했다. "지금 저는 그가 가지고 있던 파커 엽총의 소재를 추적하고 있어요. 에버리 램의 말로는 그 총이 당신이 가지고 왔던 것과 같은 것이라더군요."

재키는 기계적으로 부엌으로 가서 컵 두 개와 접시를 내왔다. 컵에 커피를 따를 때까지 그녀는 아무런 대답도 하지 않았다. 재키는 내게 컵 하나를 주고는 자리에 앉아 자기 컵에 우유를 탔다. 그러고는 나를 바라보았다.

"나는 저 양반을 괴롭히려고 그 총을 가져간 거예요." 재키는 뜰을 내다보며 고개를 끄덕이더니 말을 이었다. "내가 빌과 결혼한 지 6년이 되었어요. 하루하루가 비참한 나날이었어요. 전적으로 내 잘못이지요. 나는 이혼한 다음 오랫동안 혼자 살았어요. 그러다가 50살이 되자 갑자기 두려워졌어요. 홀로 늙는다는 것이 무서워졌던 거지요. 그때 빌을 우연히 만나게 되었고 그를 붙잡아야 할 것 같았어요. 빌은 은퇴했지만 돈이 많았거든요. 아니 그가 그렇게 말했지요. 그는 내게 지키지 못할 약속을 했어요. 같이 여행을 하며 옷도 사주고 차도 사주고 이제는 기억도 할 수 없는 많은 것들을 사주겠다고 했어요. 그러나 알고 보니 그는 저속한 말씨에 툭하면 손찌검을 하는 지독한 구두쇠였어요. 이제는 그렇게 못하지만요." 그녀는 머리를 흔들면서 컵을 내려다보았다.

"그 총은 남편 것이었나요?"

"그래요. 남편은 엽총을 수집했어요. 정말이지 나보다도 그 총들을 더 애지중지했어요. 나는 총을 싫어했기 때문에 저이에게 그것들을 없애버리라고 말하곤 했지요. 총들이 집안에 있으면 신경이 곤두서거든요. 어쨌든 남편이 병에 걸리자 나는 남편이 보험에 들어 있다는 것을 알게 되었어요. 그런데 보험회사에서는 치료비의 80퍼센트만 지급해주죠. 나는 그가 평생 저축한 돈이 연기로 사라질까 걱정했어요. 저렇게 몇 년 동안 돈을 다 써버리고 죽는다면 나는 빚더미에 앉게 될 것 같았어요. 그래서 총 하나를 골라서 총기상에 가져갔어요. 그걸 팔아 옷가지나 살까 했지요."

"그런데 무엇 때문에 마음이 변했나요?"

"나는 그 총이 기껏해야 800 내지 900달러쯤 될 거라고 생각했어요. 그런데 에버리 씨는 내게 6,000달러를 주겠다고 하더군요. 그 말을 듣고 그 총이 적어도 그 두 배는 될 거라고 추측했지요. 그래서 겁이 나서 그 총을 도로 갖다놓는 것이 좋을 것 같았어요."

"그 뒤로 얼마 후에 그 총이 사라졌지요?"

"글쎄요. 나도 모르겠어요. 빌이 두 번째로 퇴원할 때까지 크게 관심을 두지 않았으니까요. 그 총이 사라진 것을 발견한 것은 남편이었어요. 물론 그는 대단한 난리를 떨었지요. 그 모습을 당신도 보았어야 하는데. 그는 이틀 동안 발작적인 히스테리를 부리더니 결국 뇌졸중이 재발해서 병원에 입원해야 했답니다. 어떻게 보면 그래도 싸지요. 그래서 나는 노동절 주말을 혼자서 지낼 수 있었지요. 내게는 혼자 지낼 시간이 필요했거든요."

"누가 총을 가져갔는지 짐작가는 데는 없나요?"

재키는 한참 동안 나를 뚫어지게 바라보았다. 푸르디푸른 그녀의 눈에서는 교활함을 전혀 찾아볼 수가 없었다.

"전혀 없어요."

재키는 그 큰 눈으로 잠시 나를 바라보았고 나는 그녀의 반응을 보기 위해 질문을 던졌다.

"정말 오리무중이로군요. 그런데 경찰에 신고는 했겠지요?"

재키는 그렇다고 해야 할지, 아니라고 해야 할지 잠시 갈등을 겪는 것 같았다. "물론이지요." 그녀가 대답했다.

재키는 거짓말을 하면 얼굴이 붉어지는 그런 사람이었다.

나는 부드럽게 말했다.

"보험은 어떻게 하셨지요? 보험금은 요구하셨나요?"

재키는 멍하니 나를 바라보았다. 내가 한 불시의 기습이 성공한 것이다.

"그런 생각은 전혀 못했군요. 아마 남편은 그 총을 보험에 들어놓았을 거예요. 그렇죠?"

"물론이죠. 그 총이 그렇게 비싼 거라면 당연히 그랬겠죠. 남편은 어느 보험회사와 거래를 했나요?"

"지금 생각이 나지 않는군요. 찾아봐야겠어요."

"내가 당신이라면 보험금을 요구하겠어요. 사건번호만 알려주면 되거든요."

"사건번호라고요?"

"경찰의 도난신고 접수기록에 사건번호가 나와 있을 겁니다."

재키는 불안하게 일어나면서 손목시계를 들여다보았다.

"이런! 그이가 약 먹을 시간이군요. 더 물어보고 싶은 것이 있나요?" 재키는 거짓말을 했으니 나를 돌려보내고 상황을 재검토해보고 싶을 것이다. 에버리 램은 그녀가 그 사건을 결코 경찰에 알리지 않았을 것이라고 말했다. 나는 재키가 에버리와 말을 맞추기 위해 곧 그에게 전화할 것이라고 추측했다.

"남편의 수집품을 잠시 볼 수 있을까요?"

나는 일어서면서 물었다.

"그거야 괜찮지요. 따라오세요."

재키는 칸막이를 쳐놓은 작은 방으로 갔고 나는 문 옆에 놓인 옷가방을 피해 그녀 뒤를 따라갔다.

유리창으로 막은 진열장 속의 작은 상자 안에 여섯 자루의 총이 세워져 있었다. 여섯 자루의 총은 모두 아름답게 조각되어 있었고 좋은 나무로 만들어져 있었다. 그러니 값도 매길 수 없다는 그 파커 엽총은 도대체 얼마나 뛰어난 것인지 몹시 궁금했다. 진열장과 상자 모두 자물쇠로 잠겨 있었으며 빈 자리는 없었다.

"그 파커 엽총도 여기 있었나요?"

재키는 고개를 저었다. "파커는 케이스가 따로 있었어요."

그녀는 긴 소파 뒤에서 좋은 가죽으로 된 트렁크를 꺼내 열어 보였다. 마치 마술이라도 부린 것처럼 텅 비어 있었다. 진짜 총열이 하나 들어 있었으며 다른 것은 아무것도 없었다.

나는 방안을 한번 둘러보았다. 한쪽 구석에 엽총이 하나 세워져 있어서 나는 그것을 집어 들고 자루에 새겨진 제작자의 이름을 살폈다. A. H. 폭스였다. 유감이었다. 나는 그 총이 바로 도난당한 파커일지 모른다고 추측했던 것이다. 나는 늘 이렇게 속이 들여다뵈는 기대를 하곤 한다. 나는 아쉬운 표정으로 그 폭스 총을 원래 있던 구석에 다시 놓았다.

"이제 됐습니다. 커피 잘 마셨습니다."

"별 말씀을요. 더 도움을 드렸으면 좋았을 텐데." 재키는 문 쪽으로 서서히 나를 인도했다.

나는 손을 내밀었다. "만나서 반가웠습니다. 시간을 내주셔서 다시 한번 감사드립니다.”

재키는 형식적으로 내가 내민 손을 잡았다.

“괜찮아요. 서둘러서 미안합니다. 집안에 아픈 사람이 있으면 어떻게 되는지를 잘 아시죠?”

문이 등 뒤에서 닫히자 나는 그녀가 무엇을 할까 상상하면서 차 쪽으로 걸어갔다.

내가 막 차도를 접근하는데 하얀 코르벳 한 대가 굉음을 내면서 차고로 들어섰다. 운전하던 젊은이가 엔진을 끄고 열쇠를 뽑더니 운전석 상단에 엉덩이를 걸치면서 일어섰다.

“안녕하세요? 어머니가 집에 있는지 혹시 아세요?”

“재키 말인가요? 네, 있어요.” 나는 계단을 내려가면서 물었다. “댁이 더그군요?”

내가 불시에 질문을 하자 그는 당황해하며 대답했다. “아뇨, 전 에릭인데요. 저를 아세요?”

나는 머리를 저었다. “그냥 지나는 길에 들른 거예요.”

에릭이 코르벳에서 내렸다. 나는 그 청년이 집 쪽으로 가는 것을 보면서 내 차로 다가갔다. 그는 열일곱쯤 되어 보였으며 금발에 푸른 눈과 살짝 나온 광대뼈 그리고 관능적인 입술을 갖고 있었다. 몸매는 파도타는 사람처럼 늘씬했다. 나는 몇 년 뒤의 그의 모습을 상상해 보았다. 아마 그는 어느 관광지의 호텔에서 자기보다 나이가 세 배나 많은 여자들을 유혹하고 있을 것이다. 아마 능숙하게 잘할 것이다.

재키는 에릭의 차 소리를 들었는지 현관으로 나와 나를 힐끗 보고는 재빨리 그에게 다가갔다. 그녀는 에릭의 겨드랑이에 팔을 끼고 함께 집안으로 들어갔다. 나는 마당의 노인을 건너다보았다. 그는 건강한 손으로 아픈 손을 의미 없이 잡아당기며 무엇인가 알아들을 수 없는 말을 웅얼거리고 있었다.

나는 마치 발밑에서 땅이 꺼져가는 것처럼 내 의식이 급격히 동요하면서 전율하는 것을 느꼈다. 나는 사건의 전모를 이해하기 시작한 것이다.

나는 길 두 개를 가로질러 리자 오스털링의 집으로 갔다. 뒷마당에 있는 긴 의자에 누워 일광욕을 하고 있는 리자의 배는 세탁 바구니에 담긴 수박처럼 보였다. 얼굴과 팔은 불그레했고 햇볕에 탄 다리는 오일로 번들거렸다. 내가 잔디밭을 가로질러 가자 그녀는 손을 올려 겨울 햇빛을 가리면서 나를 쳐다보았다.

"이렇게 빨리 올 줄은 몰랐어요."

"물어볼 게 있어서요. 또 전화도 썼으면 합니다. 러드는 에릭 바닛이란 청년을 알고 있었나요?"

"잘 모르겠는데요. 어떻게 생겼지요?"

나는 흰색 코르벳 차를 포함해 그 청년의 특징을 간략하게 말해주었다. 그녀는 누군지 알겠다는 표정으로 일어나 앉았다.

"아, 그 애요? 맞아요. 그 애는 일주일에 두세 번 여기 왔었어요. 하지만 이름은 몰랐어요. 러드는 그 애가 이 근처에 살고 있는데 오토바이를 고칠 연장을 빌리러 왔다고 했어요. 그 애가 러드에게 돈을 빚진 사람인가요?"

"글쎄요. 증명할 수 있을지 모르겠지만 그렇다는 의심이 가는군요."

"그러면 그 애가 남편을 죽였다는 건가요?"

"아직은 대답할 수 없지만 알아내기 위해 노력하는 중입니다. 안에 전화가 있나요?" 나는 부엌 쪽으로 갔다. 리자는 버둥거리며 일어나 내 뒤를 따라 집안으로 들어왔다. 뒷문 옆에 벽걸이 전화가 있었다. 나는 수화기를 어깨에 걸치고 주머니에서 감정서를 꺼내들고 애버리

램의 총기상으로 다이얼을 돌렸다. 전화벨이 두 번 울렸다.

누군가가 전화를 받았다.

"총기상입니다. "

"램 씨이십니까 ? "

"저는 오빌 램입니다. 저를 찾으시는 겁니까, 아니면 형 에버리를
찾으시는 겁니까 ? "

"에버리 씨를 찾고 있어요. 급히 물어볼 것이 있어서요. "

"형은 조금 전에 나갔는데 언제 돌아올지 모릅니다. 혹시 제가 도
와드릴 수 있을까요 ? "

"글쎄요. 만약 당신이 대단히 값비싼 엽총을 갖고 있다면, 예를 들
어 이타카나 파커 같은 전통적인 총을 갖고 있다면 말입니다. 그런
총으로 진짜 쏠 수도 있습니까 ? "

그러자 오빌은 애매호모하게 대답했다. "그럴 수도 있겠지요. 그러
나 별로 좋은 생각은 아닙니다. 한번도 쓰지 않은 상태라면 말입니
다. 총을 한번이라도 사용했다면 가치가 떨어질 염려가 있지요. 이미
사용한 적이 있는 총이라면 별 문제가 되지는 않습니다. 그렇다 해도
사용하라고 권하고 싶지는 않군요. 물론 제 개인적 의견입니다만…
…. 그런데 그런 총을 가지고 계신가요 ? "

나는 전화를 끊었다. 리자가 걱정스런 표정으로 내 뒤에 서 있었
다.

"서둘러 가봐야겠어요. 뭔가가 있는 것 같습니다. 에릭 바닛의 계
부는 귀한 엽총들을 수집하고 있어요. 그것들 중 하나는 아주 비싼
것입니다. 그런데 노인이 병원에 입원해 있는 동안, 에릭의 어머니
는 그 중 하나를 팔려고 했어요. 남편의 병원비로 재산을 탕진해
버리기 전에 그 총을 팔아 자신이 갖고 싶었던 것을 사려 했습니
다. 그런데 자기가 고른 총이 그렇게 비싼 줄은 몰랐어요. 총기상

주인은 그 총이 평생에 한번 볼까 말까 한 귀한 물건임을 바로 알
았지요. 그 총기상 주인이 그녀에게 사실을 얘기해 주었는지는 나
도 모르겠어요. 하지만 그녀는 총이 예상보다 훨씬 값이 비싼 귀한
것이란 사실을 눈치채고는 겁이 나서 그 총을 제자리에 도로 갖다
놓았지요."

"그렇다면 그 총이 러드가 거래로 얻은 것과 같은 총이었나요?"

"맞아요. 내 추측으로는 에릭 어머니가 에릭에게 그 얘기를 해준
것 같아요. 그래서 에릭은 마약 빚을 청산할 절호의 기회가 온 것
을 알았지요. 그는 러드에게 돈 대신 총을 주겠다고 했고 러드는
우선 그 총을 감정해보아야 한다고 생각하고는 에릭 어머니가 갔었
던 그 총기상으로 간 거지요. 총기상 주인은 러드가 그 총을 가져
왔을 때 금세 알아보았지요."

리자는 내 얼굴을 응시하며 물었다.

"남편은 그 총 때문에 살해된 거죠, 그렇죠?"

"그런 것 같아요. 그러나 사고였을 수도 있지요. 다투다가 실수로
총알이 발사될 수도 있거든요."

리자는 눈을 감고 고개를 끄덕였다. "됐어요. 그 말을 듣고 나니
한결 마음이 가라앉는군요. 그렇게 여기고 살아갈 수 있겠어요."

리자는 눈을 뜨더니 일그러진 웃음을 지었다. "그러고는요?"

"확인해야 할 게 하나 있어요. 그 후에야 사건의 전모를 알 수 있
을 거예요."

리자는 손을 내밀어 내 팔을 꽉 잡으면서 입을 열었다.

"고마워요."

"네, 그러나 아직 완전히 끝난 것은 아닙니다. 물론 곧 그렇게 되
겠지만요."

나는 다시 재키 바닛의 집으로 갔다. 흰색 코르벳은 여전히 차도에 있었는데 휠체어에 앉아 있던 노인은 집안으로 들어가고 없었다. 내가 문을 두드리자 잠시 후 에릭이 문을 열었다. 그는 나를 보자 아주 미세한 표정의 변화를 나타냈다.

내가 말했다.

"다시 뵙게 되는군요. 어머니와 애기 좀 할 수 있을까요?"

"글쎄요. 안 될 것 같군요. 어머니는 방금 나가셨거든요."

"어머니는 에버리와 함께 떠나셨나요?"

"누구랑요?"

나는 짧게 미소를 짓고는 말을 이었다. "둘러대지 말아요, 에릭. 내가 아까 여기 왔을 때 거실 구석에서 여행가방을 봤어요. 둘은 아주 떠난 건가요, 아니면 잠시 놀러 간 건가요?"

"두 사람은 이번 주말까지 돌아오겠다고 했어요." 그는 우물거리며 대답했다. 그는 외모와 달리 아주 교활한 것이 분명했는데 젊은이가 이렇게까지 빗나간 것을 보니 몹시 언짢았다.

"계부와 이야기 좀 나눠도 될까요?"

그는 얼굴을 붉혔다.

"어머니는 계부를 성가시게 하는 것을 싫어하시는데요."

"성가시게 하지 않을게요."

에릭은 매우 당황해하며 옆으로 비켰다.

나는 그를 도와야겠다고 판단했다. "여기서 한 가지 제안을 할까요? 캘리포니아 주 형법에 따르면 200달러가 넘는 사유재산이나 물건을 훔치면 대형 절도죄에 해당돼요. 그 재산 속에는 가축, 아보카도 나무, 올리브, 감귤, 땅콩, 돼지감자 같은 것들이 포함되어 있어요. 물론 엽총도 포함되어 있고요. 대형 절도죄는 군 교도소나 주 교도소에서 1년 이하의 징역을 살게 되지요. 그런 곳에 가고 싶지는 않겠지요 ? ”

　에릭은 이 말을 듣자 옆으로 비켜서서 나를 들여보냈다.

　노인은 후미진 자기 방에서 휠체어에 웅크린 채 앉아 있었다. 그는 눈곱 낀 눈을 들어 나를 바라보았지만 내가 좀 전에 들렀던 사람이라는 것을 알아보는 것 같지는 않았다. 아니면 알아보기는 했지만 관심이 없었던 건지도 몰랐다. 나는 휠체어 옆에 웅크리고 앉았다.

　“들으실 수는 있지요 ? ”

　노인은 온전한 손으로 의미 없이 다리를 툭툭 치며 내 시선을 피했다. 나는 카펫 위에서 뒹굴다가 둘둘 말린 신문지 뭉치로 등을 쿡쿡 찔린 개들의 얼굴에서 그런 표정을 본 적이 있다.

　“이번 사건에 대해서 제가 어떻게 생각하고 있는지 들어보시겠어요 ? ”

　대답을 기다릴 필요가 없었다. 노인은 내가 알아들을 수 있는 방법으로 대답할 수 없었던 것이다.

　“병원에 다녀와서 그 총이 없어진 걸 알았을 때 굉장히 화가 났을 거예요. 틀림없이 에릭이 가져갔다고 여겼겠지요. 그는 오랫동안 마약을 사용하면서 다른 물건들도 가져갔을 거니까요. 당신은 에릭을 다그쳐 그 총을 어떻게 했는지 알아냈을 것이고 총을 되찾아 오기 위해 러드 집으로 갔겠지요. 당신은 처음부터 A. H. 폭스를 가지고 갔거나, 아니면 러드가 파커 엽총을 되돌려 주지 못한다고 하자 A. H. 폭스를 가지러 집에 왔다가 다시 갔을 것입니다. 어쨌든 당신은 러드를 총으로 쏘고 나서 마당을 가로질러 집으로 돌아왔지요. 그리고 나서 다시 뇌졸중이 재발했지요. ”

　나는 에릭이 문 뒤에 서 있는 것을 알아챘다.

　나는 그를 돌아다보며 물었다. “에릭, 할 말이 있나요 ? ”

　“계부가 러드를 죽였나요 ? ”

“그런 것 같아요.” 나는 노인을 응시하며 대답했다.

노인의 얼굴에는 고집스러운 표정이 드러나 있었다. 이제 내가 할 수 있는 일은 강력계 형사 돌란에게 모든 상황을 설명해주는 것이었다. 그러나 경찰들은 결코 증거를 찾아내지 못할 것이고 혹시 찾아낸다 하더라도 이 노인을 어떻게 할 것인가? 올해 안에 죽을지도 모르는 병든 노인이 아닌가?

“러드는 좋은 사람이었어요.” 에릭이 말했다.

“집어치워요! 에릭. 당신도 모든 것을 짐작하고 있었잖아요.”

내가 퉁명스럽게 말했다.

그는 얼굴을 붉히면서 방을 나가버렸다. 나는 일어섰다. 내 앞에 웅크리고 앉아 있는 이 가련한 인간의 모습을 보면서 다행히도 어떤 정의의 분노도 일지 않았다.

나는 총을 보관해둔 진열장 쪽으로 갔다.

파커 엽총은 선반 세 번째 칸에 있었는데 진열장 속의 다른 엽총들과 비슷하게 생겼다. 노인은 죽을 것이고 재키 바닛이 유산을 물려받으면서 이 엽총도 가지게 될 것이다. 그녀는 에버리와 결혼할 것이고 그들은 원했던 것을 모두 얻을 것이다.

나는 잠시 그곳에 서 있다가 책상 서랍을 뒤져 열쇠꾸러미를 찾았다. 진열장을 열고 선반 자물쇠도 풀었다. 나는 파커 엽총을 꺼낸 다음, 그 자리에 A. H. 폭스를 넣어두고 자물쇠를 채웠다. 노인은 흐느끼고 있었으며 나를 쳐다보지는 않았다. 에릭은 내가 그 집을 나올 때까지도 눈에 띄지 않았다.

내가 파커 엽총을 마지막으로 본 것은 잔뜩 배가 부른 리자 오스털링이 그 총을 어색하게 들고 있었던 순간이다. 나는 돌란 경위에게 보고해야겠지만 전모를 말해주지는 않을 생각이다. 정의는 이따금 다른 방법으로도 이루어지는 것이다.

리얼리즘 미스터리 스릴러의 보석

긴박한 미국과 러시아, 양국의 대립 상황을 체스 게임에 빗대, 말 부리는 묘수와 그 아름다움 속에 양국의 대결을 정확히 묘사한 뛰어난 스릴러.

초반전, 응수, 중반전, 공격 준비, 종반전, 버려진 말…… 등으로 구성된 장에서도 불꽃튀는 두 나라의 긴장된 움직임이 드러난다.

《르윈터의 망명》.

이 이야기는 다탄두 미사일의 탄두 부분을 연구하는 르윈터가 동경에 있는 러시아 대사관으로 망명을 요청하면서 막이 오른다. 미국방성의 다이아몬드 부차관보는 르윈터가 비상한 기억력의 소유자일 뿐 아니라 미사일 탄도의 계산식을 훔쳐본 적이 있다는 사실을 알게 된다.

당황한 다이아몬드는 이 사태에 대처하기 위해 어떤 작전을 세우게 되고, 이에 맞서 러시아의 KGB도 대항할 조치를 구하게 된다.

목적을 위해서는 수단방법을 가리지 않는 비인간성! 인간의 나약한 일면이 언뜻 드러났을 때 한 순간에 파멸당하고 마는 스파이의 비애! 과도한 첩보전에 거꾸로 우롱당하는 아이러니한 상황!

마치 한 편의 영화를 보는 듯한 기묘한 착각은 이 작품이 그만큼 생생한 실감을 준다는 방증이리라.

누가 감히 시대의 흐름을 거역할 수 있으랴.

특히 스파이소설은 시대를 반영하는 것이 아주 중요한 요소가 된다. 그 좋은 예로 피터 체니의 하드보일드 액션물 〈다크 시리즈〉 같은 작품을 들 수 있다. 이 작품이 언제 읽어도 처음 읽는 것과 같은 박진감을 주는 것은 제2차 세계대전 중에 있었던 영·러시아 스파이 전쟁의 분위기를 아주 실감나게 전해주기 때문이다. 그렇지만 CIA의 비합법적인 활동이 폭로된다고 하드보일드 액션물이 예전 세력을 되찾을 수 있다고는 절대 생각지 않는다.

앞으로 스파이소설의 시점은 과거와는 필연적으로 달라질 수밖에 없다. 그 결과 작품을 쓰는 작가들은 영국, 미국, 러시아(물론 앞으로도 이들 나라가 주역이 되는 것이 크게 달라지지 않을 것이다)와 같은 나라들의 정세, 정부, 의회, 첩보조직 등에 대해 깊이 있고 정확한 지식이 필요하게 될 것이다. 즉 아무리 그 방면에 지식이 없는 독자라 하더라도 일단 납득시킬 수 있는 그런 작품을 쓰지 않는 이상, 더 이상 작품은 통용되지 못할 것이다.

물론 지금까지도 그린 앰블러며 르 카레와 같은 작가들의 작품이 있고, 그 밖에도 고드프리 스미스의 〈The Flaw the Crystal(1954)〉처럼 뛰어난 작품도 있었지만, 어쨌든 앞으로는 러시아인과 중국인은 무조건 악당이라는 이분법적으로 도식화된 소설은 통하지 않을 것이다.

그런 의미에서 이 작품은 어떤 새로운 경향을 보여주고 있는 셈이다. 여기서는 과거와는 달리 러시아 측 등장인물일지라도 아주 풍부한 인간성이 나타나고 있다. 마찬가지로 미국에 대해서는, 여러 가지로 알 기회가 많아서 아주 뚜렷하진 않더라도 대개의 사람들은 저마다 미국에 대해 어떤 이미지를 갖고 있다. 그런 미국인의 이미지에 이 작품 속 인물의 이미지와 일치할 수도 있고 납득이 되지 않을 수도 있다. 또한 등장인물과 정부기관 사이의 줄다리기도 납득이 가는 것도 있는가 하면 차라리 러시아 쪽 사람이 훨씬 이해가 되는 그런 면도 있을 것이다.

바로 그런 점이 이 작품 로버트 리텔(Robert Littell)의 〈르윈터의 망명(The Defection of A. J. Lewinter)〉에 현실감과 참신함을 부여하고 독자들을 설득시키는 바탕이 되었다고 본다.

앞으로는 이 작품처럼, 극단적인 첩보활동보다는 기관이나 개인의 이해관계에 얽힌 인간적인 스파이소설이 주류를 이루게 될 것이 기대된다.

아울러 이 책이 1974년도 영국 미스터리작가협회상(골든 대거 상)을 수상한 작품임을 밝혀두면서, 이 작품에 보내온 찬사들을 한자리에 모아보았다.

러시아에 망명한 미국의 미사일 과학자를 둘러싸고 벌어지는 혼란을 그린, 근래 보기 드문 스파이소설. 긴박한 체스 게임과도 닮은 팽팽한 두뇌의 긴장과 승부는 놀랄 만큼 창작열에 불타고 있어 그야말로 한 점 얼룩도 없는 스릴러의 보석이라 하겠다.

〈뉴욕 타임스〉

공격 대 공격, 작전 대 작전——미사일 비밀정보의 진위를 둘러싸고 미국과 러시아 첩보국 간의 두뇌싸움이 벌어진다! 리텔 씨가 창조한 것은, 한 나라의 운명을 건 복잡하기 그지없는 체스 게임!

〈뉴욕 타임스 북 리뷰〉

  명작, 걸작이 고루 갖춰진 스파이소설 분야에서 이름을 남기기란 좀처럼 쉬운 일이 아니다. 그럼에도 리텔 씨는 정공법으로 그것을 공략했고 마침내 만족한 결과를 얻어냈다. 너무도 정교하게 짜맞춰져 가슴 철렁한 암시를 드러내는 화려한 역작!

〈퍼블리셔즈 위클리〉

  영국 미스터리작가협회상을 수상한 것이 조금도 놀랍지 않다. 1급이라고밖에 달리 할 말이 없다!

〈클리포드 어빙〉

  지혜의 섬광으로 채색되고 배반의 울타리 속에 갇히면서 명쾌한 수법으로 독자를 만족시킨다!

〈라이브러리 저널〉

  뒤에 이어지는 작품은 수 그라프튼(Sue Grafton, 1941~)의 〈파커 엽총(The Parker Shotgun)〉으로 1986년 앤서니 상을 받은 작품이다.

  수 그라프튼은 변호사이자 소설가인 아버지의 뒤를 이어 미스터리 작가가 되었다. 그녀의 아버지인 C. W. 그라프튼은 1940년대와 50년대에 활발하게 활동한 미스터리소설 작가였다. 그녀는 1980년대에 급부상하여 두각을 나타내는 범죄 소설가 그룹에 속한다. 그녀의 작품 중 초기작에 속하는 〈키지어 데인(Keziah Dane)〉과 〈론리 마돈나의 전쟁(Lonely Madonna War)〉도 흥미있지만, 그녀의 명성을 높인 것은 이 작품에서도 나오는 주인공 킨지 밀혼 탐정이라는 등장인물이었다. 킨지는 〈A는 알리바이(Alibi)〉라는 작품으로 시작하는 알파벳 연작물에도 등장한다. 이 연작물의 두 번째 작품인 〈B는 강도

〈Burglar)〉는 1985년 미국 미스터리작가 협회에서 우수한 미스터리 소설에 수여하는 샤머스 상을 받았다. 그리고 다음 작품인 〈C는 시체(Corpse)〉는 1987년 부셰론 미스터리 협회원들의 투표에 의해 우수한 하드커버 미스터리소설에 수여하는 앤서니 상을 받았다. 수 그라프튼의 최근작으로는 〈N은 올가미(Noose, 1998)〉가 있다.